INSPECTOR
GAMACHE

伽马什探长系列

玻璃之屋

GLASS HOUSES

[加拿大]露易丝·佩妮_作品 魏懿_译

上海文艺出版社

...致读者

在你打开这本书之前，我想告诉你的是如果你还没有开始读这本书，那就请你先读这篇前言。我相信这本书里的一些知识一定会让你感到困惑。书里所描写的东西有些是完全真实的，有些以部分事实为基础，而有些则完全是虚构的（当然，虚构本来就是小说创作的本质）。

我多么希望接下来要说的话也是虚构的，但是它却真实发生了。

我的丈夫迈克尔于 2016 年 9 月 28 日去世。当时我急急忙忙从一次图书签售会上赶回家。几天之后他便撒手人寰。有人说迈克尔是在等我。我不知道这是不是真的。我也不知道自己是否愿意相信这是真的。

当死神降临时，迈克尔平静地在家中离开了这个世界。他的身边陪伴着他这一生最爱的人。

我曾在上一部作品《全面清算》（*Great Reckoning*）中提到过迈克尔的病情。许多读者写信给我与我分享他们在与疾病对抗过程中的各种经验和教训。我在这里衷心地感谢这些读者。他们如此信任我，愿意与我分享他们最隐私的感受。

如今意识到迈克尔已离我远去，我感到既心碎又感伤。

《玻璃之屋》是在迈克尔病情恶化的时候写成的。在该小说完成后不久，迈克尔便离开了人世。写作成为了我逃避现实的避风港。在写作的时候，我会身临其境地走入三松镇。我每天会有数个小时的宝贵时间和伽马什、克莱拉、莫娜等书中人物待在一起。

当然，如果没有我的助理兼好友丽兹·德罗西耶的帮助，这本小说是无法完成的。谢谢你，亲爱的丽兹。这本书也同样献给你。

同样感谢丽兹的丈夫戴尔·帕吉以及我们最要好的朋友柯克和沃尔特。我和他们几乎每天保持联系，数年以来一直如此。在迈克尔病情加重的时候，他们时常来看望我们。这才是真正的友谊。

我还要感谢吉姆、萝丝、丹尼尔——迈克尔的护理师以及吉雅那迦罗医生。此外，我还要感谢许多朋友（在这里我就不一一写出姓名了）。他们在我最艰难的时候一直陪伴着我。

感谢你们对我的支持以及在艰难的时刻给予我鼓励。

我还想感谢我的编辑朋友们——米诺淘书局美国出版方的霍普·德隆以及英国出版方的编辑小布朗和露西·玛拉高丽。他们用深邃的洞察力审阅这本书以及我的其他作品。

感谢我的美国出版商安德鲁·马丁以及整个米诺淘书局团队——霍普·德隆、萨拉·梅立科、保尔·霍克曼、马丁·奎宁、沙里·理查德曼、杰妮芙·艾德琳以及麦克米伦出版公司的邓·维斯伯格。

我还要感谢我的经纪人——特蕾莎·克里斯。每次她在询问我的作品之前，总会询问我的近况。作为一名作家经纪人，特蕾莎真了不起。

琳达·莱尔曾与我和迈克尔一起管理我的网站。她设计并更新网站的相关内容。在我的第一部小说《伊甸园的蛇》(*Still Life*)出版之前，她便已经想到了许多我未曾想过的事情。谢谢你，琳达。

上述我所提到的人不仅仅只是我的合作伙伴。他们是我真正的朋友。其中许多人也参加了迈克尔的葬礼。

我还想感谢我的哥哥罗伯特。当他得知迈克尔去世的消息时，他从埃德蒙顿赶到我所居住的诺尔顿镇。他用他结实的臂膀紧紧搂着我。我知道我会振作起来的。一定会的。感谢我的嫂子奥迪和我的外甥以及外甥女们。他们深爱着他们的迈克尔姑父。

此外，我还要感谢我的弟媳玛丽。当她得知迈克尔去世的消息时，她中断自己的假期带着女儿罗斯林前来看望我。我还要感谢道格，布莱恩和查理。

现在我想解释一下这本书中哪些是事实，那些是虚构。我可能会漏掉一些细节，但是主要内容集中在讨债人这一角色上。

我第一次听说讨债人是在许多年以前。当时是从我的一位好友理查德·奥利弗那里听说的。理查德是西班牙《金融时报》的一位编辑。

讨债人的确存在。他们身穿燕尾服，头戴高礼帽，跟踪欠债不还的人。他们以这种方式羞辱欠债人。这的确不同寻常，所以我一直记着这个形象。我等待着有机会将讨债人写进我的小说。《玻璃之屋》给了我这个机会。

其次我想说说这部小说中的虚构成分——讨债人的历史。小说中所提到的关于讨债人的劫难、小岛、代表良知的原始讨债人都是虚构出来的。它们是为了小说的创作而编造出来的故事情节。

我知道小说的真实性对读者而言很重要。如果读者你对此有任何疑问，你也可以自己进行一番调查。这也是阅读小说的一大乐趣，不是吗？

有些读者会说，小说中的三松镇根本不存在。他们说得没错，但是他们的观点又显得过于狭隘。在现实世界里三松镇的确不存在。但是你假设它的存在远比它是否真实存在更为重要和有意义。三松镇存在于读者的头脑之中。如果我们选择宽容而非仇恨，选择善良而非残忍，选择和谐而非欺凌，选择希望而非质疑时，我们便生活在三松镇里了。

虽然我无法同时做出上述这么多的选择，但是我知道当我处在荒野之中，当我待在小镇的小酒馆里时，我便知道自己身在何处以及如何达到三松镇。我想你们也是如此吧，否则你们也不会愿意阅读我的小说。

最后我要感谢你们,我的读者朋友。感谢你们的陪伴。这个世界因为你们的存在而变得愈加光明。

祝各位一切都好。

...第一章

“请报上你的姓名。”

“阿尔芒·伽马什。”

“你是魁北克安全部门的负责人?”

“对,总警司。”

伽马什正襟危坐在一把木椅上。七月的早晨天气显得十分炎热。伽马什已经汗流浃背。他仿佛尝到从上嘴唇滴落下的汗水的味道。现在刚十点,一切才刚刚开始。

伽马什并不喜欢坐在证人席上。出庭作证绝不是他所喜欢做的事,这意味着他得作证指控另一个人。在他的职业生涯中只有为数不多的几次作证让他感到满足,甚至快乐。然而,这一次却并非如此。

伽马什坐在硬邦邦的木椅上。开始宣誓。尽管他坚信法律,而且他的工作就是回应司法体系,但是他真正要回应的是自己的良知。

可以想象,这会是一场多么严酷的审判。

“我想你曾是一名负责逮捕罪犯的警官吧。”

“是的。”

“身为一名总警司，你却亲自逮捕罪犯，这是否有些不寻常呢？”

“我担任这个职务的时间并不长。作这行的没有什么是寻常的。更何况是这起案子。”

总检察官的脸上露出一丝微笑。他背对着法庭和陪审团，除了法官之外，没人看见他脸上的表情。

克里沃法官看到的并非是善意的微笑，而是冷笑。让她感到震惊的是，总检察官和伽马什总警司显然站在同一阵营。

克里沃法官知道，这并不意味着他们彼此喜欢或尊敬。克里沃也有会让自己感到厌恶的同事，但是她不会用那样的表情看着对方。

她打量着伽马什，伽马什同样打量着她。他似乎想从法官脸上读出什么。

法官对于案件所做出的判断往往是决定性的，这会影响案件审判的结果。没有比眼下这个案件的审判更为棘手的了。这不仅仅牵涉到对于法律条例的解释问题，还会影响到整个司法体系的环境。法官最终会做出怎样严厉的判决呢？案件的回旋余地能有多大呢？

法官会保持警觉吗？还是会放松警惕呢？她会拖延时间直到休庭吗？还是会加快案件的进度呢？

但是这起案件远非那么简单。

莫琳·克里沃是一名新法官。伽马什知道，这起案件是她接手的第一起凶杀案。他对克里沃法官感到同情。克里沃根本不知道自己遇上了大麻烦，一连串令人不快的事情将会接踵而至。

莫琳·克里沃人到中年，头发已经开始泛白。或许这是一种权威或是成熟的标志。克里沃为人低调。她曾是蒙特利尔律师事务所一名颇为能干的诉讼律师。在升迁之前她曾有一头金黄色的秀发。英国的同僚们说她那时的头发像丝绸般亮泽。

有关克里沃的传言颇有戏剧性。

克里沃法官扭头看着伽马什。她的日光锐利、睿智。伽马什猜测，她究竟能看出什么，又会遗漏什么。

克里沃法官看上去很从容。但那并不能说明什么。伽马什也显得很从容。

他瞄了一眼这个位于蒙特利尔老城区的拥挤的法庭。眼下这里的居民不是待在家里,便是待在这个法庭里。有些人,比如莫娜、克莱拉以及蕾娜-玛丽,她们来到这个法庭是来当证人的。只有叫到她们的名字时,她们才愿意走进法庭。其他人——奥利维、加布里、露丝——不愿离开三松镇长途跋涉来到令人窒息的地方来见证这起悲剧性的案件。

然而,伽马什的副手——吉恩·波伏瓦在这儿。警司伊莎贝拉·拉科斯特也在这儿,她是这场凶案的负责人。

很快,将会轮到他们出庭作证。不过伽马什认为,或许永远都轮不到他们。

伽马什朝总检察官贝瑞·扎尔玛诺维茨的方向看了看。他的视线恰好扫过克里沃法官。让伽马什感到不适的是,克里沃正歪着脑袋,眯着眼睛打量着他。

从他的眼睛里,她看到了什么?难道这位新上任的法官已经发现了他试图隐瞒的真相?他急着隐藏的是什么?

伽马什知道,即使她真的发现了,她也无法正确理解。她会误以为伽马什对被告所犯下的罪孽感到费解。

然而,伽马什不会有任何质疑。他清楚地知道谁是真正的凶手。他只是害怕事情会出错。害怕那个狡猾的凶手最终会逃脱法律的制裁。

他看到总检察官刻意走到桌边,戴上眼镜,然后十分仔细地——或者也可以说装模做样——看着一份文件。

文件上可能空无一字,伽马什觉得或许是一张购物清单。一个掩人耳目的烟雾弹。

法庭的审判就像信徒们做弥撒一样,本身就是一种仪式。伽马什仿佛嗅到了献祭的焚香味,听到了轻微的铃铛声。

陪审团的成员们似乎并未受到炎热天气的干扰。他们注意着总检察官的一举一动。然而,总检察官并不是这出戏的总导演。真正的导演在舞台下面。一言不发。

总检察官摘下眼镜。伽马什听到克里沃法官身上的丝绸长袍发出的窸窣声。克里沃法官开始不耐烦起来。陪审团会被蒙骗，但法官不会。即使陪审团也不会被蒙骗很久。他们都很聪明，不会被轻易糊弄过去。

“我想被告已经认罪了，是吗?”总检察官问道，他以十分专业的神态凝视着伽马什。

“是的，被告的确认罪了。”

“是在逼问之下招供的吗，总警司先生?”

伽马什注意到总检察官特意强调了他的职位头衔，仿佛身居如此高位的人是不可能犯错似的。

“不是逼问。被告来到我家主动承认。是自愿认罪。”

“反对。”被告辩护律师突然站了起来。伽马什觉得，他的反对来得有点太迟了。“这和本案毫无关系。被告从没承认自己杀过人。”

“没错。我所说的认罪并不是指凶杀。”总检察官说道。“但是被告的认罪与凶杀案直接有关，不是吗? 总警司先生?”

伽马什看着克里沃法官。他在等待法官对辩护律师的反对作出回应。

克里沃犹豫了片刻。

“反对无效。”克里沃法官回应道，“你可以回答了。”

“被告是主动来我家的。”伽马什回答道，“被告的认罪言辞的确是这场指控的关键点。”

“被告主动来你家是否让你感到很意外呢?”

“法官大人，”被告辩护律师又一次站了起来，“我反对，这个问题太有倾向性，且和本案无关。伽马什先生意不意外难道很重要吗?”

“反对有效。”克里沃法官看看伽马什，“你不必回答。”

伽马什也没有回答的意愿。辩护律师的反对是正确的，这个问题的确过于主观。但他并不认为这和本案毫无关系。

当时他感到意外吗?

当他看到被告站在自己位于三松镇小屋的门廊上时，当时他的确感到意外。被告当时穿着厚厚的外套，头上裹着头巾，一时难以辨别这个人到底是谁。男的？女的？老人？少年人？伽马什能听到冰珠打在窗户上的声音。十一月的雨水中已经夹杂着冰粒了。

即使在七月的炎热之中回想起当时的场景，伽马什仍冷不丁打了一个寒颤。

是的，的确很意外。他从没想过被告会来拜访自己。

至于接下去发生的事情，仅仅用意外二字已无法概括了。

“我不希望接手的第一件凶杀案在终审法院结束。”克里沃法官轻声说道，好像只是为了让伽马什听到。

“我想现在重新受理为时已晚，法官大人。这起案件一开始是由高等法院受理的，但现在必须在终审法院结案。”

克里沃法官在座位上扭动了一下身子。她想让自己坐得舒服些。但事情发生了变化，在她和伽马什古怪而隐密的眼神交流之后。

克里沃法官习惯于聆听他人的言辞，无论那些言辞多么含糊。让她颇感意外的是伽马什的眼神。她在想，伽马什是否知道自己的想法。

虽然克里沃说不出那是什么感觉，但是她确信魁北克安全部门的总警司不应该是这样的。即使他正坐在证人席上为一起凶杀案作证。

莫琳·克里沃并不熟悉阿尔芒·伽马什，仅仅听过他的名声。过去许多年，他们曾在法院大厅里打过多次照面。

克里沃已经准备讨厌这个男人了。伽马什是一名捕捉罪犯的猎手。他将自己的荣誉建立在死者身上。他的目的并不是要惩罚凶手，而是要从凶手身上拿好处。

没有凶杀，也就没有伽马什。

克里沃还记得她与伽马什的一次偶遇。当时伽马什是魁北克安全局刑侦科的负责人，而克里沃还是一名辩护律师。他们两个在经过法院大厅时打了个照面。克里沃又一次捕捉了伽马什的眼神——敏锐，警觉，缜密。她还从那双眼睛里看到了其他东西。

那时，伽马什从克里沃身边匆匆走过。当时他正低着头听着身边的同伴所说的话。那个同伴是伽马什的副手。他正坐在法庭里。

伽马什的身上散发着一股檀香和玫瑰香味。极淡无比。

回家之后，莫琳·克里沃将这件事告诉了自己的女伴。

“今天下午我观察他，花了几分钟聆听他的证词。”

“为什么？”

“我很好奇。我从没了解过这个人。但是我想我可以试着去了解，这样就可以打发时间了。”

“那么他是一个怎样的人呢？等等，让我先猜猜看。”琼将鼻尖歪到一边，然后说道：“一定是个举止粗俗的家伙。干嘛要浪费时间听他的证词。一个大腹便便，浑身爬满跳蚤的懦夫。让他去死吧。”

“太诡异了。”克里沃说道，“难道当时你也在？没错，他变成了爱德华·罗宾逊[①]。”

琼大笑起来，“可是詹姆斯·斯图尔特和格里高利·派克[②]是永远不会接手凶杀案的。”

“说得没错。他还引用了普雷金修女[③]说的话。”

琼放下手上的书，“在法庭上吗？”

“在他的证词里。”

伽马什坐在证人席上镇定，从容，但不随便。第一眼，也有可能不是第一眼看过去，很英俊。他个子高大，身穿一件剪裁合身的外套。他挺拔地坐着，既保持着几分警惕，又让人肃然起敬。

伽马什的头发几乎是灰白色，修剪整齐。他的鬓角和胡子都经过精心打理过。即使站在走廊上，莫琳·克里沃也能清晰地看到伽马什太阳穴旁的那道深深疤痕。

当时伽马什引用了普雷金修女说过的话。

“没有人会比他做过的最邪恶的事情更邪恶。”

“他干嘛要引用一个探望死囚监狱的修女的话呢？”琼问道，“尤其是

---

① 爱德华·罗宾逊（Edward G. Robinson，1893—1973）：美国舞台剧演员，以扮演坏蛋和鳏夫著称。

② 詹姆斯·斯图尔特（James Stewart，1908—1997）和格里高利·派克（Gregory Peck，1916—2003）均为美国著名电影演员。

③ 普雷金修女（Sister Prejean，1939— ）：出生于美国路易斯安那州的一位天主教修女，致力于废除死刑，曾著书《死囚漫步》，并据此改编为同名电影。

引用这句话。”

“我想这是以精妙的方式向法官祈求宽大处理吧。”

“嗯。”琼说道，她思考片刻，“那句话倒过来也说得通。没有人会比他做过的最善良的事情更善良。”

此时克里沃法官坐在法官的椅子上，穿着长袍。她想要弄明白伽马什总警司究竟是一个怎样的人。

她离伽马什的距离比以往任何时候都要近，与他相处的时间比以往任何时候都要长。伽马什太阳穴旁的那道伤疤依旧在，仿佛那就是工作留给他的印记。通过近距离的观察，克里沃可以看到一些褶皱从伽马什的嘴角和眼角辐射出去。她知道是岁月的痕迹，也是笑容的痕迹。她自己也有。

伽马什现在已经处于事业的顶峰。对于曾经做过以及此刻必须要做的事他已经泰然自若了。

然而，他们眼神是怎么回事。

许多年前克里沃曾在法院的大厅里见过这样的眼神。没想到在这里，她可以继续跟进和聆听伽马什的证词。

那种眼神是恩慈。

但是此刻克里沃看到的并不是恩慈，而是担忧。没错，克里沃就是这么认为的。伽马什感到担忧。

其实克里沃自己也感到忧虑，尽管她并不知道自己为何要这样。

她转过身。此时她和伽马什都把目光投向了总检察官。总检察官的手里正摆弄着一支笔。当他想把身子靠在桌子上时，他看到了克里沃法官脸上严肃的表情。他立马挺直身子，放下手上的笔。

“让我再重复一下那个问题。”总检察官说道，“您是什么时候开始有所怀疑？”

“和绝大多数凶杀案一样，”伽马什回答道，“凶杀往往始于真正的行动之前。”

“所以您在有人被杀之前就已经预料会发生了？”

“不，我并不知道。”

不知道？伽马什反问自己。自从那具尸体被发现以来，他每天都在问自己这个问题。不过，他真正想问自己的是为什么没有早点发现蛛丝马迹。

“所以，我再问一遍，总警司先生，您是什么时候开始有所怀疑？”

总检察官说话的声音开始有些不耐烦了。

“当那个穿着黑色长袍的人出现在小镇绿地上的时候，我意识到有些不对劲。”

法庭里开始骚动起来。报道这次审判的记者们开始摆弄起他们的笔记本电脑。伽马什能听到键盘的敲打声。像莫尔斯电码，正在报道紧急新闻事件。

“小镇？你是指三松镇？”辩护律师问道。他看着记者们，好像总检察官知道那是伽马什生活居住的小镇，也是发生凶杀案的地方。“那座小镇位于蒙特利尔的南部，靠近美国佛蒙特州的边境线上，对吗？”

“是的。”

“那座小镇很小吧。”

“是的。”

“漂亮吗？安静吗？”

扎尔玛诺维茨总检察官想让“漂亮”一词听上去暗淡无光，让“安静”一词显得讽刺。然而，三松镇既不暗淡也不讽刺。

伽马什点点头，“是的，它很漂亮。”

“还很偏僻。”

扎尔玛诺维茨故意使“偏僻”一词听上去很不和谐，仿佛一座小镇越是远离大城市，它就越显得蛮荒。伽马什认为，这或许没错。但是他也曾目睹过那些所谓的文明人所犯下的罪行。他知道生活在城市里的野兽和生活在森林里的一样多。

“没有远到找不到路。”伽马什解释道，“人们走进三松镇通常是因为他们迷了路。它不是你随意开车能遇到的那种小镇。”

“它是不是与世隔绝？”

伽马什的脸上几乎露出了一丝微笑。总检察官的话或许是一种侮辱，但也的确有几分道理。

伽马什和妻子蕾娜-玛丽之所以选择生活在三松镇主要因为它很漂亮，且难以被寻觅到。它就像一个避难所，一个缓冲地带，能够让伽马什逃离他每天身处的那个世界里的纷扰与残酷。

他和妻子找到了归宿。在这儿定居。他们与松树、植被、小商店和小镇居民生活在一起。小镇的居民们成为了他们的朋友，家人。

所以当那件可怕的事发生在这座美丽宁静的小镇，从而让玩耍的孩子们从此失去了乐园时，这就不只是诡异而已。简直是入侵，破坏。

伽马什知道，自己的担忧其实在那天就已经开始了。自从那个身穿黑色长袍的怪物第一次出现在小镇小酒馆的万圣节晚会上。

当时伽马什并没有引起注意。直到第二天早上当他从卧室的窗户望出去时，他看到那个家伙仍在那里。他站在小镇的绿地上，视线紧盯着小酒馆的方向。

那家伙紧盯着。

现在离那时已经过去好几个月了。伽马什看着总检察官。他穿着黑色长袍。总检察官朝陪审团走去。他们都穿着黑色长袍。克里沃法官，也穿着黑色长袍。

克里沃法官紧盯着伽马什。

似乎，伽马什逃不出黑色长袍的包围。

“其实，”伽马什开始纠正自己的证词，“在那天晚上的万圣节晚会上我就开始怀疑了。”

“晚会上所有人都要打扮吗？”

“不是所有人。都是自愿的。”

“您打扮了吗？”总检察官问道。

伽马什看着他。这个问题似乎与案件并无关联，但是有一丝羞辱的意味。

“我们决定一起参加晚会。”

“您和您的妻子吗？您应该是男扮女装吧，总警司先生？”

“我并没有装扮。我们从帽子里抽名字我抽到了加布里。加布里和他的同伴奥利维在小镇经营着一家小酒馆。”

伽马什在奥利维的帮助下借了一双绣着加布里名字的粉红色毛绒拖鞋和一件日本和服。这是一套舒适又惬意的万圣节装扮。

蕾娜-玛丽是和她的邻居克莱拉·莫罗一起去的。克莱拉是颇有名气的肖像画家。虽然她的绘画对象通常是她自己。

蕾娜-玛丽摆弄着克莱拉的头发,直到头发都一根根竖起来。然后蕾娜-玛丽将曲奇饼和一块花生酱三明治放在克莱拉的头发上,随后她在自己身上抹上了油彩。

克莱拉还带着她最要好的朋友莫娜·兰德斯。她们原本都想在脸上抹上黑色涂料去参加晚会。但是莫娜认为自己不想这么做,除非克莱拉全身被涂成黑色。

克莱拉并没有那么做。她穿上了一件由旧书废纸制作而成的长袖夹克衫。

莫娜来自蒙特利尔,是一位退休的心理学家。她现在在三松镇经营着一家二手书店。书店就位于小酒馆旁边。克莱拉一直认为,小镇居民如果有任何问题,只需要和莫娜坐一会儿,问题便会迎刃而解。

“问题?”老诗人露丝看着克莱拉说道,“你自己就有一大堆问题。你现在一定遇到市场营销的问题了。”

“没有。”克莱拉回答道。

“真的?你的个人画展要开幕了,但是你手头的那些画简直就是一堆垃圾。如果这不算问题,那我实在不知道什么才算是问题。”

“它们不是垃圾。”可惜没有人来为克莱拉撑腰。

加布里是和露丝一起来参加万圣节晚会的。加布里头戴一顶灰白色的假发,脸上涂脂抹粉,看上去简直像恐怖片里的妖怪。他身上穿着一件被蛀蚀的塑料纤维背心,怀里抱着一只充气鸭子。

整个晚上他都在一边大口地喝着苏格兰威士忌,一边嘴里咕咕哝哝地念着诗。

“大门敞开着，村庄坐落在
荒凉的山头——
没有欢迎的犬吠，没有沉重的马蹄声
连小猪仔都保持着安静。”

“这不是我的诗，你这蠢货。”露丝喊道。她也穿着一件被蛀蚀的塑料纤维背心，但怀里抱着的是一只真正的鸭子。

“我看见一片小小草叶，”加布里念道，“它像一面旗帜迎风飞舞。”

“够了。”露丝喊道，她试图捂上耳朵，“你简直是在糟蹋我的诗歌。”

“我疑思它是赶得上，”加布里将脑袋向前伸，“变成硕大的洋葱球。”

加布里故意拖长最后几个字的读音。

露丝大笑起来，她怀里的鸭子罗萨也发出嘎嘎嘎的叫声。

“我一整天都在背诵这首诗。”加布里说道，“内容并不难记。”

“所以那是去年十月三十一号的事情。”总检察官问道。

“不，是十一月一号。其实万圣节当晚我们所有人都待在家里。分发糖果，恶作剧。万圣节晚会一般都在第二天晚上举办。”

“十一月一号。除了小镇居民之外，还有谁参加？”总检察官问道。

“马思奥·比索奈特和他的妻子莱雅·鲁。”

“鲁女士，”总检察官说道，“她可是政坛的新星啊。”

总检察官听到身后传来记者们敲击键盘的声音。像塞壬发出的声音，这绝对是大新闻。

“是的。”伽马什回答道。

“他们是您的朋友吗？跟您住在一起？”

总检察官知道答案。他是替法官、陪审团和记者们问的。

“不，我对他们不太了解。他们是和他们的朋友凯蒂以及帕特瑞克·埃文斯一起来参加晚会的。”

“啊，埃文斯夫妇。”总检察官看了一眼被告席，然后又看着伽马什说道，“埃文斯是一名建筑承包商，而他的妻子则是一名建筑师。据我所知，他们正在建造玻璃之屋。他们也是您的朋友?"

"熟人。"伽马什纠正道,他的声音坚定。他不喜欢总检察官含沙射影。

"既然如此,"扎尔玛诺维茨总检察官说道,"他们为什么也会出现在小镇上?"

"这次晚会是年度聚会。他们几个以前都是校友,是蒙特利尔大学同班同学。"

"他们现在都应该三十出头了吧?"

"是的。"

"多久来一次三松镇?"

"每四年一次。通常在夏末的同一周来。"

"但是今年有些例外,他们是到了十月末才来的吧。"

"是的。"

"这个时节来小镇很奇怪。秋天的美景已经消失,而雪花还没有飘落下来,根本无法滑雪。很糟糕的时节,不是吗?"

"也许是因为小酒馆的住宿费用在这个时节便宜。"伽马什说道,脸上露出想要解围的神情。"这是个好地方。"

那天早晨当伽马什离开三松镇准备开车前往蒙特利尔市区时,小酒馆的店主加布里跑了过来,手里拿着一个褐色纸袋和一个行李袋。

"如果你在法庭上非提小酒馆不可,你能否说小酒馆有一家很棒的旅店呢? 或者你也可以把它说成是一个温馨的地方。"

加布里在伽马什身后用手比划着。说小酒馆很棒不是在撒谎。它像一座古老的驿站般位于小镇的绿地旁。它有着宽敞的门廊和漂亮的山墙。在夏季显得尤其漂亮。和小镇其他建筑一样,小酒馆也有一个花园,里面种满了各种植物——玫瑰、薰衣草、长着尖角的洋地黄和芬芳的夹竹桃。

"别用'令人瞠目结舌'这样的字眼形容小酒馆。"加布里向伽马什建议道,"那听上去有些做作。"

“我们不会提到小酒馆的。”伽马什说道,“你知道我是去为凶杀案作证吧。”

“我知道。”加布里说道,他十分严肃地将咖啡和羊角面包递给伽马什。

此刻,伽马什坐在证人席上,聆听着总检察官的话。

“这些校友最初来三松镇的原因是什么?”扎尔玛诺维茨问道,“难道他们迷路了吗?”

“不是。莱雅·鲁和兰德斯医生是一起长大的好友。莫娜·兰德斯曾做过莱雅的保姆。莱雅和马思奥曾经来小镇看望过莫娜几次。他们渐渐爱上了小镇。他们向朋友提起过小镇,这儿就成为了他们每年相聚的地方。”

“我明白了。所以说是莱雅·鲁和她的丈夫怂恿校友来小镇聚会的。”扎尔玛诺维茨故意使这话听上去很可疑,“而且是在兰德斯女士的帮助下进行的。”

“是兰德斯医生,但不是‘怂恿’。就是一个正常的年度聚会。”

“真是这样吗?您认为正常吗?”

“在十一月之前一切都很正常。”

扎尔玛诺维茨总检察官点点头,意味深长,好像他并不相信伽马什总警司所说的话。

克里沃法官觉得太荒谬了。但是她知道陪审团会相信这一切。

克里沃法官在想,扎尔玛诺维茨为什么要向证人——魁北克安全部门的负责人——暗示这样的证词呢?

天气变得愈加炎热。法庭里的温度也在直线上升。克里沃看了看装在窗户边的老式空调。关掉它们,它们发出的噪音干扰了思路。

但是飙升的气温也很干扰。现在连正午时分都没到呢。

“总警司先生,您从什么时候发现一切开始不正常了?”扎尔玛诺维茨问道。

扎尔玛诺维茨再次提到了伽马什的头衔。不过,这一次他的语气里暗示着伽马什的不称职。

“是在小酒馆所举行的万圣节晚会上。”伽马什回答道,他并没有去理会对方的不屑，“晚会上有些客人戴着面具。不过，还是能认出他们是谁，尤其当他们说话的时候。只有一个人大家都不认识。那个人身穿一件拖地的黑长袍，戴着黑色的面具，手套和靴子，裹着头巾。”

“听上去像黑暗尊主啊。”扎尔玛诺维茨说道，法庭的旁听席上有人发出咯咯的笑声。

“我们一开始也这么认为。但那不是《星球大战》里的装扮。”

“那您认为这是什么装扮？”

“蕾娜-玛丽”——伽马什忽然向陪审团澄清道——“我的妻子——”陪审团的成员们点点头。“她认为这是电影《莫扎特传》中莫扎特父亲的装扮。但是电影里莫扎特的父亲戴着一顶奇特的帽子，而那个人则是裹着头巾。莫娜认为那个人可能想把自己装扮成耶稣会神甫的形象，但是他并没有佩戴十字架。”

奇怪的还有那个人的举止。晚会上其他人都在走来走去，唯独那个人始终站着不动。

很快人们不再和他说话。大家开始谈论他的装扮，猜测他究竟是谁。又过了一会儿，人们不再靠近他，他的周围形成一股磁场，仿佛他掌控着自己的世界，他自己的宇宙。不再有什么万圣节晚会，没有狂欢，没有笑声，没有友谊。

“您怎么看？”

“我认为这是死亡的装扮。”伽马什回答道。

法庭里一阵沉默。

“那么您当时做了什么？”

“什么都没做。”

“真的吗？死神光临小镇，拜访您这位安全局的负责人。而您身为刑侦科的前任负责人却什么事情都没做？”

“那只是死神的打扮罢了。”伽马什耐心地回答道。

“那天晚上您或许是这么认为的。”扎尔玛诺维茨说道，“您什么时候真正意识到他是死神呢？让我们猜一猜，是您站在尸体旁看到尸体的那一刻吧。”

...第二章

并非如此。万圣节晚会上那个家伙的确让人感到不安,但是让伽马什真正感到不对劲是在第二天的早晨。当时他正站在自家卧室的窗户边向外眺望。

"你在看什么呢,亲爱的?"蕾娜-玛丽问道,她刚冲完澡,正从伽马什身边走过。

蕾娜-玛丽也向窗外望去,然后皱了皱眉。"他在那里干嘛?"蕾娜-玛丽压低声音问道。

所有人都回家睡觉去了。那个身穿黑色长袍的家伙却没有。他依然站在后面,一动不动,还是那件羊毛长袍,裹着头巾,盯着前方。

从卧室窗户的角度,伽马什看不清那家伙是否戴着面具。但是他觉得面具可能还戴在那家伙的脸上。

"我也不知道。"伽马什说道。

当时是周六的早晨。伽马什穿得很休闲——灯芯绒长裤、衬衫、厚厚的秋季外套。那是十一月初,那时的天气令人难忘。

十月份人们还能享受灿烂的阳光，欣赏绚烂的秋叶。到了十一月，白日就显得颇为苍凉了。

十一月是过渡性的时节。如同炼狱般，介于苟延残喘与死亡、秋天与严冬之间。

这不是一个讨人喜欢的时节。

伽马什穿上橡胶靴，然后走到户外。牧羊犬亨利和它的小伙伴格蕾丝一脸困惑地看着他。它们不习惯在伽马什外出时被单独留在家里。

外面的气温比他想象的还要冷。甚至比昨天夜里还冷。

伽马什走到小镇绿地边，此时他已经感到手脚发凉了。他有些后悔没有戴上手套和帽子。

伽马什径直站到那个身穿黑色长袍的家伙的面前。

面具没有摘掉。除了眼睛，什么都看不清楚。即使那双眼睛也像隔着一层纱。

“你是谁?”伽马什问道。

他的声音显得既冷静又友善，仿佛他正在进行一次友好的谈话。一切都显得十分合理。

没有必要一上来就气势汹汹。如果有必要的话，盘问环节可以放在后头。

那个家伙沉默不语。他并非没有听到伽马什的话，他不是迟钝。而是异常自信，甚至颇具威严，仿佛自己不仅属于这片绿地，甚至是这片绿地的主人。

伽马什感到，这个家伙的装扮以及他的沉默似乎比这个人本身更加深刻。

沉默往往比言辞有力度，这一点常常让伽马什感到惊讶。沉默让人感到不安。然而，伽马什没有拥有沉默的福气。

“你站在这儿干嘛呢?”伽马什先用法语，后用英语问道。

等待回答。十秒。二十秒。四十五秒。

在小酒馆里，莫娜和加布里也向窗外眺望。

他们看到有两个人站在绿地上面面相觑。

“好极了。”加布里说道，“伽马什会对付那家伙的。”

“那家伙是谁？”莫娜问道，“他昨晚也出现在万圣节晚会上。”

“我知道。但我不知道那家伙是谁。奥利维也不知道。”

“吃完了吗？”安东问道，他是小酒馆的洗碗工兼小时工。

他伸手去拿莫娜的餐盘，盘子上只剩下一些食物残渣。但是他忽然站着不动了。像莫娜和加布里一样，安东也注视着窗外。

莫娜抬头看了看安东。安东是新来的打工仔，他适应得很快。奥利维雇佣他来洗盘子，但是他却希望成为小酒馆的大厨。

“大厨只能有一个。”安东曾这样向莫娜说道。那一次他来莫娜的书店买了两本关于葡萄酒酿造方面的书籍，“可是奥利维总想让小酒馆听上去像有一大帮大厨似的。”

莫娜大笑起来。奥利维的确会那样说。他总是想让别人对小酒馆留下深刻印象，哪怕是最熟悉他的人。

“你会做什么拿手菜吗？”莫娜一边在收银台旁计算着书的价格，一边问安东。

“我喜欢做加拿大的美食。”

莫娜抬头看着安东。安东大约三十五岁左右。显然对于一个小时工而言，他的年纪有些大，也有些好高骛远。他似乎受过较好的教育，言行举止都十分得体。身材清瘦，却很结实。鬓角两边留着深褐色的头发，额头留的头发更长一些。覆盖前额的刘海使他看上去比实际年龄更年轻。

他长得相当英俊，将来会是一位颇有前途的大厨。

莫娜在想，如果自己能再年轻二十岁……

一个喜欢做白日梦的女人。莫娜就是这样的女人。

“加拿大美食的话，会是什么？”

“事实上，”安东微笑着说道，“没人知道那是什么。我认为应该是本土的美食。食材取自当地的土地和河流。总之有很多。我喜欢弄些饲料。”

安东饶有意味地说着，他的神情就像一个偷窥狂在说“我喜欢偷窥”

似的。

莫娜大笑起来，脸颊微红。她收了安东一美元的书钱。

此刻安东正站在小酒馆的餐桌边弯腰向外看。

“发生什么了？”安东轻声问道。

“你昨晚没有参加晚会吗？”加布里问道。

“参加了，可我一直都在厨房里没有出来。”

莫娜看了看安东，然后又看了看站在小镇绿地上的那个家伙。一群人在狂欢，而安东却在厨房里收拾盘子。这听上去犹如一出英国维多利亚时代的戏剧①。

安东似乎明白莫娜此刻正在想什么。他朝莫娜笑了笑。

“我其实可以出来狂欢。但是我不适应晚会的氛围，还是厨房更适合我。”

莫娜点点头。她可以理解。她知道每一个人都有一块属于自己的小天地。在那里人们不仅感到最惬意，也感到合适。莫娜的小天地便是她的书店。奥利维的小天地是他的小酒馆，而克莱拉的则是她的画室。

莎拉的是她的面包房，安东的是厨房。

然而，小天地里的惬意有时只是一种假象。人们需要通过伪装来自我保护，即使这样会令人感到囚禁。

“他在说什么？”安东问道。他坐下，指着站在绿地上的伽马什和那个身穿黑色长袍的家伙。

“我能帮你做些什么吗？”伽马什问道，“你是不是想找人说说话？”

仍然没有回答，也没有任何动作。但是伽马什能看到面具的嘴巴部位冒出了气。

这是一个活生生的人。

白气不断地冒出，就像一列前行的火车所冒出的蒸汽一般。

“我叫伽马什。阿尔芒·伽马什。”伽马什停顿片刻，“我是魁北克安

---

① 英国维多利亚时代的戏剧以嬉闹和狂欢等情节而著称。

全局的负责人。”

面具下的眼睛在转动吗？那个人此刻是在看他呢？然后会离开吗？

“好冷啊。”伽马什说道，他搓搓双手，“我们进屋吧。喝一杯咖啡，吃一点熏肉和鸡蛋。我家就在那儿。”

伽马什指着自己家的方向。他在想是否要告诉这家伙自己家的确切位置。但是他意识到，这家伙可能已经知道他家的位置了。毕竟，刚才他就是从那里走过来的。这算不上什么秘密。

他等待着这个黑长袍家伙对自己的邀请做出回应。他在想，如果自己把这位新朋友带回家，蕾娜-玛丽会做何感想。

仍然没有回应。伽马什伸出手试图拉住对方的胳膊。想劝劝他。

小酒馆里所有人都停止了谈话。早晨的服务戛然而止。

所有人——客人和服务人员——都看着窗外那两个站在绿地上的人。

“他在试图拉那个人。”奥利维说道，此时他也来到了窗边。

安东想从座位上站起来，但奥利维示意他坐下。现在没有必要忙着洗盘子。

大家看到伽马什垂下伸出的手，没有再碰他。

伽马什安静地站着。那个身穿黑色长袍的家伙环顾着四周——小酒馆、书店、面包房，还有贝力夫先生的杂货店。伽马什盯着他看。

“小心点。”伽马什最终轻声地说道。

然后他转身回家去了。

黑长袍家伙到了下午还站在绿地上。

伽马什和蕾娜-玛丽在前往克莱拉家的路上从那个家伙的身边经过。克莱拉的家就位于小镇绿地的另一边。

那个人的身边似乎存在着一条看不见的壕沟。渐渐地小镇居民开始外出活动，该做什么就做什么。那个人的周围有大块空地，但没有人愿意逾越那条壕沟。

孩子们不愿在绿地上玩耍，人们走路的步伐也比平时更快。当小镇居民经过那个人的身边时，他们会立刻回避他的视线。

牧羊犬亨利发出低沉的吼声。它走在伽马什的外侧，脖子上的鬃毛都竖立起来。大大的耳朵一会儿向前伸，一会儿又耷拉在它稍显蠢笨的脑袋上。

亨利会把所有对它而言重要的东西记在心里。大多数情况下是它的曲奇饼。

亨利还是十分聪明的。它知道要和那个黑长袍的人保持距离。

格蕾丝——它是几个月前在垃圾桶里被发现的——和它的玩伴雷欧走在一起。它们的脖子上都系着遛狗绳。

格蕾丝看着那个家伙，仿佛被催眠了一般。它不愿移动脚步。蕾娜-玛丽只好将它抱了起来。

"我们应该和他说些什么吗？"蕾娜-玛丽问道。

"别管他。"伽马什回答道，"也许他只是想博眼球。如果我们不去关注他，他也许就会自己离开。"

但是蕾娜-玛丽知道，那并不是伽马什让她不理会的理由。她知道，自己的丈夫不想让她靠近那个人。实际上她也不想那么做。

早晨的时间在一点点流逝。蕾娜-玛丽发现自己又来到窗边，她希望那个人已经走了。然而，那个家伙仍然站在绿地上，纹丝不动。

蕾娜-玛丽不知道他什么时候会走。在一定程度上，她甚至认为不是"他"。人类的精力是会被耗尽的，而那个家伙却像无生命的"它"。没有人性。

"看，"克莱拉说道，"我们的来访者还站在那儿呢。"

克莱拉原本想缓解一下气氛。可是，她显然把气氛弄得更紧张了。

"猜得出那家伙是谁吗，阿尔芒？"

"猜不出。我真希望知道他是谁。不过，我觉得他会一直杵在那。也许是一个恶作剧。"

"有可能。"克莱拉转身看着蕾娜-玛丽，"我把那些新箱子放在壁炉边的客厅里了。我们可以去那儿看看。”

那些箱子可说不上“新”。

克莱拉一直在帮助蕾娜-玛丽整理历史档案馆里的材料。这是一项似乎无止境的工作。不断会有一箱箱的照片、文档和衣物需要整理。它们都是数百年来堆积在阁楼或是地下室里的旧物。有些则是从旧货摊上和教堂地下室里收集来的。

蕾娜-玛丽自愿整理这些旧物。这可是一项累人的活儿,蕾娜-玛丽却乐此不疲。退休前她曾是一名资深图书管理员,在魁北克国家档案馆担任管理员的工作。和她的丈夫一样,蕾娜-玛丽对历史极感兴趣,尤其是魁北克地区的历史。

“和我们一起吃午饭吗,阿尔芒?”克莱拉问道。厨房里已经弥漫着浓汤的香味了。

“不,谢谢了。我想去一趟小酒馆。”伽马什拿起一本书。这是他每周六下午必做的事情——坐在小酒馆的壁炉前吃午餐、喝啤酒、读一本书。

“这不是杰奎琳做的面包吧。”蕾娜-玛丽说道,她指了指一根长棍面包。

“不,这是莎拉做的。我敢肯定。不过,我家里的确有杰奎琳做的巧克力饼。这很重要吗?”克莱拉问道,她用小刀切着松脆的长棍面包,“面包师一定得会做长棍面包吗?”

“在这儿,”蕾娜-玛丽说道,“这一点很重要。”

“啊,是的。”克莱拉说道,“我也是这么认为的。可怜的莎拉,她想把面包房交给杰奎琳经营,但是我不知道……”

“也许有巧克力饼吃就已经足够了。”伽马什说道,“我已经学会在巧克力饼上抹上干酪,然后再吃。”

克莱拉犹疑了。陷入了思考。也许……

“杰奎琳来这儿才几个月而已,”蕾娜-玛丽说道,“也许她的烘焙技艺会突飞猛进的。”

“莎拉说制作长棍面包需要高超的技艺。”克莱拉说道,“不仅需要讲究手上的触觉,还有你手上的温度。”

“热的，还是冷的？”伽马什问道。

“这我可不知道。”克莱拉回答道，“总之，制作长棍面包需要十八般武艺。我一直认为制作长棍面包就像变魔术一样，不是碰巧能做出来的。”克莱拉放下手上切面包的小刀，“汤快煮好了。趁汤还在加热中，你们想不想看我最近画的画？”

克莱拉很少会主动邀请别人看她的画作，尤其是那些刚完成的作品。当蕾娜-玛丽和伽马什不情不愿地从厨房走向克莱拉的画室时，他们希望那些画作已经成形。

通常他们对于能看到克莱拉的画作会感到十分兴奋，尤其是那些令人震惊的肖像画。但是最近克莱拉所谓的画作是否“成形”的理解与他人所期待看到的截然不同。

伽马什在想，克莱拉看到的哪些东西是别人没有看到的呢？

画室里一片漆黑。画室的窗户朝北。在这阴暗的十一月，白天只能透进一丝稀有的亮光。

“这些都是已经完成的作品。”克莱拉说道，她朝靠在阴暗墙壁上的画架指了指。然后她打开了灯。

蕾娜-玛丽真想问一句，“你确定吗？”

一些肖像画似乎快要完工了，但是人物的头发还只是用铅笔打的轮廓，人物的手像一团模糊的污渍。

肖像画上的人物大概还是多少能辨认出来的。他们是莫娜，还有奥利维。

伽马什走到面包师莎拉的肖像画前。那幅画斜靠在墙上。

那幅画是完成度最高的。莎拉布满皱纹的脸庞帮助伽马什很快认出来。伽马什觉得，画中表达了一种尊严，但几乎是冷漠的。但是克莱拉的画作还捕捉到了莎拉的脆弱，仿佛画作上的莎拉害怕观众会向她索取她并不拥有的东西。

没错，她的脸、她的手、她的态度都被精确地捕捉到了。但是她所穿的面包师工作服却被寥寥几笔带过，好像克莱拉对工作服的细节并不感兴趣。

此时格蕾丝和它的玩伴雷欧在地板上扭打起来。蕾娜-玛丽弯下腰把它们分开。

“那是什么东西?”所有人在听到一阵充满怒气的声音后抽搐了一下。

露丝站在那里,一手抱着鸭子罗萨,一手指着画室里面。

“上帝啊,太可怕了。”老诗人露丝喊道,“简直一团糟。丑陋一词已无法描述它了。”

“露丝,”蕾娜-玛丽说道,“像你这样的人应该了解,艺术创造是一个循序渐进的过程。”

“但是最终未必能创造出成功的作品。我可是认真的。那到底是什么东西?”

“那叫艺术。”伽马什说道,“你不必非得喜欢。”

“艺术?”露丝显得半信半疑,“真的吗?”她弯下腰,然后说道,“过来吧,艺术,到这儿来。”

大家面面相觑。即使对于精神错乱的露丝而言,那个东西也够古怪的。

克莱拉开始大笑起来,“她指的是格蕾丝。”

她指着正在地板上和雷欧扭打在一起的那个小东西。

虽然它们是一起在垃圾箱里被发现的,但是克莱拉所收养的雷欧现在已经变成了一条漂亮的狗。它细长的身体上覆盖着金黄色的短毛,脖子周围的绒毛则比较长。雷欧身材瘦长,颇有几分狮王的风度。

然而,格蕾丝则像是一只生活在垃圾堆里的小牲畜。确切地说,它看上去都不像狗。

数个月前当蕾娜-玛丽把格蕾丝抱回家的时候,没有人知道它到底是什么。

格蕾丝的身上除了部分地方长着颜色深浅不一的毛发外,其他地方都是光秃秃的。它的一只耳朵竖立着,而另一只则耷拉着。脑袋似乎每天都在变大,而身体却显得那样娇小。在蕾娜-玛丽看来,格蕾丝的身体似乎在萎缩。

然而,格蕾丝的双眼却炯炯有神。它似乎知道自己是被蕾娜-玛丽拯救的,所以对蕾娜-玛丽言听计从。

“到这儿来,艺术品。”露丝又喊了几声,然后站起身,“它不仅长得丑陋,而且还很蠢。它好像都不知道自己的名字。”

“格蕾丝,”伽马什说道,“它叫格蕾丝。”

“上帝呀,那你刚才为什么说它是艺术品呢?”露丝看着伽马什,仿佛伽马什才是精神错乱的那一个。

大家回到厨房。克莱拉搅动着浓汤。伽马什亲吻了一下蕾娜-玛丽,然后朝大门走去。

“别那么快走,糊涂侦探。”露丝说道,“你还没告诉我们站在小镇绿地里的究竟是个什么东西。我看到你和他说话了。他说了什么?”

“什么都没说。”

“什么都没说?”

显然对于露丝而言,始终保持沉默是一件匪夷所思的事情。

“但是他为什么还站在那里?”克莱拉说道,她开始变得紧张起来。“他到底想干什么?他会整个晚上都站在那儿吗?你们能不能想想办法?”

“为什么天是蓝的?”露丝问道,“披萨饼真的是意大利人发明的吗?你们吃过蜡笔吗?”

大家都看着露丝。

“这些问题是不是都很愚蠢?我能回答你的答案只有,不知道,不知道,不知道。”

“那家伙戴着面具。”克莱拉对伽马什说道,她没有去理睬露丝的话,“不对劲。他不对劲。也许脑子有问题。”

克莱拉用手指戳了戳自己的太阳穴。

“我也无能为力。”伽马什回答道,“在魁北克用面具遮住脸并不犯法。”

“还有那件遮住全身的长袍。”克莱拉说道。

“看在上帝的分上,”露丝说道,“这有什么好大惊小怪的?你没看过《歌剧魅影》吗?那家伙可能会随时放声高歌一曲,而我们都坐在前排呢。”

“你能不能严肃一点。”克莱拉说道。

“我很严肃啊。我并不害怕。尽管无知令我害怕。”

“你刚才说什么?”克莱拉问道。

“无知。”露丝回答道,她似乎没有注意或是假装没有注意克莱拉警告的口吻。“任何和你不同或者你无法理解的东西,你都会立刻把它看作是威胁。”

“那你岂不是一个让小孩子感到恐惧的老巫婆。”克莱拉回击道。

“得了,”露丝说道,“可怕和威胁之间是有区别的。那家伙或许让人感到害怕,但是他什么都没做。如果他想做什么,他早就做了。”

露丝转身看看伽马什,她希望伽马什能同意她的观点。但是伽马什一言不发。

“人们会在万圣节晚会上穿戏服开玩笑。”露丝继续说道,“在大白天穿着戏服可能会吓坏所有人。你们应该在巫术崇拜的时候穿上它。”

“看来你比我们更了解。”蕾娜-玛丽对她的丈夫说道,“你怎么看?”

伽马什低头看着格蕾丝和雷欧,它们在地板上扭打着。亨利匍匐在旁边,它正懒洋洋地打着哈欠。伽马什曾不止一次羡慕过亨利。但是每当看到亨利的狗粮放在饮水碗旁的时候,伽马什的羡慕之情才会顿然消失。

“我怎么看并不重要。”伽马什说道,“我确信,那个人很快会离开的。”

“别对我们摆架势了。”克莱拉说道,她脸上的微笑使她话语里的恼怒情绪显得略微柔和了一些。“我给你看了我的秘密”——克莱拉指了指她的画室——“现在你也该告诉我们你的了。”

“我只是粗粗判断而已。”伽马什说道,“这一点意义都没有。我真不知道那个人是谁。”

“是吗,阿尔芒?”克莱拉用警告的语气说道。

伽马什服软了。

“死神。”伽马什回答道,他看了一眼蕾娜-玛丽,“我想那个人是死神。”

“手持镰刀的死神?”露丝嘟声道,“他有没有露出弯曲的手指?”

露丝伸出自己瘦骨嶙峋的手指,指着伽马什。

“我不是指字面上的死神。”伽马什说道,“不过我认为,不管是谁,那样的穿着都是为了让我们把他和死神联系在一起。他想让我们感到害怕。”

“猜猜看。”克莱拉说道。

“其实你们都说得不对。”露丝说道,“死神根本不是那个样子。”

“你怎么知道?”克莱拉问道。

“我和死神算是老朋友了。他常常会在夜里拜访我。我们会坐在厨房里聊天。他的名字叫米迦勒。”

“是天使长米迦勒吗?”蕾娜-玛丽问道。

“是的,人们都认为死神的长相很恐怖。但是在《圣经》里,天使米迦勒会拜访那些即将死去的人,在他们生命的最后一刻帮助他们。他长得很美。他总是将翅膀紧紧贴在背后,这样他就不会碰坏家具了。”

“说明白些。天使米迦勒拜访过你?”蕾娜-玛丽问道。

“我问得更直白些吧,”克莱拉说道,“你读过《圣经》?”

“我什么都读过。”露丝对克莱拉说道,然后她又看看蕾娜-玛丽,“米迦勒的确拜访过我。但是他逗留的时间并不长。他很忙。有时和我一起聊聊其他天使的八卦。我告诉你们,天使拉斐尔是一个讨人厌的老东西。”

其他人叹息一声。

“那么你和米迦勒聊了什么?”伽马什问道。

“别闹了。”蕾娜-玛丽说道,她想警告伽马什别去招惹露丝。但是伽马什并非想要招惹,他只是感到好奇。

“我把有关你们的情况都告诉了他。我指给他看你们的房子,还向他提了一些建议。有时我会给他读一首诗。从公立学校到私秘阴间,在那假面舞会上,”露丝开始念诗,她抬头看着天花板,努力回忆着诗句,“当笔直的大道向前延伸/骑车的男孩该向往何处?”

大家面面相觑,屏气聆听着这些诗句。

“这是你写的诗?”克莱拉问道。

露丝点头微笑道:“我知道写诗需要一个过程。老实讲,米迦勒不太给力。他更喜欢打油诗。”

伽马什下不由自主地大笑起来。

“在天亮前,米迦勒就会离开。”露丝说道。

“他抛下了你?”克莱拉说道,“这听上去有点不对劲。”

“的确不对劲。”蕾娜-玛丽咕咕哝哝地说道。

“我还没到死的时候呢。米迦勒喜欢和我待在一块儿,因为我不害怕。”

“所有人都会害怕某些东西。”伽马什说道。

“我不害怕死神。”露丝说道。

“我在想,死神会不会怕她。”克莱拉补充道。

“我要两个。”凯蒂·埃文斯说道,她指着巧克力饼。面包顶部的蜜饯已经开始融化了。

凯蒂记得这个味道已经有好几年了。

“您要什么,女士?”

杰奎琳看着另一位女士——莱雅·鲁。

杰奎琳认出了莱雅。大部分的事她都还记得。莱雅是国民大会的成员,经常出现在新闻报道中。法语和英语的谈话类节目经常可以看到她谈论有关政治方面的话题。莱雅能言善辩,但并不浮夸。她幽默,但却并不嘲讽。她热忱,却并不做作。她是媒体的宠儿。

此刻她就站在这里,站在面包房里,活生生的大高个。

事实上,凯蒂和莱雅个子都很高大。她们和矮小的面包师杰奎琳形成鲜明的对比。尽管这两个女人高人一头,但杰奎琳却因为自己的烘烤技艺而感觉比她们更高一等。

“我想要……”莱雅说道,她看着玻璃橱柜里的各式糕点,“我要一个柠檬蛋挞和一块千层酥。”

“太奇怪了。”凯蒂说道,她朝莎拉的方向走去。莎拉是这家面包房的真正主人。此刻她正在货架上摆放刚出炉的脆饼。

大家都明白凯蒂的话是什么意思。

莎拉用围兜擦擦手,然后向窗外瞥去。

“真希望那家伙能快点离开。”莎拉说道。

“有谁知道那家伙到底是谁吗?”莱雅问道,她先看看莎拉,莎拉摇摇头,然后又看看杰奎琳。杰奎琳也摇摇头。

“真让人心烦。”莎拉说道,“为什么没有人想想办法。阿尔芒应该会有办法的呀。”

“我觉得没什么办法可想。即使伽马什先生也不例外。”

莱雅曾担任过两党合作委员会的委员。她知道伽马什是魁北克安全局的负责人。她也曾不经意地表示过她认识伽马什。他们曾见过几次面。

不过,委员会里几乎所有人都认识伽马什,因为他担任安全局高级警司很多年,参与调查和揭发了许多起政坛贪污案。

大家对于伽马什都是讳莫如深。

两个月前伽马什宣誓就任魁北克安全局的总警司一职,成为了魁北克地区警方的第一把手,甚至可以说是加拿大警方的第一把手。

尽管大权在握,但莱雅知道伽马什面对眼前那个站在小镇绿地上的家伙也无计可施。

“你们在小酒馆里也能买到这些。”当莱雅和凯蒂准备离开时,莎拉这样说道,她指了指她们手里的小盒子,“我们为奥利维和加布里经营的小酒馆提供糕点。”

“谢谢。”凯蒂说道,“我们现在去书店,我们想和莫娜一起分享这些点心。”

“莫娜很喜欢这些巧克力饼,”莎拉说道,“自从杰奎琳来了以后,巧克力饼变成了面包房的招牌点心。”

莎拉看着比自己年轻许多的杰奎琳,就像一位骄傲的母亲看着自己的女儿那样。

杰奎琳的到来可谓解了莎拉的燃眉之急。莎拉如今快七十岁了。她每天清晨五点起床制作面包，一整天她都得站着，的确太劳累了。

莎拉并不想关掉面包房。她也不想彻底退休。她想把面包房的日常经营交给其他人负责。

三个月前杰奎琳来到了小镇。

如果杰奎琳能学会如何制作长棍面包，那该有多好啊。

"看上去不错。"莫娜说道。她倒上茶水，而莱雅则将买来的糕点放在桌上。

三个女人坐在书店木制壁炉边的沙发上和窗边的圈椅上。这样她们可以看到那个身穿黑色长袍的家伙。

在聊了一会儿之后，她们似乎无话可说了。于是她们开始谈论起凯蒂最新的一项工程——在玛格达莱群岛[①]上建的一座玻璃之屋。

"真的吗？"莫娜问道，满嘴的巧克力饼让她的声音显得含糊不清，"是给麦琪一家造的吗？"

"是的。他们在那儿似乎赚了很多钱。那里的龙虾生意一定很不错。"

莱雅扬了扬眉毛，但什么话都没说。

玛格达莱群岛曾是一个贫瘠的岛屿，而现在各种产业正在那里创造着大量财富。

"在岛上建造一座玻璃之屋一定是个挑战。"莫娜说道。

在接下来的半个小时里，她们谈论着岛上的天气，地理环境以及房屋建造。莫娜对此很感兴趣，她满怀崇拜地聆听着凯蒂和莱雅的谈话。

莫娜对凯蒂很感兴趣，她很喜欢她。不过，她对莱雅更有亲近感，因为许多年前她曾做过莱雅的临时保姆。

当时莫娜二十六岁，刚刚完成学业。她绞尽脑汁还清自己的学生贷款。莱雅当时六岁，个子娇小得像一只老鼠。她的父母当时正在闹离婚。作为家里唯一的孩子，莱雅几乎闭门不出，对家庭充满恐惧和不安。

---

① 玛格达莱群岛（Magdalen Islands）：位于加拿大魁北克地区附近的一个群岛。

莫娜成为了她的大姐姐，母亲兼朋友。莫娜也是她的保护者和良师益友。莱雅则成为了莫娜的小妹妹，女儿兼朋友。

“你们应该见见安东。”莫娜说道，她十分愉悦地看着莱雅将一小块糕点吞了下去。

“安东？”

“他是奥利维的洗碗工。”

“这是奥利维起的名字吗？”凯蒂微笑着说道，“我的洗碗工名叫博世[①]。”

“真的吗？”莱雅说道，“我的洗碗工名叫古斯塔夫[②]。他是个脏脏男孩。”

“哈哈。”莫娜笑道，“安东是一个人，就像你们知道的。他想成为一名大厨。他对烹饪当地食材很感兴趣。”

“这里的食材只有树木，”凯蒂说道，“还有草。”

“这是你们盎格鲁的观点。”[③]莱雅说道，“我倒想见见他。我想我或许能帮上忙。”

“不好意思，”莫娜说道，“从来都是别人帮你做饭的。”

“我真的想帮忙。”莱雅说道，“如果能免费吃一顿，那就更好了。”

“好，今晚怎么样？”

“今晚不行。今晚我和凯蒂得去诺尔顿[④]吃晚饭。我们可以另外安排时间。”

“什么时候？”

“几天之后吧。”凯蒂说道。

莫娜觉得，对于像她们这样行程紧凑的人而言，时间反而是模糊不清的。

---

① 博世(Bosch)：德国一家以工程和电子为首要业务的跨国公司，其家用厨具产品享有盛名。

② 古斯塔夫(Gustav)：美国厨具品牌。

③ 加拿大魁北克地区的居民主要是英国裔和法国裔。根据名字来看，凯蒂(Katie)应是英国后裔。

④ 诺尔顿(Knowlton)：位于加拿大蒙特利尔市附近的一个小镇。

面包房里没有顾客。烤箱里正烘培着曲奇饼，杰奎琳在设定烘烤时间。

“你介意我离开一会儿吗？”

“不介意，你去吧。”莎拉说道。

杰奎琳不必说出她要去的地方。莎拉知道她想去哪儿。如果杰奎琳和那个洗碗工结婚，并且那个洗碗工最终成为一名主厨的话，杰奎琳就能一直生活在这里了。

莎拉并不喜欢这种自私的想法，但是这对杰奎琳而言并没坏处。莎拉知道，这个世界上还有远比和安东结婚更糟糕的事情。

如果安东对杰奎琳也抱有同样的想法，如果杰奎琳学会制作长棍面包，能够担负起面包房的日常经营，那该有多好。莎拉觉得，这不是没有可能。

在莎拉看来，能够制作出好吃的长棍面包，便能神奇地解决所有问题。

杰奎琳快步走进隔壁小酒馆的厨房。现在已是下午，小酒馆里的其他人正忙着为客人们准备晚餐。对于洗碗工而言，现在是相当空闲的时刻。

“我刚才过来看了看你。”安东说道，“你发现了吗？”

“当然啦。”

杰奎琳亲吻了安东的双颊。安东也吻了一下杰奎琳。但那是出于礼貌，他也会这样吻莎拉。

“我们应该说些什么吗？”杰奎琳问道。

“说什么？”安东压低声音说道，“和谁说？”

“当然是和伽马什先生说啦。”

“不行。”安东用十分坚定的语气说道，“你答应我，不要去和任何人说。我们不知道那家伙到底是谁。”

“我们可以想办法知道。”杰奎琳说道。

“可我们不知道想什么办法。”安东压低声音说道。此时小酒馆的主厨朝厨房里看了一眼。

杰奎琳有她担心的理由。但此刻她更关心安东对于的反应。

伽马什坐在小酒馆里。他正读着一本书。

他感到有许多双眼睛看着自己。它们传达出相同的讯息。

对站在小镇绿地上的那个家伙做些什么吧。

快让那个怪物离开。

如果安全局的负责人无法保护居民,那么要这样的人做邻居有什么意义呢?

伽马什盘起双腿,聆听着壁炉里发出的噼啪声。他感到一阵温暖,闻到了枫木燃烧时散发出的香味,同时也感受到了周围人的眼神像电钻一样盯着他。

虽然他坐在壁炉边的一把舒适的扶手椅上,但是他的脸始终朝着窗户的方向。这样他便能看到那个家伙。

和蕾娜-玛丽一样,随着时间的流逝,伽马什也渐渐认为那个家伙不再能称之为"他"。而更像是"它"。

伽马什比任何人都清楚,一个这样的怪物该有多么危险。然而,不管那个家伙看上去有多么丧失人性,那件黑长袍之下藏着的肯定是一个活生生的人。

伽马什对于自己的反应感到好奇。他希望那怪物会自行离开。他又希望自己走出去亲自将这怪物逮捕,对,就是他。

逮捕的理由是什么呢?

因为打破了小镇的安宁吗。

告诉其他人那个怪物并不构成威胁似乎是徒劳的,因为伽马什自己也不知道他是不是会构成威胁。目前只知道自己对此无能为力。尽管他是安全局的负责人,但是很多时候他却不能采取更多的行动。

在伽马什的宣誓仪式上,蕾娜-玛丽站在他身边。伽马什身穿警官制服,佩戴着金色的肩章,腰上束着金色的皮带。他十分不情愿地在胸前系着荣誉徽章。每一个徽章都使他回忆起那些本不该发生却发生的往事。

伽马什站着,沉稳而坚定。

他的儿子和女儿坐在台下看着。他的外孙们也在场。伽马什举起手开始宣誓——为公民服务、刚正廉明、伸张正义。

伽马什的朋友和邻居们也都来到国会大厅观看他的宣誓仪式。

让-吉恩·波伏瓦——伽马什的副手同时也是他的女婿，正抱着儿子观看岳父大人的宣誓典礼。

伽马什本想邀请波伏瓦加入由自己负责的警司部门。他想让波伏瓦再次成为自己的得力助手。

“这算是任人唯亲吗?”波伏瓦说道，“多么了不起的魁北克传统啊。”

“你知道我看重传统。”伽马什说道，“我必须承认，你是这个职位的最佳人选，而且委员会已经同意了。”

“为难你了。”

“是的。安全局奉行贤人管理。所以别——”

“别捅娄子?”

“我是想说，不要忘了羊角面包和其他吃的东西。”

波伏瓦说了声谢谢。他看到伽马什和魁北克地区的大法官握手，随后转身面对台下的观众。

现在阿尔芒·伽马什站在这群受他保护、为他所爱的人群面前。他没有将这片土地上的民众视为受害人或一种威胁，而是视之为自己的兄弟姐妹。他尊重他们，保护他们。必要的话，逮捕一些人。

“显然我还有许多工作要做。”伽马什曾在私底下对莫娜这样说道，“我可没时间去参加鸡尾酒会或是午餐应酬。”

事实上，数个月以来伽马什一直忙着和各部门的领导碰面。他忙着审阅关于有组织犯罪、贩卖毒品、谋杀、网络犯罪、洗钱、纵火等罪行的卷宗。

显然，魁北克地区的犯罪情况比他想象中的要严重得多，情况变得越来越糟。最严重的犯罪是毒品交易。

毒品制贩团伙。

其次是滋生出其他罪恶——谋杀、袭警、洗钱、敲诈。

抢劫和性暴力。这些无目的性的暴力是处于绝望中的年轻男女会干出来的。现在城市中心已经受到了犯罪的影响。这种影响不会只局限在城市。它正不断向乡镇地区扩散。

伽马什知道犯罪正在扩散,但他不知道扩散的具体范围。

直到此刻。

伽马什曾投身于各种邪恶、猥琐、悲惨和令人恐惧的犯罪调查之中。然后他回到家中。回到三松镇,回到自己的避难所。他和朋友们坐在小酒馆的壁炉边,或是和蕾娜-玛丽坐在自家的客厅里。牧羊犬亨利还有可爱的格蕾丝会趴在他的脚边。

一切归于安宁之中。

直到那个身穿黑长袍的怪物出现。一个拒绝离开的怪物。

"您后来和他说过话吗?"总检察官问道。

"说什么话?"伽马什总警司反问道。此刻他站在证人席上。他的这个位置能看到走廊里的人们把手上的纸张当作风扇挥舞着。他们正试图制造微弱的风,驱散法庭里恼人的高温。

"你可以问问他到底想干什么。"

"我问过了。身为一名警察,你觉得我有任何权力去打扰一个站在绿地里自顾自的公民呢?"

"一个戴着面具的公民。"总检察官提醒道。

"我再重申一遍。"伽马什说道,"戴面具并不犯法,虽然那很奇怪。我并不是说我喜欢戴面具的公民。我并不喜欢,但是我真的无能为力。"

旁听席里传来人们的窃窃私语声。有些人赞同伽马什的说法。有些人则持完全不同的观点。显然他们认为伽马什身为安全局的负责人应该采取措施。

伽马什知道那些窃窃私语的人是谁。他也明白为什么他们会小声嘀咕。毕竟,他们现在坐在法庭的旁听席上,他们完全知道什么正在上演。

然而,伽马什仍然觉得自己什么也不能阻止。

就像野马脱缰一样,他很难阻止死神的行动。

"那天晚上您在做什么?"

"我们吃过晚饭,然后看了一会儿电视。再然后我的妻子就去睡觉了。”

“那么您呢?”

“我倒了一杯咖啡,然后进了我的书房。”

“工作吗?”

“我没有开灯。我坐在漆黑之中,观察着。”

一个黑色的身影观察着另一个黑影。

虽然伽马什在证人席上,但是他感到有东西在移动。

那个黑色的身影在移动,虽然很缓慢。

他也盯着伽马什看。

“您坐着观察有多长时间?”

“一个小时吧,也许更长。很难看清楚。那家伙和夜色融合在一起。当我出去遛狗的时候,他已经不见了。”

“所以说,他在您坐下之后没多久就离开了?您没看见他离开吗?”

“没有。”

“会不会您打了一个盹儿?”

“有可能。但是我习惯于监视。”

“监视他人?您和他很相似啊。”扎尔玛诺维茨总检察官说道。

这一评价让伽马什感到颇为震惊。他扬起眉毛,然后点点头,“我也是这么想的。”

“那么第二天早上呢?”

“他又回来了。”

...第三章

克里沃法官觉得现在该是休庭吃午饭的时间了。

伽马什总警司出庭作证已经有好几天了。他一直在被不断盘问。

法庭里异常闷热。当克里沃离开时，她让法庭保安把空调的自动电源打开，这样可以更好地缓解闷热。

当她刚接手该案的时候，她还很庆幸自己接手的第一起凶杀案竟是如此简单明了。然而现在她却不得不疑惑。

并不是说她不能按照法律程序走，那再简单不过了。那个站在小镇绿地上的家伙虽然古怪，但他还是能轻易躲过法律的制裁。

然而，真正让克里沃法官感到比汗水湿透还难以忍受的是总检察官扎尔玛诺维茨和证人之间迅速升温的敌视情绪。

扎尔玛诺维茨并非针对所有证人。也并非针对所有负责逮捕的警官。他似乎只针对伽马什总警司。

扎尔玛诺维茨并非想让伽马什难堪，而是在故意激怒伽马什。伽马什显然很不喜欢这样。

作为法官，克里沃也许经验还不够丰富。但是作为一名资深的辩护律师，她对洞察人的反应和行为方式很有经验。包括人性。

法庭里除了这起凶杀案之外一定还隐藏着其他事情。克里沃决定要查个水落石出。

“难道是我理解错了吗？我怎么觉得整场审判完全混乱不受控制了？”波伏瓦问道。此时他和伽马什站在法院的大厅里。

“不见得。”伽马什说道。他用手绢擦了擦脸，“一切都很完美。”

波伏瓦笑起来，“你的意思是一切就像一坨屎吧？”

“正解。伊莎贝拉在哪儿？”

“她先走了。”波伏瓦回答道，“回办公室处理一些工作上的事。”

“哦。”

伊莎贝拉·拉科斯特现在是安全局刑侦科的负责人。她是伽马什卸任该职务时亲自提名的人选。当他宣布刑侦科的新负责人时，其他人都颇有微词。大家说这是任人唯亲。

大家都明白其中的故事。伽马什是在好几年前雇佣伊莎贝拉的，那时伊莎贝拉差点因为不合群就要离开安全局了。伊莎贝拉不喜欢高调办案，她也不喜欢以暴力方式对待犯罪嫌疑人，而是试图理解他们。

她会蹲在受害人的尸体边，轻声发誓要为死者讨回公道。

大家都嘲笑她，冷落她。有一天伽马什把她叫进自己的办公室。当时伽马什还只是安全局的一名探长。他听说了这位奇葩年轻警官的故事，决定见见她。

伽马什没有抛弃她。相反，伽马什接纳了她，把她安排在魁北克安全局最重要的一个部门里。这让伊莎贝拉以前的同事感到懊恼不已。

当伊莎贝拉被提拔为刑侦科的负责人时，这种怨恨也在不断升级。不过，尽管有人劝她要采取一些行动，伊莎贝拉并没有予以理会，她只是一门心思地做着自己的本职工作。

她很清楚，自己的工作就像一个结晶体般澄明，简单但并不容易。

她的工作，就是找出凶手。

其他的都不重要。

一天的工作结束后，伊莎贝拉就回家，回到丈夫和孩子们身边。但是工作的影响总是如影随形。她会担忧受害人或凶手依旧没有着落。就像她工作时，她会牵挂着家人一样。担心当家人们离开安全的家中，会在外面碰到什么样的共同体和社会呢？

“我刚收到一条短信。”波伏瓦说道，“伊莎贝拉正在会议室里开会。她还给我们订了三明治面包。”

波伏瓦用同样严肃的语气说着这两件截然不同的事情。

“谢了。”伽马什说道。

由于法庭休庭，法院大厅里此时挤满了工作人员、出庭作证的证人以及旁听的民众。

时不时还会有身穿黑长袍的形象出现在人群中。

伽马什知道，律师和法官也都想利用休庭的时间狼吞虎咽。

然而，原本熟悉的景象却让伽马什为之一惊。

波伏瓦没有提起关于今早法庭上的证词。伽马什脸上僵硬的表情已经表明一切进行得并不顺利。

伽马什身上的防护系统开启了。即使是他的女婿波伏瓦也无法穿透。

波伏瓦知道他的防护系统背后有什么。真相就隐藏在这后面。但是扎尔玛诺维茨总检察官并不想把真相挖掘出来。

波伏瓦和伽马什沿着蒙特利尔老城区的石子路走着。那是他们十分熟悉的一条路，介于办公室和法院之间。当经过挤满了顾客的餐厅时，波伏瓦朝餐厅里面望了望，但并没有进去。

前方便是魁北克安全局的总部了。它是一幢高楼，俯视着整个老城区。

在波伏瓦眼里，这并非是一幢漂亮的高楼，但它很实用，至少配有中央空调。

有两个人正从狭窄的道路上走出来。他们在圣母大教堂前面，挥舞着手臂让游客为他们照相。

人们看着这座伟大的建筑。阳光照射在石子路面上，一大群穿着短裤短袖的人在太阳直射之下挥汗如雨。

一走进安全局总部大楼，波伏瓦和伽马什就感受到空调的凉爽。这种感觉太舒服太惬意了，仿佛有人朝他们的脸上掷来一个雪球似的，令人感到心旷神怡。

大楼里的员工向伽马什敬了一个礼。他和波伏瓦上了电梯。当他们到达大楼的顶层时，他们的衣服已经被汗水湿透了。空调似乎并没有止住淋漓的汗水。

伽马什和波伏瓦走进办公室。站在办公室的落地窗边，可以俯瞰整个蒙特利尔市。视线沿着圣劳伦斯河的方向望去，便可以看到巍巍群山浮现在天际线上。再往前就是美国的佛蒙特州了。

那是进入美国的途径。

伽马什站在窗边停了一会儿。他凝视着远方的群山。从远处眺望，那些群山仿佛饱经风霜。

他打开抽屉，从里面拿出一件干净的衬衫给波伏瓦。

波伏瓦摇摇头，“我还撑得住。毕竟站在证人席上的人不是我。”他走到办公室门口，“过一会儿我去会议室。”

伽马什换上新衬衫，然后和波伏瓦一起去会议室。会议室里伊莎贝拉和其他人都在。

当伽马什走进会议室时，大家都站起身。伽马什示意大家坐下，随后自己也坐了下来。

“把你们所知道的都告诉我吧。”

接下来的半个小时，伽马什一直聆听着，并时不时地点点头。他几乎没有提问，只是在聆听。

这些人都是从安全局各部门精心挑选过来的。

这是新纪元的开始。是一个崭新的安全局。伽马什知道，自己的工作不是让安全局维持现状，也不是纠正过去的错误。

而是要让安全局重获新生。虽然安全局过去的荣誉和管理经验虽然很重要，但是现在更重要的是建立坚固的根基。

会议室里的这些警官便是安全局重获新生的坚固基础。他们拥有卓越的能力，清廉的作风以及善于学习和提问的品质。

伽马什现在是安全局的总设计师了。他比他的前任们更关心安全局的未来。安全局的前几任负责人中，有些一手导致了安全局的腐败堕落；有些人对安全局存在的问题置若罔闻，抑或是保持沉默。

伽马什对一切都上心。他希望他的手下也能注意到这些。

他希望他的手下不要害怕质疑，包括对他本人和他所实施的计划的质疑。同时他们也要彼此质疑，反省自身。在接管安全局相关工作，审阅了许多卷宗之后，许多人都会对这位新负责人表示强烈质疑。伽马什开诚布公地将这一情况告诉大家。

"事情正变得越来越糟。"伽马什曾这样说道，"而且还会更糟。"

这大概是一年前的事了。也是在这间会议室里。

当伽马什详细解释所谓"变得更糟"的含义时，大家都看着他。有些人无法理解，有些人完全认同。他们脸上的表情从难以置信变成了惊恐不已。

伽马什聆听着大家的抗议和争论。然后他说了一些他觉得非说不可的话。他不想打击大家的信心，或者耗尽所有人的精力，更不想重挫众人的锐气。

但他必须让大家知道这些。他们有必要明白。

"我们已经迷失了。"

大家呆滞地望向伽马什。明白这句话含义的人脸色变得煞白。

"我们已经迷失了。"伽马什重复道，他的语气冷静坚定。"我们打击毒品交易的战争早已失败了。已经够糟了，但是更糟的是后续的影响。如果毒品贩卖不能得到有效控制，那么用不了多久所有的罪恶都会失控。现在还没有出现这种情况，但是迟早会面临。以现在犯罪的速度来看，再过几年情况就会淹没我们。"

大家争论起来。他们当然不愿看到这种情况出现，也不愿接受这一事实。当伽马什第一次翻阅卷宗时，他也不愿意接受。以前安全局部门之间互相竞争,极有领地意识。不愿彼此分享信息和统计数据,尤其是那些看上去十分糟糕的数据。

伽马什似乎是第一个打破陈规的人。他要将所有信息整合起来。

他在想,驾驶一艘即将沉没的大船的船长是否也会有同样的感受呢?对其他人而言,大船仍然在平稳地前行,一切似乎风平浪静,和以往没什么不同。

只有船长知道,看不见的巨浪即将升起。

最初伽马什也持否定态度。他不断地翻阅卷宗,不断地检查着统计数据和规划方案。

在初秋的一天下午,在位于三松镇的家里,他终于看完最后一卷卷宗。他从壁炉边的椅子上站起身,然后出去走走。

一个人,没有蕾娜-玛丽的陪伴,也没有带上亨利和格蕾丝。亨利的嘴里衔着小球,困惑地看着主人的身影。

伽马什在户外走着走着,然后在一把长凳上坐了下来。坐在这儿可以俯瞰整个小镇以及小镇外的山谷。还有森林。他看着远处的群山。一部分属于魁北克,还有一部分则属于美国的佛蒙特州。

至于边境线,这里是望不到的。

伽马什低下头,视线垂到自己的手掌。他曾将知识牢牢掌握在自己手中,他也曾想要扭转现状。

站起身,他朝家的方向又走了几个钟头。

他想找到一个解决办法。

安全局是否需要更多的预算呢?招募更多的警员呢?这样做会浪费更多的资源吗?

有一些事是可以做的。情况还不至于糟到一点希望都没有。

伽马什再次面对自己的时候,他不得不停了下来。他感到此时的自己仿佛正站在真理和一厢情愿的交叉口。他在旷野之中,等待着。

道路笔直地伸向远方。

那时伽马什意识到,一切都在沉沦。不仅仅是安全局,还有整个魁北克地区。也许他这一代还不至于彻底沉沦。而是他的下一代人。再下一代。他的儿孙辈。

现在已经恶贯满盈了。以后将会罪恶滔天。

他还了解一些其他的事情。那是他不愿了解,但又无法否认的事情。

一切似乎都已经无力挽回了。到了不可收拾的地步。面对政府内部几十年来的腐败和堕落,似乎已无解救的良药。警方必须对此负责。

“那么我们还能做些什么?”会议室里的一位上了年纪的警官问道,“难道放弃吗?”

“不知道,我也无能为力,所以现在我们必须全力以赴。好好工作,彼此分享获得的情报。”

伽马什用坚定的目光看着会议室里的每一个人。

“我们最终会想出解决办法的。你们可以和我谈谈你们的想法,无论听上去有多么疯狂的都可以。”

当伽马什离开会议室时,并没有感到绝望,还没到那个地步。也没有恐慌,只是它很快就会扑面而来了。

一个月之后,大家又坐在同一个会议室里。

那时所有人都很憔悴。现在大家离第一次重要的胜利已经很近了。

这次得胜取决于眼下的庭审——不仅仅是审判的结果,还有审判的过程。

偏偏,当一切都处于最糟糕的状态,似乎有了一线希望。魁北克和安全局似乎可以重振旗鼓了。

然而现在开始露出希望的曙光时,一切又失去了控制。

一些资深政客和媒体注意到,伽马什这位新上任的安全局负责人开始要起了花样。

逮捕行动开始了。政客们和他们的选民对此都表示欢迎。

然而,没过多久加拿大的一档电视节目《调查》发现,安全局所进行的逮捕行动只不过针对一些不痛不痒的小案件罢了。

“请你解释一下。”魁北克地区的首席长官这样命令道。在《调查》播出之后,他把伽马什叫到自己的办公室。

首席长官将一大叠厚厚的材料摔在办公桌上。即使隔得很远，伽马什也能看到上面写的内容。

那是有关安全局最近的逮捕行动的新闻报道。

“我已经看了报道和电视节目。他妈的，《调查》讲得没错，阿尔芒。你们安全局的确采取了逮捕行动。谢天谢地，你们还在抓捕罪犯。但是其他的犯罪呢？自从你接管安全局的工作以来，我没看到你在打击其他犯罪方面有所建树。既没有打击帮派犯罪，也没有打击有组织犯罪和毒品犯罪。你处理的都是一些无关痛痒的小案子。你该死地到底在干嘛？”

“我们大家都知道魁北克地区的犯罪率很高。”伽马什朝那叠材料点点头，“这些报道太片面了。”

“你的意思是，”首席长官将手放在那叠材料上，“这些报道都是假的吗？”

“不，报道并不假。但也并不完全正确。”

“你是打算竞选吗？你到底在搞什么鬼？我从没见你这么畏畏缩缩。”

首席长官看着伽马什，伽马什也看着他。两个人什么话都没说。

“你到底想干嘛，阿尔芒？上帝啊，你别告诉我，《调查》播放的内容都是真的。”

《调查》暗示这样一个事实：伽马什和他的那些前任一样在打击犯罪方面都是无能之辈。

“不是这样的。”伽马什说道，“我明白他们为什么会得出这样的结论。但是《调查》报道的内容并不正确。”

“那什么才是正确的呢？我拜托你给我一个答案，而不是这些扯淡。”首席长官用力把材料摔到桌角边，纸张纷纷掉落在地上。“你故意设置这些逮捕烟雾弹，直到别人意识到这些都是毛毛雨。现在那该死的《调查》把它报导了出来。”

“我们也在抓捕杀人犯。”

“是吗？那真是恭喜你了。”首席长官说道。

伽马什和这位首席长官认识很久了。那时伽马什还是一名年轻的探长，而这位首席长官则在法律援助中心工作。

“他们把你说成是安全局有史以来最糟糕的负责人。没有比这更差的了。”

“的确如此。”伽马什说道，“但是请相信我。我会采取行动的，已经着手了。”

首席长官盯着伽马什，他似乎想从伽马什的眼神里找出破绽。

伽马什弯下腰将这些报告从地板上捡起来。他把材料交还给首席长官。首席长官拿着这叠厚厚的材料。材料里的内容只看重数据，而不看重实质的行动。

“我的政党们闻到了血风腥雨，正在全力周旋。”首席长官说道，“不管关乎你还是我，他们不会在乎这些。他们只要博人眼球的报道，需要一个背黑锅的，否则他们无法生存。阿尔芒，你必须做些什么，给他们想要的东西，来一场大规模的逮捕行动吧。”

“我正在展开行动。”

“这些东西”——首席长官突然十分温柔地将手放在那叠之前被他扔掉的材料上——“差得太远了。好好大干一场吧，求你了。”

“我也请求你，请相信我。”伽马什轻声说道，“你在逼我突破底线。”

“你什么意思？”首席长官低声问道。

“你明白我的意思。”

首席长官热爱魁北克这片土地，但他更热爱权力。他的脸色变得苍白，他知道，鱼和熊掌不可兼得。

伽马什看着眼前的这位长官。他在想，谁会在接下来的几个月里幸存下来呢，是自己，还是他？当七月底圣母大教堂的焰火表演开幕时，谁能欣赏到那璀璨缤纷的夜空呢？

谁可以撑到最后呢？

伽马什坐火车回到了蒙特利尔。他从火车站步行穿过老城区，然后来到自己的办公室。当他穿越老城区时，通过前天晚上播放的电视节目，许多人认出了他。

或许人们是从其他的媒体报导中认出伽马什的。

在成为安全局新任负责人之前，伽马什就已经是魁北克地区知名度最高的警官了。

然而，人们曾经敬仰的目光中现在却变味了，夹杂着质疑，甚至是揶揄。伽马什成为了人们的笑料。

他没有理会这些。坚定地朝着目的地走去。

现在是六月中旬。伽马什站着，看了看手表。

“该是回法院的时候了。”

“庭审进行得怎么样了？”重案组负责人玛德琳·图森特问道。

“和料想的差不多。”

“有那么糟糕吗？”

伽马什笑道：“还算顺利吧。”

他们交换了一下眼神。玛德琳点了点头。

“你在会上说有人向你提供了有关玛格达莱群岛上的线索。”伽马什说道，他不想让自己的声音显得过度兴奋，或是过度沮丧。

玛德琳之前在会议上曾提起过这件事。这件事有些意思，但没什么不寻常的。只有一小部分人知道报告中的意思。

“今天晚上你会及时赶过来参加会议吗？”波伏瓦问道。

“我希望能来。不过，这得取决于庭审的情况，不是吗？”玛德琳说道。

伽马什点点头。确实如此。

玛德琳离开了。现在只有波伏瓦和伊莎贝拉跟伽马什待在一起。

“说到庭审，”伊莎贝拉说道，她正在整理文档材料，“我可从没见过哪个检察官这样质问证人的。法官至少没有如此。那位法官是个新人，不过不能小看她。”

“是啊。”伽马什说道，他对克里沃法官锐利的眼神还记忆犹新。

他们沿着走廊来到电梯口。伊莎贝拉到了自己要去的楼层。

“祝您好运。”伊莎贝拉对伽马什说道。

“也祝你好运。”伽马什回答道。

“一切都会好的，长官。”伊莎贝拉说道，电梯门关上了。

一切都会好的,伽马什思索着这句话。但是他知道,不幸往往发生在快要抵达目标的时刻。

“伽马什总警司,今天早上您说,三松镇绿地上的那个家伙第二天又出现了。当时您做何感想?”

“反对。这与本案无关。”

克里沃法官思索片刻,“反对无效。法庭审判关注的是事实,但是证人的感受也是事实的一部分。”

伽马什作答之前思考了一会儿。

“我当时感觉很愤怒,因为小镇的安宁被破坏了。我们的生活也受到了干扰。”

“但是那个家伙还站在绿地上呀。”

“没错。但是你问我当时的感受。这就是我当时的感受。”

“你害怕他吗?”

“也许有一些。迷信总是根深于我们的心里。那家伙看上去像死神。尽管就理性而言,我知道他不可能是死神,但是我的内心还是感到阵阵凉意。这是”——伽马什试图寻找一个合适的词汇来表达——“本能的反应。”

“可是你还是没有采取任何措施。”

“我之前已经说过了,我对此事无能为力。除了跟那家伙说话之外,我没有其他办法。如果当时我能采取措施的话,我早就做了。”

“是嘛?根据安全局最近的录音记录,你所说的似乎并不正确呀。”

从法庭里发出一阵赤裸裸的笑声。

“够了。”克里沃法官说道,“请言归正传。”

总检察官听从了法官的命令。

“你不可以这样对待法庭里的任何人,懂吗?这对你本人,对你的团队以及对整个法庭都是一种侮辱。现在请你向总警司先生道歉。”

“我很抱歉。”扎尔玛诺维茨说道,他转身看着伽马什,“我向您表示万分的歉意。我被自己的惊讶冲昏了头脑。”

克里沃法官轻叹了一下。她感到有些恼怒,但还是克制住了。

“谢谢,我接受你的道歉。”伽马什说道。

伽马什目光炯炯地看着扎尔玛诺维茨,扎尔玛诺维茨后退了一步。陪审团和旁听席上的听众都看到了这两个男人脸上的表情。

在旁听席上波伏瓦向伽马什点头表示赞同。

“第二天早上你和那个人又说话了吗?”扎尔玛诺维茨问道,“你说了什么?”

“我再次对他说,小心点。”

“肯定不是小心你。”

“对,小心任何他想吓唬的人。”

“所以你当时并不认为这只是一个恶作剧?”

“如果是恶作剧,我认为他不会再次出现。他第一次出现时,整个小镇上的人都吓坏了。把它看作一个恶作剧或是一种威胁还远远不够。还有更深远的层面。这是一种约定。他有明确的目的。”

“你认为他会伤害别人吗?”扎尔玛诺维茨问道。

这似乎是一个难以回答的问题。伽马什思考片刻,然后摇摇头。

“我不知道他到底想干什么。也许他会伤害别人。他故意让自己看上去像一种威胁。但是,他的心里是否想主动施暴?如果他想害人,他为什么要先警告别人?为什么穿成这样?又为什么要在白天出现?而不选择在夜里活动?如果他想伤害或是谋杀他人,他为什么只是站着不动让所有人看?”

伽马什看着前方,陷入了沉思。

扎尔玛诺维茨总检察官也有些失神。坐在证人席上进行思考,这很少见,通常在证人席上的证人只会按照事先想好的证词或是谎言进行作证。

很少会有证人在法庭上陷入沉思。

“当然,伤害他人的手段多种多样,不是吗?”伽马什说道,他仿佛是在自言自语,又仿佛是在问扎尔玛诺维茨。

“不管他最初的目的是什么,”扎尔玛诺维茨说道,“最终还是酿成了谋杀。”

伽马什的目光从扎尔玛诺维茨的身上移开。他转身看着被告席，看着被告席上那个被指控谋杀的人。

“是的，没错。”

也许，他想了想却没有说出口，也许他不仅仅是要杀戮。而是先制造恐惧。就像苏格兰人在抵抗敌人侵略上战场之前吹起风笛，或是像毛利人打仗前跳哈咔舞一样。①

他们高唱“死亡啊，死亡啊。”为了震摄，为了恐吓。

黑暗的身影并不是威胁，而是在预示。

“你还给他照了相，是吗？”扎尔玛诺维茨问道，他走到伽马什和被告之间，他想故意切断他们之间的眼神交流。

“是的。”伽马什的视线再次移回到扎尔玛诺维茨的身上，“我把照片发给了我的助手波伏瓦警官。”

扎尔玛诺维茨转身对一名法庭工作人员说道，

“请出示第一件证物。”

法庭的大屏幕上出现了一张照片。

扎尔玛诺维茨原本期待法庭里的人看到照片时会发出惊恐的叫声。然而，他大失所望。

法庭里一片寂静，仿佛空无一人。寂静深入到骨髓，扎尔玛诺维茨转过身，他想要确定旁听席上是否还有人。

旁听席上，有的人睁大眼睛，有的面无表情，有的则张大嘴巴。

屏幕上显现的是一个安宁的小镇。树叶已经凋零，只剩下光秃的树枝。小镇绿地上三棵高大的松树拔起。

与法庭窗外明媚炎热的夏季截然不同，照片里的小镇，灰暗而潮湿。这使得法庭窗外那些在明媚阳光照射下的红砖房子是如此的温馨。

照片里的小镇本应该极其安宁才对。甚至应该是神圣的。

---

① 哈咔舞（Haka）：原是古代毛利族在与敌人作战前表演的舞蹈，是一种由动作、拍打配以叫嚷和哼声的团体舞蹈。

在照片的中央有一个黑色的洞，仿佛被人挖掉了一块。好像从世界之中被挖走。

扎尔玛诺维茨的身后传来了人们的叹息声。长久且冗长，仿佛生命正从法庭里被抽离掉。

这是他们中的大多数人对黑暗投向的第一瞥。

...第四章

“现在吗?”马思奥·比索奈特从窗边转头,看着莱雅问道。他们刚在小酒馆里吃过早餐,正坐在客房的壁炉前。

尽管壁炉里烧着火,身上穿着厚厚的毛线衫,但他仍然感到丝丝寒意。

“他刚拍了照,”马思奥说道,“如果我们再等下去,情况可就糟了。”

“糟?”莱雅说道,“你的意思是会变得更糟吧?”

“我们昨天就应该说出来。”帕特瑞克·埃文斯说道,他的声音里带着抱怨,同时有些幼稚,“别人会纳闷为什么我们不说的。”

“好吧。”马思奥说道,他不想对帕特瑞克发火。“那么我们一致同意。现在就去说。”

其实让马思奥感到恼火的并非帕特瑞克所说的话,而是他的说话方式。帕特瑞克是他们几个人中最胆小的。现在他却在逞能。马思奥认为,也许大家只是为了停止抱怨。所以其他人才同意了他的观点。

随着时间的流逝,事情变得愈发不可收拾。马思奥现在不仅想对那个家伙大吼一声，甚至想在那家伙的屁股上猛踢两脚。

加布里端来一壶新鲜的法国咖啡。“凯蒂在哪儿呢？”他问道。

“这儿附近有一座玻璃之屋。”帕特瑞克说道，“当然它和我们建造的传统玻璃房不一样，但是很有趣。凯蒂想去看看，也许对我们在玛格达莱群岛上建的玻璃之屋有帮助。”

加布里显然对此不感兴趣。他回到了厨房。

马思奥看看自己的妻子，又看看他的朋友帕特瑞克。马思奥和帕特瑞克都已经三十三岁了，但帕特瑞克看上去显然要比马思奥老一些。除了脸上的皱纹，灰白色的头发，他们两个看上去会很像吗？如果穿上长袍或是戴上面具，他们会变得难以区分吗？

莱雅是一个身材苗条的高个子女人。马思奥和她在大学相识的时候，她还没有像现在这么苗条。现在看上去就像一棵枫树，丰满而结实。马思奥喜欢这样的女人，很实在，不会轻易哭泣。

他们有两个孩子。孩子们在家和莱雅的父母一起生活。马思奥知道，自己和妻子回家一定会看到家里乱得像个狗窝。莱雅的父母教育孩子的方法总是备受质疑，孩子们在他们的影响下变得肆无忌惮。

必须得好好管教孩子们了。

“伽马什现在和他的妻子在小酒馆里。大家会注意到的。”帕特瑞克说道，“也许我们应该再等等。”

“可是大家早晚会听到的，不是吗？”莱雅说道，她站起身，“我难道说得不对吗？”

帕特瑞克和马思奥面面相觑。然后他们凝视着壁炉里的火，这火仿佛具有催眠的功能。此刻三个人都望向窗外那片绿地。绿地显得很冷清，除了……

“你干嘛不待在这儿？”莱雅对帕特瑞克说道，“我们走吧。”

帕特瑞克点点头。昨晚他着凉了，现在身体都有些吃不消。他把椅子靠得离壁炉更近了，然后倒了一杯浓浓的咖啡。

伽马什并没有在看小酒馆壁炉里的火。他正透过小酒馆的落地窗看着外面。落地窗的玻璃使窗外的景物显得些微的扭曲变形。伽马什看着窗外十一月的小镇景色和小镇绿地上的那个怪物。

那东西犹如浸泡在防腐液体里的动物尸体。他站在绿地上,独自一人,隔绝一切,而在他周围小镇居民继续自己的日常生活。但居民们的活动受到限制,由于他的存在。

居民们的生活空间被压缩到了绿地的边缘。大家看他一眼,纷纷绕道而行。

伽马什此时转移视线。他看到莱雅和她的丈夫马思奥离开小酒馆的客房。他们两个人在这寒冷的早晨匆忙向户外走去,他们的鼻息变成了白色的雾气。

回到小酒馆的莱雅和马思奥显得有些狼狈。他们搓着双手和胳膊。他们身上穿的衣服很单薄,似乎并没有意识到十一月份的室外气温会如此低。

"早上好。"莱雅一边说道,一边来到伽马什的桌边。

蕾娜-玛丽点点头,脸上露出微笑。伽马什站了起来。

"我们坐在这里,你们介意吗?"马思奥问道。

"当然不。请坐。"蕾娜-玛丽指了指旁边的空椅子。

"我在想,"莱雅说道,她显得有点尴尬,"莫娜会不会介意我们在她的书店里聊天呢? 你们觉得她会介意吗?"

伽马什看看自己的妻子,他们俩对这一提议都感到有些惊讶。蕾娜-玛丽站起身。

"莫娜不介意,我也不介意。"蕾娜-玛丽说道,"除非——"

蕾娜-玛丽向伽马什挥挥手,她感到莱雅和马思奥似乎更想和自己的丈夫谈话。蕾娜-玛丽对此已经习惯了。人们有时想和总警司谈话,而不想让总警司夫人听到。

"不,不。"莱雅说道,"您也一起来吧。我们也希望您听听。或许您也能为我们出谋划策。"

大家拿起咖啡朝莫娜的书店走去。伽马什好奇地跟在莱雅和马思奥的身后。

莫娜当然不会介意。

“真是一个宁静的早晨。”莫娜说道，“不过，死神站在绿地中央可不是一个好兆头。我得去料理书店的生意了。”

“别走。”莱雅说道，“我们也想听听你的看法。对吗，马思奥？”

马思奥显得有点心神不宁，但他很快回过神，点头表示同意。

“你们想谈什么？”莫娜问道。

莱雅让大家在沙发和圈椅上坐下，好像这里是她的家一样。莫娜一点也不觉得被冒犯。相反，她很高兴莱雅把这里当作自己的家。莱雅的动作显得很自然，这让大家感到很放松。

当所有人都坐下时，莱雅将一大叠纸张放在松木咖啡桌上。

伽马什看着这些纸张。绝大多数是西班牙文的报纸。全是西班牙文。

“你能告诉我们这些是什么吗？”

“不好意思，”马思奥翻阅着这些报纸，“我想把这张放在最上面。”

再显然不过了，这张报纸是《金融时报》。

报纸头版文章的署名是马思奥·比索奈特。伽马什注意到该报纸的日期。

这是一年半前发行的《金融时报》。

那篇文章还附带着一张照片。照片上是一个头戴高礼帽，身穿燕尾服的人。这个人的手里拿着公文包，公文包上写着字。这个人看上既得体又无精打采。

伽马什戴上老花眼镜。他和蕾娜-玛丽还有莫娜一起仔细凝视着照片。

“公文包上写的是什么？”莫娜问道。

“是西班牙语。”马思奥回答道，“意思是讨债人。”

伽马什正仔细读着那篇文章。他停下来，看着马思奥说道，“请继续说。”

“我父母生活在马德里。大概在一年半以前，我父亲寄给我这篇文章。”马思奥在报纸堆里翻找着。终于他在另一张报纸上找到了一篇文章。“我父亲总喜欢寄给我一些他认为我会感兴趣的文章。你们知道，我是一名自由新闻记者。”

伽马什点点头。眼前的这篇西班牙文章引起了他的注意。上面还附有一张头戴高礼帽，身穿燕尾服的讨债人照片。

“我把附有该照片的文章投给各大报纸。最终《金融时报》刊登了该文。然后我回到西班牙做了一些调查。我发现讨债人这一职业源于西班牙。他们总是伴随着金融危机孕育而生。”

“照片上的人就是讨债人？”蕾娜-玛丽问道。

“是的。”

“他们似乎比北美的讨债人好看。”莫娜说道。

“他们和打扮的并不一样。”马思奥说道，“这些人不讲文明，也没有教养。高礼帽和燕尾服更像是一种伪装。”

“他们想掩饰什么呢？”伽马什问道。

“掩饰他们所要收取的东西。”马思奥回答道，“收债公司会收取汽车，房产或是家具。但是讨债人会收取别的东西。”

“什么东西？”伽马什问道。

“你的名声和尊严。”

“他们如何收取呢？”蕾娜-玛丽问道。

“讨债人接受收债公司的委托。他们会跟着欠债人，和欠债人保持一定距离。他们不会和欠债人说话，但永远跟在身后。”

“永远？”蕾娜-玛丽问道。伽马什仔细地听着，眉头紧皱在一起。

“是的，永远。”莱雅说道，“他们会站在你家附近，跟着你上班。站在你单位的门口。如果你去餐厅吃饭或是去参加宴会，他们都会站在外面。”

“可是，这是为什么呢？对付欠债不还的人不是有更好的解决方法吗？”蕾娜-玛丽说道，“比如说找律师，或是上法院。”

“这些都太费时间了。西班牙法院要处理的案子已经堆积如山。”马思奥回答道，“走法律程序，你可能要等上几年的时间。欠债人可能逃之夭夭，带走所有值钱的东西，要知道债主也许永远追不回债务。阴谋诡计总是层出不穷。除非有人——”

马思奥低头看着照片上那个头戴高礼帽，身穿燕尾服的讨债人。直到此时，伽马什才注意到人群中的一个人，急匆匆地向前走，与前方保持一定距离，还会朝后看。

讨债人紧跟在身后，表情严厉冷酷，看上去没有同情心。

人群中为讨债人让出了一条路，好让他走过去。

“他要让欠债人受到羞辱。”马思奥说道，“这很可怕。一开始人们可能会觉得滑稽，但时间一长便会让人战栗。最近我和父母在马德里的一家餐厅吃饭。那是一家高档次餐厅。亚麻布墙纸，银器餐具，一切都显得高雅大气。许多高级商务会谈会在这里进行。当时有一个讨债人就站在餐厅窗外，一开始店主试图把他赶走，甚至扬言要殴打他。但是他仍然站着不动，手里紧握着公文包，两眼直盯着餐厅里面。”

“你知道他在看谁吗？”蕾娜-玛丽问道。

“一开始并不知道。但慢慢地那个人自我暴露了。他很慌乱同时又愤怒。他走到餐厅外对讨债人破口大骂。讨债人没有任何反应。当那个欠债人转身回去时，讨债人就紧跟在后面。我不知道其中的缘由，但这令我感到恐惧。我对那名欠债人感到难过。”

“没什么好难过的。”莱雅说道，“他是自作自受。人们只会在很极端的情况下雇佣讨债人。一定是做了极其恶劣的事情才会招来讨债人。”

“任何人都可以雇佣讨债人吗？”莫娜问道，“我的意思是，讨债人怎么知道雇主和他人之间有经济上的纠纷呢？也许雇主只是想羞辱他人。”

“收债公司会筛选的。”马思奥回答道，“当然，讨债人也可能会被滥用。但是大多数时候，如果你被一个讨债人盯上，那一定是有原因的。”

“亲爱的，怎么了？”蕾娜-玛丽问道。

伽马什眯着眼，摇摇头。

“这就如同治安行动一样。”伽马什说道，“用自己的手施行正义。宣判他人。”

“不过，这种行为并不算暴力。”莱雅说道。

“当然算是暴力。”伽马什说道，他将手指指着照片中的讨债人，“不是生理上的而已。”

马思奥点点头。

“可是，”马思奥说道，“这样做很有效。那些欠债的人就会还钱。而且很快。而且你们要知道，讨债人不会针对那些无辜的人。讨债人是逼不得已的选择。只有在所有办法都无效的情况下，债主才会这么做。”

“所以，”伽马什说道，他的眼睛紧盯着马思奥，“你也想把讨债人引入到魁北克来吗？你是不是想问我这样做是否合法？”

马思奥和莱雅看着伽马什。随后马思奥大笑起来。

“上帝啊，我可从没这样想过。我给您看这些照片只是因为莱雅和我都认为那个家伙”——马思奥指着窗外——“就是一名讨债人。”

“讨债人？”伽马什反问道，他有些颤抖，仿佛这是地震前的预兆。

莱雅看着大家，一会儿看看伽马什，一会儿又看看蕾娜-玛丽和莫娜。她似乎想从大家的脸上看到赞同或是反对的表情，然而，所有人都面无表情。他们的面容就和小镇绿地上的那个怪物一样。

伽马什坐回到椅子上，一会儿张大嘴巴，一会儿又把嘴巴合上。蕾娜-玛丽转过身看着莫娜。

最终伽马什将身子往前倾。马思奥也将脑袋凑了过来。

“你应该发现了”——伽马什朝小镇绿地瞄了一眼——“照片上的讨债人和绿地上的家伙打扮得完全不一样。”伽马什指了指照片。

“我知道。”马思奥回答道，“在我研究那篇文章的时候，我听说了一些关于讨债人更古老的传闻。这些传闻可以追溯到几百年以前。”马思奥也朝绿地的方向瞄了一眼，然后迅速移开视线，仿佛不敢直视那个家伙太长时间，“我听说讨债人的原始形象仍然存在，主要在一些偏远山村或是山区。但是我从没亲眼见过或是找到过任何雇佣过这种原始讨债人的人。”

“原始讨债人和现在的讨债人有什么不同吗？”蕾娜-玛丽问道。

“他的职责仍然是追债，只是所收取的东西不一样。”

“是债务涉及的数额不同吗？”伽马什问道。

“不，是债务的类型不一样。有一种是经济类的，通常数目巨大。”马思奥说道，他看着报纸上的照片。

“原始讨债人讨取的是道义上的。”莱雅说道。

马思奥点点头，“我曾经和一位生活在格拉纳达[①]郊外小镇的老人聊天。他告诉我，他小时候曾见过一个原始讨债人跟在一名老妇人身后。他们两个转过一个街角之后，就再也没有人见过那位妇人。他没有录音，只是给我看了这个。”

马思奥从口袋里掏出一张模糊的照片复印件。

“老人当时用老式照相机拍下了这张照片。”

这是一张黑白照片的复印件，看上去模糊不清。

照片上有一条陡峭狭窄的小路，路两旁是高高的石墙。还有一匹马和一辆马车。在较远的拐角处，似乎有其他的东西。

伽马什戴上老花眼镜，然后将脸贴近复印件。他看得很仔细，鼻子都快碰到复印件上了。过了一会儿他放下照片复印件，把它递给蕾娜-玛丽。

伽马什摘下眼镜，默不作声地把它折好。他感到眼前出现了一个灰白色的鬼魂。那鬼魂似乎脱离了照片，来到了现实中。

“这是在西班牙内战[②]快要结束时拍的。”马思奥补充道，“我真不敢相信……”

马思奥说得没错。这张照片虽然拍摄于近一百年前，但照片上的那个怪物仿佛此刻就站在三松镇的绿地上。

“你相信吗，总警司先生？”扎尔玛诺维茨总检察官问道。

在扎尔玛诺维茨的口中，伽马什的职位头衔似乎变成了一种讥讽的工具。

“当时我不知道是否应该相信。它看上去不仅奇特，而且，容我直言，非常难以置信。西班牙的原始讨债人竟会出现在魁北克地区的一座小镇里。如果不是因为我亲眼见过那张照片，我是不会相信的。”

---

① 格拉纳达(Granada)：西班牙安达卢西亚自治区格拉纳达省的省会。

② 西班牙内战：这里指的是 1936 年至 1939 年期间西班牙第二共和国所爆发的内战。

“你是否把马思奥·比索奈特给你看的那张照片拍下来了?”

“是的,我复印了一份。”

“请出示证物二。”

原来那张三松镇十一月份灰沉沉的照片被取代了。取而代之的是一张第一眼看上去像罗尔沙赫氏测验[①]的照片。黑白色的污渍布满照片,边缘也残缺不堪,上面已看不太清楚了。

照片上的一个东西被屏幕放大。

“那是什么?”

“就是这个。”

“这就是小镇绿地上那个东西的原型?”

伽马什看着屏幕上的图像,就是讨债人。他重新感受到不寒而栗。

“是的。”

---

① 罗尔沙赫氏测验(Rorschach test):被测试者对10种标准墨迹进行主观描述,以此来揭示藏在被测试者潜意识中的欲望、需求、动机。

...第五章

杰奎琳揉着生面团。她感到面团在双手的揉搓下变得松软而紧实。她轻轻地上下揉搓着，闭上双眼，陷入了沉思。

她闭上了眼睛。

一双手，苍老，冰冷，饱满的手，搭在了她的手上。

“我想面团已经被揉得够久了。”莎拉说道。

“啊，是的。”

杰奎琳的脸上微微泛红。她意识到，长棍面包的面团似乎被弄得变形了。

如果她还做不出合格的长棍面包，她就不得不失去这份工作了。不论你能做出多么受欢迎的巧克力饼、派或是千层酥，如果你做不出长棍面包，对这家小小的面包房而言也就失去了价值。莎拉不想让杰奎琳走，但这也是无奈的选择。

一切都取决于长棍面包。杰奎琳却搞砸了。

“你会掌握窍门的。”莎拉说道，她的声音显得十分肯定，“花色小蛋糕你弄好了吗？莫娜预定了两打。她说那是给她的客人们预定的，但是……”

莎拉笑了起来，那是真诚而开朗的笑声。缓解了杰奎琳心中的担忧。

杰奎琳心里在想，安东现在是否正在小酒馆的厨房里烹饪呢？他一直想做出一道让奥利维刮目相看的菜品。他想说服小酒馆的老板提拔自己做大厨，或者副厨师长。哪怕候选人也行。

他可不想一辈子洗碗。

然而，杰奎琳隐隐怀疑，自从那个黑长袍的家伙出现之后，安东是否还有心思烹饪吗？

杰奎琳永远不会忘记当她和安东谈论小镇绿地上的那家伙时安东脸上的神情。当时杰奎琳建议他去找伽马什。她想告诉这位安全局的新负责人，她和安东知道这个家伙的真实身份。

“你没事吧？”莎拉问道。

“我只是在想一些事情。”杰奎琳回答道。

“这就是问题所在。当你做长棍面包时，就必须专心致志。只有全神贯注了，你才会惊讶地发现自己竟能做出如此棒的面包。”

“您是指全神贯注想自己的事情吗？”杰奎琳问道。

莎拉看着杰奎琳，然后再次笑起来。

像杰奎琳这样不苟言笑的女人竟然在开玩笑，真是太稀奇了。

莎拉觉得，杰奎琳或许并非完全不苟言笑。那或许只是自己的错觉罢了。和莎拉相比，杰奎琳当然还算年轻。但是杰奎琳也已经三十五六岁了。

做面包的秘决恰恰在于此。年纪变得越来越大，也会越来越有耐心。

“你烘焙面包的时候当然得全神贯注啦。”莎拉说道，“如果你需要任何帮助，亲爱的，来找莎拉姑妈就是了。”

说完，莎拉转身去照看烤箱里的派了。

杰奎琳忍不住笑了起来。

当然，莎拉并不是杰奎琳真正的姑妈。“姑妈”一词似乎已经成为她和莎拉之间的特定称呼。这原本只是一个玩笑，然而这两个女人都很享受，这让她们感觉彼此是一家人。

在莎拉的笑声中，好像黑暗都不存在了。而当笑声消失了，黑暗又会再次降临。

杰奎琳的思绪回到了安东身上。

不管莎拉是不是姑妈，只要杰奎琳制作不出合格的长棍面包，莎拉都会让她走人。她会重新找人接替杰奎琳的。

这样的话，杰奎琳便会失去安东。

杰奎琳重新拿起那个已经变形的生面团上。这是她今天揉的第四个。现在还没到中午呢。

伽马什和蕾娜-玛丽回到了家。

蕾娜-玛丽正坐在客厅里，翻阅着箱子里的档案材料。

伽马什把那张原始讨债人的照片复印件传输到电脑浏览器里，发送给了波伏瓦。过了一会儿，他收到一封简单又粗暴的邮件回复。在邮件里波伏瓦询问伽马什是不是太无聊了，还是喝醉了。

伽马什拿起电话，拨通号码。伽马什的女儿安妮接了电话，她将听筒递给波伏瓦。

“那张诡异的照片到底什么鬼啊，长官?”波伏瓦在电话里问道。

伽马什听得出波伏瓦的嘴里正咀嚼着一大块三明治。他知道他的女婿最爱吃夹肉三明治了。

在伽马什解释那张照片的时候，波伏瓦的嘴巴终于停止了咀嚼。他在电话里说道:“我马上过来。”

伽马什明白他的意思。

在成为自己的女婿之前，伽马什早就认识波伏瓦了。他当时在安全局保卫科里从事着毫无前途的工作。是伽马什将这个不被人看好的年轻人调入自己所负责的刑侦科。这曾让众人大跌眼镜。

对伽马什而言，这一切很自然。他从未对自己的这一决定表示过疑虑。

他和波伏瓦既是上下级关系，也是彼此的左膀右臂。他们既是岳父和女婿,同时又亲如父子。

他们曾一起受到外人的质疑,也曾一起并肩作战。他们有一起经历的过去。

有一天晚上在克莱拉家里聚会的时候,大家曾谈起过人生。以及死亡。还有死后的世界。

“有这样一个理论,”莫娜说道,“我不记得是佛教还是道教了。这个理论认为有些人在死后会继续轮回,他们会在不同的时空得以重逢。”

“这太荒谬了。”露丝说道。

“还是同一个人,”莫娜继续说道,她并未理会老诗人的评论,“但是在不同的时空,他和别人的关系发生了改变。比如说,这辈子你们可能是伴侣。”莫娜看着加布里和奥利维,“但是下辈子你们可能会变成兄弟,或是夫妻,或是父子。”

“等等。”加布里说道,“你是说奥利维有可能变成我老爸?”

“或者你的母亲。”

奥利维和加布里彼此做了一个鬼脸。

“我们会改变角色,但是唯一不变的是爱。”莫娜说道,“这一点是肯定的。”

“一派胡言。”露丝抚摸着鸭子罗萨说道。

嘎嘎嘎,罗萨似乎也表示同意。

露丝和罗萨似乎长得越来越相像了。脖子上都布满了皱纹。头顶也都变得花白。眼珠子都向外凸出。走路时,脚步也是一瘸一拐。说着同一种话。

如果不是因为露丝拄着拐杖的话,她和罗萨简直难以区分。

伽马什看着妻子蕾娜-玛丽。蕾娜-玛丽的脸庞在壁炉火光的照射下显得红润。她聆听着莫娜的话,笑着,如此认真。

如果莫娜说得没错,那么伽马什上辈子就已经认识眼前的这些人了。这或许可以解释自己为什么会被他们和三松镇所吸引。在这些人身上,伽马什感到信任和舒坦。即使是疯疯癫癫的露丝和她的鸭子都让自己感到惬意。或许鸭子罗萨上辈子是露丝的孩子吧。

也有可能正好相反。

那么蕾娜-玛丽呢？上辈子是伽马什的女儿？母亲？还是兄弟姐妹？

都不是。

蕾娜-玛丽只能是自己的妻子。这一点在伽马什第一次见到蕾娜-玛丽起就意识到了。

他和蕾娜-玛丽一起经历了岁月的洗礼。所有其他的人际关系都有可能改变，随风而逝，变成伪装，但唯独他与蕾娜-玛丽的关系是绝对的，是永恒的。

蕾娜-玛丽是自己的妻子，自己是她的丈夫。永永远远。

波伏瓦则属于另一种情况。伽马什很早以前就感到他和波伏瓦似曾相识，仿佛彼此是老朋友似的。他们的关系不会彼此束缚但却十分稳固，蕾娜-玛丽也看出来了。这也是为什么蕾娜-玛丽认为有了波伏瓦，伽马什一定能成为魁北克地区最优秀的警官。

波伏瓦必须加入伽马什的团队。就像是命运的安排。

此刻伽马什的脑海里回想着这一切。他在等待波伏瓦的到来。他来到窗边，看着小镇绿地上那个似乎从时空中脱离出来的怪物。

伽马什在想，如果爱能超越生死，那么恨是否也能这样呢？

“安东？”

没有回答。

“安东！”

奥利维关上水龙头。水槽里的水已经溢出流到了地上。

“客人们正在点汤。”奥利维说道，“我们需要更多的盘子。你听到了吗？”

“对不起，我正在想事情。”

安东在想，奥利维以及小镇里其他的人是否明白站在绿地上的那个家伙意味着什么。

“拜托。”奥利维说道，他用手势表示抓紧时间，“你洗完盘子后，能否拿几个盘子到三号桌？”

“好的。”

盘子洗完了。迅速被擦干，然后递在了大厨手中。安东挑了两个盛着浓汤的盘子。他在浓汤上放了一些鲜奶油和水果，向三号桌走去。

“谢谢。”三号桌的女士说道。

“祝您用餐愉快，女士。”安东说道。他礼节性地看了一眼那位女士，随后瞥向窗外。

他隐隐感觉自己似乎认识这位女士，仿佛以前见过她。这位女士并非小镇居民，而是游客。然而，安东此时的注意力完全被小镇绿地上的怪物占据了。

他看到那个怪物正在移动。十分缓慢，也许只是移动了一寸。向他走来。

“他移动了吗？”蕾娜-玛丽问道。

蕾娜-玛丽刚才来到书房找一本书。此刻她正站在伽马什身后，望着窗外。

“只动了一点点。”伽马什说道，“也许那只是风吹动长袍引起的错觉吧。”

但是他和妻子都意识到他的确移动了，虽然只是一点点。几乎无法感知，除非你恰好看到他在动，或是一直在观察他。

这怪物的确移动了，朝小酒馆的方向。

“你当时意识到，”总检察官问道，“那东西在看谁吗？”

“没有。可能是小酒馆中的任何一个人。”

“但是至少应该是坐在靠窗位置上的某个人吧？这你也没有注意到？”

“反对。这是在误导证人。”

“反对有效。”

“那么接下去发生了什么？”总检察官问道。

...第六章

“你还跟谁说起过有关讨债人的事?”伽马什问马思奥。

现在刚过中午十二点。马思奥等人邀请了一些小镇居民来小酒馆喝下午茶。伽马什和记者站在一个角落里,这样他们两个人的谈话可以不受打扰。

“没有。你们是第一批知道的人。”

“很好。请不要和任何人提起有关讨债人的事。”

“为什么?”

“没有为什么。在没有得到确认之前,我不希望流言四起。”

“可是这已经可以确认了呀。”马思奥说道,他变得有点恼怒,“我可以很明确地告诉您。”

“很不幸,先生。您的一言之词和我的一言之词都需要得到进一步的证实。”

“怎么证实?”

“我的一位同事正在调查你对我们说的事情。我把那张照片复印件发给了他。应该很快就会有结果了，那时可以再谈。”

“好吧。”

“谢谢你的配合。”

“快一点。”露丝坐在沙发上喊道，“我快渴死了。”

“从1968年以来你就再也没口渴过。”加布里说道，他在一个精美的茶杯里倒了苏格兰威士忌，递给了露丝。

“1968年正好是尼克松的选举。”露丝说道，“威士忌总能让我保持头脑清醒。”

“你们有没有注意到，小鸟停在那东西的头上？”克莱拉问道。

“看上去像一座雕像。”蕾娜-玛丽说道。

“希望鸟会在上面拉屎。”马思奥说道。

小鸟栖息在那东西的头上和肩膀上，这本该看上去很滑稽。然而，画面似乎更透出一股杀气。他看上去像墓地里的黑色大理石雕塑。

“你还好吗，亲爱的？”蕾娜-玛丽问道。

和其他人一样，伽马什也正看着小镇绿地上的那个怪物。伽马什有些恍惚。

“我有一种奇怪的感觉。”伽马什轻声说道，“我有一瞬间怀疑，我们是不是错了，万一那家伙并不想伤害人，而是来帮助人的呢。”

“您不是第一个有这种英伟想法的人。”马思奥说道，他正好站在蕾娜-玛丽和伽马什的身后，听到了他们的谈话，“讨债人好像罗宾汉，劫富济贫，替天行道。只是”——马思奥看着窗外——“为什么闻到了一股腐烂的气息。”

“那是肥料。”加布里说道，他在马思奥的杯子里又倒了一些酒，“勒高勒先生刚在他的花园里浇了一些肥料。”加布里深深地吸了一口气，然后又呼出来，“啊，难怪闻上去像大便。你们把这种味道叫做什么？讨债人？”

“那只是一个绰号罢了。”马思奥回答道。

马思奥立马转身离开，以免加布里进一步询问。

“他还给那个东西起了绰号？”加布里问伽马什。

伽马什耸耸肩。他看着马思奥，马思奥此时正在和克莱拉聊天。伽马什在想，马思奥刚才在他人面前提起讨债人这一称呼，是否是故意的。

伽马什告诫过他不要提起讨债人。他是故意提起？有预谋吗？

“凯蒂在哪儿？”莫娜问道。

“她几分钟前还在这儿。”帕特瑞克说道，他环顾四周。

“她说她去城里的酿酒厂多买些啤酒回来。”莱雅说道，举起酒杯，“干杯！啤酒是上帝爱我们、要我们开心的证据。这是本杰明·富兰克林的名言。”

伽马什看着莱雅。他在想，不久的将来自己是否会为这个女人效力。莱雅或许会成为魁北克地区下一任首席长官。

加布里像一位侍从般手里拿着苏格兰威士忌跟随在露丝身后。“我讨厌啤酒。我可不会在家里喝啤酒。那对嗓子不好。”

“这只鸭子是？”帕特瑞克问道，他打量着罗萨。

“这是个特殊例子。”加布里回答道。“就像在家庭中，鸭子和性爱二者都不可缺。”

“的确如此。我们喜欢露丝和罗萨的陪伴。他们两个让其他人看上去比较正常。”克莱拉笑道。

“好吧……”莱雅感慨道。

“玻璃之屋。”露丝将罗萨抱在怀里，看着莱雅。

露丝下意识地将手放在罗萨的翅膀上。罗萨的翅膀紧贴在背上，仿佛是一个小天使长。

莱雅深吸了一口气，微笑道：“说得对。我得道歉。”

“你刚才说的话不对。”

“不好意思，您说什么？”

“本杰明·富兰克林说啤酒的那段话不是这个意思。”露丝说道。

“那么是谁说的？”莫娜问道。

“富兰克林。”

“可是你不是说——”帕特瑞克插嘴道。

“富兰克林说的不是啤酒，”露丝说道，“他写信给朋友中提到的是葡萄酒。有人竟然盗用他的话，自作聪明，混淆视听。我猜这就是政治艺术，不是吗？”露丝转身看着莱雅。“都是幻觉。”

“您说得没错。”莱雅说道，她举起手中的酒杯，向露丝祝酒。

然而，她的眼神中再也看不到任何嘲弄的神情了。

伽马什手里拿着加布里为他倒的威士忌，但他并没有喝。他始终观察着莱雅的表情。

“他看上去还是那样吗？”蕾娜-玛丽问道。

没有人问她指的是谁。

“他在那儿已经站了一整天了。是的，他还是那样。”克莱拉说道。

“不对，你们再仔细看看。”

所有人都沉默地看着那个在十一月份孤独地站在绿地上的人。

一阵寒意似乎在房间里弥漫开来。逐渐笼罩着小酒馆，甚至整座小镇。仿佛泡在防腐液体里的尸体，正在一点点膨胀。一点点接近三松镇。

两天前，孩子们还在小镇绿地上嬉戏玩耍。现在绿地上空无一人。没有骚动。没有生机。即使落在他肩膀上的鸟儿也一动不动。仿佛只要触碰了，就会变成石头。

“他看上去就像圣方济各①。”克莱拉说道。

“我也是这么想的。”蕾娜-玛丽说道，“还有那些鸟儿。”

“别开玩笑了。”莱雅说道，“他可不是什么圣人。”

“你和天使米迦勒提起过我们的客人吗？”伽马什问道。

蕾娜-玛丽转身看着伽马什。她对自己丈夫提的问题感到惊讶，不过对问题的答案又很好奇。

没人会相信天使曾拜访过露丝这位疯疯癫癫的诗人。才不会。也没人会相信露丝自己会相信。他们甚至不相信她会相信。才不会。

但是大家都很好奇。

“我和米迦勒提起过。”

“还有呢？”

---

① 圣方济各(Saint Francesco di Assisi)：天主教方济各会和方济修女会的创始人。

就在这时远处的山顶上出现了一辆车。那座山是进入三松镇的必经之路。

“一定是凯蒂。”帕特瑞克说道，“等等，那不是凯蒂的车。”

车停在那家伙的不远处。那些仿佛石化的鸟儿一下子飞走了。然而，那家伙还是纹丝不动。

随后，那辆车又开动起来。

那是波伏瓦的车。他有新的消息。

“波伏瓦警官发现了什么？”总检察官问道。

一天快要结束了，总检查官还在不断提问。他想在休庭前问出些什么。

他想让陪审团的成员们可以早一点知道答案，好在炎热的中午出去喝个小酒凉快凉快。

扎尔玛诺维茨朝法庭工作人员点头示意，“请再次出示证据一。”

屏幕上又出现了三松镇和绿地中央黑袍男的照片。这一次旁听席上的观众不再沉默了。大家开始窃窃私语，仿佛已经认出了那个人是谁，甚至有些激动。

震惊转化成熟悉，还有骚动。警惕心消失了，取而代之的是放松，仿佛对于自己能习惯于这种奇怪的场景而感到骄傲。

当然，这仅仅只是一张照片，并非真实。

然而大家不过是在虚张声势，并非真实。

伽马什清楚地知道这是一个错误。他认为法庭里其他人也知道，对那样一个人感到放松简直大错特错，即使只是在照片里。

“所以呢？”总检察官继续催问伽马什。

尽管伽马什对总检察官的逼问并不反对，但是根据他在高等法院作证的经验判断，这种做法会使许多问题无法得到满意的回答。这会给辩护方留下空子，会使真正的罪犯逃之夭夭。

现在，伽马什要让自己像在高空走钢丝一样，以极为清晰的思路和快节奏的语速作答。

有些事情扎尔玛诺维茨并不知道，他也不可能发现。

“波伏瓦警官花了整个周六的时间研究讨债人。他认为自己发现了新的信息，所以开车来找我。”

“为什么要开车来呢？不能打电话或发邮件吗？”

“他想自己亲眼看看那东西，以此来确认，我只发给他一张照片的复印件而已。所以，他想亲眼看看。”

伽马什并没有告诉总检察官，波伏瓦其实还想面对面地告诉自己发现的新情况。好以此作判断。

“还有呢？”

“你对此了解多少，长官？”波伏瓦问道。

波伏瓦、蕾娜-玛丽和伽马什坐在伽马什位于三松镇的家里。

“只有马思奥告诉我的那些信息。我都告诉你了。”伽马什说道，“还有那张讨债人的照片。”

“是的，讨债人，但那个并非原始的讨债人。”

波伏瓦将热巧克力牛奶放在桌上，然后从自己的背包里拿出一个文件夹。他从文件夹里抽出一叠纸，大部分是照片。他将这些照片摊在桌上，然后稍微整理了一下，仿佛在玩纸牌游戏。

过了一会儿，一连串的照片呈现在伽马什面前。

“这是”——波伏瓦拿起最外面的一张照片——“一个讨债人。”

照片上是伽马什十分熟悉的头戴高礼帽，身穿燕尾服的讨债人形象。讨债人的手上戴着白色的手套，拿着公文包。公文包上写有大大的西班牙文——讨债人。

“不过，这才是我想给你看的。”波伏瓦说道。

他从一堆照片中抽出张递给伽马什。

“这是 1841 年拍的。这是比利牛斯山[①]的一个小镇。也是现存最早

---

① 比利牛斯山（Pyrenees）：欧洲西南部最大的山脉，山中有小国安道尔。

的关于讨债人的照片。银版照相法[①]。”

照片上的景象昏暗，模糊。在参差不齐的石制房屋中有一条狭窄的石子路。远处还能依稀看到山的轮廓。

“照片上没有人和动物的影像。”波伏瓦解释道，“这种老式的银版照相技术必须曝光十分钟才能成像。任何会动的东西在那段时间内都会消失。”

伽马什戴上眼镜仔细端详起来。他一动不动地看着照片。如果用达盖尔照相法给他拍照的话，他的形象一定能显影。

过了一会儿，伽马什抬起头看着波伏瓦。

波伏瓦会意地点点头。

“这是讨债人，”波伏瓦轻声说道，“你们之前看到的讨债人形象是由后来聪明的营销商经营出来的。这个才是最原始的讨债人形象。”

蕾娜-玛丽也凑了过来。她能在照片上看到房子、小路以及远方的山。此外什么都没有。她的目光快速地浏览着整张照片。

只有在仔细端详时，她才能在照片上看到他。

那个形象此刻变得越来越清晰，仿佛从照片上跳脱出来。

它变得越来越黑，越来越暗。

直到你可以确认无误。

照片上有一个人倚在墙上。即使被曝光了十分钟，银版照相技术仍然能捕捉到这个纹丝不动的家伙。只有他。

所有其他生物——马、狗、猫、人——都消失了，仿佛他们已经抛弃了小镇，只留下这个穿着黑披风，蒙着黑头巾的家伙。露出一张毫无表情的面孔。

仿佛是广岛原子弹照片中的恐怖场景。人的肉体灰飞烟灭，而人体残骸却凝固在墙壁上，永远地形成一片黑影。甚至已经不是人了。

---

① 银版照相法(daguerreotype)：又称“达盖尔照相法”。19世纪30年代由达盖尔发明的利用水银蒸汽对曝光的银盐涂面进行显影作用的方法。这种方法拍摄出的照片具有不易褪色、不能复制的特点。

在这个西班牙小镇，一个黑影停留不动。他的脸上没有愤怒、没有哀伤、没有喜悦、没有同情、没有得意、没有判断。审判已经结束了。

一个讨债人。收取他所要的。

“这个是最近在巴黎的一次达盖尔照片展览会上人们无意间发现的。”波伏瓦说道。“还有这张”——波伏瓦指着旁边一张相对清晰些的照片——“这是20世纪20年代拍摄的。还有这张”——他又拿起另一张照片——“这是1945年拍摄的，拍摄时间是第二次世界大战欧洲战区结束后的某个星期。”

照片上一个身穿长袍的人站在一个中年男人面前。中年男人正在抗议着什么，周围人在围观。

“这个中年男人被揪出来，然后被绞死了。”波伏瓦说道，“他在二战期间检举自己的朋友和邻居，并且向纳粹提供犹太人躲藏地点的情报。”

看看这个中年男人脸上的表情、消瘦的脸颊、空洞的双眼、蓬乱的头发以及凌乱的衣服，你很难不对他感到同情。但一想到由于他的检举揭发而丧命的受害者——男人、女人、孩子，你的怜悯之情又会立即消失。

讨债人找到了他，一直跟随他，追捕他，直至他生命的尽头。

“他是被讨债人绞死的吗？”蕾娜-玛丽问道。

“不，讨债人只是指认了他。”波伏瓦说道，“其余的事情由他人做的。”

弯曲的手指，伽马什想到。也许露丝说得没错。

“在二战刚结束的时候，讨债人指认的场景在西班牙随处可见。”波伏瓦说道，“之后讨债人销声匿迹了很长一段时间。”

“马思奥说，他在研究的时候没有找到任何一个亲眼见过原始讨债人的人。”伽马什说道，“他也没有找到这些照片。”

“他可能找得不够仔细吧。”蕾娜-玛丽说道，“根据我担任档案员的经验判断，自由撰稿记者的时间总是很紧张。马思奥的那篇文章写的是现代讨债人，而不是原始讨债人。”

“有这可能。”伽马什说道。

“但是即使关于原始讨债人也很容易找到许多照片呀。”波伏瓦说道。

“就像这些。”蕾娜-玛丽说道。

原始讨债人穿越时空来到了现代，来到了三松镇。人们仿佛能嗅到腐烂的气味。然而，伽马什却开始觉得，这种气味可能并非来自讨债人。而是其他人。就在附近，在那个讨债人所追踪的人身上。

“有关讨债人的信息可以追溯到19世纪。”蕾娜-玛丽说道，她仔细地看着那张银版照片，“我有些不明白。”

“不，”波伏瓦说道，“你说得不对，不是19世纪，而是14世纪。”

“七百多年前？”蕾娜-玛丽问道。

“是的。你们肯定有地图册吧？”

伽马什来到客厅的一个书架旁，从上面拿来一本大大的地图册。

“在西班牙的沿海有一座小岛。它就位于西班牙和摩洛哥之间。”波伏瓦说道。他翻阅着地图册直到找到了他要的内容，“那座岛就叫做讨债人岛。”

伽马什把脑袋凑过来，“但是它现在不叫这个名字了。”

“是的，小岛的名字现在已经改了。但是讨债人便是起源于那里。当时人们将得了瘟疫的病人流放到那座小岛上。不仅仅是得了瘟疫的人。麻风病人、精神病人、先天残疾的儿童等等。所有那些教会认为被施了诅咒的人都会被送到那里。还有那些被怀疑是女巫的人，也要被扔进宗教裁判所。被流放到岛上被认为比用火刑处死都要来得可怕。至少火刑只是短暂的痛苦，而在那座岛上你却会被永远诅咒。这就是”——波伏瓦指着地图册上的一座小岛——“地狱。”

伽马什紧皱眉头，“可是——”

波伏瓦点点头说道：“可是不是所有人都会死去。教会和当时的政府认为瘟疫要么会把这些人全部杀死，或者他们会相互厮杀。当然，的确出现过这样的情况。然而，还出现了其他情况。转机从一些女人开始。一些妇女开始照料岛上的孩子，护理他们，扶养他们。”

“女巫举行了仪式。”伽马什说道。

“这一定让宗教裁判所很抓狂吧。”蕾娜-玛丽说道。

“内讧消失了。大家开始共助。”波伏瓦说道，“他们建造房屋，种植庄稼。在远离肮脏的城市之后，许多原本感染瘟疫的病人反而恢复了健康。”

“太棒了，”伽马什说道，“太令人惊奇了。生命在以自己的方式进行恢复。但这和讨债人有什么关系呢？”

伽马什指了指窗外。

已经过去了四十八个小时。小镇的居民还没有适应那家伙的存在。相反，大家变得越来越有压力。神经也越来越紧张。在小酒馆里有时传来好朋友之间的争吵声。仅仅因为琐碎的小事。

居民们将暴躁的脾气归因于好几天未曾见到阳光。已经有好几周没见过太阳了。十一月的天空依旧阴云密布，偶尔还会有冻雨和冰雹。寒气会透过衣物和皮肤渗入骨头。

恐惧的始作俑者仍然站在绿地的枯草之上。

那东西仿佛从 14 世纪西班牙的小岛上而来。他离家远道至此。

如同浸泡在防腐剂中的尸体一般，讨债人的世界正在不断繁殖，他的权势在膨胀，而三松镇却在倒塌。

伽马什在想，真正令人恐怖的事情还需要多久才会发生呢？

“岛上有些人最终回到了西班牙本土。”波伏瓦继续说道，“但是由于疾病的折磨，已经变得面目全非。他们只能戴上面具和手套，用长长的袍子将自己的身体遮盖住。”

“他们为什么要回来呢？”蕾娜-玛丽问道。

“为了复仇。”伽马什说道。他明白仇恨的力量。仇恨常会压倒良知。

“我起初也是这么认为的。”波伏瓦转身看着伽马什说道，“但是事实并非如此。他们到处寻找那些放逐自己的人。这些人里头绝大多数是教会神父，高层神职人员，地方法官，甚至皇室成员。奇怪的是，他们找到这些人之后，什么事情也不做，只是跟着他们。当然，这也可以看成是一种变相的复仇。”

“那么后来发生了什么？”伽马什问道。

“我想你应该知道。”波伏瓦说道。他无需再看一眼那些照片，他也不会忘记自己所读到的那些内容。“第一批回来的人被暴民们活活打死了，因为人们认为他们是黑死病的化身。然而，一批被打死之后，另一批又马上出现。渐渐地民众发现,这些身穿黑长袍的家伙并不构成危害。这些家伙身上似乎有某种尊严。即使在被打死的时候,他们仍然站立不动,不为自己辩解。他们不反抗,只是默默地看着自己所要跟踪的人,直到自己被打死在地。”

伽马什挪动了一下椅子。他回头看着窗外的绿地。

这种复仇的做法令人敬畏,同时也很疯狂。

“教会和政府不允许这样的事情继续出现。”波伏瓦说道,“他们最后知道了这些人是谁,来自于哪里,于是调动军队前往小岛,将岛上所有男人、妇女和儿童统统杀光。”

伽马什倒吸了一口气。即使在七百多年之后,他仍能感到当时的仇恨和痛苦。

“民众得知这个消息之后,掀起了狂风暴雨。”波伏瓦说道。

伽马什低头看着资料。“狂风暴雨”都不足以形容当时发生的一切。

“从那以后,这些身穿黑长袍的人变成了传说。”波伏瓦说道,“民众以小岛的名字将他们称之为讨债人。不过,这只是当时欧洲大陆发生的众多宗教事件之一。讨债人很快就被遗忘了。”

“但是他们并没有完全消失,对吗?”蕾娜-玛丽问道。

“是的,岛上并非所有人都被杀光了。有人逃跑了。据说一些不愿听从教会命令的士兵帮助一些人逃离了小岛。时不时地有人会在山间小镇里看到这些讨债人的身影。”

“他们继续跟踪那些做坏事的人吗?”伽马什问道,“我指的是曾迫害过他们的人。”

“似乎是这样。”

“所以讨债人后来就变成了专门负责收取债务的人。”

“不,这只是现代人的解释。‘讨债人’在字面上变成了‘收取债务的人’,那只是对债务而言。在偏远的村镇讨债人有另一番解释——‘收讨良心债的人’。”

法院里的时钟显示为下午五点三十分。

今天所有审理的案件到此便休庭了。法院的走廊里传来人们的脚步声,偶尔还有人们的说话声和嚷叫声。之前法院里那些严肃的保安人员正勾肩搭背前往附近的酒馆喝上一杯。

然而在克里沃法官的法庭上,刚才凝重的气氛结束了。法庭内炎热的气温使每一个人都想外出透透气。他们想远离这里,远离这个令人不适的故事。

问题仍然悬而未决。

“伽马什总警司,”扎尔玛诺维茨总检察官问道。这一次总检察官的口吻不浮夸,而是平静且严肃,“根据波伏瓦警官提供的这些信息,你能得出什么结论吗?”

“能。”

“什么结论?”

“小镇里一定有人做了极恐怖的的事,以至于他的良心被唤起。”

...第七章

“你今晚不回家吗?”蕾娜-玛丽在电话里问伽马什。

“恐怕不行。我得待在蒙特利尔。明早还要开庭,我有很多事要做。”

“你希望我明天开车来接你吗?我可以从小酒馆带些吃的给你。”

“不用了。时间有些紧张。我得工作。”

“为了开庭?”

“是的。”

“一切都进行得顺利吗?”

伽马什用手擦擦前额,想了想。“很难说。现在千头万绪,感觉有一条隐密的线在各就各位和分崩离析之间。”

以前蕾娜-玛丽也看到过丈夫为了案子操心的模样,尤其是在当庭作证方面。然而在这一起案件中,伽马什是唯一的证人。他为什么显得如此忧虑呢?

“你还要为凶手定罪吗?”

“是的。”

对于一个心思缜密的人而言，他回答得太快，太确定了。

“那么你晚餐打算怎么解决？”蕾娜-玛丽问道。

“在办公室里随便吃点。”

“一个人？”

伽马什透过门缝看着会议室。此刻波伏瓦、伊莎贝拉和其他警官正坐在会议室里低头看着地图。长长的会议桌上堆满了从附近咖啡店里买来的大杯咖啡和三明治面包。会议桌上还摆放着水瓶、笔记本电脑和纸张。伽马什看到了夜幕下蒙特利尔的灯光。

“对，一个人。”

伽马什加入自己的团队。他戴上眼镜，低头看着一幅魁北克地区的地图。

地图上标记着各种不同颜色的斜杠。

全是斜杠，红色的，蓝色的，绿色的。黑色记号笔标记的。伽马什知道，虽然有些难懂，但这些斜杠具有不同的含义。

地图上还画有彩色的线条，它们似乎毫无意义。然而，它们在魁北克地图上彼此交汇，粗心的人会认为这是一张当地公交线路图，一个非常庞大又极度繁乱的路线。

这样的猜想已经接近事实了。

实际上，这是一张魁北克的地下地形图。

彩线沿着圣劳伦斯河蜿蜒曲折。其他的线则从北部地区延伸过来。在蒙特利尔市和魁北克市又延伸出许多条线。但是它们在加拿大和美国的边境线上汇聚到了一起。

图森特警司——重案组的新负责人——从会议桌上拿起一只蓝色记号笔。

对于安全局的年轻警官而言，图森特警司的这一举动就像拿起锤子和凿子一般，是一种原始的绘制地图的方式。年轻警官更喜欢使用笔记本电脑，因为这是一种更为精确也更为有力的工具。

然而，这张地图以及地图上的各种线条却有着它们自己的含义。没有人能将它们拆开。一旦被拆解,也没有人能破解它们的含义。

这一优势极其重要。

“我这里有新情况。”图森特警司说道,“我们在玛格达莱群岛上的情报人员报告有一艘货船两天前从中国到达。”

“两天前?”一位警官问道,“为什么过了这么长时间才报告?”

“能知道消息已经很不错了。”图森特回答道,“如果对方发现了我们情报人员的身份,你们也知道后果会是什么。”

图森特用蓝色记号笔在地图上圈出群岛所在的位置。该群岛位于圣劳伦斯河的河口。

“我们掌握了多少细节?”波伏瓦问道。

“八十公斤。”

大家默不作声地看着图森特。

“八十公斤芬太尼[①]?”伊莎贝拉问道。

“是的。”图森特回答道,她举起手中的记号笔。芬太尼也是蓝色的。

大家面面相觑。整整八十公斤啊。

这将是整个北美地区最大的一起毒品犯罪,几乎是安全局迄今所破获的最大毒品交易数量的一倍。

毒品交易的规模越来越庞大了。

不过也难怪毒品交易会变得如此猖獗,他们几乎没有。

此刻会议室里的每一个人都看着伽马什总警司。他正凝视着位于加斯佩[②]和纽芬兰岛之间的玛格达莱群岛。在地图上这一群岛显得那样渺小,然而它却是毒品交易的理想场所。

与世隔绝,人烟稀少,只有一条航线通往世界各地。

此外,它也是进入魁北克地区和加拿大的港口。好像一条秘密途径。对于那些忙着检查主要港口货物吞吐情况的相关部门而言,玛格达莱群岛是一个被遗忘的角落。

---

① 芬太尼(Fentanyl):一种具有止痛效果的药物,其镇痛效力约为吗啡的八十倍,它的衍生物常被用于制作合成型毒品。

② 加斯佩(Gaspe):加拿大的一座港口城市。

渺小而美丽的玛格达莱群岛在某些人眼里是一片乐土。

伽马什看着地图上各种不同颜色的线条。它们从魁北克地区的不同地点延伸出去,最后向着同一方向汇聚。

那里是美国和加拿大的边境线。

所有线条在那里叠加在一起。它们穿过一个在地图上尚未被标出的小镇。伽马什用铅笔将它标记出来。

三松镇。

然而,铅笔的标记完全被彩色的线条覆盖了。

毒品通过边境线上的这一缺口源源不断流入美国,而金钱也通过这一缺口流入加拿大。

数十吨的可卡因、甲基苯丙胺和海洛因通过这个缺口在边境线上进行交易。持续了多年。

伽马什知道,安全局已经意识到魁北克地区毒品交易的规模。然而,他还意识到另一些事。传统航线上的毒品运输只占很小一部分。

大部分毒品是如何被运输的呢?

伽马什——加拿大安全局魁北克地区的新负责人——已经派遣了一个团队监视魁北克地区制造和运输毒品的情况。有些毒品会在魁北克当地交易,这意味着魁北克隐藏着一个利润颇丰的毒品交易市场。

伽马什组织的团队由不同职业的人所构成。科学家、电脑黑客、有犯罪前科的人、情报人员、水手、航运人员、摩托车帮派、码头工人、工会成员、打包工、甚至还有市场营销人员。这些人中大多数人并不清楚自己的任务是什么,他们甚至不知道自己为谁工作。他们组成一个细胞小组,只负责解决单一小问题。

就像所有的毒品漏斗般汇聚到一处,所有的问题也集中到一点。

即总警司伽马什。

一场清算运动要开始了。不再是一系列小规模的抓捕,而是一场严酷、迅速、高效的行动。彻底解决问题了。

在经过将近一年的缜密调查之后,地图上的线条变得越来越多。它们彼此缠绕,彼此纠结,形成了一张网络。

然而，伽马什现在还没有立即采取行动。

尽管一些资深警官一直恳求伽马什采取抓捕行动，但是他仍然在等待着。为此他承受着来自方方面面的批评。旁观者只看到魁北克地区的犯罪率在不断攀升，而安全局却熟视无睹。

终于，伽马什的团队成员发现了他们所要寻找的目标——魁北克地区毒品交易的头号人物。

这一情报得力于那些彼此合作、有胆有识的情报人员。

也得力于那个站在小镇绿地上身穿黑长袍的家伙。

虽然没有人知道行动最终会取得什么结果，但是伽马什期待能彻底扫除魁北克地区的毒品犯罪。

警官们看着伽马什。他们希望他能说些什么，做些什么。

图森特警司放下手上的蓝色记号笔，然后在地图上画了一条线。这条线从玛格达莱群岛上的港口开始，沿着加斯佩的海岸线延伸。记号笔缓慢地沿着圣劳伦斯河滑动着，最后转变了滑动的方向，不断向南继续滑动。

终于它在美加边境线上停止了滑动。

图森特将手指着那个地方。

她看着伽马什。伽马什看着地图，看着地图上的那个点。

然后伽马什抬起头。他的视线凝视着墙上的一张地图。

这是另一种类型的地图。这张地图上所绘制的并不是毒品、金钱以及暴力犯罪的分析图，而是魁北克地区警力部署的情况。

地图上还贴着一些照片。有一些是面部照片，大多数则是用高精度照相机拍摄的绝密照片。

照片上是一些男男女女。看上去很普通。然而，他们其实不过是披着人皮。

在地图的最上方是一张黑色的轮廓图。上面什么形象都没有。

没有脸。没有形状。不成人形。

伽马什知道那是谁。他本可以在上面添加一张人脸，但是他并没那么做。他看着那个黑色的身影，然后又看了看图森特警司，并向她点点头。

图森特警司犹豫了一会儿。她希望伽马什能改变主意。

会议室里鸦雀无声。

“不行。”图森特轻声说道，“那可是八十公斤毒品啊，长官。也许犯罪分子已经在交易了。我还没有得到进一步的情报，但是至少应该部署我们的警力。”

伽马什从图森特手里拿过记号笔，然后毫不犹豫地在地图上画上了最后一条线。

那条线猛地穿越边境线，从加拿大一边扎进美国一边。

伽马什用力将笔帽咔的一声套在记号笔上。他看着其他警官的脸，看着他们脸上的表情。

所有人都是一脸的震惊。

“您不能这么做。”图森特说道，她试图让自己的声音变得柔和一些，“您不能就这样让犯罪分子越过边境。那可是八十公斤毒品啊。”图森特再次强调，她变得有些怒不可遏，“如果您不能——”

伽马什忽然挺直身子站了起来，“继续说。”

但是图森特却沉默不语了。

伽马什扫视了一下其他人。他不必问谁会赞同图森特的看法。很明显，大多数人都赞同图森特。

然而，图森特的看法未必正确。

“我们仍然按照原计划。”伽马什说道，“我们在一年前就已经制定了这一计划，我们现在必须遵守。”

“难道不考虑任何后果吗?”一位警官这样问道，“没错，我们的确有计划。但是我们得顺时而动。情况发生了变化。固执地遵守原有计划实在太愚蠢了。”

伽马什扬了扬眉毛，但是什么也没说。

“我很抱歉，长官。”那位警官说道，“我并不想说愚蠢。”

“我明白你的意思。”伽马什说道，“我们在得知这些情报之前就已经制定了计划。”那位警官点点头。“当时制定计划是在十分冷静、简陋和秩序的环境下制定的?"许多人点点头。

"但是如果我们不行动的话,"另一位警官指着地图说道,"我们为什么要冒风险去获得情报呢?"

"我们会采取行动,"伽马什说道,"只是我们不能以犯罪分子所期待的方式行动。我当然想截停那艘船。但是我们的行动必须得放长线钓大鱼。我们需要稳住,你们明白吗?"

伽马什看着会议室里的每一个人。这些人是他精心挑选出来的。伽马什之所以选择他们并非因为他们听从自己的命令,而是因为他们聪明、有经验、有天赋、有创造力。他们敢于说出自己的想法。

他们各抒己见。这次轮到他说了。

伽马什思考片刻,然后说道:"当我们冒着枪林弹雨的风险时,我们该怎么办?"

他看着他们。他们中的每一个人都曾经历过枪林弹雨。像伽马什一样。

"我们要保持头脑清醒,高度集中。我们要控制局面,全神贯注,不受无关紧要之事的干扰。"

"不受干扰?"图森特说道,"您说得可真轻松。"

"我不想小看那艘船的问题。还有那些决定或者后果,总警司。"

伽马什抬头看着墙上的那张地图,然后看向地图上方那张黑色的轮廓图。

"我们不能迷失目标。"伽马什说道,他的视线又回到队员们身上,"决不能迷失。"他停顿片刻,然后继续说道:"决不能。"

大家将身子挺得更直了。

"如果是其他警官,或许他们会放弃原有制定的计划。"伽马什继续说道,"他们会放弃并非因为他们软弱无能,而是因为他们更在乎结果。这很明显是为了让我们立马行动。非常明显。"伽马什用手指指着地图上的一个新记号,"这八十公斤的芬太尼。我们得阻止。"

大家一致点头同意。

"但是现在我们不能那么做。"

伽马什深吸了一口气,然后看着会议室窗外城市的灯光。在地平线上隐隐能看到山脉。以及小镇。

还有他追踪的目标。

伽马什将自己的视线和思绪拉回会议室。

“我们现在只能在远处监视。”伽马什说道,“不能打草惊蛇,不要去截停那艘船,明白吗?”

所有人都迟疑了片刻。然后异口同声地回答道:“明白。”

尽管还有抱怨,但是大家达成了一致。

伽马什转身看着图森特警司。图森特一言不发。她正低头看着地图,然后又抬头看看墙上的图表。最后她的视线落在了伽马什身上。

“明白,长官。”

伽马微微点了点头,然后转身对波伏瓦说道:“有话要说?”

回到办公室之后,伽马什将办公室的门牢牢关上。他十分严肃地看着波伏瓦。

“怎么了,长官?”波伏瓦问道。

“你也赞同图森特警司的看法,是吗?”

这是明知故问。

“我认为我们一定有办法既截停那艘船,同时又不打草惊蛇。”

“也许有办法。”伽马什对此表示同意。

“我们曾经成功截停过稍小些的贩毒船只。”波伏瓦说道,他认为这是改变伽马什想法的好机会。

“没错。但是那些船只是在传统的航运路线上贩运毒品。一旦一艘船被缴获,贩毒分子就知道出事了。可是这一次贩毒分子是在一个我们并不了解的地方贩运毒品。如果他们真的贩运了八十公斤的毒品,这表明他们认为这条线路十分安全。只有让他们感到安全,我们才能有更大的收获。”

“难道八十公斤的毒品不是一个大收获吗?”

“我希望如此。我知道对于你而言这很难,但是——”

“为什么总是这样?”波伏瓦问道。

“因为我们总是将自己的个人经验和专业判断搅在一起。”伽马什说道，"我们自认为可以，但其实这是在自欺欺人。我们必须承认这一点。审视动机，然后做出理性的决定。"

"你认为我不理性？你总是批评我不遵循自己的直觉办案。现在你对我说的是什么话？不仅是直觉，还有什么个人经验？"

波伏瓦看着伽马什，大声咆哮道。

"简直是大错特错。"波伏瓦喊道，他极力想压低自己的嗓门，"你让那八十公斤的芬太尼进入美国国境，这可能会改变许多人的人生。你想知道我的个人经验吗？我告诉你吧，你从来没有对毒品上过瘾。"波伏瓦继续说道，"你不知道那种感觉。鸦片和合成毒品，它们会进入你体内，把你彻底变成一个怪物。刚才所有人都在反复强调'八十公斤。'"波伏瓦指着会议室的方向，"这不仅仅是一个重量单位。我们无法预测这八十公斤的毒品会造成何种不幸。但那将会是一种缓慢而痛苦的死亡方式。这不仅仅针对那些瘾君子，还有所有可能因此被毁的人。有多少人可能会因此死亡或被杀害，你知道吗，长官？这一切都是因为你所做出的'理性的决定。'"

"你说得没错。"伽马什说道，"完全正确。"

伽马什指了指靠墙的一排椅子。在犹豫片刻之后——仿佛觉得那是一个陷阱似的，波伏瓦僵硬地坐在了自己常坐的那把椅子上。

伽马什也坐了下来。他想让自己放松。突然他又不这么做了，他将身子向前倾。

"德国人准备轰炸考文垂市[①]之前丘吉尔就知道这个情报了，但他什么都没做。"伽马什说道，"许多男人、女人和孩子在轰炸中死亡了。"

波伏瓦原本僵硬的表情变得放松下来。但是他什么都不说。

"英国人当时早就破解了德国人的电报密码。"伽马什继续说道，"如果英国人采取行动，德国人一定会察觉。考文垂市或许能得救。数百人的性命或许能得救。但是德国人将会改变原有的密码。这样一来，盟军将会面临巨大的损失。"

"这一决定最终拯救了多少人的性命呢？"波伏瓦问道。

---

① 考文垂市（Coventry）：位于英国中部的一座城市。

这根本无法算得清。

伽马什刚想回答，忽然又闭上了嘴。他低头看着自己的双手。

“我不知道。”

伽马什抬头看着波伏瓦刚毅的眼睛，“有些资料暗示了英国人无视了当时的情报，因为害怕会失去优势。”

“你在开玩笑，是吗？”

显然，伽马什并不是在开玩笑。

“如果你不利用优势，这一优势又有什么用呢？”波伏瓦问道，他似乎显得颇为惊讶而不是愤怒，“如果英国人让轰炸机轰炸——”

“考文垂市。”

“好吧。英国人还做了什么？”

伽马什摇摇头，然后说道：“好问题。我想问你，你什么时候会把钱全部用完？什么时候用得巧妙？什么时候做个守财奴，紧抓不放？你越紧抓住不放，就越难以放弃这些钱财。如果你手上只有一发炮弹，你会什么时候将它发射出去？你又怎么知道什么时候发射是正确时机？”

“或许当你最后发射的时候已经为时已晚。”波伏瓦回答道，“你所造成的伤害远多于益处。”

波伏瓦看着伽马什，他的愤怒已经烟消云散。他正在思考着伽马什的问题。

“当毒品侵害人们的时候，许多人——年轻人、老人、孩子——会因此而死。这会是一场灾难。”

伽马什回想起自己和蕾娜-玛丽前往考文垂市的经历。在被战争摧毁多年之后，整座城市又重新拔地而起。但是城市居民保留了一座教堂[①]的废墟。它是那场战争的见证。

伽马什和蕾娜-玛丽曾长时间驻足于教堂里的一座祭坛。

就在轰炸机降临不久之后，有人曾听到教堂的残垣断壁发出声响。

父啊，求你赦免。

---

① 考文垂大教堂：也称为圣米迦勒大教堂，在二战德军轰炸中只剩下外墙和尖塔。

但是赦免谁呢？轰炸机？发动空袭的德国指挥官？还是选择沉默的丘吉尔？

当时英国的领导阶层安全地躲在数百英里外的家中和办公室里。他们所做出的决定是一种误判呢？还是一种勇气的表现？

此刻伽马什坐在自己的办公室里，俯瞰着整个蒙特利尔的夜景。对于自己所做的决定可能导致的后果似乎还离得很遥远。他记得教堂就是以圣米迦勒来命名的。一个为着垂死挣扎的人而争战的天使长。

伽马什低头看了一眼自己的食指。他惊讶地发现自己的食指上竟有一条蓝色的印记，仿佛那八十公斤的芬太尼已经逾越了他的身体，进入了美国国境。

伽马什感觉自己仿佛横躺在玛格达莱群岛与美国国境之间。在这两点之间那个并不起眼的小镇里。

现在他有机会，也有能力阻止这一切。

伽马什意识到，自己的余生可能会因为今晚的决定而被记住。

“难道就想不出什么办法吗？”波伏瓦问道，他的声音柔和了下来。

伽马什依旧沉默不语。

“要不要向缉毒所打声招呼？”波伏瓦建议道。

不过，波伏瓦清楚这不会发生。

伽马什的下颚紧绷着。他的喉咙咽了一下，沉默不语。他深褐色的眼睛看着自己的助手，同时也是自己的女婿。

“你觉得那些毒品到达国境线需要多长时间？”伽马什问道。

“如果它们立刻被运输的话，我估计明天晚上就能到达。说不定更快。很有可能已经在运输的路上了。”

伽马什点点头。

“但是我们还有时间阻止。”波伏瓦说道，他的本意还是想告诉伽马什他仍有时间改变主意。

但是他清楚地知道，伽马什不会改变主意。

八十公斤的芬太尼一定会穿越国境线。这个机密消息决不能透露出去。

只有在给予犯罪分子致命一击时才能透露。

伽马什点点头，然后站了起来。他朝办公室大门的方向走去。他一边走，一边想，今晚当他回到蒙特利尔的公寓时，会不会有一个黑色的阴影跟随自己呢？

这个阴影前来收取伽马什永远无法偿还的债务。

此刻他所能期待的，只有上帝的赦免。

...第八章

“我记得你说过这起案件的审判会很快有结果。”克里沃法官的女伴琼说道，“这个周末我们能一起出去吗?”

克里沃咕哝道:“我不知道。如果有预约的话，到时能取消吗?”

“我打电话给旅店问问看。别担心。下个周末我们也能一起出去。佛蒙特州跑不了。”

克里沃拿起一块吐司面包，然后亲了一口琼，轻声说道:“谢谢你。”

“快走吧。玩得开心。”琼说道。

“法庭就是我的沙坑，我不需要玩得溜。”

克里沃看看户外。已是早上七点。太阳高挂在天空了。

克里沃钻入车内。当她的屁股碰到滚烫的座椅时，她叫了一声。

“该死，该死。”她咕咕哝哝喊道，然后放下车窗前的遮阳板。

热浪在车盖上蒸腾。她在想象此时的法庭会是什么样子。

然而，克里沃法官也知道，即使没有灼热的空气，法庭里的气氛也足以令人窒息。

“全体起立!”克里沃法官听到声音响起。

保安人员打开大门。克里沃法官穿过门栏步入进去。

当所有人站起来时,法庭里能听到一阵骚动。克里沃坐下,所有人也坐了下来。

大家看上去都有些狼狈。

克里沃法官向扎尔玛诺维茨总检察官点点头。扎尔玛诺维茨开始传唤证人到庭。

当伽马什走到证人席上时,克里沃注意到他似乎显得很镇定。他穿着剪裁得体的套装。不过,休庭时这件套装可能就会被汗水浸湿。

开庭前没有开空调,整个法庭的大门也是紧闭的。

克里沃还注意到,当伽马什坐下来时,他的身上有一股淡淡的檀香味。

这股香味一直萦绕在克里沃法官的鼻尖,许久才散开。克里沃法官将视线转向被告方。被告方正注视着伽马什的一举一动。

那是一种锐利的眼神,还有一丝哀求。他看着伽马什。

非常强烈。法庭上只有两个人能注意到这一眼神。克里沃法官和伽马什总警司。

然而,被告方在哀求什么呢?怜悯?不,伽马什给不了。

被告方想从伽马什那里迫切地得到些什么?

赦免吗?不,伽马什也无法给他这个。

伽马什总警司能给与被告什么呢?

克里沃法官知道,伽马什所能给的只有一样东西。

沉默。

他要对一些事守口如瓶。

克里沃法官看看被告,随后又看看伽马什。难道伽马什和被告之间达成了什么协议,她无法知晓。

法庭大屏幕上再次出现了那张讨债人站在小镇绿地上的照片。在整个审判过程中,这张照片将会一直在那儿。

照片上的讨债人似乎正注意着法庭里的每一个人。

“你刚刚可是宣誓说实话了，总警司先生？”克里沃法官说道。

“我明白，法官大人。”

“很好。”扎尔玛诺维茨总检察官说道，“昨天下午休庭之前你告诉我们，你认为三松镇里有人做了可怕的事情，所以那个家伙”——总检察官指了指屏幕上的讨债人——“才会来到小镇。你认为那个人是谁？”

“我真的不知道。”

“你当然不知道。我是问当时你有怀疑的对象吗？你怀疑过谁？”

“反对。”辩护方律师喊道。

克里沃法官遗憾地认为反对有效。然而，她本人也很想知道伽马什的怀疑对象到底是谁。

“良知？”露丝说道。在她身后是寒冷的十一月。冻雨打在窗玻璃上，沿着玻璃慢慢滑落。雨水里夹杂着细细的冰粒。“这就是那家伙来这里的原因？我在想那家伙到底为谁而来？”

露丝坐在伽马什家客厅的一把圈椅里。一旦坐进这把圈椅里，她便很难站起身。这也是邻居们所希望的。他们希望露丝既能舒服地坐着，又能被限制行动。

鸭子罗萨坐在露丝的大腿上。它的脑袋会转向任何一个说话的人。

“这是谁做的？”奥利维问道。他站在厨房和客厅之间的走廊里，手里拿着一根长棍面包。

“是杰奎琳做的。”克莱拉回答道，“我很抱歉，但是这是面包房里剩下的最后一个面包了。杰奎利的手艺没有进步吗？”

奥利维的另一只手里拿着一把切面包的小刀。他歪着嘴走向后门，然后将长棍面包扔了出去。他觉得河狸也许可以用这根长棍面包来磨牙。奥利维甚至觉得如果那根长棍面包埋在土里的话，未来说不定可以作出土文物。变成一个不朽的传奇。

莫娜站起身。她拿着一杯红酒走到窗边，看着窗外的暮色。

“宁静超越尘世间的所有尊贵，”莫娜念起一首诗，然后转身继续念道:“那种寂静平和的良知。”

“这是莎士比亚的诗句。”蕾娜-玛丽说道,“可是我并没有感到宁静。”

“那是因为我们这里没有宁静。”莫娜说道,“那个怪物来到这里,是因为小镇里有人丢了自己的良知。”

“那不过只是一个穿着戏服的人罢了。”伽马什说道,“他一定在和某个人玩心理游戏呢。”

“不是在和我们玩。”加布里说道。

“真的吗?”露丝说道,“不是和我们吗?难道你也有那种寂静平和的良知?”

加布里扭动了一下身体。

“你们有吗?”露丝问道,她看着其他人。最后她的视线落在了伽马什的身上。

伽马什瞬间感到自己仿佛站在了一扇门前面。那是一扇记忆的闸门。

他伸出手,右手微微颤抖起来。

他打开了那扇门。

记忆的闸门并没有上锁。他没法自己上锁,上帝知道他真的太累了。

在伽马什的面前站着一个年轻人。他刚刚成年。脸上带着笑容,笑里充满了希望、快乐,他心中怀着仁慈和高远的志向。身材纤瘦,安全局的警官制服穿在他身上仿佛戏服一般。

“制服最终会合身的。”伽马什总警司曾向年轻人的母亲这样说道。当时是在一个欢迎新警员的宴会上。

然而,他并没有等到制服合身的那一刻。

年轻人站在那儿,面带微笑看着伽马什。他在等待伽马什给自己分配任务。他信任伽马什,百分之百的信任。

我会找到你。一切都会好的。

然而,并非如此。

走开,让我安静一会儿。这是伽马什想说的话。“我对所发生的事情感到很抱歉,但我也无能为力。”

然而，伽马什并没有说出口。他知道如果那个年轻人真的离开了安全局，他会想念他的。记忆的闸门打开的时候，伽马什不希望感受到那让自己无法承受的痛苦，而是只要有他的陪伴。

那是一个对伽马什而言非常特别的年轻人。

伽马什杀死了他。

这是一个错误，伽马什曾这样告诉自己。一个在危机时刻做出的错误决定。

这并不是故意犯下的。

但却是一个愚蠢的错误。本可以避免的。

如果当时他向右转而不是向左转，或许那个年轻人还活着。或许他现在已经结婚生子了。

祝你们在世间的日子幸福而美满。

然而，这已经不可能实现了。

伽马什感到了良知在作祟。那不是一个黑暗的东西，而是一个纤瘦的年轻人形象。他从不责怪伽马什，而是对他微笑。

伽马什将手按着自己的太阳穴。他的手指无意识地沿着太阳穴上的疤痕滑动，仿佛是该隐的记号[①]。

露丝歪着脑袋看着伽马什。她知道伽马什此刻正在想什么。

露丝看了看手中空空的威士忌酒杯，然后又看了看罗萨，仿佛她在指责罗萨喝光了杯中酒。

这或许已经不是第一次了。罗萨是一只贪杯的鸭子。然而，现在它和其他人一样显得有些忧伤。很难说这是否是喝醉酒导致的。

"或许那家伙来这儿是为了我。"露丝说道，"我觉得这很有可能，不是吗？"

她微笑着看着伽马什，就像那个年轻人微笑地看着他一样。充满了温柔。

---

① 出自于《圣经·创世记》中第四章的故事，该隐因为嫉妒弟弟亚伯献祭比自己好，杀死了亚伯。耶和华惩罚该隐，将他赶逐所在之地。为了避免人遇见该隐就要杀他，耶和华就给该隐立了一个记号。

“你们都知道我做过些什么事情。”露丝继续说道，“我也承认那些事，并因此而忏悔。”

克莱拉看着加布里，轻声说道：“忏悔？”

“但是有一件事……”

“你不必告诉我们。”蕾娜-玛丽说道，她将手放在露丝的手上。

“难道”——露丝朝着小镇绿地的方向举起空酒杯——“我得把这个秘密带进坟墓吗？不行。”

“你认为那家伙是为你而来？”

“有这可能。你们知道为什么我会搬到三松镇来吗？当时我还是个孩子。”

“你父亲在小镇的磨坊找到了一份工作，不是吗？”加布里问道。

“是的。但是你们知道我父亲为什么要应聘那份工作吗？他曾为蒙特利尔的轮船公司工作。收入颇丰，而且他热爱那份工作。”

露丝抚摸着罗萨。罗萨将它细长的脖子弯曲起来，既享受又沉醉的模样。

露丝这位年迈的诗人深吸了一口气，如同潜水员在跳水之前所做的那样。

“我曾在位于皇家山①的一个池塘上滑冰。当时已是三月末。我母亲曾警告我不要去滑冰，但是我还是去了。我表弟和我一起去。他并不想去，但我强迫他和我一起去。你们也知道，我是一个天生的领袖。”

大家交换了一下眼神，什么都没说。

“我们没有回去吃午饭。于是母亲前来找我们。当她看到我们在池塘上滑冰时，她大喊起来。我开始向池塘边缘滑动，想第一个到母亲身边。我想把表弟甩在身后，我总是那么好强。”

大家扬了扬眉毛，依旧什么也没说。

“表弟并没有看到我母亲。我猜想他戴着的厚厚的御寒帽一定让他无法听见妈妈的喊声。或许我对妈妈的声音有一种天生的熟悉。现在仿

① 皇家山(Mont Royal)：位于加拿大蒙特利尔郊区的一座山。

佛都能听见。”

露丝扭转头，仔细地聆听着。

“我想你们也猜出后来发生了什么。”露丝说道。

“你表弟掉进了冰窟窿？”蕾娜-玛丽轻声问道。

“是的，他掉进去了。冰最初是沿着池塘边融化的。你以为自己已经安全了，其实你正处于危险之中。冰碎裂了。现在我还记得那一瞬间。我仿佛被吊了起来。我看着母亲，她就站在不远处的小路上。我还记得所有的细节——小路、树木、照射在雪地上的阳光，还有母亲脸上的表情。我沉入了水中。”

“啊，上帝啊，露丝。”加布里低语道。

“一切是那样冰冷，又是那样炙热。你们明白吗？”露丝看看周围。所有人都能想象身处零下四十华摄氏度是什么感觉。风呼号着，脸颊在严寒的气温里反而显得滚烫。

然而，如果是整个身体浸泡在冰水里又会是怎样的一种体验呢？

“然后发生了什么？”加布里轻声问道。

“我死了。”露丝咬牙切齿地说道，仿佛恢复了意识，“你觉得会发生什么？你这笨蛋。”

“到底发生了什么，露丝？”蕾娜-玛丽问道。

“我表弟滑过来救我。所以他才落入了冰冷的水里。我母亲只能救一个人。”

“救你？”奥利维说道，他已准备好迎接露丝的回击。然而，露丝并没有予以反驳。

露丝点点头。她的眼睛始终看着远处。

她又深吸了一口气。

“母亲永远无法原谅我。永恒的死亡埋葬在另一座小镇/可是我的母亲尚未与我断绝关系。”露丝念起自己写的一首诗，“我永远无法饶恕我自己。”

“唉。”伽马什感叹道。

露丝点点头。罗萨也点点头。

“我和家人不得不搬到了这里。”露丝继续说道，“这样就可以远离家人和朋友。他们一直在责备我们，责备我母亲，因为她救错了人。”

奥利维站在露丝身边。他呻吟了一声，然后用胳膊挽住露丝瘦骨如柴的肩膀。

露丝低下头，她试图接着往下说。

但是此刻她什么都说不出。她也什么都无法忘记。

“我也曾抛弃过一个朋友。他告诉我他得了艾滋病。”加布里说道，“当时我还很年轻，也很害怕。”

“我曾给一位病人开过一种药物。”莫娜说道，“那是一位年轻的母亲。她当时很绝望，患上了产后忧郁症。她来咨询我。我告诉她第二天早上来我的诊所。可是她在那天夜里自杀了。”

克莱拉握住她的手。

“我没有听你们的话。”克莱拉说道，她看看莫娜，随后又看看伽马什。“那天在小渔村我来找你和彼得。你们曾告诫我不要来。如果当时我没有……”

加布里握住克莱拉的手。

“我也曾撒谎欺骗客户买我的古董。”奥利维说道，“我故意虚报价格。我本来不想那么做，还是做了。”

奥利维说话的语气显得很惊讶，仿佛他在讲述一件和自己无关的事。

“对此我们都很清楚，宝贝儿。”露丝说道，她拍拍奥利维的手，“你就是一个混蛋。”

奥利维戏谑地发了一句牢骚。

小镇绿地上突然传来一阵骚动。一开始只是一些声音。声音变得越来越响，最后变成了咆哮。

大家面面相觑，颇为吃惊。伽马什站了起来，迅速开门一探究竟。

绿地上围着一群人。伽马什能看到讨债人的头顶。

讨债人被一群人围了起来。

伽马什跑出家门，其他人跟在他身后。只有露丝慢慢地从圈椅里挣扎着站起来。

“别把我一个人留在这儿。”

但是大家还是把她抛下了。

露丝仿佛再一次看到了母亲伸入冰冷水中的手。那双手在绝望地拉扯。

她拉扯着露丝的表弟。

露丝死死拉着母亲的手,她从水里被拉了出来另一个却于事无补。

宽恕者和被宽恕者会再次相遇/或许,这是命中注定,/是否为时已晚?

“唉。”露丝叹了一口气。

“拜托,你这啰嗦鬼。”

克莱拉跑了回来,她伸出双手。露丝看着那双手,然后用力握住。

她从圈椅里被拉了出来。

她们沿着小径,向着小镇绿地的方向走去。

...第九章

“你这该死的东西。”一个大个子男人喊道。

他站在人群中央，手里正挥舞着一根铁棍。

“住手！”伽马什喊道，他从人群中冲出来，站在离那个大个子男人几尺外的地方。

伽马什认出了那个男人。他是比利·威廉姆斯新雇佣的道路养护工人。不过，伽马什并不知道他的姓名。

这个男人并没有听从伽马什的告诫。他根本就不在乎。他的眼睛死死地盯着目标——讨债人。讨债人依旧纹丝不动地站着，既没有退却，也没有防御。

“打死他！”人群中有人喊道。

人群开始变得躁动起来。

伽马什从家里跑出来时并没有穿外套。他正瑟瑟发抖地站在寒风之中。在他的周围站着讨债人，年轻的父母亲和年迈的老人。这些人都是伽马什的邻居。伽马什认识他们每一个人。他知道这些人并非暴徒或乌合之众,他们只是受到了恐惧的影响,被心中的恐惧所激怒才有些反常。

伽马什从侧面渐渐靠近那个大个子男人。与此同时,他也在靠近讨债人。

伽马什并不想激怒他。大个子男人就站在讨债人旁边,他可以很容易地用铁棍击打讨债人。

"把那该死的外套脱掉。"大个子男人对讨债人喊道,"否则我就把你打趴下。我向上帝发誓我会这么干的。"

人群又一次躁动起来。大个子男人握紧手中的铁棍并将它高高举起。这一次伽马什看清楚了,那根铁棍是用来搅动壁炉炭火的拨火棍。

拨火棍的一头有一个弯钩,那是用来拨动壁炉里的木材的。它可以轻易地用来杀人。

"别!别这样!"伽马什喊道,他向前走了一步,他的声音显得冷静而坚定,"千万别这样。"

这时他看到有一个人从人群里走了出来。

那个人是莱雅·鲁。她走到讨债人和大个子男人的中间。

大个子男人显得很惊讶,他犹豫地站着。

伽马什迅速走到莱雅身旁。他就站在讨债人的正前方。

大个子男人用拨火棍指着伽马什和莱雅。他挥舞着拨火棍喊道:"走开!别挡我的路。那家伙不属于这里。"

"为什么不属于这里?"莱雅质问道,"他又没干坏事。"

"你在开玩笑吗?"人群中有人喊道,"看看他。"

"他吓坏我的孩子了。"另一个人喊道,"这难道还不够吗?"

"这是谁的错?"莱雅反问道,她看着周围的人群,"是你们让孩子害怕他的。他什么事也没干。他站在这里两天了。除了你们现在打算要干的事,什么事情也没发生。"

"你也不属于这里。"有人这样喊道,"这里不是你的家。你别挡道。"

"所以你们打算把他打死吗?"莱雅看着众人,"你们希望自己的孩子在这片沾满鲜血的草地上玩耍吗?"

"总比草地上沾满孩子的鲜血要好。"一位妇女在人群中喊道。但是她的声音不像之前那么响亮和坚定。

“好吧，那么你们把我也打死在这片草地上吧。”莱雅说道。

“还有我。”伽马什说道。

“还有我。”

有人从人群中站出来。他是洗碗工安东。他来到伽马什身边，看着那个手拿拨火棍的大个子男人，脸上露出害怕的表情。

克莱拉、莫娜、加布里和奥利维也从人群中站了出来。露丝将怀中的罗萨交给旁边的一个人，然后也站了出来。

“我们这么做对吗？”露丝轻声问克莱拉。

“别说话。我们得保持镇定。”

然而，露丝这位年迈的诗人所能做的只有疯疯癫癫。

伽马什向前走了一步。他伸手去抢那根拨火棍。

大个子男人再一次将拨火棍举了起来。

伽马什能听见蕾娜-玛丽在自己身后轻声喊道：“亲爱的。”

但他仍然站着，伸出手，看着那个大个子男人。大个子男人的眼睛盯着讨债人。渐渐地他放下高举的拨火棍。伽马什随后将拨火棍从大个子男人手中夺了过来。

“如果发生什么事，”人群中有人喊道，“责任全在你身上。”

人群渐渐散开了。尽管他们显得那样不快，但至少他们还是散开了。

“你别走。”伽马什说道。当大个子男人准备离开时，伽马什抓住他的胳膊。“你叫什么名字？”

“保尔·马尔尚。”

“很好，马尔尚先生”——伽马什搜查了马尔尚的全身，看他有没有携带其他武器。伽马什注意到一辆安全局的警车正从山丘上驶下来——“你可能有麻烦了。”

伽马什从马尔尚的口袋里搜出一个小烟袋。袋子里有两粒药片似的东西。

伽马什一眼就认出了它们。

“你从哪里弄到的？”伽马什举起烟袋。

“这是药片。”

“这是芬太尼。”

“是的。治疗痛苦。”

安全局的警员在将车子停好之后，迅速穿过小镇绿地。

他们朝着讨债人的方向跑来。

“在这儿。”伽马什喊道，“这是你们要找的人。”

“稍等一下，先生。”警员们说道，他们并没有理会伽马什这个在大冷天只穿着衬衫的男人。

安全局的警员觉得颇为奇怪，他们要抓的竟然不是那个身穿长袍，面戴面具的家伙。

“不，确实是他。”伽马什说道，他说话的声音颇具威严。

天色几乎已经全黑了。警员们转身看着那个刚才和他说话的男人。他们走进一步，然后脸上的表情从不悦变成了惊讶。

“该死。”其中一位警员说道。

“我很抱歉，长官。”另一位警员说道，鞠了一躬，“我不知道竟然是您。”

“您怎么会在这儿？”

伽马什解释了一下情况。“看住他。我不知道他手里是否还有更多的毒品。”伽马什把烟袋交给警员，“把这个送到安全局的实验室。”

伽马什看着警员们将马尔尚带走。伽马什在想，当夜色再次降临时，那个烟袋里是否会藏有更多的毒品。

露丝将罗萨抱在怀中。她转身看着讨债人并轻声说道：“你们能让我和他单独待一会儿吗？”

然而，她还是和其他人一起回到了伽马什的家。她知道大家不会让她一个人待着。

伽马什在寒风中瑟瑟发抖。在回家之前，他走到讨债人面前，然后对讨债人说了几句话。

“你刚才说了什么？”蕾娜-玛丽问伽马什。伽马什已经换上了厚厚的衣服。

“我说我知道他是讨债人，来讨良心债。我问他究竟为谁而来。”

“他说了什么?”

“什么都没说。”

“沉默又安静的良心啊。”蕾娜-玛丽说道。

“我还叫他离开三松镇，否则可能会出现不可收拾的局面。这里的居民都是好人，但是他们对他的出现感到恐惧。恐惧会让好人干出可怕的事情。我问他这是否正是他想达到的目的。”

“他是不会离开的。”蕾娜-玛丽说道。

“是的。”伽马什表示赞同，“他不会离开。”

伽马什看着窗外。在夜色里，讨债人看上去犹如一棵松树。三松镇有了第四棵松树。他仿佛深深扎根在了小镇的土壤里。

伽马什顺着讨债人的视线方向望去。讨债人的目光是那样坚定，即使遇到威胁和死亡，他也绝不退缩。

在一扇竖框窗户内，伽马什看到一个之前并未出现在小镇绿地上的人。这个人既没有为讨债人辩护，也没有企图攻击讨债人。

杰奎琳从窗边转过身，继续揉着面团。

...第十章

“你既然叫他离开小镇，这表明你知道接下来会发生什么。”扎尔玛诺维茨总检察官说道，“你已经意识到死亡的威胁了。”

“他受到了别人的挑衅，他可能被激怒了。”伽马什回答道，“有时候人们说的和想的并不一样。”

“但人们做的事情一定让你很后悔吧。”总检察官说道，“人们在愤怒的时候会做去一些可怕的事情。也许会杀人，也许不会。但是结果确实有人被杀了。我相信你作为刑侦科负责人的经验一定会让你有所警觉。”

“是的。”伽马什承认道。

“可是你并没有采取行动。如果当时不采取行动，你打算什么时候采取呢？你到底在等什么?”

伽马什看着扎尔玛诺维茨的脸，然后又看看坐在旁听席上的民众。他明白这意味着什么。

即使当时他采取行动，也无济于事。

在那个严寒的十一月的夜晚，讨债人有备而来。

伽马什怀疑，那天夜里发生的一切是否是马尔尚的主意。马尔尚刚来到小镇，他并不是一个喜欢惹事的家伙。但是在那天夜里他似乎接到了他人的指示。那个人要求马尔尚去威胁讨债人。

伽马什怀疑，那个人的目的就是要马尔尚杀死代表良知的讨债人，或者把讨债人吓跑。毕竟，面对挥舞着铁棍的大个子，谁不会吓得逃跑呢？

然而，死人是不会保持沉默的。他们会诉说真相。如果那天晚上讨债人被打死了，人们就能揭下他的面具。人们就会知道他的真实身份以及他来这里的目的。

但是如果讨债人被吓跑了，没人会知道他是谁，也没人会知道他来三松镇的目的。

伽马什的头脑思索着这一切。焦点也变得越来越明确。

一团糟。计划失败了。讨债人并没有被吓跑，也没有退缩。他宁愿面对死亡的威胁。

讨债人一定认识小镇里的某个人，而那个人一定感到恐慌。

然而，这些在法庭上并没有被问及。扎尔玛诺维茨没有问，伽马什也没有回答。

"扎尔玛诺维茨先生，"克里沃法官说道，扎尔玛诺维茨走到法官席前，"伽马什先生不是在接受审判。请你注意。"

"是，法官大人。"

在扎尔玛诺维茨的眼里，伽马什仿佛就是另一个罪犯而非证人。

在扎尔玛诺维茨的身后，报道该案件的记者们正在奋笔疾书。

克里沃法官知道，审判有多种形式，法庭也有多种形式。

伽马什总警司有可能在法庭上被判有罪。

克里沃重新将注意力集中在扎尔玛诺维茨身上。那家伙就是个人渣。

克里沃很想将自己的想法表达出来。然而，她无法在法庭上公开表示。

这是一场错误的审判，这起案件需要提交给更高一级的法院。

"当你看到莱雅·鲁为讨债人挺身而出时，"扎尔玛诺维茨总检察官问道,“你当时是怎么想的?”

“看到任何一个人站在挥舞着铁棍的男人面前,我都不会感到惊讶。”

“这也是你打算做的,不是吗?”

“我在制止暴力行为方面受过专门训练。”

“啊,没错。我差点忘了。”

旁听席上有人发出咯咯的笑声。克里沃法官敲了一下木槌。她真希望能把木槌敲在扎尔玛诺维茨的脑袋上。

“我认识莱雅·鲁。”伽马什说道,“她是政坛新人。政界可不好混,尤其是魁北克地区的政界。”

“你认为她那么做是否是出于政治选举的考量?”

“如果她是为了政治选举,她当时应该和小镇居民站在一起,不是吗?”伽马什反问道,“一位能够迎合民众愤怒和恐惧情绪的政客才有可能在选举中获胜。如果莱雅真的为了选举,她就应该保护民众,而不是保护讨债人。”

伽马什的回答让扎尔玛诺维茨哑口无言。伽马什听到克里沃法官得意地哼了一声。

“我刚才说我认识莱雅,因为她是一个名人。我也认识许多其他政府官员。他们会在国民议会里谈论各种事情。就我所知,莱雅以雷厉风行著称,但她也是一个有原则的人。她曾在国民议会上提出过许多尖锐的议案,这些议案常常让她所在党派的领导头痛不已。”

“在她的从政生涯里她会始终恪守原则吗?”扎尔玛诺维茨问道。

“我想是的。”

然而,伽马什的刑侦经验告诉他,一个人不能只看表面。

“你做了一件多么勇敢的事啊。”克莱拉说道。当时他们回到了伽马什的家里。

“你觉得这有用吗?”莱雅问道。她的眼睛睁得大大的。尽管已经进入了温暖的室内,但她的脸颊仍然被冻得通红。

蕾娜-玛丽邀请莱雅和马思奥来家里共进晚餐。

对于刚才的事情，莱雅显得很兴奋。伽马什感觉她仿佛像注射了肾上腺素一般。

伽马什对于这种感觉深有体会。心在狂跳。极力抑制心中的激动。身体变得僵硬，而头脑却在胡思乱想。

极度的兴奋最终会消失，但是肾上腺素却会像毒品一样流遍全身。所有人都能感受到这种情绪。莱雅尤其如此，因为她是第一个挺身而出的人。

“帕特瑞克和凯蒂没有来，真是太遗憾了。”蕾娜-玛丽说道，她和莱雅一起走进厨房，“傍晚的时候我看到他们开车出去了。”

“他们去诺尔顿吃晚餐了。”莱雅说道，“他们去吃牛排，但却错过了一场好戏。”

“不过，就算帕特瑞克在这儿，他也帮不上忙。你们不这么认为吗？”马思奥说道。

伽马什觉得没错，帕特瑞克的确胆小怕事。但是作为帕特瑞克的朋友，马思奥不应该说这样的话。

或许马思奥和帕特瑞克并不是朋友。他们俩很少待在一起。

“这看上去太美味了。”蕾娜-玛丽说道，她用勺子舀出一条炖鱼。那是奥利维带来的食物。“太感谢了。”

“不用谢。”

“来吧，告诉大家真相吧。”加布里说道，他拿出一个热乎乎的奶油烤面包，“这条鱼不是奥利维烹饪的。这是安东的手艺。”

“那个洗碗工？”马思奥问道，他颇为困惑地看着那条炖鱼。

鸡肉十分鲜嫩，调味正好。炖鱼吃上去颇有一番异国风味。

“这是他在树林里找到的食材。”莫娜说道，“魁北克当地的美食。这就是他想要做的。”

“那个洗碗工？”马思奥再次问道。

“我们所有人都得从最基础的活儿做起。”莫娜说道。

“他在这儿有多久了？”莱雅问道，“上次来这儿的时候，我不记得有这个人。”

“他是一个让人难以忘怀的人。”克莱拉说道。她的脑海里开始浮现出安东柔软的头发和迷人的微笑。

“他是几个月前来到这里的。”加布里说道，“之前他和杰奎琳一起在看护所里工作。后来两个人都失去了工作。”

“看护所？像养老院那样的看护所吗？”

“不是。”奥利维说道，“为私人工作。杰奎琳之前是一位家政保姆，而安东是一位私人厨师。”

“您喜欢自己的新职务吗，总警司先生？”莱雅问道。

“‘喜欢’可谈不上。”伽马什回答道，“我只希望工作压力不要过大。我也想问你一个问题。几年前你刚被选举为委员时曾提交过一个议案。如果我没记错的话，你当时对那个议案非常看重。”

“是的。大多数新委员都会提交议案。不过，大多数议案都被驳回了。”

“你的也被驳回了吗？”克莱拉问道。

“是的。我的议案内容是停止在急症室里滥用药物。”

“的确如此。这关系到药物的使用问题。”

“是的，没错。”

“我认真阅读过那个议案。”伽马什说道，“当时我是刑侦科的负责人。我发现魁北克地区的许多犯罪诸如凶杀都与毒品有关。”

“您怎么看？”

“我认为你的那个议案是减少毒品泛滥的有效途径。”

“但为什么最后还是被驳回了呢？”加布里问道。

“有很多原因。”伽马什说道。

由于安全局高层和政府的腐败堕落，贩毒集团才会变得有恃无恐。

然而，伽马什不能对大家说这些。不过，有一个原因他可以拿来讨论。

“这可能听上去有些有关紧要，但我记得其中一个原因是你的议案是以某个人的名字命名的。但我想不起来那个人是谁了。”

“爱德华。”莱雅回答道，“可这有什么问题吗？”

“这让人感觉那个议案更像是一个喜欢出风头的人的提议，而不是解决社会危害的议案。”

“其他议案也是以人名命名的。”克莱拉说道，“很多议案都是。”

“没错。但是那些成功的议案获得了公众广泛的支持。它们的提议者做了大量的走访工作，同时也得到了媒体，公众和政党的资助。但是你”——伽马什看着莱雅——“却没有那么做。”

“是的。如果政坛是一个艺术圣殿，那么我的议案根本登不上大雅之堂。”

“爱德华是谁?”蕾娜-玛丽问道。

“他是我们在蒙特利尔大学读书时的室友。”马思奥回答道。

“当时我们一群人结交。”莱雅说道，“爱德华就是我们其中的一员。”

“不仅仅只是一员吧。你不想说出实情吗?”马思奥说道。

即使在烛光的照映下，大家仍能看到莱雅的脸颊泛起了红晕。

“我有点喜欢他。”莱雅说道，“我们所有人都喜欢他，不是吗? 即使你也对他有几分迷恋。”

马思奥大笑起来，“他的确很迷人。”

“后来他怎么了?”莫娜问道。

“你们猜得出吗?”马思奥问道。

谈话突然安静了下来。

“他一定很年轻。”克莱拉说道。

“当时他还不到二十岁。”莱雅说道，“他从楼顶跳了下来。那是一座十五层楼高的建筑。直接摔在了下面的水泥路上。那是很久以前的事了。”

“并不久，”马思奥说道，“我们都感到很自豪，因为莱雅刚被选为委员，她就以爱德华的名字来命名议案。”

爱德华议案。

“然而，失败了。”莱雅说道。

“但至少你尝试了。”伽马什说道，“现在你对议案审理的过程十分了解了。你有没有想过重新提交那个议案? 或许我们可以帮你。”

“我十分期待。”莱雅说道。

伽马什背靠在椅子上。他在思考着。

莱雅显得很有礼貌。然而，她对于和安全局新负责人一起合作阻止毒品非法交易却显得毫无兴趣。

为什么会这样呢？伽马什问自己。为什么她对于那个曾经极力想要通过的爱德华议案变得漠不关心了呢？

这一切都是表面现象。就像站在小镇绿地上的那个家伙一样，真相被隐藏在伪装之下。

...第十一章

早上的时候,那个人不见了。

伽马什站在门廊上。他穿着外套,戴着帽子和手套。亨利和格蕾丝被拴上了绳子。然而,站在它们的角度来看,伽马什才是那个被拴上绳子的人。

伽马什和他的两个宠物看着笼罩在清晨薄雾中的小镇绿地。绿地上空无一人。

伽马什看看周围——房子,花园以及像指南针一般从三松镇延伸出去的小径。

一切都不受打扰。时不时地会传来一阵鸟鸣。几只蓝色的松鸡栖息在绿地上的长凳上。

"你们可以去玩了。"伽马什说道,他解开遛狗绳的扣子。

亨利和格蕾丝飞奔出去。它们沿着小径跑到绿地上。在绿地上嬉戏追逐,绕着那三棵高大的松树打闹着。

格蕾丝奔跑起来更像是一只野兔。它喜欢大步快跑。

它不会是……？伽马什一边看一边想着。

格蕾丝的后腿显然比前腿长。耳朵也越来越长。

然而，现在仍然无法确定格蕾丝到底是什么。不过，有一件事是可以肯定的。

那就是无论格蕾丝到底是什么，它都属于伽马什和蕾娜-玛丽。

伽马什注意到自己的左边有东西在动。他转过身，看到在一扇窗户边有一个身穿袍子的人正低头看着自己。

伽马什凝视着那个人。他的目光十分锐利，身子变得紧绷起来。

当那个人向后退了一步时，伽马什终于看清楚。原来那是莫娜。

莫娜挥挥手。一分钟之后，她穿着羊毛外套来到户外。莫娜的头上裹着一条粉红色的头巾，手上拿着一个巨大无比的咖啡杯。与其说是杯子，倒不如说更像水桶。

“我们的朋友走了。”莫娜说道。她穿着靴子的大脚踩在湿漉漉的草地上，发出嚓嚓的响声。

“是的。”

“我猜是保尔·马尔尚把他吓跑了。”

“我猜也是。”

伽马什终于松了一口气。他同时又感到好奇。当慢慢地走在小镇绿地上时，他一直在想，讨债人究竟因何而来，又因何而走呢？

此刻的小镇显得悠闲多了，也如释重负了。阳光正从薄雾中照射下来。

小镇的居民已经习惯了绿地原有的样子，就像有些人习惯了田野里肥料的味道一样。这或许让人感觉很好，但并不一定是安宁。

现在代表良知的讨债人消失了。小镇居民最害怕的东西不见了。原有的生活恢复了。

在伽马什身后，莫娜深深地吸了一口气，然后慢慢地又呼出来。她的气息在清晨的空气中形成一道白雾。

伽马什笑了笑。几天以来，他第一次感到放松。

“你觉得那家伙达到目的了吗？”莫娜问道。

“一定达到了，否则他怎么会离开呢？但是他面对伽马什连威胁都不感到害怕，我无法想象还有什么东西能使他放弃。”

“我在想，讨债人的目的到底是什么。”莫娜说道。

“我也在想同样的问题。”伽马什回答道，“现代讨债人只要收取了所欠的钱款，他的任务便结束了。然而，那个讨债人收取的债务可不一样。”

莫娜点点头，“没错。我真正想知道的是他究竟来找谁？他要找的那个人究竟做了什么？”

“这几个问题可不好回答。”伽马什面带微笑地说道。

“你不想知道吗？”

“我也有些好奇。”

伽马什和莫娜安静地走了一会儿。

“不仅仅只是出于好奇，阿尔芒。还有另外的原因。良知消失了。”

“这里有人早已失去了良知。也许。”

他们都不愿意继续往下想了，只想好好享受眼前的安宁。十一月清晨新鲜的空气；空气中弥漫着从壁炉里飘来的熏木香味；柔和的阳光与淡淡的雾气中渗透着泥土和松树的芬芳。

“在苹果林中有孩子们的欢笑，”莫娜说道，她看着在松树边嬉闹的亨利和格蕾丝，“因为你并没有去寻找而只是听到，隐约听到，在大海两次潮汐之间的寂静里。”

“嗯，”伽马什低声应和道。莫娜沉重的脚步声在伽马什听来仿佛一首摇篮曲，它的节奏令人身心安宁。“这是艾略特[①]的诗。”

越来越多的小鸟飞到小镇绿地上。亨利在湿润的草地上追逐着格蕾丝。它把整个身子压在格蕾丝身上。格蕾丝则使劲摇晃着尾巴，用力晃动着小腿，似乎要将亨利推开。

“小吉丁[②]。”莫娜说道。

伽马什起初认为莫娜指的是格蕾丝。格蕾丝的确很娇小。不过，他

---

① 艾略特(T. S. Eliot)：美国诗人，西方现代派诗歌的奠基人之一。

② 《小吉丁》(*Little Gidding*)：艾略特晚期诗歌中的代表作《四个四重奏》中的一首诗歌。

马上意识到莫娜指的是她刚才念的诗句。

“我去过小吉丁这个地方，你知道吗？”伽马什说道。

“真的吗？”莫娜说道，“真的有一个叫小吉丁的地方？我还以为是艾略特编造出来的呢。”

“不是编造出来的。小吉丁离英国剑桥不远。”伽马什面带微笑地说道。

“那是一个什么样的地方？”

“小吉丁只有二十五位居民。[①] 这让我想到了这里。”

伽马什和莫娜在绿地上又走了几步。

“一切都终将安然无恙，”伽马什念起诗句，“世间万物都终将安然无恙。”

“你相信吗？”莫娜问道。

莫娜明白，《小吉丁》这首诗是希望人们找到平静和单纯。

“我相信。”

“诺维奇的朱利安[②]是第一个说这句话的人。”莫娜说道，“一切都终将安然无恙，世间万物都终将安然无恙。”

莫娜踩在草地上的靴子依旧发出有节奏的响声。她说话的声音仿佛与周遭融合在了一起。

“我也相信。”莫娜说道，“尤其在这样宁静的早晨。”

“如果身处暴风雨中也能相信这样的诗句，那该多好啊。”伽马什说道。

莫娜认为，虽然这首诗是关于寻找安宁的，但是安宁只有在经历浩劫之后才会出现。

除了安宁，《小吉丁》也讲述了一位困顿的国王。莫娜看着自己的伙伴，想起昨晚与伽马什探讨的话题，有关良知的话题。

小镇也有一个困顿的国王。事实上，他们每个人都是困顿的。

---

① 指17世纪英国内战时期教徒们聚居的一所小教堂，是艾略特的祖先和自己生活中值得纪念的地方。

② 诺维奇的朱利安（Julian of Norwich，1342—1416）：英国中世纪的一位神秘主义女修士。

"我认为小镇里的每一个人都相信一切会安然无恙的。"伽马什说道，"这也是我们来这里的原因。我们都曾堕落过，然后我们来到了这里。"

伽马什把这一系列的神迹奇事说得如此简单而合理。

"灰烬，灰烬，"莫娜低声哼唱道，"我们都倒下。"①

伽马什笑道："上一次我的孙女们来看我的时候，她们就在那儿玩耍。就在那儿。"

伽马什指着绿地上的某个地方。那里正是讨债人之前站立的地方。

伽马什回忆起自己的孙女弗洛伦丝和她的妹妹佐拉。她们和小镇里的其他孩子手拉着手，围成圈一边跳着舞，一边唱着古老的民歌。民歌的节奏是那样天真无邪，同时又那样搅动人心。

他仿佛还能看见孩子们大笑着，躺倒在草地上。四肢舒展地躺在那儿。

伽马什觉得这既有趣又让人不安。他看着自己所爱的孙女躺倒在绿地上，仿佛死去了一般。蕾娜-玛丽说那首民歌流传了数百年。它起源于中世纪，当时正是黑死病和疟疾肆虐的时期。

"你怎么了?"莫娜问道，她看着伽马什的脸。

"没什么。我只是想到了讨债人。"

其实伽马什并没有想到讨债人。他想到的是从马尔尚口袋里搜出的那个装着毒品的烟袋。

讨债人已经走了。现在伽马什应该回去工作，他应该打电话给安全局实验室，让他们分析一下烟袋里药片的成分。他想知道答案。

芬太尼。黑死病。

灰烬，灰烬，我们都倒下。

"一切都终将安然无恙。"莫娜告诉伽马什。

"安然无恙，安然无恙。"一个熟悉的声音从莫娜身后传来。伽马什和莫娜回过头，看见露丝和罗萨正沿着小山丘从圣托马斯小教堂缓缓走

---

① 出自于一首儿歌《*Ring Around the Rosey*》，歌词描写了中世纪黑死病肆虐时期，尸体焚烧留下来的灰烬。

下来。

“你起得可真早啊。”伽马什说道。露丝此时已经来到他身边。

“别睡得太多。”

伽马什和莫娜交换了一下眼神。在他们看来，露丝大部分时间都处于昏睡状态。她每隔一两个小时会醒来一次，骂一些脏话，然后又昏睡过去。她就是三松镇里的布谷鸟。定点报时。

“我去小教堂祈祷和平和宁静。”露丝说道。

伽马什和莫娜又交换了一下眼神。他们在想露丝的家里到底出了什么事，或是她的大脑受到了什么刺激，竟然会使她上教堂寻求庇护。

“你出家门的时候，他走了吗?”伽马什问道。

“谁走了?”

“你觉得还会有谁?”莫娜反问道。

“你们是指那个斗牛士①?”

“是的。”莫娜说道，她已经懒得去纠正露丝了。她知道露丝是故意的，因为不可能会有西班牙的斗牛士来到三松镇。

“他已经走了。”露丝回答道，“但是米迦勒还在这里。真是烦人。”

“天使米迦勒?”伽马什问道。

“还能有谁? 他想要和我说话，上帝这个，上帝那个，所以我才去教堂躲开他。”

“你想躲开上帝?”莫娜问道，她看着露丝满脸褶皱的老妇人，“你在教堂里做了什么?”

“祈祷。”

“我看是忏悔吧。”莫娜对伽马什一边轻声说道，一边做出忏悔的手势。

伽马什抿着嘴，极力不让自己笑出来。

“你祈祷什么呢?”伽马什问露丝。

“一开始我祈祷那些得罪我的人都不得善终。然后我祈祷世界和平。

---

① 在西班牙语里，斗牛士(toreador)和讨债人(cobrador)发音极为相似。

最后我为撒旦祈祷。"

"是恶魔撒旦吗?"莫娜问道。

"干嘛大惊小怪的?"露丝反问道,她看看莫娜,又看看伽马什,"难道撒旦不需要人们的祈祷吗?"

"我觉得还有更需要祈祷的人。"莫娜说道。

"你觉得有哪些人?"露丝问道,她的语气显得很和蔼。莫娜有些害怕露丝会将自己列入祈祷的名单。"罪孽深重的人;失去灵魂的人;堕落到人间,摔得粉身碎骨的天使。"

"你真的为撒旦祈祷?"莫娜再次问道,她不肯轻易放过这个问题。她看看伽马什,希望她能援助自己。然而,伽马什只是耸耸肩,好像在说:"她就交给你来对付了。"

"蠢蛋。"莫娜咕咕哝哝地说道。

忽然她想到一个问题。"你说更明白些。你是向撒旦祈祷,还是为撒旦祈祷?"

"为他祈祷。为他祈祷。为他祈祷。撒旦觉得我们都是堕落的人类。天啊,他们都说我疯了。在遇到麻烦之前,他曾是米迦勒最好的朋友。"

"遇到麻烦?你指的是他企图推翻上帝对天庭的统治吗?"莫娜问道。

"啊,原来你知道这个故事啊。"

"是的,上周我还看过一个相关的电影呢。"

"没有人是完美的,"露丝说道,"我们都会犯错。"

"但是撒旦犯的罪是最严重的。"莫娜说道,"他似乎不知悔改。"

"所以他就不应该得到宽恕吗?"露丝反问道,她被弄糊涂了。她想了一会儿,说道:"米迦勒曾说撒旦是所有天使中最美丽,最光明的一个。他曾被称之为光明之子,因为他浑身都散发着光辉。"

露丝看看周围——房屋、花园、树林、薄雾和透过薄雾照射下来的阳光。

"愚蠢的天使,"露丝咕哝着,然后转身看着伽马什和莫娜,"我们通常认为良知是个好东西,但是我要问你们一个问题。人们以良知的名义干出过多少可怕的事情?良知变成了可以光明正大犯错的借口。"

“这是你的朋友撒旦告诉你的?”莫娜问道。

“不,是天使长米迦勒告诉我的。在这之前,他让我为罪孽深重的人祈祷。”

“谁会没有良知呢?”莫娜问道。

“或者说,谁的良知被扭曲了? 良知并不一定是个好东西。有多少同性恋被殴打? 有多少做人流的诊所被袭击? 有多少黑人被处以私刑? 有多少犹太人被屠杀? 这些恶行不都是以良知的名义犯下的吗?”

“所以你觉得我们小镇里也有这样的情况?”伽马什问道,“某个人的良知被扭曲了?”

“这我怎么知道? 我只是一个为撒旦祈祷的疯婆子。只有疯子才会听我的,不是吗? 来吧,罗萨,该吃早饭了。”

露丝和罗萨一瘸一拐地朝家的方向走去。

“良知会指引我们,”莫娜在露丝身后喊道,“它会指引我们做好事。它使我们变得勇敢和无私。它会让我们不计任何代价挺身而出。”

露丝停下脚步,转身看着她。

“你或许会说,良知像撒旦一样曾是光明的。”露丝说道,她站在门廊的台阶上,她看着莫娜和伽马什的眼睛,“有时良知也会让人犯错。”

...第十二章

代表良知的讨债人走了，伽马什觉得现在可以安心回蒙特利尔工作了。他开着车，在十一月的薄雾中行驶着。他来到安全局总部，开始一天的工作。先前由于讨债人出现在三松镇，伽马什顾不上处理文件和开会。现在他需要将这些落下的工作补回来。

伽马什和重案组负责人正在蒙特利尔老城区的一家餐厅吃午餐。他们一边喝着浓汤，吃着烤面包片，一边谈论着有组织犯罪、毒品交易、洗钱、恐怖组织以及帮派犯罪等。

所有犯罪都变得愈加猖獗。

伽马什将面包片放在一边，点了一杯浓咖啡，而图森特警司则吃着烤面包。

“我们还需要更多资源，长官。”图森特说道。

“不，我们应该好好利用现有资源。”

“我们已经竭尽全力了。”图森特说道，她将身子朝伽马什一侧靠过来，“但是犯罪率还是在节节攀升。”

“你刚担任这个新职务。”

“我在重案组工作已有十五年了。”

“但是担任负责人则是完全不同的工作,不是吗?”

图森特放下手上的烤面包,擦了擦手,然后点点头。

“你现在面对的是一项艰巨的任务,同时也是一个好机会。”伽马什说道,“你可以借此机会重新组织你的部门,把原本那些老套的工作模式抛弃掉,重新建立属于你的工作模式。我之所以提名你担任重案组负责人是因为你可以在腐败面前站立得住,而且你愿意付上代价。”

图森特点点头。她能担任重案组的新负责人的确有伽马什总警司的帮助。

她并不确定自己是否要因此感谢伽马什。

毕竟,所有人的目光现在都聚焦在她身上。

她是第一个管理重案组的女性负责人,同时也是安全局第一位担任负责人的海地[①]人。

她的丈夫曾明确表示,她能担任负责人是一件不可能的事。这就好像一艘满载大粪的船沉没在尿海里一样。

现在她被任命为这艘船的船长。

“他们选择你是因为你是一个黑人女性。”图森特的丈夫曾这样说道,“你是一个牺牲品。如果你失败了,人们会觉得这是理所因当的。你得替他们擦屁股,收拾他们遗留下来的烂摊子。你知道你最终会得到什么吗?”

“不知道,是什么?”图森特问道,尽管她已经知道答案。

“更多的屎。他们会把所有的脏水往你身上泼,而你最终会沦为一只替罪羊,一个祭物罢了。”

“你说得太夸张了,安德烈。你难道没有其他可说的吗?”

安德烈生气了。不过,他经常生气。作为一名三十九岁的黑人男性,他不知有多少次被警察拦下问话。他不得不教自己十四岁的儿子,从他

---

① 海地(Haiti):位于拉丁美洲中部的一个岛国,人口以黑人为主。

会走路的时候开始，安德烈就教他在被警察拦下问话时、被跟踪时、被推搡时以及被挑衅时应该如何回应。

别反抗。慢慢移动身子。慢慢举起双手。当你被问询时，保持礼貌。千万别反抗。

对于这种犬儒主义，安德烈怒不可遏。

图森特也经常会被自己的丈夫激怒。但是她愿意进行最后的尝试，只要她有机会。

“你或许说得没错。”图森特说道，“但是我想试试。”

“伽马什和其他人一样，”安德烈说道，“你就等着瞧吧。当别人向你泼脏水的时候，他一定会袖手旁观让你做替罪羊。这才是他选择你的真正理由。”

“他选择我是因为我工作十分努力出色。”图森特愤怒地回答道，“如果你看不到这一点，那么我们也没什么可谈的。”

图森特怒视着自己的丈夫。她的愤怒也加深了她的怀疑——或许安德烈说得没错。

此刻她和伽马什总警司坐在一张木质餐桌边，周围是闲聊的食客。

伽马什要求她建造属于自己的船只。他不希望她去修理那艘航行在尿海上的船，而是重新建造一艘。

图森特看着餐桌对面的伽马什，看着他那张皱纹纵横的面孔。如果图森特只看到这些，那么不过是一张岁月留下的痕迹。然而，除了皱纹之外，图森特还看到伽马什的眼角和嘴角边的褶皱，幽默多于疲倦。他深褐色的眼睛里散发着睿智的光芒，还有深思熟虑。

有恩慈。

有坚定。

这是一个远非衰老的人。他已经站在了权力的巅峰。然而他却主动谦卑，俯就他人，举荐她，给她难以想象的大权。邀请她一起并肩作战。

教她如何管制重案组。

“当你感觉压力过大时，可以来找我聊聊。”伽马什说道，“我能体会你的感受。我也曾和你一样迷茫。”

“当您感觉压力过大时,您会向谁诉说呢,长官?”

伽马什笑了笑,他脸上的皱纹显得更深了。“向我妻子诉说。我会把一切都告诉她。”

“一切?”

“是的,几乎一切。你要记得,别把自己和他人隔绝开。隔绝不会让我们变得更优秀,只会让我们变得更脆弱。”

图森特点点头。她得好好思考这句话。

“我丈夫认为,您选择我作为重案组的负责人是想让我收拾烂摊子。”

伽马什若有所思地点点头,深吸了一口气,“从某种程度上而言,你丈夫说得没错。现在的情形的确像烂摊子。正如我在会上所说的那样,警方对于毒品犯罪的打击彻底失败了。对此我们还能做什么呢?”

图森特摇摇头。

“你好好想想。”伽马什鼓励地说道。

图森特开始思考。当你对面一个难以收拾的烂摊子时,你能做些什么呢?

要么放弃,要么——

“我们必须改变。”

伽马什微笑着点点头。“是的,我们必须改变。不是稍微改动,而是彻底改变。可惜的是,原来固有的模式是无法更改的。我们需要大胆,创新的思路。以及一颗勇敢的心。”

“但是您——”

图森特忽然闭上了嘴。她希望自己没有开口。

伽马什面带笑容地看着她。

“已经老了?”

“嗯。”

“嗯?”伽马什问道。

“是的,老了。”图森特说道。

“我的确老了。但是总得有人担起变革的责任。总得有人做出牺牲。”

图森特意识到自己的丈夫或许说对了许多事，但是有一件事他并没有说对。她绝不会成为替罪羊。

伽马什才是。

“我们现在有一个极大的优势。”伽马什说道，他说话的口吻仿佛是在谈一笔生意似的，“实际上，我们有好几个优势。我们的先辈将其一生致力于打破陈规，建立新的制度。他们用了许多时间彼此内斗。他们彼此开火，最终弄得两败俱伤。魁北克地区的犯罪之所以会失控，一部分原因是因为安全局的高层将精力花在了解决自身的腐败问题上。另一部分原因是因为贩毒集团通过贿赂买通了安全局的部分官员。”

“他们为了金钱和权力，”图森特说道，“蒙蔽了自己的双眼。”

“是的。非常希腊，不是吗？”但是伽马什的表情十分严肃。图森特在想，伽马什是在玩笑还是真的认为这是一场正在上演的古希腊悲剧呢？

“那么现在该怎么办？”图森特问道。

“你刚才不是说了吗？我们必须改变，改变一切。尽管现在似乎一尘不变。”伽马什仔细打量着图森特，“我们之所以要改变是因为以前的那一套现在已经不起作用了。你还年轻，你有你的优势。我们的对手仍然以为我们会用原来的方式对付他们。”

伽马什将身子向前靠，压低嗓音。他说话的语气里充满了坚定和勇气。

“一切重新开始。大胆地去改造重案组吧。现在机会在你的手里。也许许多人会像你丈夫那样误解我们，他们认为安全局已经名誉扫地，无可救药了，但是事实并非如此。我们可以动用资源，花时间和精力撑起这个烂摊子。我们可以再次改变安全局。”

“我们该做些什么呢？”图森特问道，她有些兴奋。

伽马什靠在椅背上回答道：“我也不知道。”

图森特感到有些泄气，然而她依然很高兴听到伽马什说这样的话，因为这意味着她可以主动想办法而不是被动服从。

“我需要想法，”伽马什说道，“你的想法以及别人的想法。我自己也一直在想。”

伽马什花费了这个秋天的好几个日日夜夜，他坐在小镇绿地上的长凳上。亨利和格蕾丝趴在他的脚边。绿地的长凳上刻着一行字：意外的惊悦。在这行字的上面则刻着：勇敢国度中的无畏者。

伽马什看着小镇，观察着小镇里的生活。小镇的外围是山川、树林和波光粼粼的河流。他一直想着，思考着。

对于安全局总警司一职，伽马什曾拒绝过两次。一部分原因是由于他不想和安全局这艘他曾经如此敬仰的大船一起沉没；还有一部分原因是他想不出拯救这艘大船的办法。

当他第三次被提名为安全局总警司的时候，他再次坐在那张长凳上。思考着安全局的腐败问题，思考着由此产生的危害。

他想到了安全局的那些年轻警官。他想到了三松镇平静而祥和的生活。这里远离尘世的喧嚣。

这里是如此安全。

蕾娜-玛丽常常陪在伽马什身边。他们并肩坐在长凳上。有一天，蕾娜-玛丽开口说话。

“我刚才想到了奥德赛[①]。”蕾娜-玛丽说道。

“真奇怪”——伽马什看着蕾娜-玛丽——“我可不是奥德修斯。”

蕾娜-玛丽笑道：“我想到了他退休时的样子。”

“奥德修斯也会退休吗？”

“他的确退休了。当他衰老时，他厌倦了战争，甚至厌倦了航海。他拿着船桨，走进树林。他走啊，走啊，直到遇到一群不知船桨为何物的人。于是他在那里定居下来。那里没有人知道奥德修斯是谁，也没有人听说过特洛伊之战。他就这样隐姓埋名地生活在那里。”

伽马什一言不发地坐着，凝视着三松镇。

他站了起来，回到家中打了一个电话。

奥德修斯打完了仗。他赢得了战争。

---

① 奥德赛(Odysseus)：古希腊诗人荷马的一部史诗，描写了主人公奥德修斯的海上冒险旅程和复仇故事。

然而，伽马什的战争还未结束。他的战争尚未获得胜利。至少他还需要打一仗。

现在他和一位年轻的警司坐在蒙特利尔老城区的餐厅里谈论着一艘即将沉没的船只。

“我丈夫或许说得对，但是有一件事他说得不对。我不是孤军奋战。”

“是的，你不是一个人。”

图森特点点头。她一直感觉自己势单力薄，以至于忘记了还有其他志同道合的人。这些人不会袖手旁观，他们和她站在一起。

“我们需要彻底的改变，”图森特说道，“我们要烧掉原来那艘船。决不回头。”

伽马什看着图森特，背靠在座椅上。

“您怎么了？”图森特问道，有一刻她甚至担心伽马什是不是犯了癫痫。

“我很抱歉。”伽马什说道，他拿过一张餐巾纸。

他从胸口的口袋里掏出一支笔，然后在餐巾纸上潦草地写了几个字。他抬起头对图森特笑了笑。随后他将餐巾纸折叠起来，放进口袋。

“这就是我们将要做的事情。我们不会去修理那艘破船。我们要将它烧毁。”伽马什将身子靠过来说道。说完后他坚定地点点头。

吃完午餐后，图森特回到办公室。她感到自己又变得精神抖擞起来。她想起了伽马什刚才说的话，但是不愿去想伽马什说话时近乎疯狂的口吻。

图森特或许是第一个，但绝不是最后一个认为伽马什总警司已经疯了的人。

...第十三章

下午的第一场会议，伽马什和波伏瓦商讨，建议安全局建立一支仪式训练队。

“像军队仪式那样，”波伏瓦说道，“走着整齐的步伐。”

伽马什仔细聆听着，但是未做表态，“我们为什么需要那样的队伍?”

“这不是我的主意。是一位高级警官向我提议的。我当时感到很好笑，但是事后又仔细想了想。”

波伏瓦一脸严肃地向伽马什瞄了一眼，表示这绝不是自己自作聪明。伽马什举起双手以示投降。

“我们可以先从年轻警员开始，”波伏瓦继续说道，“我觉得这是一种增强彼此信任的好方法。你总是说我们需要建立信任。我们可以进入学校和社区，向大家展示我们的风采。或许我们还能获得一笔当地救济处对戒毒所的资助呢。”

伽马什将身子向前倾。他点点头。

“你知道吗? 这个主意很棒。”

大家就此事又讨论了几分钟。

讨论结束后，伽马什站起身。他打算给波伏瓦看写在餐巾纸上的字。那些字似乎已经迫不及待地想从口袋里爬出来了。

但是现在还不是时候。他需要安静地坐着思考。

“我很高兴小镇绿地上的那个怪物已经不见了。”波伏瓦说道，他朝门的方向走去，“但是你还不知道那怪物出现的原因吧？”

“不知道，他占据了我许多时间。”

波伏瓦调整了一下老花眼镜。老花眼镜对他而言还是一个新鲜事物。年纪较轻的人戴上老花镜总觉得有些羞辱的意味，因为这显明已经你老了。

即使伽马什——比波伏瓦大了二十岁——也只是在阅读的时候需要戴上老花眼镜，而波伏瓦却被告知此生他都得戴着老花镜了。

“昨晚奥诺雷洗澡的时候一把抓过我的眼镜。”波伏瓦说道，他把眼镜摘下来又检查了一遍，“他把眼镜丢进洗澡水里。这孩子太顽皮了。”

“你确定是奥诺雷把眼镜丢进水里的吗？”伽马什问道。他从波伏瓦手里拿过眼镜，然后帮着调整起来。

对于修理那些被弄坏的东西，伽马什已经颇有经验了。

随后他将眼镜交还给波伏瓦。

“谢谢，长官。你有什么好的建议吗？”

“你这是蓄意破坏，先生。”伽马什用颇为夸张的语气说道，“你竟然将破坏的罪名强加在自己年幼的儿子身上。你简直就是一个恶棍。”

“天啊，安妮也说了同样的话。你们难道是串通好的吗？”

“是的。我们谈了许多有关你的老花眼镜的事。”

这时，伽马什的笔记本电脑发出叮的一声。

伽马什绝大多数的电子邮件都是由克拉克女士管理。每天伽马什的电子邮箱会接收到数量惊人的邮件，但是吉娜·克拉克都能很好地胜任。有时克拉克女士甚至会管理起伽马什，仿佛伽马什是一份等待回复或是等待删除的邮件似的。

波伏瓦常常坐在伽马什的办公室外面，看着自己的岳父大人被克拉克这个长着鹰钩鼻留着粉红色头发的女人呼来喝去，仿佛叮当小仙女[①]在指挥着一切。

然而，这封邮件却直接发送到了伽马什的私人邮箱。

伽马什站起身，朝办公桌的方向走去，“你介意等我一会儿吗？”

“不介意，长官。”

波伏瓦站在门口，阅读手机里的短信。

他打开邮件。这是安全局实验室发来的一份报告，报告的内容是关于前天晚上在保尔·马尔尚身上发现的那些毒品。然而，伽马什的思路被自己的手机铃声打断了。

“喂。”伽马什一边拿起手机，一边看着电脑屏幕。他脸上的表情显得十分严肃。

“伽马什吗？”

蕾娜-玛丽打来的电话。

从蕾娜-玛丽的声音里听得出，出事了。

“她先通知了你，而不是先报警？”扎尔玛诺维茨总检察官问道。

“是的。”伽马什回答道。为什么法庭里变得越来越热了？伽马什感到穿在外套下的衬衫已经黏在了皮肤上。

“她在电话里和你说了什么？”

伽马什本能地按下免提键。波伏瓦此时从房间的另一头走了过来。

“你没事吧？”伽马什问道。

“我发现了讨债人。”

一阵沉默。电话的两头都沉默了。

“说说具体情况。”伽马什说道，他站了起来，眼睛看着波伏瓦。

“讨债人在教堂的地下室里。我原本打算去地下室拿一些插花用的瓶子。我看到他就在那儿。”

---

① 叮当小仙女（Tinker Bell）：童话故事《彼得·潘》中的一位仙女，性格上喜欢管闲事。

“他伤害你了吗?”

“没有,他死了,身上还有血迹。”

“你现在在哪儿?”

“在家。我把教堂的门锁了起来,然后就回家打电话给你。”

“很好。你待在家里,哪儿也别去。”

“我还没报警呢。”

“我会报警的。”伽马什看着波伏瓦。此时的波伏瓦已经拿起自己的手机准备报警了。

“你身上有血迹吗?”

“是的,手上有。我弯下腰触碰了一下他的脖子。他仍然戴着面具,但是他的身子已经僵硬了。我真不应该碰他——”

“你只是想确认他是否已经死了。抱歉——”

“这不是你的错。”

“不,我的意思是我对于接下来要做的事表示抱歉。我希望你不要洗手。”

蕾娜-玛丽没有说话。她可能在思考为什么要这样,思考反驳的理由。或许此刻她对自己的丈夫感到异常愤怒,因为他竟然像对待犯罪嫌疑人一样对待自己。

不过,蕾娜-玛丽很快就回过神来。她明白自己有嫌疑,也明白自己的丈夫是一名警察。

“我明白了。”蕾娜-玛丽在电话里说道,“但是你动作快一点。”

伽马什来到门口,波伏瓦紧跟在后。

“我现在马上得走了。下午的其他会议暂时取消。”伽马什一边说,一边从克拉克女士的身边飞快走过。

克拉克什么都没问。她毫不迟疑地回答道:“明白,长官。”

伽马什和波伏瓦沿着长长的走廊来到电梯旁。

“波伏瓦已经报警了。警察几分钟之内就会到达现场。你让克莱拉或是莫娜过来陪陪你。我尽快赶到。你希望我一直和你通电话吗?”

“不用。我会叫克莱拉和莫娜的。但是,动作快一点,亲爱的。”

“我会的。”伽马什挂断电话，然后对波伏瓦说道：“打电话给伊莎贝拉。”

“已经打了。她正派人去现场。”

波伏瓦的行动总是与伽马什保持同步。

波伏瓦站在伽马什身边。他们两个人曾经历过无数次的考验——逮捕、审问、枪战。他们也曾一起庆祝，参加婚礼以及葬礼。

波伏瓦见过伽马什笑，也见过伽马什被压垮。愤怒和忧愁。

但他从没见过伽马什像现在如此绝望。

甚至是气急败坏。蕾娜-玛丽的手上沾有鲜血。

他们驾驶的汽车拉响了警笛，一路朝三松镇的方向驶去。同时他们也与当地警局进行沟通，要求警方保护好教堂的凶案现场，不准任何人进入。

“我希望能派一名警卫到我家。”伽马什说道，他在电话中具体描述了他家的方位。

当汽车离开主干道驶入一条泥泞的小路时，波伏瓦关闭了警笛。由于路面变得颠簸起来，汽车的行驶速度慢了下来。一头小鹿径直从缓慢行驶的汽车前跑过。

“开快一点。”伽马什说道。

“可是，长官——”

“快一点。”

“蕾娜-玛丽不会有事的，”波伏瓦说道，“她很安全。不会有人伤害她的。”

“如果你妻子安娜发现了一具尸体，并且手上沾有鲜血，你还会说这样的话吗？”

车速变快了。凹凸不平的路面使波伏瓦胃里的东西和戴着的老花眼镜都颠簸起来。

“所以是你的妻子最先发现了尸体？”扎尔玛诺维茨总检察官问道。

“是的。”

“她触碰过尸体吗?”

“是的。”

“看来您的妻子和我的妻子截然不同呀。我不敢想象自己的妻子竟会去碰一具死尸。您的妻子似乎并不介意双手沾上鲜血。很清楚,这是一起凶杀案,不是吗?”

原本炎热的法庭变得炙热难耐了。伽马什感到有一股热气正沿着脖子从自己的领口处向外冒,但是他必须克制自己的声音。他目不转睛地看着扎尔玛诺维茨。

“是的,你说得没错。我的妻子的确与众不同。当时她想看看自己能否帮上忙。在发现自己已经无能为力时,她才选择离开。在当时的情况下,我相信你的妻子也一定会和我的妻子一样勇敢和富有同情心。”

扎尔玛诺维茨也目不转睛地看着伽马什。克里沃法官注视着这两个人。整个法庭都在注视这两个男人。记者们奋笔疾书地记录着。

“你当时要求妻子不要洗掉手上的血迹。这样做正确吗?”

“当然正确。”

“为什么?”

“绝大多数意外发现死者的人都会无意识地破坏现场的痕迹。”

“比如像触碰尸体?”

“包括移动现场的某些东西,清理现场的污渍等。当面对突如其来的惊恐时,许多人会变得不知所措。等到警方赶到时,现场可能已经遭到了一定的破坏。”

“比如像该案这样吗?”

“不是。我的妻子虽然触碰了尸体,但是她并没有移动或清理任何东西。她将现场锁了起来,然后打电话给我。”

“难道她没有揭下面具看看死者是谁吗?”

“没有。”

“她难道不好奇吗?”

“我不认为她当时还有心情好奇。”

“你为什么要求她不要洗掉手上或是鞋子上沾着的血迹呢?”

“因为我们可以提取血迹样本，分析哪些是死者的血迹，哪些是别人的。”

“多么了不起啊。”扎尔玛诺维茨总检察官说道，“您的妻子处于极度恐慌之中，而您却站在工作的角度思考问题，全然没有想过如何安慰自己的妻子。看来不仅您的妻子了不起，您也很了不起呢。”

伽马什的脸颊涨得通红，但是他并没做声。

两个男人彼此怒视着对方。彼此之间的厌恶已经暴露无遗了。

“我随后会传唤伽马什夫人出庭作证的。但是你能确信她除了尸体之外没有碰过其他任何东西吗？你要记得你可是发过誓要说真话。”

“我当然记得。”伽马什咬牙切齿地说道。随后他又说道：“是的，我很确信。”

在被告席的那一方，辩护律师们彼此看了一眼。他们显得有些难以置信，扎尔玛诺维茨总检察官竟然替被告方辩护起来。他不仅质疑证人证词的可信度，而且鄙视证人的人格。

“或许你可以告诉我们，当你到达现场时看到了什么。”扎尔玛诺维茨说道。

汽车穿过树林，在教堂门口停了下来。波伏瓦和伽马什看到有一位警官正站在教堂大门前的台阶上。

之前当波伏瓦开车经过小酒馆时，他已经注意到有安全局的警员站在小酒馆的窗边。

波伏瓦刚停下车，伽马什就迫不及待地从车里快步走了出去。他沿着小路一路小跑来到自家门前。

前一天还阳光明媚的天空再一次变得阴郁起来。阴云遮蔽了太阳。寒冷的潮气在山间和小镇里翻涌着。

蕾娜-玛丽，克莱拉和莫娜坐在厨房里。壁炉里烧着火。桌子上放着热茶。

“我很抱歉，亲爱的。”伽马什说道。蕾娜-玛丽站起身朝自己的丈夫走去，但是伽马什向后退了一步，然后举起双手，仿佛想将妻子推开。“我现在不能——”

蕾娜-玛丽刚想做出一个拥抱的姿势。她忽然停了下来,随后慢慢垂下双臂。

克莱拉就站在蕾娜-玛丽身后。她觉得自己从未见过伽马什如此哀伤。

波伏瓦迅速站到伽马什和蕾娜-玛丽中间。他在伽马什和他的妻子中间走来走去,十分熟练地从蕾娜-玛丽手上采集血样并进行拍照。

采集血样的过程中,没有任何人说话。

在血样采集完之后,伽马什走上前,紧紧抱住蕾娜-玛丽,“你没事吧?”

“我想是的。”蕾娜-玛丽回答道。

“警方半个小时前就来了。”克莱拉说道,“莫娜之前一直站在门廊上观望。她确定没有人进入教堂。”

“很好,”波伏瓦说道,“确定没有人吗?”

“确定。”莫娜回答道。

伽马什带着蕾娜-玛丽来到盥洗室。他们一起将蕾娜-玛丽手上的血渍洗掉。

洗完之后,伽马什又带着蕾娜-玛丽来到卧室。

蕾娜-玛丽脱掉身上的外套,伽马什则打开冲淋喷头。他试了试水温。

“你去洗一把澡,我很快就回来。”

“你要走吗?好吧,很明显他要离开。你去忙你的事吧。”

伽马什抱住蕾娜-玛丽。他低头看着蕾娜-玛丽的双手。在蕾娜-玛丽的戒指上似乎还残留着血迹。那是他们的订婚戒指。很难不明白其中的象征意味。

这就是他的婚姻。鲜血伴随着他的婚姻生活。犹如一条决堤的河流,鲜血有时会漫过堤坝沾染到自己和妻子。

如果当初他没有进入安全局,现在他的生活又会是怎样呢?如果当初他选择留在剑桥大学,或许他现在已经是一名教授了。

至少不会像现在这样给妻子洗掉手上干枯的血渍。

“我很抱歉。”伽马什轻声说道。

“这不关你的事，亲爱的。你是来帮我的。”

伽马什亲吻了一下蕾娜-玛丽，然后朝冲淋房点了点头，“去洗把热水澡吧。”

蕾娜-玛丽朝房门的方向点点头，“你也去吧。”

蕾娜-玛丽从口袋里掏出教堂大门的钥匙。钥匙上也沾着血迹。

伽马什用一张餐巾纸将钥匙包裹起来。

楼下波伏瓦正在和克莱拉以及莫娜说话。

“这件事还有谁知道？”

“蕾娜-玛丽把有关讨债人的事跟我们说了。”克莱拉说道，“其他人都还不知道。警方来到小镇时，大家才意识到出事了。不过，警方还没有把具体情况告诉大家。”

“那是因为警方自己也不知道实情。”波伏瓦说道。他很清楚封锁消息的重要性。有时即使对自己人也不能透露风声。

“现在大家都聚集在小酒馆里。”莫娜说道，“他们在等待消息，等着你和伽马什。有些人想到这里来，但是警方不允许。”

“谁想来这儿？”

“当然是加布里。”克莱拉说道，“事实上，所有人都想来这儿。”

伽马什询问克莱拉和莫娜是否愿意继续陪着蕾娜-玛丽直到自己回来。

“当然愿意啦。”克莱拉说道。

伽马什和波伏瓦走到门廊上。他对守在门前的警卫说道：“请您继续守在这里。”

“是，长官。”这位警卫就是前晚到三松镇办案的两位警员中的一位。

“你们后来拿马尔尚先生怎么样了？就是前天晚上被逮捕的那个人。”

“就像您所要求的那样，我们看守了他一整晚。到了第二天早晨，他似乎冷静了许多。后来我们开车送他回家了。”

“什么时候?”

“早上十点。他拒绝告诉我们那些药片到底是什么。”

伽马什想起了安全局实验室发来的那封电子邮件。“它们是芬太尼。”

“芬——”警卫忽然不说话了。

伽马什点点头,然后沿着小径朝教堂的方向走去。他注意到加布里从小酒馆里走出来,正朝他和波伏瓦的方向走来。加布里并没有一路小跑,他肥硕的体型使他无法快速迈步。

加布里来到伽马什和波伏瓦身边,他的手上拿着一块洗碗布。

“发生什么事了? 警察什么都不说。”加布里略带责备地看着那位警卫,而警卫则假装什么都没听见。

“我也不知道呢。”伽马什说道。

“是不是和蕾娜-玛丽有关?”加布里问道,“她还好吗?”

“她很好。”

“谢天谢地。但是有人却……”加布里指了指教堂的方向,然后又看了看那位警卫。

伽马什摇摇头。此时他注意到有更多的人正朝自己走来。走在人群最前面的是莱雅·鲁,而她的丈夫马思奥则紧跟在妻子身后。

“你们走吧。我来对付这些人。”加布里说道。他转身朝人群走去。伽马什和波伏瓦趁机溜走了。

守卫教堂的警员正等着伽马什他们的到来。一座雪白的小教堂耸立在警员的身后。圣洁。朴素。就像魁北克小镇里的居民一样。

只是,里面躺着的不再是圣徒的遗体,或是他们支离破碎的骨骼、牙齿供人敬奉,而是一具完整的尸体。

一具被杀的死尸正躺在里面。

...第十四章

当伽马什和波伏瓦到达教堂时，伊莎贝拉·拉科斯特——安全局刑侦科的负责人——也到了。她的车子后面紧跟着装载着现场勘查装备的车辆。

各种设备从车上卸载下来，伊莎贝拉、伽马什和波伏瓦则小声交谈着。

“你能将这上面的血迹和指纹提取下来吗?”伽马什将包裹在餐巾纸里的钥匙交给一名警员。

“跟我说说你知道的事吧。”伊莎贝拉说道，她转身看着伽马什。

波伏瓦差一点笑出声。他在想，伊莎贝拉是否意识到自己刚才说的那句话是伽马什担任刑侦科负责人时最爱说的。

“我们还没有进入教堂。”伽马什说道，“蕾娜-玛丽在教堂的地下室里发现了尸体，然后她将教堂的大门锁了起来。尸体似乎就是讨债人。”

“什么人?”伊莎贝拉问道。

伽马什意识到尽管自己已经颇为熟悉，但是伊莎贝拉对讨债人一事还一无所知。

“你会明白的。”伽马什说道。

“提取完成。”一名警员将教堂钥匙交还给伽马什。他再将钥匙交给伊莎贝拉。

伊莎贝拉用钥匙打开了教堂的大门，伽马什则站在一边。现场勘查团队跟在伊莎贝拉身后进入教堂。走进教堂之前，伽马什回头看了看小镇以及小镇居民。

小镇居民们正站在小酒馆外。他们排成一排，形成一个半圆。从伽马什的角度望去，看上去就像一根耷拉下来的眉毛。

天空开始下起了雨夹雪。然而，居民们始终站着观察着一切。他们犹如一尊尊漆黑的雕像，目不转睛地看着他。

伽马什走入教堂。这里本该是一座提供人们心灵慰藉的圣殿。即使对于露丝这样为撒旦祈祷的人而言，这里也应该是一个宁静而平安的地方。

伽马什沿着教堂的台阶向地下室走去，那儿接近黑暗。

教堂的地下室里有一间很大的房间。地下室的地板有些老旧，上面铺着油毡。顶部的天花板有漏水留下的痕迹。墙壁上的木板已经松动。靠墙的地方堆放着许多椅子。椅子的脚被折叠起来，一把挨着一把靠墙摆放着。

伊莎贝拉看看四周。她敏锐地发现地下室只有一个进出口。地下室虽然也有窗户，但是窗玻璃上布满了厚厚的灰尘。外界的阳光和入侵者都不可能通过窗户进入地下室。

然而，除了窗户之外，整个地下室显得很整洁，甚至闻不到霉味。

在地下室的尽头有一间小厨房。厨房里有一些鳄梨木制成的器具。另一头有一扇门开着。

伊莎贝拉听见了熟悉的脚步声。她回过头看到伽马什沿着楼梯走了下来。

伽马什朝开着的那扇门指了指。

“那里是地窖。”伽马什说道。他和伊莎贝拉朝地下室的那一头走去。“蕾娜-玛丽说她去那里找插花用的瓶子,也是在那里她发现了尸体。”

“她什么时候发现尸体的?”

“大概下午一点四十五分。她随后锁上了教堂的大门,回家打电话给我。后来波伏瓦又打电话给你。”

伽马什和伊莎贝拉本能地看了看各自的手表。现在是下午三点十五分,离发现尸体已经过去了一个半小时。

伽马什十分熟悉教堂的地下室。这里曾举办过葬礼,也曾举办过婚礼晚宴。小镇居民曾在这里打桥牌,健身甚至举办烧烤派对。

这里曾是一个充满欢乐的地方。直到现在还残留着当时欢乐的气氛。

此前,伽马什从未进入过地窖。他甚至不知道地下室里还有地窖。

现在他站在地窖门口。他并没有进去,因为地窖空间十分狭小,容不下很多人。

地窖里有一盏小小的荧光灯,是蕾娜-玛丽留下的。现在它是漆黑的地窖中唯一的光源。地窖里没有窗户,地上布满了灰尘。

地窖的墙壁有一排简易木架,木架上摆放着一些瓶子,白铁罐以及玻璃罐。

伽马什一眼便能看到这些瓶瓶罐罐。但是真正吸引他注意力的却是躺在地窖角落里的一团黑色的东西。这团东西也吸引着在场所有人的注意力。它犹如从地里鼓起来的土堆,仿佛是从地里冒出来的。

一个黑色的坟堆。

伊莎贝拉转身看着伽马什,显得十分困惑,“这就是讨债人?”

“是的。”

波伏瓦和伽马什一起站在地窖门外。他迫不及待地想进入地窖,但是伽马什站在门口不动,于是他也只能站在门口看着里面的一切。

法医来了。她向伽马什打了一声招呼,随后看着波伏瓦。

“眼镜不错。”

随后莎伦·哈里斯法医走进地窖。

“她什么意思?”波伏瓦问道,他开始调整自己的老花眼镜。

“她喜欢你的眼镜。”伽马什面无表情地说道,“我们都喜欢。”

波伏瓦向后走了几步,他不愿意无所事事地站在地窖门口。他开始在地下室里溜达起来,仿佛一头在笼子里徘徊的猛兽,嗅着血液的味道。

拍完照片,提取完样本之后,哈里斯法医在尸体旁蹲下来。

“他戴着面具。”哈里斯说道,她抬头看看其他人。

为了看得更清楚,伊莎贝拉也蹲了下来。她的身边站着一位手拿摄像机的警员。

“我必须提醒各位,”扎尔玛诺维茨总检察官说道,“接下来将要出示的证据可能会让人感到极为不适。”

法庭里所有人都将身子向前倾。

大屏幕上开始播放一段录像内容。录像机的镜头有些晃动,但是十分清晰。录像里伊莎贝拉和哈里斯正蹲在一个看似黑色的土堆旁。

伽马什也走了过来,蹲在伊莎贝拉身边。录像里还能看到另一个人的影子。毫无疑问那是波伏瓦。

随后录像机的镜头集中在了那堆黑乎乎的东西上。

一开始很难看清那到底是什么东西,直到镜头聚焦在了一个面具上。

面具已经碎裂了。

旁听席上有些人已经开始用手遮住眼睛。

“我要揭开面具喽。”伊莎贝拉在录像里说道。

更多的人开始用手遮住眼睛。

揭下面具似乎有些难。面具底下露出了一些肉。

旁听席上有些人紧闭着双眼。

最后面具终于被揭了下来。法庭里没有人睁着眼睛了。除了工作人员。

克里沃法官强迫自己看着屏幕。她扫了一眼陪审团,忽然对陪审团的成员们产生了一丝同情。这些人原本对参与凶杀案的审理感到十分兴奋,而此刻却陷入了创伤与恐惧之中。

扎尔玛诺维茨总检察官之前已经看过这段录像。他正站在桌边，紧闭着双唇，双手攥成拳头。

伽马什总警司眯着眼睛，这样他可以更好地看清屏幕上的画面。

波伏瓦则坐在旁听席上，戴着专属于他自己的面具。专业又漠然的表情。

被告方的辩护律师看了被告人一眼。他希望陪审团没人注意到被告人脸上扭曲的表情。

因为这样的表情更加证明了被告人所犯下的罪孽。

录像机的镜头毫无怜悯地不断聚焦和拉近。

伽马什不想再看下去了。然而，他还是强迫自己凝视着大屏幕上的那张面孔。

伊莎贝拉将面具交给刑侦小组的组长，然后扭头看着伽马什。

"你似乎很惊讶。"

伽马什点点头。

尽管死者的脸遭到了破坏，但是仍然能够辨认。

讨债人不是一名男性，而是一个女人。

"你认识她？"伊莎贝拉问道。

"是的，她叫凯蒂·埃文斯。她就住在小酒馆的旅店里。"

伊莎贝拉站起身，伽马什也站了起来。

伊莎贝拉环顾了一下地窖，然后她朝地窖的门指了指。

"这里就交给你了。"伊莎贝拉对法医和她的助手说道。在地窖门口，伊莎贝拉停下脚步，"我想死亡原因已经很清楚了。"

一根带血的棒球棍竖直地靠在地窖墙上的木架上。棒球棍旁边还有一个沾着血迹的玻璃罐，里面盛满了桃子。

"如果我们还有新的发现会立即通知您。"哈里斯法医说道，"但是这个怎么处理呢？"

她指了指死者身上如同戏服一般的长袍。

"我来想办法。"伊莎贝拉说道，然后她和伽马什以及波伏瓦一起走出地窖。

在法庭的大屏幕上，录像机的镜头拍摄到了伽马什他们离开地窖时的画面。就在镜头转回到死者身上时，镜头捕捉到了伽马什的一个举动——他转过身，往地窖里看。

他的脸上露出极度困惑的表情。

...第十五章

大家在教堂地下室里搭起一张长桌。长桌所在的位置正好能看到地窖里的一切。

“凯蒂·埃文斯是谁?”伊莎贝拉问道。

“她是三松镇的一位访客。”伽马什回答道,“来自蒙特利尔,是一名建筑师。她和她的丈夫以及两位朋友一起住在小酒馆的旅店里。”

伊莎贝拉没有记录下来。之后会有人做笔录。此刻她聆听着。非常仔细。

“她身上的长袍和脸上的面具是怎么回事?你之前称呼她为——”

“讨债人。”伽马什说道。

他和波伏瓦面面相觑。他们不知道该如何向伊莎贝拉解释这一切。

“在西班牙语里讨债人指的就是收取各种钱款债务的人。”伽马什解释道。

“你们刚见到尸体,”伊莎贝拉说道,“你们怎么能确定那就是讨债人呢?”

“因为讨债人之前已经在小镇待过一阵了。”伽马什回答道。

“待过一阵？多长时间？”

“几天。”

“你们必须好好向我解释一下。”伊莎贝拉说道，“那么死者凯蒂是一名讨债人喽？她为什么要穿那样的长袍呢？”

伽马什和波伏瓦再次面面相觑。这似乎比他们想象的要困难得多，因为他们根本不知道该如何解释。

“不，她不是讨债人。”伽马什说道，“她是一名建筑师。”

“那她为什么要穿成这样？”

伽马什和波伏瓦摇摇头。

伊莎贝拉看着他们，有些不知所措，“好吧，你们把整件事的来龙去脉说一遍。”

“讨债人是在万圣节之后的晚上出现在小镇里的。”伽马什解释道，“当时小镇正在举办万圣节化妆晚会。一开始我们并不知道那是什么，也没人知道那是谁。渐渐地大家开始感到不安起来，但是并没有发生什么事。直到第二天早上，我们在小镇的绿地上看到了讨债人。”

“讨债人是在晚会上喝多了吗？”伊莎贝拉问道。

伽马什摇摇头，他将手伸入口袋去拿手机。当他掏出手机时，一张纸从口袋里掉在了油毡上。

那是和图森特一起吃午餐时伽马什写字的餐巾纸。

他和波伏瓦都弯下腰去捡那张纸。波伏瓦捡了起来，交给伽马什。波伏瓦没有注意到那张纸上有字迹，那是伽马什的笔迹。

“谢谢。”伽马什说道。他将那张纸小心折叠起来，重新放回到口袋里。然后他开始用手指滑动他的苹果手机。

“我在周六早上拍下了一张照片，然后发送给了波伏瓦。我想让他查一查。”

伽马什将手机递给伊莎贝拉。

伊莎贝拉是一位训练有素的警察，她不会对任何景象，声音或是话语立马做出反应。她会不露声色地进行观察，吸收和排除信息。绝大多数人是无法察觉出她脸上表情的细微变化的。

但是伽马什和波伏瓦可以,他们对伊莎贝拉太熟悉了。

伊莎贝拉微微睁大双眼,非常轻地抿了下嘴唇。

对于一位资深的刑侦科警官而言,这样的表情等同于大声尖叫。

伊莎贝拉抬起头,看了看伽马什,又看了看波伏瓦。

"这看上去像死神。"伊莎贝拉用镇定的语气说道,仿佛在说一件再正常不过的真相。

"是的,"伽马什说道,"我们也是这么认为的。"

照片中的讨债人显得那样强大,且具有威胁性。然而,还有更磅礴的东西呼之欲出。那是一种镇静,一种确信。一种无法逃脱的命运。

照片中的讨债人与此刻躺在地窖角落里的尸体形成了鲜明的对照。一个看上去犹如死神,而另一个不过一具尸体。

"当时你做了些什么?"伊莎贝拉问伽马什。

伽马什坐在一张硬板凳上,他调整了一下坐姿。这是他第一次正式回答有关讨债人的问题,他意识到这绝不会是最后一次。伊莎贝拉似乎认为伽马什身为安全局的总警司本可以采取一些措施。任何防护措施,也许都能避免这场悲剧。

"我和讨债人说了几句话。我问他到底是谁以及他到底想干什么,但是他并没有回答。他只是一直站着,盯着什么。"

"盯着什么?"

"小镇里的店铺。我不知道是哪一家。"

"然后发生了什么?"

"什么也没发生。他只是站着。"

"站了两天。"波伏瓦补充道。

"什么?"伊莎贝拉惊讶地问道。

"他站了两天。"波伏瓦重复道。

"穿成这样站了两天?"

"不是一直都站着。"伽马什说道,"第一天晚上我一直在暗中观察他。夜里他消失了,但是天太黑看不清。我早上准备去睡觉的时候,发现他又回来了。”

伊莎贝拉深吸了一口气。她回头看了看躺在地窖里的那具血肉模糊的尸体。法医正蹲在它身边。

讨债人看上去如此可怜。生命已经不再，曾经带来的威胁也已经消失。现在就像一只蜷缩在角落里等待死亡的动物一般。

然而，这具尸体毫无生命迹象。

“你叫它讨债人，”伊莎贝拉说道，“我从来没听说过。你说这是西班牙语？”伽马什开始解释讨债人的来由。他们会跟踪欠债的人直至欠债者还清债务。

伊莎贝拉紧锁眉头仔细聆听着。

当伽马什说完时，伊莎贝拉问道：“那么这个讨债人来到小镇是为了羞辱某个人并让他还清欠债喽？”

“并不一定。”伽马什说道，“现代讨债人或许是出于这样的目的。但是这个讨债人的打扮似乎更古老一些，属于原始讨债人。”

“那又是什么？”

伽马什看看波伏瓦。波伏瓦开始解释起来。他向伊莎贝拉讲述起自己的发现——小岛、疟疾病人、麻风病人、天生残疾的儿童、女巫以及良知。

“讨债人被西班牙政府逮捕，”伽马什说道，“他们被逼供说出自己的身份以及来自哪里。但是讨债人始终保持沉默。有些没有被迫害致死的最后被执行了死刑。之后有越来越多的讨债人不断涌现出来。政府最后发现了他们的来源地，于是派遣军队前往那个小岛，把岛上所有的人都杀了。”

“所有人？”伊莎贝拉问道。

这个问题需要发挥想象力。想象当时的恐怖场景——男人、女人、孩子，都被屠杀了。

“但是有些人似乎逃离了小岛。”伽马什说道，“也许是派往岛上的士兵帮助他们逃走的。”

伽马什认为，那些士兵一定是受到了良知的召唤。

“你们不会想对我说，小镇绿地上的那个讨债人来自于黑暗的中世纪吧？”伊莎贝拉说道。

“你不信吗？”伽马什问道，然后他微笑起来，“不，我的意思是有人了解那段历史，所以把自己打扮成原始讨债人的样子，企图达到某种目的。”

“你是说凯蒂·埃文斯把自己打扮成讨债人？”伊莎贝拉问道。

“不，”伽马什说道，“讨债人不可能是她。当讨债人出现在小镇绿地上时，我在面包房和书店里见过她。昨晚蕾娜-玛丽还见到她和她的丈夫开车去诺尔顿吃晚餐。”

“如果不是凯蒂·埃文斯，那么会是谁？”

这个问题现在根本无法回答。

“如果她不是讨债人，”伊莎贝拉说道，“那么她一定就是讨债人寻找的目标。但是她为什么会穿着长袍呢？”

伽马什和波伏瓦摇摇头。

“无论是谁干的，凶手现在一定逃之夭夭了。”波伏瓦说道。

“我想是的。”伽马什说道，“法医的尸检或许能提供更多的信息。凶杀案应该是在夜里的某个时候发生的。今天早上我出门遛狗时，讨债人已经不见了。”

“你出门遛狗是几点钟？”伊莎贝拉问道。

“七点刚过。”

“你最后一次见到讨债人是什么时候？”

伽马什想了想，“昨天晚上。但是我不知道讨债人什么时候离开的。”

“早上的时候讨债人已经离开了。”伊莎贝拉说道，“你认为讨债人为什么会离开？”

“我想讨债人已经达到了目的。”

“目的就是杀了凯蒂·埃文斯？”伊莎贝拉问道。

“似乎是这样。”

“那么凯蒂·埃文斯究竟做了什么，”伊莎贝拉继续追问道，“才会招来这样的杀身之祸呢？”

伽马什看着地下室的前方。

“怎么了?”波伏瓦问道。

“这说不通。”

“说不通?”波伏瓦问道,“难道凶手不是讨债人吗?”

伽马什表情严肃地看了波伏瓦一眼,然后回头对伊莎贝拉说道:“现代讨债人只管收取债务,并非杀手。原始讨债人从他们诞生的那天起代表的是良知,也并非杀手。即使他们受到了威胁,受到了迫害,他们也不会选择暴力。这起凶杀案不太可能是讨债人干的。”

伽马什随后把昨晚小镇居民企图殴打讨债人的事告诉伊莎贝拉。

“那么她为什么会被杀呢?”波伏瓦问道。

他的问题令大家沉默了。

...第十六章

奥利维站在小酒馆的窗边。他看到安全局的警官们从教堂里走出来。

奥利维并非一个人。小镇所有的居民以及邻近农庄的居民此时都聚集在小酒馆里。奥利维的小酒馆成为了三松镇周边地区的交汇点。

无论是好事还是坏事,大家都会聚集到这里。现在很显然是出了坏事。

当伽马什,波伏瓦和伊莎贝拉冒着十一月寒冷的冻雨沿着小径朝小酒馆的方向走来时,大家都目不转睛地看着。

奥利维和加布里已经事先准备好了咖啡、茶水、果汁以及从莎拉的面包房里买来的刚出炉的曲奇饼。他们没有准备含酒精的饮料,因为不想去刺激居民们已经高涨的情绪。

空气中升起一层薄雾。它伴着冻雨将整个三松镇笼罩起来。

小酒馆餐厅两边的壁炉里都烧着火。除了偶尔的叹息声之外,小酒馆里唯一的声音便是壁炉里噼啪作响的木材声了。

小酒馆里弥漫着熏木和咖啡的香味。此外，还有毛衣被雨水淋湿后散发出的气味。

就在几天之前，小酒馆还是那样舒适而安宁，犹如庇护所一般。然而，现在却远非那样了。

大家看着窗外，看着伽马什他们三个人。大家意识到坏消息既将降临。

奥利维回头看了看帕特瑞克·埃文斯。帕特瑞克此刻正坐在一把椅子上，他的双腿似乎已经无法支撑身体了。莱雅坐在他的身边紧握着他的双手，而马思奥则站在一边，一只手搭在帕特瑞克的肩上。

似乎有人不见了。只有一个人不见了。

凯蒂。

即使大家知道凯蒂此刻在哪儿。

他们都确信凯蒂一定还活着。

直到伽马什他们进入小酒馆的那一刻，大家才意识到凯蒂已经死了。他们知道不管发生了什么，凯蒂已经必死无疑了。

帕特瑞克急促地喘着气。他的双手变得僵冷，眼睛瞪得大大的。

他在等待着。

“当你们达到小酒馆的时候，你们认为居民们已经意识到发生什么了吗?”扎尔玛诺维茨总检察官问道。

“是的。”

“他们是怎么知道的呢？是伽马什夫人告诉他们的吗?”

“不是。”

“那么他们是怎么知道的？他们当时所能看到的只有警车。难道他们会自动联想到小镇里发生了凶杀案吗?”

这个家伙显然一点都不了解三松镇，伽马什这样想道。

“当安全局的警员到达小镇和我家的时候，小镇居民就已经意识到出事了。他们知道埃文斯太太不见了。我和安全局刑侦科负责人一出现在小镇时，他们就已经猜出发生了什么事。”

“啊，是的，我是多么愚蠢啊。”扎尔玛诺维茨说道。他转身看着陪审团，显出一副谦卑的模样，“我刚才差点忘了，小镇居民对于你和你的同事们是多么地熟悉。他们不仅了解你。你也很了解他们，不是吗?”

扎尔玛诺维茨虽然背对着伽马什说了这些话，但是他的意图十分明显。

警察和犯罪嫌疑人之间有时只保持着一个界限模糊的距离。这似乎就是扎尔玛诺维茨想要暗示的讯息。

“这是个不错的观点，”伽马什说道，“而且这会变成破案的一大优势。凶杀可以事先精心策划，但是凶杀绝不演算出来的。证据不是叠加的产物。我们必须了解凶案的动机。”

伽马什对陪审团这样说道。陪审团成员们的目光从扎尔玛诺维茨转向伽马什。

扎尔玛诺维茨意识到伽马什试图转移自己的话题。他转过身怒视着伽马什。

“机会并非是导致凶杀的主因。导致人们杀人的真正原因往往是情绪。”伽马什用平静的语气说道，仿佛是在和老朋友聊天似的，“杀人有时是由于不可遏制的愤怒，有时是由于精心策划的计划。但是它们都有一个共同点，那就是失控的情绪。这种情绪之前往往受到压抑，然后忽然对受害人爆发出来。”

陪审团的成员们都在点头。

“我们所有人都会有这样的情绪。”伽马什继续说道，“我们大多数人都曾有过这样的感觉——真想把某个人杀了，或者至少让那个人去死。但是是什么阻止我们迈出杀人的那一步呢?”

“良知吗?”坐在陪审团第二排的一位年轻女士这样问道。

“是的，我们的良知。”伽马什回答道。他看着那位女士，那位女士露出一个浅浅的微笑。“也许还有我们的软弱。有些人认为良知等同于软弱。其实阻止我们做出可怕事情的唯一原因是因为我们害怕被抓。如果我们不会因为自己所做的事而被抓，结果又会怎样呢？如果我们不计后果，或者根本不在乎后果，结果又会怎样呢？如果我们坚信犯罪行为一定会受到公正的审判，如果我们相信甘地的话——这个世界上存在着比法庭更高一级的法庭，结果又会怎样呢？”

“反对！”扎尔玛诺维茨喊道。

“反对的理由是什么？”克里沃法官问道。

“这跟本案毫无关系。”

“他可是你这一方的证人呀，扎尔玛诺维茨先生。”克里沃法官提醒扎尔玛诺维茨，“你应该提问才对。”

“我不想就凶杀和良知的本质提出任何问题。”

“或许你应该去思考一下这个问题。”克里沃法官说道。她看了看放在桌上的手表，“现在该是休庭吃午饭的时候了。一小时后开庭。”

克里沃法官站起身。法庭里到处是人们的脚步声。克里沃轻声对伽马什说道：“我给了你充分的时间，好好把握吧。”

伽马什微微鞠了一躬以表示他明白法官的用意。他看了一眼扎尔玛诺维茨。扎尔玛诺维茨正站在桌边愤怒地将相关材料塞进公文包里。

在法官和陪审团离开法庭之后，扎尔玛诺维茨终于忍无可忍了。他大跨步地朝伽马什走过来。此时伽马什刚从证人席上走下来。

“你到底在搞什么鬼？”扎尔玛诺维茨喊道，“你究竟要干嘛？”

伽马什看了一眼法庭的大门。陪审团的最后一名成员刚从门口走出去，他可以清晰地听到扎尔玛诺维茨说的话。

“别在这儿大喊大叫。”伽马什对扎尔玛诺维茨说道。

“不，就在这儿说。”

伽马什转过身从扎尔玛诺维茨身边走过，但是扎尔玛诺维茨一把抓住伽马什的胳膊。

“你别走。”

伽马什将扎尔玛诺维茨的手拽开，转身看着他。

有几名记者还在法庭里。他们注意着这两个男人，仿佛以前从没见过这样的场面。

“你干嘛拽我的公文包？”扎尔玛诺维茨喊道。

“别在这儿叫唤。如果你有话说，跟我来。”

伽马什回头对波伏瓦说道："请找一间——"

"我这就去找一间房间。"波伏瓦说道，他立马走出法庭。伽马什头也不回地跟在波伏瓦身后，他无需确定扎尔玛诺维茨是否跟在自己身后。

扎尔玛诺维茨看着伽马什，嘴里咕咕哝哝地说道："该死的东西。"他说这话的声音足以让在场的记者听见。

他一把抓起自己的公文包，然后跟了出去。

这两个男人独自待在安全局的办公室里。

法院的总检察官和安全局的总警司从工作角度而言应该是彼此协助的伙伴。然而从性格和本质而言，他们两个却又水火不容。

伽马什将办公室的门上了锁。然后他转身看着扎尔玛诺维茨。

"想一起共进午餐吗，巴里？"

伽马什指了指放在办公桌上的一个餐盘，上面有三明治和饮料。

扎尔玛诺维茨扬了扬眉毛，颇为惊讶。他笑了笑，这并非善意的笑容。

他从餐盘上拿了一块腌黄瓜奶酪三明治。

"你什么时候意识到我在刁难你？"扎尔玛诺维茨问道。

"我不知道。"伽马什回答道。他从餐盘上拿了一块熏肉三明治。"但是即使你没有刁难我，我也会刁难你。"

伽马什咬了一大口三明治，然后又喝了一大口饮料。

"很好，"扎尔玛诺维茨在吃了半块饼干之后说道，"你以为这件案子可以很轻松地了结吗？"

"我认为你在审问证人方面做得很出色。"

"谢谢。其实我做得并不好。"

伽马什的脸上挤出一个微笑。他将背靠在沙发上，盘起双腿看着扎尔玛诺维茨。

"我认为克里沃法官已经有所怀疑了。"伽马什说道。

扎尔玛诺维茨用餐巾纸擦了擦嘴，然后摇摇头说道："她绝不会怀疑。这太离谱了。还好，我们都是有养老金的人。"

扎尔玛诺维茨举起手中的饮料杯子，然后向伽马什说道："为你所谓的更高一级的法院干杯。"

伽马什也举起手中的杯子，"为烧掉我们的船而干杯。"

克里沃法官正在一个有遮阳棚的路边咖啡馆里吃着午餐。她向自己的女伴："我觉得有些事情不太对劲。"

"什么事情？"琼笑着问道，"比如说跳吉格舞[①]？"

"是这样倒好了。"克里沃说道，"至少我还能弄明白怎么回事。"

琼显得有些云里雾里，"那你指的是什么？难道你迷失方向了？这件案子让你不知所措了？"

"我真不敢相信你会说这样的话。"克里沃说道，她感到自己的自尊心受到了打击，"你觉得我没有能力来审判凶杀案吗？"

"当然不是。刚才不是你说有些事情不对劲吗？好吧，你说说看，到底哪里不对劲了？"

"扎尔玛诺维茨是魁北克地区高等法院的负责人。他似乎很喜欢侮辱站在证人席上的伽马什总警司。先前在离开法庭的时候，我听见他在辱骂伽马什，而且是当着许多人的面。"

"他在辱骂自己一方的证人？这的确有点不合理。"

"更糟糕的是他们似乎在误导审判。我想陪审团里有些人已经意识到了这一点。伽马什和扎尔玛诺维茨都有丰富的刑侦经验，而且他们都能很好地控制自己的情绪。他们两个站在同一个阵营里。我不知道到底发生了什么。这件凶杀案本应该很容易理解。伽马什是该案的唯一证人。他的妻子蕾娜-玛丽发现了尸体。"

克里沃摇摇头，将面前的蔬菜沙拉放到一边。

"或许他们只是彼此讨厌对方而已。"琼说道，"这种情况时常发生。他们两个曾经都是有权有势的人物。这两个男人都曾处于事业的顶峰。他们以前一定暗中较劲。"

---

① 吉格舞(jig)：一种欢快的民间舞蹈。通常为三拍子。

克里沃若有所思地点点头,“我听说他们两个人一直不和。当然警察和检察官经常会因为一些事相处不洽。但是似乎不仅如此。我不知道其中具体的原因,但又好像他们在共同谋划着什么。我只是——”克里沃晃动着手中的饮料杯。

“你指的是什么?”

“或许我的想法很愚蠢。但是我觉得他们两个可能是故意那么做的。”

“故意误导凶杀案的审判?”琼问道,“他们两个人是同谋?”

克里沃笑着说道:“你真是太聪明了。”

“我很抱歉。我并不想揶揄你。但是,这不太可能,你不觉得吗?他们为什么要那样做?如果你说的是真的,那么他们就是在误导法官和陪审团。伽马什实施了逮捕,扎尔玛诺维茨对案件提起了诉讼。这两个彼此仇视的男人为什么要故意误导该案的审判呢?”

克里沃摇摇头,然后又点点头。“我同意你的看法。我也许想得太多了,太愚蠢了。”

克里沃陷入了沉思,而琼则看着街道上来来往往的行人。

人们都已开始了一天的生活和工作。今天一切都会很顺利。然而,街道上大多数人都被这炎热的天气弄得汗流浃背。克里沃感到汗水正沿着脖子向下滑动,内衣已经变得黏糊糊了。

她并不期待赶紧穿上自己的法官长袍。她也并不期待在闷热的法庭里坐上一下午。但是至少在法庭里审理案件时,她不会像现在这般焦虑。

“今早在法庭上伽马什引用了甘地说过的话。”克里沃说道,“好像是关于更高一级的法庭的。”

琼在手机上搜索着,“找到了。有一个法院比任何法院都要高级,那就是良心法院。它可以取代任何其他法院。”

克里沃急促地倒吸了一口气,“我感到有点冷。”

“怎么了?”

“伽马什的意思是他的良知将胜过我们的法律。这难道不让你觉得害怕吗?”

“这可能并不是他的意思。”琼说道，她试图安慰她的伴侣，“他只是引用而已，并不一定是他本人的想法。”

“你觉得各大报纸会使用这样的头版标题吗，‘安全局负责人只随从良知，而不随从法律’？”

“只要标题不是‘法官在法庭大发雷霆’就行了。”

克里沃大笑起来，然后站起身，“我得回去了。谢谢你的午餐。”

在向后走了一步之后，她又随即走了回来。

“你相信吗？”

“相信个人的良知胜过国家的法律？”琼问道，“我们的法律不也是建立在良知和秩序的基础之上吗？”

“比如像禁止同性恋的法律？”

“那是很多年前的事了。”琼说道。

“可是在许多地方，这样的法律仍然存在。这是违背良知的。”

“所以你赞同伽马什先生喽？”琼反问道。

“如果我赞同的话，我也只赞同甘地说的话，而不是伽马什。但是身为一名法官，难道我真的要相信所谓的良知法院吗？相信良知会胜过一切法院吗？这简直像一个无政府主义者的观点。”

“这更像是一种进步的观点。”琼说道。

“这像纸上谈兵。”克里沃笑着说道。她亲吻了一下琼，然后又在琼的另一边脸颊亲了一口。她低声说道：“这个吻是献给甘地的。”

...第十七章

两个男人再次摆出格斗的架势。

旁听席上的观众此时都伸长了脖子。他们看着法庭中央的证人席，仿佛在观看一场拳击比赛。

法庭里充满了火药味。克里沃对此很反感。法庭里已经够热了。在克里沃看来，火药味和公义是水火不容的。

她能看出来，这两个男人彼此仇视，势不两立。

两只公象，琼曾这样形容他们。

克里沃觉得，这两个男人更像是耍赖的野兽。他们要把自己审理的第一起凶杀案搞砸。

然而，这样的比喻并不贴切。

扎尔玛诺维茨总检察官身体轻盈，走路时更像一头身手矫健的黑豹。他巡视着自己的领地，偶尔将目光投向被告席，而更多的时候则盯着坐在证人席上的伽马什。

他就像一头豹子打量着自己的猎物。

而伽马什呢？他镇定地坐着，仿佛这里就是他的家，仿佛法庭里的一切——椅子、证人席、整个法庭——都是他的私人财产。他彬彬有礼，又深思熟虑。

伽马什的从容镇定与扎尔玛诺维茨的咄咄逼人形成了鲜明的对照。

扎尔玛诺维茨在等待着，等待着他的猎物露出弱点，然后他便会奋力一扑。

他们既不是大象，也不是黑豹。

克里沃认为，他们是处于食物链最顶端的猎手。

克里沃看到扎尔玛诺维茨离伽马什越来越近，越来越近，以至于她想挥手叫他离得远点儿。

她想警告扎尔玛诺维茨，伽马什的从容和镇定只是表象。如果把他的冷静视作昏沉，那就大错特错了。

克里沃感到有些不可思议。伽马什这位顶级猎手竟然引用甘地的话。或许，伽马什比扎尔玛诺维茨更危险。

克里沃在想，伽马什真正的敌人是否就是他自己呢？

克里沃法官想起了她与琼一起吃午餐时所说的话。这两个彼此仇视的男人其实站在同一个阵营里。彼此的仇恨只是表面的伪装。

他们为什么要这么做呢？

克里沃似乎知道了答案。他们这样做只有一个原因。

为了捕获更大的猎物。

克里沃法官看着被告席。

被告席上的被告显得有些脆弱和可怜。难道在这表面之下还隐藏着其他什么东西？

“总警司先生，在中午休庭之前你告诉我们你在餐厅里把凯蒂·埃文斯的死讯告知了她的丈夫。”

“是的，确切地说是在小酒馆里。”伽马什回答道。他看到扎尔玛诺维茨对于自己的纠正感到颇为恼怒。对此他感到很满意。

扎尔玛诺维茨看着舒适地坐在证人席上的伽马什。他很高兴自己能有机会刁难这位安全局总警司。

尽管刚才他和伽马什共进了午餐，尽管他无需假装憎恨伽马什，但是他还是这么做了。多年来他已经不记得有多少次就一起案件的审理与伽马什针锋相对。有时他会替伽马什认为有罪的人进行无罪辩护，仅仅因为相关证据还不够充分。

"这是你的错，伽马什。"扎尔玛诺维茨以前常会这么说。

那时伽马什还是安全局刑侦科的负责人。他常被认为是一个懦夫。他不会冒险去参与案件的审理过程，除非有十足的把握。

所有人都认为伽马什和扎尔玛诺维茨彼此憎恨。他们会携手同盟简直是天方夜谭。然而，他们真的携手了，这正是他们此次计划的绝妙之处。

扎尔玛诺维茨在法庭里踱着步，看着坐在证人席上的伽马什。他并没有从伽马什的脸上察觉任何憎恶的表情，只有几分谨慎的迹象。

伽马什被迫和这样一个自己既不喜欢又不信任的家伙合作。这样做的风险太大了。

这或许是扎尔玛诺维茨职业生涯中最不同寻常的一件事了。

当时伽马什坐飞机前往蒙克顿①，然后又开车前往哈利法克斯②。扎尔玛诺维茨当时就在那儿。

他们坐在码头边的一家餐厅里。许多码头工人坐在他们周围吃饭。

看着码头上从世界各地驶来的船只，伽马什向扎尔玛诺维茨说出了自己的计划。

在和盘托出自己的计划之后，伽马什等待着对方的反应。他的右手开始微微颤抖，这表明他正在承受着内心的压力。

扎尔玛诺维茨当时是皇家法院的负责人。他对于伽马什的自恃，对于他野心勃勃的计划，对于他近似愚蠢的做法感到颇为吃惊。扎尔玛诺维茨意识到自己可能是这世界上能够帮助伽马什的最后一个人了。然而，伽马什需要的不仅仅只是帮助。

---

① 蒙克顿(Moncton)：位于加拿大新不伦瑞克省东南部的一座城市。
② 哈利法克斯(Halifax)：位于加拿大新斯科舍省的一座港口城市。

“你要我做的事会毁了我的事业。”

“是的。同样也会毁了我的。”

“你的还没开始，”扎尔玛诺维茨提醒伽马什，“你刚被任命为安全局的总负责人。你可能还不知道安全局负责人的办公室在哪里呢。但是我在皇家法院已经工作三十年了。我担任总负责人这一职务的时间远比你长。你现在却想让我放弃这一切，甚至还要冒着被关押的风险。你这是在侮辱我，侮辱我的事业和我的家人。”

“拜托你了。”

伽马什的语气如此诚恳，直到他的脸上露出一个微笑。在那一刻之前扎尔玛诺维茨还在思考，这是否是伽马什的诡计。伽马什是否想借此机会毁掉他。伽马什是否想引诱他干一件虽然不算犯法但却不道德的事情。

不仅他会被开除，而且还会被毁掉。

然而当凝视着伽马什的眼睛，打量着他脸上的表情时，扎尔玛诺维茨意识到伽马什绝不是一个有坏心眼的人。

他严肃而认真。

“我想散一会儿步。”扎尔玛诺维茨说道。伽马什站起身，扎尔玛诺维茨挥挥手说道：“我想一个人。”

扎尔玛诺维茨沿着码头走着。他经过大型集装箱货轮。他闻到了海草，铁锈和海鱼的味道。

他一直沿着码头走着。

如果他决定做这件事，他不能告诉任何人。即使自己的妻子也不能告诉。

那么谁会知道此事呢？也许人们会理解的。人们会明白如此做的原因优先于怎么做。

然而，扎尔玛诺维茨也意识到这样一个事实：如果他决定做这件事，如果他和伽马什一起携手，这将会成为他的末日。他会被戴上镣铐。

这将与他所信仰的一切相违背，与他所代表的一切相违背，甚至与伽马什所代表的一切相违背。

为了干这件事，他和伽马什必须违背他们所深深信仰的原则。这个风险太大了。

他会因此后悔吗？还是会义无反顾呢？

成功的几率有多少呢？扎尔玛诺维茨知道，成功的几率很低。但是如果不试一下，永远都不会成功。

伽马什没有别的选择。扎尔玛诺维茨知道，由于自己的职位以及在工作领域中所受到的尊重，自己是伽马什唯一的选择。伽马什会好好利用这一选择。

扎尔玛诺维茨停下脚步，看着停泊在哈利法克斯港口的船只。他感觉有一股海风向自己吹来。

扎尔玛诺维茨的女儿夏洛特以前常喜欢去蒙特利尔的老港区。她喜欢看停泊在港口的船只。她会瞪大着眼睛问父亲每艘船来自哪里或驶向哪里。扎尔玛诺维茨并不清楚这些船只的去向。于是他常会编造一些听上去稀奇古怪的地名。

桑给巴尔。

马达加斯加。

北极。

亚特兰蒂斯。

圣克雷格。

“这些都是你编出来的。”夏洛特说道，她似乎快要哭了。

既然他能给自己的女儿编造故事，那么他也能给魁北克地区的民众编造一个故事。

“来吧，”扎尔玛诺维茨轻声地自言自语道，“我们该上路了。”

他走回餐厅，伽马什正等在那儿。餐桌上放着一大块柠檬奶油派。

扎尔玛诺维茨坐了下来。

虽然伽马什并没有提起夏洛特，但是扎尔玛诺维茨已经猜出了伽马什的心思。他不希望伽马什提起自己女儿的名字，但同时又多么渴望伽马什能和他聊聊女儿。

“我可以帮你。”

伽马什点点头，他的双眼紧盯着扎尔玛诺维茨，“我们必须立即行动。”

于是行动开始了。

当时是十一月份，离现在已经过去好几个月了。

扎尔玛诺维茨提起了公诉，然后召开了听证会。

现在是七月份。案件的法庭审理已经进入了第二天。

很难说一切是否按照他们的原定计划在进行。他们始终照着计划在做，但是计划也有可能失败。有可能最终功亏一篑。

如果计划失败了，扎尔玛诺维茨将会下地狱。不过，让他感到欣慰的是如果自己下地狱的话，伽马什也将一起陪葬。

“当帕特瑞克·埃文斯得知妻子的死讯时，他是什么反应?”扎尔玛诺维茨问伽马什。

...第十八章

“就在这里告诉我吧。”帕特瑞克·埃文斯说道。他的朋友们围在他身边。

在伽马什看来，帕特瑞克的朋友们就像那天晚上保护讨债人一般保护着他。

“不，先生。”伊莎贝拉用温柔但却坚定的语气说道，“请跟我们来。”

她指了指小酒馆的一间包间。那是小镇居民进行私人会谈的地方，比如说举办生日宴会，或是凶杀案的审问。

“我们也要去吗？”莱雅问道。

“当然。”伊莎贝拉回答道，她希望马思奥和莱雅能够陪同帕特瑞克。

他们走进包间。波伏瓦随即关上包间房门。

包间里没有壁炉可以取暖。从包间的窗户望出去可以看到一个凄凉的花园以及远处静静流淌的贝拉河。

户外的空气仿佛凝结了一般。浓浓的雾气正笼罩着远处的树林。

波伏瓦找到包间的电灯开关。他将包间内的所有灯都打开，然后打开室内的暖气装置以驱散包间内的寒气。

伊莎贝拉看着帕特瑞克。她发现帕特瑞克强打着精神，马思奥和莱雅也是，仿佛伊莎贝拉是执行死刑的刽子手，而他们正是被执行的对象。

伊莎贝拉开门见山地把情况告诉了他们。她的语气柔和而条理清晰，同时又带着怜悯。

“我很抱歉，先生。您的妻子已经死了。”

伊莎贝拉早就意识到直截了当地说出真相是最好的沟通方式，因为这样既不会产生疑惑，同时也可以及时提供帮助。

通知死讯本来就不需要婉转。虽然这会让被通知方感到痛苦，但却是一种能将痛苦降到最低限度的方式。

马思奥走上前一步。他将一只手握住帕特瑞克的手臂。

尽管帕特瑞克似乎已经意识到了真相，但当它真的降临时，他仍然不堪一击。

他嘴巴张大着缓缓地坐下来。

这时，有人在敲包间的门。波伏瓦打开房门。奥利维站在门边，手里拿着一个托盘。盘子上有一瓶苏格兰威士忌，几只玻璃杯和一叠餐巾纸。

“谢谢。”波伏瓦轻声说道。他拿过托盘，然后关上了门。

伊莎贝拉拿过一把椅子。她坐在帕特瑞克的正对面，他们两个人的膝盖几乎要碰到了。

帕特瑞克留着一头乌黑的短发，发型显得颇为老气。他的胡子刮得很干净，长相也很英俊。然而，他的性格却并非很坚强。即使处在悲痛之中，有些人仍然显示出自信。但是眼前的这个男人，最多算得上一个壳，仿佛一个空心人。苍白无力。

“有人在教堂里发现了她的尸体。”伊莎贝拉说道，她始终看着帕特瑞克的蓝眼睛，不过她并不确定帕特瑞克在听她说话。

“她是怎么……？”帕特瑞克问道。

“法医还需要进行进一步尸检，她似乎是被重物击打致死的。”

“上帝啊。”

帕特瑞克垂下脑袋，又立刻支撑起头。然而，他并没有看着伊莎贝拉。

“怎么会这样?”帕特瑞克问马思奥。

“我也不知道。”马思奥摇摇头,脸上露出难以置信的表情。

莱雅站在马思奥身旁。她看上去身体很不舒服。

帕特瑞克的嘴唇动了几下,但是什么话都没说。

这个男人似乎已经被掏空了。

“您最后一次见到自己的妻子是在什么时候?”伊莎贝拉问道。

“昨天夜里。”帕特瑞克回答道,“在户外。”

“户外?”伊莎贝拉反问道,“她没有上床睡觉吗?”

“当时我已经睡了。我以为她很快会回来。”

“但是她并没有回来?”伊莎贝拉问道。帕特瑞克点点头。

“她在户外做什么?”伊莎贝拉继续问道。

“凯蒂她喜欢在夜里的时候外出散步。”莱雅说道。

“您和妻子吃完晚饭回家时是几点钟?”伊莎贝拉问道。

“我不记得了。”帕特瑞克回答道。

“我们离开您家的时候,他们已经回来了。”马思奥对伽马什说道,“当时应该是十点钟,对吗?”

伽马什点点头。

“你们看到凯蒂外出散步吗?”伊莎贝拉问道。

马思奥和莱雅都摇摇头。

“你们回到小酒馆的旅店时有没有看到讨债人?”

“讨债人?”帕特瑞克说道,他仿佛如梦初醒一般,“啊,上帝啊,这和讨债人有关,是不是?”

他看着马思奥,随后又看着莱雅。眼睛睁得大大的,十分痛苦。

“我不知道。”莱雅说道。她靠在帕特瑞克的身上,双臂紧紧抱着他。然而,帕特瑞克却没有拥抱她。

“怎么会这样?”帕特瑞克咕哝着。由于莱雅的拥抱,他说话的声音显得模糊不清,“我简直无法理解。”

然而,帕特瑞克的眼睛却看着伊莎贝拉。

伊莎贝拉观察着。她认为的确有一些事情无法理解。不过,很快她便有了自己的答案。

伊莎贝拉看了一眼波伏瓦。波伏瓦正用敏锐的目光注视着帕特瑞克的一举一动。伊莎贝拉又看了看伽马什。

伽马什将双手放在背后。他正站在窗边向外眺望。外行人可能会认为他对所发生的一切并不感兴趣。但是伊莎贝拉知道,伽马什正在仔细聆听着每一句话,每一个音调。

伽马什以前常说,话语能够暴露一个人的所思所想,而音调能够揭露一个人当下的感受。

这两点对破案都极为重要。

没错,证据的确很重要。但是坦白讲,每个人只要接受过刑侦方面的训练,都可以在凶案现场收集血样或是找到一丝头发。或是在经济犯罪中查到一个有问题的银行账户。

但是感情呢?只有最勇敢的人才能潜行进入这片最炽烈的领域。

这正是伽马什所探索的。他擅于捕捉那些飘忽不定、转瞬即逝、甚至十分危险的感受。那些感受真实而狂野,往往会导致杀戮。

伽马什已经教会伊莎贝拉如何捕捉那些感受。

伽马什将目光从窗外烟雾笼罩的树林移向帕特瑞克,莱雅和马思奥。

他睿智的深褐色眼睛并没有盯着帕特瑞克,而是盯着马思奥。

"你们昨天晚上去哪里吃晚饭?"

帕特瑞克耸耸肩,他似乎已经精疲力尽了。

"我记得是在诺尔顿的某个地方,"马思奥说道,"好像是一家叫雷莱的餐厅,是不是?"

帕特瑞克没有任何反应。

"今天早上您没有见到妻子,您当时担心吗?"伊莎贝拉问道。

帕特瑞克打起精神,"不担心。我认为她和她在一起。"帕特瑞克指了指莱雅。

她。

帕特瑞克说话的语速变得缓慢,迟钝。

“我们当时认为凯蒂和帕特瑞克在一起。”马思奥说道。

“直到警方来到小镇，我们才意识到凯蒂已经失踪一整天了。”莱雅说道。

伊莎贝拉将身子向前倾，她看着帕特瑞克说道：“您认为谁有可能对您的妻子干出那样的事？”

“不知道。”帕特瑞克像孩子一般惊恐地看着伊莎贝拉。

“您能往后坐一点吗？”莱雅说道，“您没看出来他很害怕吗？”

莱雅给帕特瑞克倒了一杯苏格兰威士忌。帕特瑞克一口就喝完了。

伊莎贝拉打量着帕特瑞克。他似乎显得有点不对劲。这个男人仿佛被什么东西裹挟着。他似乎既感到震惊，同时又无精打采。

伊莎贝拉看着帕特瑞克的双眸，她感觉情况不仅如此。

“您能跟我说说有关讨债人的事吗？”伊莎贝拉问道。

帕特瑞克看着伊莎贝拉，“讨债人代表良知，不是吗？”

他随即又看着马思奥。然而，他的眼神似乎是游离的。

波伏瓦蹲下身直视着帕特瑞克的双眼。帕特瑞克也直视着他，嘴巴张得大大的，嘴角处留有些许唾沫。

“你是不是吃了什么？”波伏瓦直截了当地问道。帕特瑞克依旧神色恍惚。

“是他干的。”帕特瑞克言语模糊地说道，“我们都知道是他干的。”

“是谁？”波伏瓦问道。

“他肯定指的是讨债人。”马思奥说道，他低头看着帕特瑞克，“是这样吗？还能有谁？”

“埃文斯先生，请您看着我。”伊莎贝拉大声清晰地说道，“您的妻子为什么会在教堂里？”

“没人去过教堂。”帕特瑞克回答道，他的口齿变得愈加模糊了。

波伏瓦转身对一位正在做笔录的警员说道：“快去找哈里斯法医。快！”

当波伏瓦说话的时候，帕特瑞克从椅子上瘫坐下来。波伏瓦一把抱住了他。在伊莎贝拉的帮助下，大家让帕特瑞克平躺在地板上。

“他到底怎么了?”波伏瓦问道,他迅速检测帕特瑞克的脉搏跳动。

伽马什脱下外套并卷了起来,随后垫在帕特瑞克的脑后。

“我之前给他吃了一片安定文[①]药片。”莱雅说道,她的双眼睁得大大的,“他应该没事吧?”

“什么时候?”波伏瓦问道。

“就在你们来之前。当时他的呼吸十分急促,表情很痛苦。为了让他平静下来,我给他吃了一片。”

“就一片吗?”波伏瓦问道,他看了看已经失去意识的帕特瑞克,又看了看他的朋友们。

“就一片。”莱雅说道。她在自己的包里翻找着,随后拿出一个药瓶。

“但是你刚才还给他喝威士忌。”伊莎贝拉说道。

“该死。”莱雅说道,“真是该死。我给忘了。”

哈里斯法医来了。她蹲在帕特瑞克的身边。

当她在给帕特瑞克做检查时,所有人都站在一定距离之外。

“他是谁?”哈里斯一边检查一边问道。

“凯蒂·埃文斯的丈夫,帕特瑞克。”伊莎贝拉说道,她看到哈里斯向自己瞄了一眼,“我们认为这是药物和威士忌共同反应的结果。”

伊莎贝拉其实不用多做解释。

“药瓶还在吗?”

莱雅把安定文药瓶交给哈里斯。哈里斯检查了一下药瓶,从瓶子里倒出几片药片。然后她将药瓶还给莱雅,什么话都没说。

“他只是丧失了意识,他的身体可能不适应镇定类的药物。威士忌也会影响药物的效果。我们现在得把他弄到床上去。”哈里斯低下头在帕特瑞克的耳边说道:“埃文斯先生。醒醒。我们要把您扶到床上去喽。”

哈里斯捏了一下帕特瑞克的耳垂。帕特瑞克猛地睁开双眼,但是他的眼神依旧空洞。

“能把他扶起来吗?”

---

① 安定文(Ativan):一种具有止痛镇定、抗焦虑的药物。

波伏瓦和马思奥将帕特瑞克从地上扶起来。帕特瑞克如同喝醉了一般，耷拉着脑袋，眨巴着眼睛。显然他正试图变得清醒，但却无能为力。

哈里斯带领他们穿过聚集在小酒馆里的人群。

当莱雅准备离开包间时，伽马什将她叫住。

“帕特瑞克还吃了什么?”伽马什问道，他仔细打量着莱雅。

“没有啊。”

“你最好说实话。”

“我说的都是实话。帕特瑞克是我们几个人中最守规矩的。他几乎连酒都不喝。”莱雅摇摇头，“这都是我的错。我不应该给他服用安定文。”

“还有威士忌。”伽马什补充道，他打量着眼前这个女人。她似乎真的很关心自己的朋友。

“一切都好吗?”奥利维问道，他在包间门口探头探脑，有些焦虑。

“是的。埃文斯先生有些不舒服。”伽马什说道，“他需要休息。”

“有什么需要我帮忙的，可以随时叫我。”

“谢谢。”伽马什说道。在奥利维离开之后，伽马什给莱雅拿来一把椅子。

莱雅坐了下来。伽马什和伊莎贝拉也坐了下来。

“你认为谁会对凯蒂下此毒手?”伽马什问道。

“我真的不知道。”莱雅回答道。

对于伊莎贝拉而言，如果有人在警方的问询中回答“真的”，她会放松警惕。莱雅看上去十分诚恳和震惊。

然而，伊莎贝拉提醒自己，莱雅是一名政客，一个政客往往很会演戏。

莱雅看着伽马什和伊莎贝拉。现在轮到她来询问警官了。

“你们都认为是讨债人杀了凯蒂?”莱雅说道，她看看伽马什，又看看伊莎贝拉。

“埃文斯先生和你的丈夫似乎是这么认为的。难道你不这么认为?”

“我不知道讨债人有什么理由杀死凯蒂。”莱雅说道，“如果真的是讨债人干的，那只能说明讨债人的目标就是凯蒂。讨债人来到这里就是为了寻找凯蒂。”

“有这可能。”伊莎贝拉说道，“现在我们所知道的是讨债人消失了，而凯蒂被人谋杀了。你不认为这太巧了吗？”

莱雅想了一会儿，“但是这并不能说明凯蒂就是讨债人寻找的目标。也许凯蒂在夜里散步的时候碰巧遇到了讨债人。”

“但是她并不是在散步时遇害的，不是吗？”伊莎贝拉说道，“而是在教堂里。她为什么会在那儿呢？”

莱雅背靠在椅子上，她思考了片刻。“我们一起旅游时，凯蒂总喜欢去教堂。她是一名建筑师，教堂的飞扶壁[①]总让她着迷。”莱雅微笑着说道，“我还记得这些。后来这甚至成了我们之间的玩笑。我常会戏称她为‘超级飞扶壁’。”

莱雅似乎又回到了现实，“但是飞扶壁只有在巴黎圣母院，沙特尔大教堂以及圣米迦勒大教堂才能见到。你们这个小镇里的教堂并没有啊。”

伽马什盘起双腿。他点点头，三松镇的圣托马斯教堂的确没有飞扶壁。不过在伽马什看来，圣托马斯教堂比巴黎圣母院更漂亮。当然，这取决于观赏者的角度。

“那么你认为凯蒂为什么会在教堂里呢？”伽马什重复伊莎贝拉的问题。

莱雅摇着头说道：“也许她只是想进教堂看看。也许当时外面太冷，她进教堂取暖。我真的不知道。”

伽马什注意到，伊莎贝拉始终没有提及凯蒂的尸体是在教堂地下室里被发现的，也没有提及凯蒂穿着讨债人的长袍。

讨债人的长袍具有高度的象征性。它代表着罪孽和债务；代表着良知的泯灭和未被救赎的罪恶；代表着复仇和耻辱。它是道德控告的象征。

这一切如今都被强加在一个死去的女人身上。

这绝不是意外，而是有意为之。是有人特意将长袍穿在死者的身上。

伽马什认为，凯蒂·埃文斯和讨债人之间一定存在着某种关联。

---

① 飞扶壁(Flying buttresses)：一种起支撑作用的建筑结构部件，通常以半拱券的形式出现，又称“飞券”。

现在的问题是，她的朋友们知道这一点吗？

“这都是我的错。”莱雅说道，“昨天晚上我不应该保护讨债人。如果昨晚讨债人被赶走的话，凯蒂或许就不会死了。”莱雅看着伽马什，“这同时也是你的错。你当时应该采取措施把他赶走，可是你却只顾着说讨债人不会有危险，他没有干坏事。现在好啦，他干坏事啦。如果昨晚你采取措施，或许凯蒂现在还活着。”

伽马什没有反驳，因为他无话可以反驳。他曾多次向小镇居民保证讨债人是无害的。尽管现在发生了凶杀案，但是伽马什怀疑这是否真的是讨债人干的。

伽马什知道，莱雅的怒火此刻会针对任何人，而自己恰好是现成的出气筒。

所以伽马什没有反驳，也没有为自己辩护。他只是保持沉默。

莱雅的眼中泛起了泪水。她需要宣泄心中的愤怒和悲伤。

“啊，真是该死。”莱雅喘着气说道。她试图控制自己的情绪，仿佛为一位死去的朋友哭泣是一件令人难堪的事情。“我们都做了什么呀？”

“你们什么都没做错。”伊莎贝拉说道，“伽马什总警司也没做错。真正应该受到谴责的人是凶手。”

伊莎贝拉递给莱雅一张餐巾纸。莱雅说了声谢谢，然后擦拭了一下脸。她仍在哭泣，但是现在主要是因为悲伤而不是愤怒。

“你们不会真的认为凯蒂是讨债人所要寻找的目标吧？”莱雅说道。

“你对此有什么看法吗？”伊莎贝拉问道。

“我也不知道。”莱雅说道，“或许凯蒂真的是被讨债人杀害的，但是并非故意。也许凯蒂在跟踪讨债人，并且发现了他的真实身份。于是讨债人杀了她。”

伽马什点点头。他也曾想到过这种可能性。

但是讨债人为什么要给凯蒂穿上长袍，戴上面具呢？

而且即使被揭穿了身份，为什么一定要杀了凯蒂呢？这是不是太过激了？

这只能说明凯蒂认识讨债人。

伽马什看着窗外的浓雾。此时浓雾已慢慢散开,不那么压抑了。

凯蒂的死是事先预谋的吗?凯蒂就是讨债人寻找的目标吗?或许这只是一个被揭穿身份的人临时起意的冲动行为?

“所以你想不出有谁会对凯蒂下毒手?”伊莎贝拉问道。

“想不出。凯蒂是一名建筑师。她负责建造房屋。”

“会不会是因为某个建筑工程出了问题?比如说意外事故?或是房屋坍塌?”

“从没有过这样的情况。”

“那么她和帕特瑞克的婚姻呢?”伽马什问道,“他们的婚姻幸福吗?”

“我想是的。凯蒂原本想要孩子,但是帕特瑞克不喜欢孩子。你们可能也注意到了,帕特瑞克自己就像一个孩子。他需要母亲般的关爱。凯蒂给予了他母爱。当然她对我们所有人都很好,是一个颇有爱心的女人。她本可以成为一位了不起的母亲。她也是我孩子们的教母,从没忘记过孩子们的生日。”

莱雅看着手中的餐巾纸。餐巾纸已被撕成一条一条。

“我认为他们的婚姻生活很幸福。”莱雅说道,“反正我没看出什么不对劲的地方。尤其当——”莱雅看了看伊莎贝拉,然后又看看伽马什。

大家都保持沉默,等待着莱雅即将要说的话。

“尤其当她失去爱德华之后。”

“爱德华?你们的大学室友?”伽马什问道,“就是那个后来自杀的人?”

“是意外坠楼。”莱雅说道,她强迫自己相信爱德华的死是一场意外。莱雅叹了一口气,“因为爱。你能怎么办呢?”

伽马什点点头。是的,你能怎么办呢?

此时波伏瓦,马思奥和哈里斯回到了包间。他们已经把帕特瑞克扶上床睡觉了。

“他很好。”哈里斯说道,“只需要好好睡一觉。”

“我和你出去走走吧。”伽马什对哈里斯说道,他穿上了外套。

他们并没有从小酒馆的正门出去,而是走了后门。小酒馆的后门通向一个露台和小镇店铺的后院。

在隔壁的面包房里，伽马什和哈里斯透过窗户看到安东和杰奎琳正在说话。

“埃文斯先生的朋友，”哈里斯说道，“也就是那个叫莱雅的女人。她是一名政客？”

“是的。”

“她说她给埃文斯先生吃了一片安定文。可是我从没见过一个成年人吃了一片安定文竟会变成那样。”

“你认为她给他吃了很多片安定文？”

“至少两片。当然她可能不愿意承认。也许她只是将药瓶给了埃文斯先生，是埃文斯先生自己吃了两片或更多。”

“我对此表示怀疑。有没有可能那并不是安定文，而是其他什么东西？”

哈里斯停下脚步，思考了片刻。

伽马什可以感受到雾气钻入他的衣领，还有他的袖子。

“有可能。你怀疑是合成型毒品，或是鸦片之类的东西？不过在没有进行血液检测之前，我不敢断言。你为什么会有这样的怀疑？”

“只是怀疑而已。”

“看来你也没把握。”哈里斯说道。她几乎每天都要和躺在尸检床上的尸体打交道。

伽马什什么都没说，但是他的确比哈里斯更有把握。

伽马什陪同哈里斯来到她的车前。就在哈里斯准备上车前，她忽然转身对伽马什说道：“埃文斯先生一直重复着关于良知败坏的话。你觉得这对你有帮助吗？”

“死者的长袍和良知有关”是帕特瑞克反复说的话。哈里斯不明白那到底是什么意思。

伽马什认为，现在还不是告诉哈里斯有关讨债人情况的时候。

帕特瑞克的话听上去更像是一种警告。他在告诫大家邪恶、败坏的良知正在行动。

“谢谢你提供的信息。”伽马什说道，“尸检报告什么时候能给我？”

“尽快吧。我希望明天早上就能给你。”

当伽马什回到小酒馆的包间时，他看到马思奥和莱雅正和伊莎贝拉以及波伏瓦面对面地坐着。他们并不是在相互对抗，反而十分亲近。

看来有新的进展了。

伽马什坐到伊莎贝拉和波伏瓦旁边。

“先前我们始终认为是讨债人杀了凯蒂，”马思奥说道，“但也有可能不是这样。”

“请继续说。”伊莎贝拉说道。

“讨债人来到这里是为了寻找某个人，某个曾经做过可怕事情的人。有没有可能正是这个人杀了凯蒂呢？”

“他为什么要杀凯蒂呢？”伊莎贝拉问道，“他应该去杀讨债人才对。”

“或许他已经杀了讨债人，”莱雅说道，“而凯蒂恰好目睹了这一切。”

“那么讨债人在哪儿？”伊莎贝拉问道，“为什么那个人要把凯蒂的尸体留在教堂里，而把讨债人的尸体藏起来呢？”

“也许并没有藏起来。”马思奥说道，“只是你们警方没有发现罢了。”

伊莎贝拉扬了扬眉毛。她其实早就想到这一点了。她已命令警方搜查小镇周边的树林。

“你们能跟我们说说凯蒂·埃文斯的情况吗？”伊莎贝拉问道。

“我们对于她的童年知道的并不多。”马思奥说道，“我只知道她在蒙特利尔长大，有一个姐姐。她的父母——”马思奥叹了一口气，他以为警方已经了解了相关情况。

“你有他们的通讯地址吗？”伽马什问道，他接过伊莎贝拉的话。

“正如昨晚我告诉您的，”马思奥对伽马什说道，“我们几个是在大学里认识的。所读的专业并不一样，但是我们都住在同一宿舍。那是一个狂野的地方，我真不敢相信自己竟能活下来。”

伽马什猜测，他们并不是所有人都活了下来。

“当时是我第一次远离家人。”马思奥说道，“当时我是那样年轻，那样放荡不羁，仿佛所有约束一下子都消失了。你们明白这种感觉吗？我们变得狂野起来，但是凯蒂却始终保持着冷静。她虽然也会面对诱惑，但却总能自我克制。她是一个很理性的人，而我们几个有时却会昏了头脑。”

“凯蒂就是我们的安全港湾。”莱雅说道。

伽马什点点头。他们所描述的情形他完全能够明白，因为蕾娜-玛丽也具有相似的品质。

蕾娜-玛丽就像一股稳定的暖流。她总是能给身处各种诱惑中的伽马什带来温暖和安宁。年轻时是这样，年老时也是。

“我们还做过一些乱七八糟的事情。”马思奥说道，他仍然在追忆过去。“当时没人告诉我们不可以做。这就有点像《蝇王》[①]里的故事情节。”

“那么你们中谁是拉尔夫？谁又是杰克呢？”伽马什问道。

“谁又是不幸的佩吉呢？”马思奥反问道。

“我不明白你们在说什么。”莱雅说道。

“对不起，”伽马什说道，“我有些跑题了。抱歉。”

然而，波伏瓦明白伽马什绝不会无缘无故跑题，尽管他也并不知道那些人是谁。

波伏瓦将《蝇王》加入自己所要阅读的书籍名单中。

“你指的该死的事情是毒品吗？”伽马什问道。

“是的，毒品。一开始使用毒品的确让人很兴奋，慢慢地心态会变得平静下来。但是这就像一个越吹越大的气球最后爆炸了。你们能明白吗？”

伽马什完全明白。他自身的经验以及他大儿子丹尼尔的经验都使他感同身受。

大学时光是一段接受教育的时光，同时也是一段实验尝试的时光。大学生们想要把握自己的生活。他们会尽情挥霍，如同第一次吃自助餐一样。他们最终由于吃得过多而开始呕吐。许多人仍不会因此吸取

---

① 《蝇王》(*Lord of Flies*)：英国作家威廉姆·戈尔丁的小说，讲述了人性中所隐藏的罪恶。下文中提到的拉尔夫，杰克和佩吉均是该小说中主人公的名字。

教训。

他们吸毒、酗酒、滥交，干出各种出格的事情。然后才开始学会进行理性的选择。

然而，有些人可能从此无法自拔。

四个年轻人曾那样肆无忌惮。然而，现在他们已经回归了正途。

有没有可能他们中有人没有回归正道呢？

伽马什忽然想起来，的确有这么一个人。

“跟我们说说爱德华吧。”

“什么？”马思奥问道，“为什么？”

“我知道那是一场悲剧。”伽马什说道，“但是这或许和凯蒂的死有关。”

“这不是凯蒂的错。”莱雅说道，“爱德华坠楼的时候，凯蒂根本不在现场。当时她和帕特瑞克都在宿舍。如果要怪，就得怪那个将毒品卖给爱德华的毒贩子。”

“那个毒贩子叫什么？”伊莎贝拉问道。

“你在开玩笑吗？”马思奥说道，“这件事都已过去十五年了。谁还记得那个毒贩子叫什么。在爱德华跳楼之后，那个毒贩子也不见了。当时警方曾来学校调查过这件事。”

“所以你们都不记得那个毒贩子的名字了？”波伏瓦问道。

“爱德华去世这么多年了。他的死不可能和凯蒂的死有关。”

“你们或许会感到很震惊。”伽马什说道，“许多凶杀案的源头往往源自过去。杀人动机需要时间发酵生长，然后才会凶相毕露。就像那些被抛弃在小岛上的讨债人一样，他们终有一天会回来的。”

包间里此时燕雀无声。只有打在窗玻璃上的冻雨发出啪啪的响声。

“昨天晚上你们两个在哪里？”伊莎贝拉问道。

“在伽马什总警司家里吃晚饭，”马思奥回答道，“然后就回去睡觉了。”

“你们没有听到凯蒂离开或是回到小酒馆旅店时发出的任何声响吗？”

“没有，我什么都没听到。”马思奥回答道。莱雅也摇摇头。

伽马什送莱雅和马思奥来到包间的房门口。

在他们离开之后，伊莎贝拉和波伏瓦看着伽马什。

“你认为凶手已经逃走了吗？”伊莎贝拉问道。

“不，我认为不管是谁杀了凯蒂·埃文斯，这个人一定还在这儿。他正在观察着我们。”

. . .第十九章

“他们在干嘛?”杰奎琳问道。

“他们还在那儿。”

安东站在莎拉面包房的窗边,朝圣托马斯教堂望去,而杰奎琳则站在柜台后用力搓着面团。

“他们把她带走了。”安东站在窗边说道,“救护车已经开走了。”

安东已经得知教堂里发现了一具尸体,而那具尸体正是三松镇的一名访客——凯蒂·埃文斯。

安东和杰奎琳见过凯蒂。当得知凯蒂遇害时,他们都感到十分震惊。

安东坐下来,总感觉不自在。于是他开始在小小的面包房里踱起步,同时又尽量使自己看上去很悠闲。

今天早晨当他醒来的时候,讨债人已经不见了。他认为一切都会变好。他和杰奎琳不必去找伽马什了。但是现在——

一个女人被杀了。小镇里到处都是警察。

真实情况比这更糟。

“我们本应该告诉警方。”杰奎琳说道，她将黏在手指上的面团搓下来。

“告诉警方那是一个讨债人？你认为所发生的一切和讨债人有关吗？”

“当然有关。”杰奎琳咬牙切齿地说道。她将面团放在案板上，用力摔打直至面团变得扁平。空气、生命似乎都被摔打了出来。面团不会再鼓起来了，“难道你认为毫无关联吗？那你真是太天真了。”

安东看着杰奎琳，仿佛此刻他就是被杰奎琳摔打的面团。

“老实说，安东。去年我们就见到过那个讨债人了。现在他竟然又出现在这里。难道你没想过，他可能就是来找我们的吗？”

“可是为什么呢？”安东问道。

“我也不知道。”杰奎琳说道，“可能是因为我们曾经替一个疯子效力。”

“他应该去找别人才对啊。”安东说道，“他不应该找我们。我们什么都不知道。”

“我们知道的东西已经很多了。或许他派讨债人到这里是来警告我们。他要我们闭上嘴。”

可是，如果讨债人来到这里的目的真是如此，为什么死的人会是凯蒂呢？

警方还未将具体的情况告知小镇居民。但是有一点可以肯定，根据警方在教堂里的活动判断，凯蒂的死绝非一场意外。

“现在告诉警方是不是太迟了？”安东问道。

“也许还不迟。”杰奎琳一边搓着面团一边说道，“但是警方可能会想，为什么我们没有早点将情况告诉他们。”

“为什么呢？”

安东的心里比谁都清楚。

他还记得那个戴着黑色面具的讨债人。当时讨债人面朝小酒馆，注视着安东。透过窗户直视厨房，讨债人看到安东在洗盘子。

良知。它正威胁着安东所付出的一切努力。

是的，这也正是他为什么不想把实情告诉伽马什的原因。作为安全局的总负责人，伽马什最终会查出他的真实身份。

即使杰奎琳也不知道这一身份。

安东看着杰奎琳。杰奎琳细长的手指嵌在面团里，仿佛野兽的爪子将面团里的生命撕扯殆尽。

安东明白自己之所以对讨债人的事守口如瓶的原因。但是他不明白杰奎琳为什么也对此保持沉默。

面包房的大门砰地一声被打开了，门撞在墙壁上。杰奎琳和安东都吓了一跳。

莱雅和马思奥走了进来。

“我们想要——”莱雅说道。她看着安东，她忽然不说话了。

大家面面相觑。安东之前见过莱雅和马思奥，但他仅仅知道他们是小镇的访客。此刻安东好像认出了他们，至少认出了莱雅。

“原来你在这儿呢。”奥利维说道，他走进面包房。他面带同情地向莱雅和马思奥点点头。之前在小酒馆里他曾向他们表达过哀悼。

奥利维的注意力集中到了洗碗工安东身上，“我到处找你。”他的声音显得十分严肃且有礼貌，同时又隐隐地透露出一丝愠怒。“厨房需要你。小酒馆现在很忙。”

安东僵硬地笑了笑。如果不是因为有其他人在场，他或许会说一些顶撞的话。

“对不起。”安东说道。他匆忙地朝门走去。到了门口的时候，他忽然停下脚步转身对杰奎琳说道：“你还好吧？”

杰奎琳点点头。然后安东对莱雅和马思奥说道：“我听说了，真是太可怕了。”

很明显，莱雅刚才大哭了一场，她的眼睛又红又肿。

安东跟在奥利维身后走入小酒馆。小酒馆里挤满了人，大家都在谈论凶杀案。安东来到厨房，里面弥漫着蔬菜和酱汁的味道。水槽里堆满了锅碗瓢盆。

对于别人而言，这样的景象或许一团糟，而对于安东而言，倒是十分和谐。锅碗瓢盆碰撞时发出的声音犹如一首交响曲,像是两位女高音彼此斗唱,两个大厨彼此斗技。各种气味在空中竞赛,声音如此令人心碎。蛋奶酥的味道从空中滑落。犹如金属碎裂。

对于一些人而言,厨房只是一个混乱不堪的地方,而对于另一些人而言,厨房就是他们的世界,一个精彩的个人世界,如同一座圣殿。安东渴望进入这座圣殿,把自己藏起来。这样安全局的警察就无法查出他的身份了。

“动作快一些。”奥利维站在厨房的门口说道,“还有很多事要做呢。安全局的警官们现在需要一些三明治和饮料。”

“好的,我立刻准备。”安东回答道。

奥利维的语气变得略微松弛了一些,“谢谢。”

伊莎贝拉再次来到教堂。她派了一名警员去诺尔顿询问餐厅的员工埃文斯夫妇是否昨晚前来就餐。同时另一名警员按照名单上所罗列出的人名依次传唤居民。

伊莎贝拉邀请伽马什一起参与询问。

然而,伽马什婉拒道:“除非你特别需要我帮忙。”

伊莎贝拉想了一会儿,“他们很有可能说真话,因为你认识他们,并且知道他们昨天的行踪。但是,”伊莎贝拉笑了笑,耸耸肩说道,“如果他们真撒谎的话,没有人阻止。”

伽马什知道,伊莎贝拉说得没错。

“你可以在我家吃晚饭,然后过夜。”伽马什说道,“或许我们可以交换一下意见。”

如果有伽马什在场,所有人都会被盯得死死的。大家都不得不吐露真言。这对于凶杀案的调查是很有好处的。

然而,这些都不如谎言来得有效。

谎言并不意味着这个人就是凶手。但是它能加快案件的调查进程,可以让警方从不真实的言语中看到真相,从而警方可以判断谁在隐藏秘密,而谁又是心胸坦荡。

谎言就像一束光。它会汇集成聚光灯束，将那些隐藏着巨大秘密的人照射出来。

波伏瓦正舒舒服服地坐在伽马什家的书房里，等待着网络连上。

三松镇隐藏在山谷之中。很多人会认为现代的通讯卫星覆盖了地球上绝大多数的地方。然而，三松镇却是被现代文明遗忘的一个角落。卫星就在小镇的上空盘桓，但是小镇却始终是一个盲点。

不过，在目睹了城市和城镇中的残暴之后，波伏瓦开始相信所谓的“文明”可能被高估了。当然，这不包括他最爱的披萨外卖。

从莫娜的书店拿一本书，然后将书带进奥利维的小酒馆细细品读。或者喝上一杯香浓的牛奶咖啡，吃一块从莎拉的面包房里买来的羊角面包。

这些可以弥补没有手机和外卖的不便吗？

“不。”波伏瓦咕咕哝哝地说道。他不耐烦地在椅子上摇晃着身子，等待着连上无线网络。

拨号接连不停地发出尖锐的叫声，仿佛害怕与外界联系在一起。

“这里还是比有些地方好。”当波伏瓦对于该死的网络路由器抱怨时，波伏瓦想起了伽马什说过的话。

波伏瓦等待联网的时候，他的视线一直看着窗外。他看到安全局的技术人员正将一些设备从卡车上卸下来，然后将它们搬进教堂。他觉得伊莎贝拉十分幸运。在凶案现场周围就有如此舒适的办案环境——热水，冰箱和厕所。

“还有咖啡机，上帝啊。”波伏瓦咕咕哝哝地感叹道。

在波伏瓦看来，伊莎贝拉甚至都不用走出室外就可以办案。

波伏瓦和他的岳父伽马什却曾经为了破案走遍整个魁北克地区。

帐篷、起伏不定的渔船、鲨鱼、山洞。

波伏瓦曾告诉自己的妻子安妮，这些便是他们野外办案的生活。但是安妮却不相信。

“你可以问你老爸。”波伏瓦说道。

“我才不问呢。”安妮轻松地笑道，“你想陷害我，是不是？我才不上当呢。我会好好惩罚你。”

“惩罚我？”波伏瓦用半带讥讽的语气说道，“我可是一个很坏很坏的人。”

“不，你是一个很蠢很蠢的人。你现在已经是父亲了。我会有许多新的惩罚等着你。我刚才第一次给我们的儿子吃酸梅，他似乎很喜欢。”

但是波伏瓦说的是事实。他曾和伽马什调查一起发生在沙格奈河[①]边的凶杀案。尸体是在一座被焚烧的木屋里头发现的。整座木屋的外屋部分只剩下了框架。

“我们就像两个挖槽工。”伽马什说道，仿佛这是上天的一份恩赐。

“我坐在这儿。”波伏瓦说道，他在一个树墩上坐下来，然后拿出笔记本。

凌晨两点的时候，天空下起了雨。波伏瓦敲了敲外屋的木门。

“哪位？”伽马什礼貌地问道。

波伏瓦透过半月形的门缝向里张望，“让我进去。”

“门没锁。进来时擦拭一下脚。”

他们就这样在那里待了一天半，在木屋的残砖败瓦之中寻找着犯罪证据，在周边的森林之中寻访目击证人。那些人中大部分都是猎人或流浪汉。伽马什和波伏瓦要找到某个认识死者的人。然而，那些人什么都不会告诉他们。

在那种环境里是没有网络和电脑的，甚至连电话都没有。不过，谢天谢地，还好有卫生纸。此外，还有睡袋、饮用水、包装食品以及行军用的火柴。

伽马什和波伏瓦将笔记本的纸张黏在木屋斑驳的墙壁上，然后在纸上画出嫌疑人的线索草图。

“你们后来抓住凶杀了吗？”安妮问道，她似乎被波伏瓦的讲述吸引住

---

① 沙格奈河(Saguenay)：位于加拿大魁北克南部的一条河。

了。安妮曾经是一名律师，她之前并不相信自己丈夫所说的故事。

她全神贯注地聆听着。波伏瓦也全神贯注地讲述着。

“我们最终抓住了凶手。凭借我们的机智、推理、睿智——”

“是凶手来自首的，是不是？”

“当然不是。”波伏瓦忍不住笑了笑，“凶手回到案发地寻找死者遗留的水质净化器。当我和你父亲从木屋里钻出来的时候，凶手吓得不轻。你真该看看他当时魂飞魄散的样子。”

安妮大笑起来，眼泪都快流了出来。

网络路由器终于连上了。波伏瓦的双手在键盘上操作起来。

他有许多事要做。但第一件要做的事是最重要的。

他给安妮发了一份电子邮件，告诉她发生了什么事以及自己将会在她父母家里过夜，甚至待上几天。

波伏瓦感到一阵心酸。他想念安妮，想念他们的儿子奥诺雷。

“我们也想你。”安妮在邮件的回复中写道，“希望这一次你和爸爸不会成为两个挖槽工。”

“挖槽工”似乎成为了波伏瓦和伽马什的代名词。

在发送完邮件之后，波伏瓦在电脑上输入《蝇王》二字，然后开始搜索起来。

“克莱拉？”莫娜喊道。

屋子里一片漆黑，只有客厅里亮着一盏灯。

莫娜打开灯。眼前是空无一人的厨房。

如果克莱拉正在打盹儿，莫娜并不想打扰她。但是莫娜觉得在经历了白天的事情之后，克莱拉应该已经无心睡眠了。

在伽马什回到家之后，克莱拉和莫娜便离开了。她们知道现在应该是伽马什和蕾娜-玛丽独处的时间。

“上帝啊，你吓了我一跳，你这该死的一大堆……衣服。”

莫娜看着走廊和厨房之间的某个地方。她回过神，看见一个形容憔悴的老妇人和一只羽毛鼓胀起来的鸭子。

“衣服?”

“其实我想说‘粪便’。但是天使米迦勒要我保持礼貌,所以我使用了‘衣服’。当然你得记得我对你说的‘衣服’其实指的是‘粪便’。”

莫娜深吸了一口气,然后从嘴里呼出来。她担心露丝是否会在天使米迦勒的帮助下升入天堂。

“克莱拉在哪儿?”

“我怎么会知道呢? 你这蠢蛋。”

“你不想换一个词吗?”

“嗯,让我想想。”

克莱拉只会在一个地方。那也是每当有不幸的事情发生时,她会去的唯一地方。

“你在这儿呢。”莫娜说道,她轻轻敲了一下克莱拉画室的门。

里面的灯亮了,然而仍然有些昏暗。

克莱拉在椅子上转动了一下身子。她的手上拿着油画笔,画架上摆着一幅肖像画。

莫娜能够看到肖像画的边缘,但是画面的主体被克莱拉的身子挡住了。

画架倚在墙壁上。画室里有十几幅肖像画。一些画作几乎已经完成,而大多数尚未完工。

整个画室看上去就像一屋子被遗弃的人。

莫娜转移视线,她无法直视这些人物的眼睛。她害怕在那些人的眼睛中看到乞求的表情。

“画得怎么样了?”莫娜问道,她朝画架点点头。

“你觉得呢?”

克莱拉站起身,走到一边。

莫娜凝视着画架上的那幅画。

克莱拉的肖像通常都有与众不同的脸部表情。有些人物的脸上挂着微笑,而有些则让人感到哀伤,失落或是兴奋。

有些人物会让人产生强烈的怀旧之情。克莱拉就像一位魔法师,她能在画面上创造情感甚至回忆。凝结的表情融合着油画涂料会再次给人物增添生命。

然而，眼前的这幅画作却有所不同。这根本不是一幅肖像画。甚至谈不上是一个人物。

它看上去像是克莱拉的宠物雷欧和伽马什的宠物格蕾丝。或者其他什么东西。

画面上雷欧雄赳赳地坐着，格蕾丝坐在它身边歪着脑袋。画上的格蕾丝显得那样古怪和丑陋。它的视线并没有直视观众，而是看着远方的某个东西。

莫娜很想回头看看格蕾丝到底在看什么。

画面上的两条狗都不讨人喜欢。也不可爱。它们的身上充斥着一种狂野的气息。

克莱拉似乎捕捉到了它们身上未被驯化的一面，那些仍然隐藏在它们体内的野性。

莫娜伸出手去触摸画面，但是她又立刻将手缩了回来。

她似乎听到了画面上那两只动物的嘶吼声。

"我很抱歉，"莫娜对克莱拉说道，"我不应该来打扰你。我去了小酒馆，但那里每个人都在谈论凶杀案。我不想待在那儿，但又不想一个人待着。"

"我也是。还有可怜的蕾娜-玛丽。"克莱拉说道，她和莫娜一起坐在沙发椅上。她们的周围充斥着油画颜料和香蕉水的气味。

"我本想安慰伽马什。"莫娜说道，"但是他看了我一眼，然后就走开了。"

大家都熟悉那个表情。以前也曾见过那个表情。

那个表情里没有责难。如果大家不提出一些意见，伽马什会感到惊讶。然而，如果伽马什真的对大家的意见做出回应，大家也会感到十分惊讶。

伽马什的眼神充满了坚定。

然而，这一次伽马什尽管试图加以掩饰，他的眼神中还流露出愤怒和惊恐。

这让莫娜感到既震惊又好奇。一名曾经抓捕过无数罪犯,现在又成为安全局负责人的资深警官竟然会对一起凶杀案感到震惊。

莫娜的确能看出伽马什眼神中的震惊。

伽马什曾对她说过,他并不想回安全局,但是却接受了成为安全局总警司的提名。

“你觉得这有什么不同吗?”莫娜曾这样问道。伽马什的脸上露出笑容。眼角和嘴角的皱纹变得更深了。

“你似乎对我有所怀疑呀。”伽马什说道。

“我只是想弄明白你那样做的原因。”

“你认为我那样做是出于狂傲自大吗?”伽马什问道。

“我只是在想,你决定担任安全局的总负责人是否出于你内心的渴望。”

这是一次非正式的心理咨询。一位退休的心理医生正在聆听一位退休警官的心声。她想探究他人所忽略的伤口,看看是否有感染的迹象。

“对于权力的渴望。”莫娜说道,“这听上去是否有些耳熟?”

莫娜的脸上微微露出笑容以避免尴尬的局面。

“我并不渴望权力。”伽马什说道,他的声音显得很和蔼,同时又很坚定。“但是当有人给予我权力时,我也并不回绝。我们每个人都有自己擅长的技能。我恰好擅长抓捕罪犯。”

“可是这并没有那么简单,伽马什。这就像你既要保护无辜者,同时又要找出凶手一样。人生有目标是一件好事,但过度沉溺于目标就不好了。”

伽马什将身子向前倾。莫娜感到了一个男人的权威与尊严。然而,她并没有感到威胁或是压迫,而是一种难以置信的冷静。

“追逐权力不是我的兴趣爱好,也不是打发时间的娱乐方式,甚至都不能算是工作。我既然接受了成为安全局负责人的提名,那我一定会全力以赴。安全局现在面临着巨大的问题。我相信我能解决那些问题,否则我干嘛接受提名呢?”

伽马什用他深邃睿智的深褐色眼睛看着莫娜。在他的眼神里看不到疯狂,也看不到对于权力的欲望。只有沉稳与坚定。

第二天伽马什正式担任安全局总负责人一职。几个月后他便开始侦办发生在自己所居住的小镇里的一起凶杀案。

莫娜和克莱拉肩并肩地坐在沙发上,仿佛在等待公交车。她在思考着。

是的,伽马什生气是有道理的。莫娜自己也感到很生气。同时她也感到很恐惧,她不知道伽马什是否也有同样的恐惧。

莫娜看了一眼地板。雷欧此时正蜷缩在它的玩具旁。它看上去是那样乖顺。

然后莫娜又看了看那幅画上的雷欧和格蕾丝。画上的它们似乎隐藏着狂野的本性。莫娜意识到这并非是一幅小狗的肖像画。

"有人吗?"

画室外传来一个并不熟悉的声音。莫娜和克莱拉从沙发上站起来,走进厨房。她们看到一个身穿安全局警官制服的年轻人站在门口。

"门外没有门铃。"年轻警官说道,"我敲了门,但没人回应。"

"没关系,大家都可以进来。"克莱拉说道,"您是为了凯蒂的事来的吧?我们能帮上什么忙吗?"

"上帝啊,伽马什现在难道雇佣的都是这样的毛头小伙子吗?"

年轻警官转身看到厨房的门边站着一个又高又瘦的老妇人,老妇人的手里抱着一只鸭子。

"伊莎贝拉·拉科斯特警司让我来找一位名叫露丝·萨多的人。"年轻警官说道,他低头看着手里的名单,"她不在自己家里,也不在小酒馆。有人说她可能在这儿。他们说我要找的人是一个疯婆子。"

年轻警官看着眼前的这三个女人。从远处看,这三个女人看上去都很年迈,甚至有些疯疯癫癫。你还能期待什么呢?年轻警官心里这样想着。可怜的人,长期生活在这样与世隔绝的小镇里怎会不疯癫呢?年轻警官很想看看这三个女人是否长着六根手指,或是屋子里是否摆放着古琴。

“嘎,嘎,嘎。”鸭子罗萨叫了起来。三个女人站在一起,凝视着这位年轻的警官,仿佛他才是一个怪物一般。

波伏瓦来到莫娜的书店。他在书店门口留了一张纸条,询问莫娜是否有《蝇王》一书。

然后他回去开始阅读网上有关该小说的大纲。

一群初中生被困在一座与世隔绝的小岛上。这群原本快乐、健康、体面的孩子在脱离约束和权威之后渐渐变得野蛮起来。

波伏瓦想到了自己的儿子奥诺雷。他在这种情况下会怎么样呢?

波伏瓦又想起了马思奥之前说过的话。他在大学里的第一年生活就犹如《蝇王》中所描述的那样。

残忍的猎手杰克,理性的拉尔夫以及那些年纪最小的孩子们。他们共同编织着恐惧,创造出原本并不存在的野兽。

佩吉对这个团队唯一的价值就是他能用他的眼镜镜片生火。

波伏瓦调整了一下自己的眼镜,然后继续阅读。他读得越多,神经就越紧绷。

他读到,孩子们开始相信这座小岛上存在着一头野兽。他们必须抓住它,并把它杀死。

波伏瓦摘下眼镜,揉了一下眼睛。

马思奥将大学生活与《蝇王》联系在一起。然而,他却说得如此轻巧。

马思奥他们五个人——如果算上不幸的爱德华——是否也变得野蛮起来了呢?在大学有限的空间内,他们是否也会相互攻击呢?

那么三松镇呢?它就像一个与世隔绝的小岛。

现在小镇中有一个人死了。这是小镇里的某个人干的。

良知也已不知去向。

波伏瓦深吸了一口气,他对自己丰富的想象力感到很好笑。

他决定把《蝇王》暂时放到一边。他必须进行另一项调查。他在电脑屏幕上输入几个字,那是从伽马什口袋里掉出来的那张餐巾纸上的字。

烧掉我们的船。

“我能坐在这里吗?”伽马什问道。他指了指坐便器,仿佛这是一把舒适的椅子似的。

“坐吧。”蕾娜-玛丽说道,她拿过丈夫递给她的红葡萄酒,她的手腕上沾着浴缸里的肥皂泡沫,“你不来一杯吗?”

“不了,我还得工作。”伽马什说道。他盘起腿,想让自己尽量舒服一些。

“案子有头绪了吗?”

“伊莎贝拉正在调查。晚些时候她会来我们家吃晚饭。我让波伏瓦和她在我们家过夜。”

“那我得准备一下。”蕾娜-玛丽放下手中的酒杯,准备从浴缸里起身。但是伽马什让她先别动。

“奥利维会把晚餐送来的,我已经在小酒馆订好了。被褥之类的东西我也已经准备好了。”

“你准备工作了吗?”蕾娜-玛丽问道,她将身子埋入浴缸的肥皂水中。

浴缸的洗澡水混合着玫瑰沐浴露的香气在室内形成朦胧的薄雾。伽马什觉得户外树林里的雾气似乎在家里弥漫开了。清晨在树林的迷雾中散步,伽马什会感到十分惬意。

“你可以吗?”伽马什问道。

“如果这有助于你破案的话。”蕾娜-玛丽说道,显然葡萄酒和肥皂泡沫让她放松了许多。

“你愿意谈谈吗?”

“太可怕了,亲爱的。到处都是鲜血。”

蕾娜-玛丽克制自己不哭出声,但是眼泪还是顺着脸颊滑落下来。伽马什跪在浴缸边,紧紧握住妻子的双手。蕾娜-玛丽开始再次描述她所看到的凶案现场。

她需要倾诉。伽马什也需要通过倾听来安慰妻子。

“是谁杀了她,伽马什?是讨债人吗?”

蕾娜-玛丽知道伽马什自己也没有答案。但是在这小小的浴室之内,她还是希望丈夫能把所知道的一切与她分享。

"我认为讨债人是案子的关键。至于是否是他干的,我并不敢肯定。"

蕾娜-玛丽看着伽马什的眼睛,"看来你也无能为力了。"她还是希望在这个私密的空间里,他可以与自己分享。

"当时我竟然什么措施都没有采取。但是我现在不想谈这件事。我只想和你聊聊。"

伽马什用手轻抚着妻子的肌肤。

"你还是采取了一些措施。"蕾娜-玛丽说道,她并不理会伽马什刚才说的话,"你已经警告过了他。你没有因为他站在小镇绿地上而逮捕他。谢天谢地。"

"是的,谢天谢地。"伽马什咕哝着说道。

伽马什知道蕾娜-玛丽说得没错。但是他也感受到了良知的谴责。当初应该把讨债人抓起来,关进牢房,而不是仅仅进行口头上的警告。

凯蒂·埃文斯死了。讨债人也不见了,蕾娜-玛丽泡在浴缸里。虽然手上的血渍已被清洗,可是心里的伤痕却仍然残留着。

"法律有时候很垃圾。"伽马什说道,他握着蕾娜-玛丽的手。

"这不是你想说的真话吧?"

"这正是我想说的。有些法律就不应该存在。"

"可是你没有权力评判法律该不该存在。"蕾娜-玛丽说道,她在浴缸里坐起身,直视着伽马什的眼睛。"你现在是安全局的负责人。你必须遵守法律,即使有些法律让你感到不舒服。"蕾娜-玛丽看着自己的丈夫,缓缓地说道,"你不能因为有人站在你家门前就在他屁股上踢一脚,即使你并不喜欢那个人。"

蕾娜-玛丽的话说得既清楚又富有逻辑性。

"我不明白的是凶手怎么会知道教堂的地下室里有一个地窖呢?"蕾娜-玛丽说道,"几乎没人进过那个地窖。"

"那你为什么会进地窖?"

"我有一些盆栽花。它们的茎秆很长。所以我想找一些长颈瓶子,哪怕是一个碎裂的瓶子也行。"蕾娜-玛丽想了一些会儿后继续说道:"你认为那个地窖会不会就是讨债人的藏身之所?夜里讨债人就躲在那里。"

“有这可能。现场调查报告或许能提供更多信息。地窖的确是一个理想的藏身地。那里连一扇窗户都没有。”

“你们在那里发现什么武器吗?”

伽马什困惑不解地看着妻子,“你指什么?”

蕾娜-玛丽面带疑惑地说道:“你们查出杀死凯蒂的凶器是什么吗?”

“当然是那根棒球棍啦。”

“你怎么敢肯定?”

伽马什默不作声地看着妻子,然后他的眼睛睁得大大的。

“你能再描述一遍你发现尸体时的情景吗?”

蕾娜-玛丽在浴缸里坐直身体。她时不时地调整语速,她的思绪又回到了凶案现场。“当我打开灯的时候,我看到角落里有一个黑色的东西,就像一个影子一样。然后我看到一堆黑色的衣物,还有大量的鲜血。”

伽马什握紧妻子的手。

“地窖里当时还有什么?”伽马什不想继续询问,但是又不得不这么做。

蕾娜-玛丽皱了皱眉头说道:“架子上有一些罐子,还有瓶子。大部分都是碎裂的。还有几个破碎的烛台。那些都是在慈善拍卖会上卖不出去的东西。”

“地上有什么?”伽马什进一步问道。

蕾娜-玛丽想了想。

“地上没什么呀。怎么了?你觉得地上应该有什么?是不是我遗漏了什么?”

“不是,我只是随便问问。你不介意吧?”伽马什说道,他从浴缸边站起身。

“不介意。你可以走了。”

伽马什弯下腰在蕾娜-玛丽的脸颊边亲了一下。

“这不是你的错。”蕾娜-玛丽轻声说道。

在伽马什离开浴室之后,他想到曾有多少次从别人嘴里听到过这样的话。

这不是你的错。然而,在大多数情况下,这就是你的错。

...第二十章

“你在看什么?”伽马什问道,他在书房门口停下脚步。

“《指环王》。”波伏瓦回答道。

他关闭了电脑的浏览器。

“切,是《蝇王》吧?”伽马什问道。

“对啦,对啦,是《蝇王》。我刚才读到弗罗多和拉尔夫在一头野猪的头上发现一枚魔法指环。但是我不知道教皇为什么会出现在小岛上。”

“搜索维基百科。”伽马什咕咕哝哝地说道。他走到书房门前,“我需要再看一眼教堂地下室里的那个地窖。”

“为什么?”波伏瓦问道。

“蕾娜-玛丽告诉我一些事情。”

“什么事?”

伽马什讲述起和妻子的谈话,波伏瓦十分认真地聆听着。“你在开玩笑吧?”波伏瓦说道,但是他知道伽马什并不是在说笑,“我和你一起去。”

“埃文斯太太的姐姐和父母都不知道发生了什么。我觉得我们最好对埃文斯夫妇位于蒙特利尔的住所搜查一下。”

波伏瓦停下脚步，然后点点头。“我去。你就在这里陪岳母就可以了。”

“谢谢你。不过，搜查他人的住所可能需要向法院申请。我猜埃文斯先生现在还在昏睡中呢。”

“你认为他会睡死过去吗？”波伏瓦问道。他和伽马什都换上了野外工作服。“我感觉这绝不是只服用了一片安定文那么简单。他可能还吃了其他什么。”

“哈里斯法医认为他至少服用了两片安定文。也有可能他服用的根本不是安定文。”

“是毒品吗？”

“不知道。”

“会不会是莱雅·鲁故意让他服用过量的药物？或者只是一个意外？”波伏瓦问道。

伽马什知道这个问题是关键所在。

伽马什和波伏瓦沿着小径走着。他们立起外套的领子以抵御户外的寒风与冻雨。

“给我留点食物当晚餐。”波伏瓦说道。

在开车前往蒙特利尔的路上，波伏瓦一直在想为什么自己要对伽马什撒谎。

之前他的确一直在网上阅读《蝇王》。但是后来他开始在网上搜寻伽马什写在餐巾纸上的那些字的出处。

烧掉我们的船。

波伏瓦现在知道这句话到底指什么了。但是伽马什为什么会将这么一句话写在餐巾纸上，并且一直藏在口袋里呢？

这一定和某个人有关。会是谁呢？

图森特。安全局重案组的新负责人。

烧掉我们的船。

伽马什在暮色之中行走着。弥漫在小镇里的薄雾使家家户户的灯光显得那样柔和。挺立在小镇绿地上的那三棵松树也变得朦胧起来。

他能听到水滴从叶片上落到地面上的声音。这听上去如同下雨一般,但其实并没有下雨。如同小镇里的其他事物一样,虚假的外表之下往往隐藏着真相。凶杀案件也是如此。一只脚站在这里,而另一只脚则站在另一世界。那是一个丧失了良知且充满杀戮的世界。

空气中充斥着一股土腥味。潮湿的寒气透入伽马什的外套。

灯光照映在圣托马斯教堂上。伽马什可以看到教堂的彩色玻璃窗以及玻璃窗上的人物图像。那些人物曾是小镇里的年轻人。他们在参加第一次世界大战后就再也没有回来。

伽马什走入教堂。他沿着台阶往地下室走去。

地下室的一角已经搭起一个会议桌。地下室的正中央摆放着许多桌子。安全局的技术人员正在安装电脑和其他设备。

伊莎贝拉和一名警员正在会议桌边询问一名小镇居民。伽马什朝伊莎贝拉看了看。伊莎贝拉会意地点点头。

"谁在那儿?"露丝问道。她的身体在椅子上僵硬地扭转过来。

露丝似乎总能捕捉到他人会意的表情。

"啊,只有你一个人。"

正在做询问记录的警员立即站了起来。其他正在安装设备的技术人员也都停下了手上的活。他们都目不转睛地看着这位安全局的新负责人。

"长官。"一些略微上了年纪的警员说道,并朝伽马什点头致意。

那些年轻的警员——包括在给露丝做笔录的警员——都目不转睛地看着伽马什。

有资历的警员自从伽马什担任刑侦科负责人以来就认识他了。当时伽马什冒着极大的个人安危清除安全局内部的腐败问题。

现在伽马什又回来了。他即将大干一场。

当看到伽马什介入凶杀案的调查时,大家都松了一口气。

大家以前常看到伽马什在安全局总部的走廊里来来回回地走着。他的周围围着许多人。他总是开完一个会，接着又去参加另一个。

后来这种充满活力和生气的场景在安全局的走廊上消失了许多年。

有时人们会在过道里，电梯里或是餐厅里见到伽马什。他总是一个人在阅读着档案材料，就像一位老教授阅读着艰涩难懂的文章一样。

对于安全局里那些崇尚暴力执法的人员来说，这的确是一个古怪的场景。那些人更看重枪支而不是荣誉勋章。

伽马什手捧书籍而不是枪支。他无需证明自己的勇敢。

暴力常被认为是管理民众的合适方式。现在该是停止这种方式的时候了。

只有这样，暴力执法者才能再次成为真正的人民公仆。

伽马什并没有躲在一个角落里谋划着什么。他光明正大地出现在大家的视野中，尽管没有人会想到他会出现在一座偏僻小镇教堂的地下室里。

警员们的卫星定位系统显示此刻他们正身处一片盲区。他们的妻子或母亲曾告诫他们要多加小心。

伽马什向大家点点头，示意大家继续手头的工作。他不想干扰大家的工作进度。然而，他也意识到只要大老板出现，员工们的工作受到干扰是不可避免的。

"请坐。"伊莎贝拉指了指一把空椅子，她说话的语气显得有些绝望，"你来得正好。"

"你好，糊涂大侦探。"露丝说道。她说话的声音很响，地下室里所有的人都能清楚地听到。"我正在向她解释我没有杀人。"露丝压低声音，将身子朝旁边的警员靠过去。然后她像一个歹徒似的用嘴角恶狠狠地说道："不过我可不敢对我的鸭子担保。"

她将背靠在椅子上，意味深长地看了周围人一眼。罗萨用它珠子般的小眼睛环顾着四周。

大家知道，如果凶手真的是露丝，她一定会让罗萨充当自己的替罪羊。不过，大家也清楚地知道，露丝这把老骨头很难实施凶杀。

"您今早来过教堂，是吗？"伊莎贝拉问道。露丝点点头。"您今早来过地下室吗?”

“没有。”

“您注意到教堂和往常有什么不同吗?”伊莎贝拉问道。

露丝想了想,然后慢慢地摇摇头。“没有,一切都很正常。教堂和往常一样没有锁门。我打开灯,然后坐在男孩子们旁边的那排椅子上。”

大家明白她所说的男孩子指的是教堂窗户上的那些彩绘人物。

“有没有听到奇怪的声音?”伊莎贝拉问道。她在等待着露丝充满讥讽的回应。

像从地底发出的声音吗?

然而,露丝没有回应。她在沉思,然后又一次摇摇头。

“教堂里和往常一样安静。”

她将肘部靠在桌子上,然后用双手托住脸。她的目光直视着伊莎贝拉的眼睛。

“当时她就在这里,是吗?当时她已经死了,是吗?”

伊莎贝拉点点头。“我想是的。您知道地下室里有一个地窖吗?”

“当然知道。我以前是这座教堂的看守人。这个地窖以前是用来储藏朗姆酒的。过去美国实施禁酒令的时候,有人会将这里的朗姆酒偷运到边境线上。”

伽马什并不清楚这座教堂的历史。但是这可以解释为什么露丝将这座教堂视为神圣之地的原因了。

露丝看着那个布满灰尘和竖立着黄色警戒线的地窖。“太可怕了,竟会在这里夺走一个人的生命。这简直比在教堂里杀人更可怕。我在想凶手为什么要这么做?”

露丝布满皱纹的脸显得十分困惑。她似乎真的在寻思着答案。

“因为我们认为这里是最安全的。”伊莎贝拉说道,“在这里上帝和他的公义会保护我们。”

“你说得没错。”露丝说道,“也许上帝真的会保护我们。”

“可上帝并没有保护凯蒂·埃文斯。”伊莎贝拉说道。

“也许上帝除掉她正是为了保护我们。”

“您这话什么意思?”伊莎贝拉问道。

“我并不认识死者。但是那个代表良知的人到这里来肯定有原因。”

“您是指讨债人?”伊莎贝拉问道,“您认为讨债人到这里来是因为埃文斯太太?”

“是的。难道你不这么认为吗?”

露丝将视线转移到伽马什身上。伽马什只是凝视着露丝的眼睛,他并未点头表示同意。

“您认为讨债人杀了埃文斯太太是因为她曾经干过一些坏事?”伊莎贝拉问道。

“这样想其实是很自然的。讨债人走了,埃文斯太太死了。她为自己曾经做过的事付出了生命的代价。讨债人来到这里是为了报仇。当然,埃文斯太太有没有干过什么坏事,或者讨债人是不是一个疯子,这都无关紧要。我在乎的是那个身穿长袍的家伙终于不见了。”

伊莎贝拉极力克制住自己。她真想当面指出露丝无权判定这到底要紧还是不要紧。

“如果埃文斯太太就是讨债人要寻找的目标,”伊莎贝拉继续问道,“为什么在杀了她之后还要给她穿上长袍,戴上面具呢?”

“你有没有看过恐怖电影?”露丝问道,“比如说像《万圣节》?”

“您看过吗?”伊莎贝拉反问道。

“其实我也没看过。”露丝承认道,“但是恐怖电影情节大致差不多。一旦受害者死了,恐怖电影的乐趣就没了。”

“我侦办凶杀案已经有很多年了。”伊莎贝拉说道,“我从没见过哪一个凶手会穿上戏服吸引众人的目光,然后再实施凶杀。如果你是凶手,你会这么做吗?”

伊莎贝拉看着伽马什。伽马什摇摇头。

“也许凶手一开始并不想杀她。”露丝说道,“死者身上穿的衣服意味着什么呢? 有什么目的呢?”

“为了侮辱死者。”伊莎贝拉说道。

露丝摇摇头。“不对。你可能想到的是现代讨债人。他们为了收取钱款，可能会侮辱他人。但是原始讨债人不会这么做。”

伊莎贝拉想起了伽马什和波伏瓦告诉她的那些有关中世纪的黑暗故事。原始讨债人会始终跟随着他们的目标。

“为了散播恐惧。”伊莎贝拉说道。

露丝点点头。

恐惧。

在场所有人——包括罗萨——都意识到恐惧并不只限于杀戮行为。人们的想象也会产生恐惧。

紧闭的大门、黑夜里的响声、朦胧的阴影。

令人恐惧的行为会产生害怕、痛苦、悲伤、愤怒以及仇恨。然而，真正的恐惧则源于担心接下来会发生什么。

观看，等待，猜想，期待，想象。这些都是最糟糕的情形。

恐怖分子往往会利用人们的恐惧心理实施罪恶。他们所选择的武器就是人们心中的恐惧。有时他们会单独作案，有时他们会有组织地犯罪。有时恐惧也来源于政府。

对良知的利用也没有什么不同。它将以强制的方式与人们的想象力结合，从而让人们感到害怕。如果一切顺利，人们的害怕情绪就会演变成恐惧。

“但是恐惧不足以杀死埃文斯太太。”露丝轻声说道，“凶手必须事先折磨她，让她知道自己的存在，让她知道自己为她而来。”

“可是埃文斯太太并没有向任何人寻求帮助呀。”伊莎贝拉说道，“如果您说的都是真的，那她心中一定隐藏着一个天大的秘密。”

“这个秘密足以让讨债人前来寻找她。”露丝说道。

伽马什仔细聆听着她们之间的对话。他意识到，伊莎贝拉似乎把露丝视为自己的同事了，仿佛这位老妇人替代了波伏瓦的位置。

波伏瓦和露丝确实很相像。当然，伽马什从没告诉过自己的女婿，他的行为表现得像一个喝醉酒的疯癫老妇人。

尽管在表面上波伏瓦和露丝之间存在着对抗情绪，但是他们两人其实彼此理解和关爱。即使他们都不承认。

伽马什在想，露丝和波伏瓦在他们有生之年有着超越年龄的某种神秘联系，好像是一对母子或父女。

鸭子罗萨也有可能。

伊莎贝拉站起身，伽马什也站了起来。他们向露丝表示感谢。露丝显得有些沮丧，仿佛自己被踢出局似的。她将罗萨抱在胸口，然后缓步离开地下室。其他警员在她的前方让出一条道。

伊莎贝拉和伽马什坐了下来。那名做笔录的警员被派去找下一名受访者。

"如果讨债人来到小镇是为了寻找埃文斯太太的话，她为什么不离开小镇呢?"伊莎贝拉问道。

"也许她认为这会给自己带来关注度，"伽马什说道，"也许她认为没有离开的必要，因为讨债人总能找到她。"

"讨债人是怎么知道她在这里的呢?"

"讨债人一定在跟踪她。"

"一定是这样。"伊莎贝拉思考了片刻，"那么讨债人又是怎么引诱她进入教堂的呢?"

"也许并没有引诱她，"伽马什说道，"讨债人可能只是跟着她进入教堂。"

"继续说。"

"也许埃文斯太太进入教堂想寻求内心的安宁，"伽马什说道，"她认为自己身处教堂会很安全。"

"还有一种可能。埃文斯太太进入教堂另有目的。"

"什么目的?"

伽马什等待着伊莎贝拉的回答。伊莎贝拉眯起眼睛，她开始想象昨晚埃文斯太太可能会做什么。

"会不会是她本人安排在这里与讨债人见面的。"伊莎贝拉说道，她仿佛能看到当时的场景。

一个心怀恐惧，面容憔悴的女人。她意识到有人知道了自己的秘密。

"假设埃文斯太太要求讨债人在这里碰面。这里十分隐蔽，不会受到干扰。夜里没人会进入教堂。也许她想对讨债人说些什么。也许是乞求宽恕,也许她要求讨债人离开小镇。”

“如果这些未能奏效,”伽马什顺着伊莎贝拉的思路说道,“她就会实施另一个计划。”

棒球棍。

伊莎贝拉背靠在椅子上,她将笔放在嘴边沉思起来。过了一会儿,她将身子向前倾。

“我们可以这样假设。昨晚埃文斯太太在教堂的地下室里与讨债人见面。她许诺给讨债人想要的东西,也许只是一声道歉。然后她要求讨债人离开小镇。但是讨债人不肯离开。于是她拿起那根棒球棍企图杀了讨债人。可是讨债人从她手里将棒球棍夺了过来,用棒球棍打死了埃文斯太太。然后讨债人就走了。”

“可是为什么要给死者穿戴他的戏服呢?”伽马什问道。

问题的关键点又回到了这里。

讨债人的戏服。为什么凶手要穿上收债人的戏服?又为什么要将戏服穿在死者的身上?

“我来这儿还有其他事。”伽马什说道,“我妻子告诉了我们一些细节。我觉得你有必要知道。”

“什么细节?”

“她说她发现尸体时并没有看见地窖里有棒球棍。”

伊莎贝拉沉思了一会儿,然后她叫来当时拍摄犯罪现场的警员。

“你能把凶案现场的照片和录像找出来吗?”

“好的,长官。”警员回答道。他开始在笔记本电脑上搜寻起来。

“她会不会记错了?”伊莎贝拉问道。

“有可能。”伽马什承认道。

“但是你坚信蕾娜-玛丽不会记错,是不是?”

“如果当时她跪在死者身边以确认她是否死亡,那她一定会注意到那根带血的棒球棍。你不这么认为吗?毕竟,地窖的空间很狭小。”

“找到了。”那名警员说道,他拿着笔记本电脑来到会议桌边。

电脑屏幕上的图像十分清晰。

一根带血的棒球棍倚靠在墙上，犹如一个血色的惊叹号。

但是，蕾娜-玛丽并不记得见过这根棒球棍。

“这就意味着，”伊莎贝拉说道，“当她发现尸体时，棒球棍可能并不在现场。”

伽马什坚信妻子的话。他也理解伊莎贝拉的犹豫。

“我和波伏瓦是在尸体被发现后的一个半小时后达到凶案现场的。”

“蕾娜-玛丽在发现尸体后就将教堂的大门锁上了。”伊莎贝拉说道，“进出教堂只有一扇门。还有人一定也有教堂大门的钥匙。”

“小镇里有教堂钥匙的人一定不少。”伽马什说道，“但是在发现尸体之后没人进过教堂。莫娜一直站在我家的门廊上观察着，她可以确定在警方达到之前没人进出过。”

“但是这之间也有一段时间差。”伊莎贝拉说道，“从蕾娜-玛丽锁上教堂大门回家打电话给你直到莫娜站在门廊上观察，这之间有时间差。也许是十几分钟吧。”

“是的，没错。但是案发是在大白天。如果有人手拿一根带血的棒球棍出现在小镇里，这似乎太——”

“招摇了？”

“那可是一根又粗又长的棒球棍啊。”伽马什说道。

...第二十一章

伽马什在法庭的证人席上待了一整天。法庭里犹如烤箱，闷热得不行。

在这样炎热的七月，只有超人才会不出汗。伽马什此时的汗水肆意地流淌着。他并不打算拿出手绢擦拭。他知道擦拭汗水的举动会让自己看上去很紧张。他也知道现在已经到了法庭作证的关键时刻了。

他不想在这个时候显露出内心的脆弱和焦虑。

然而，当汗水流入眼睛时，他也别无选择。他要么擦掉汗水，要么就让汗水在眼眶里打转，仿佛哭泣一般。

他听见附近有小风扇转动的声音。那个小风扇就在克里沃法官的桌子底下，只对着她一个人吹。克里沃法官可能比伽马什更需要风扇，因为她穿着厚厚的法官长袍。在这样闷热的环境中，她似乎快要枯萎了。

然而，风扇的声音此刻在伽马什听来犹如一种讽刺。那是他无法获得的清凉。

一只苍蝇在周围飞来飞去。在这凝重的空气中，苍蝇都显得懒洋洋的。

旁听席上的观众正在用任何他们能找到的东西当风扇挥舞着。尽管此刻他们很想出去买一杯冰镇饮料，但是没有人愿意离开。大家都被证人的证词和大腿上的汗水牢牢地吸附在了座位上。

无精打采的记者们仔细聆听着。他们一边做着记录，汗水一边滴落在记录纸上。

时间一分一秒地流逝，法庭里的气温也在节节攀升。苍蝇慵懒地拍打着翅膀。法庭的审问还在继续。

保安人员被允许坐在门旁。陪审团的成员们也被允许解开外套上的纽扣。只要不失体面，他们甚至可以脱掉外套。

被告方的律师纹丝不动地坐着。他们仍然穿着长长的黑色长袍。

扎尔玛诺维茨总检察官脱掉了原本穿在长袍下面的夹克衫。不过，伽马什知道即使这样，扎尔玛诺维茨仍然会感到像蒸桑拿一般炎热。

伽马什自己的夹克衫和领带已经黏在了一起。

目前的情形更像是扎尔玛诺维茨和伽马什之间的一场竞赛——看谁先认输。旁听席上的观众和陪审团的成员都幻想着看到这两个男人在他们想象出来的酷热中渐渐融化掉，但谁都不愿意屈服。

然而，这绝不仅仅只是一场竞赛。

伽马什揉了揉眼睛，喝了一小口微微发热的冰水。那是下午早些时候克里沃法官给他喝的水。

法庭的审问还在继续。

扎尔玛诺维茨晃晃悠悠地站起身。他用手赶走飞来飞去的苍蝇，然后打起精神。

“杀人凶器就是那根棒球棍，是吗？”

“是的。”

“是它吗？”扎尔玛诺维茨从摆放着证据的桌子上拿起一根棒球棍。他将它拿给伽马什，伽马什仔细地检查了一会儿。

“是的，就是它。”

“现在我向大家展示这件证物。”扎尔玛诺维茨说道。他首先向克里沃法官展示，然后向被告方的律师展示，最后将棒球棍放回到桌子上。

波伏瓦坐在扎尔玛诺维茨身后的旁听席上。他始终保持着警惕。他正襟危坐地坐着，聆听和观察着法庭里发生的一切。

“这根棒球棍是在地下室的地窖里被发现的。它当时倚靠在离尸体不远处的墙上，是吗？”

“是的。”

“你觉得这是凶手随意放在那里的吗？”

波伏瓦在想，周围的人有没有听到自己急促的呼吸声？在他听来，自己的呼吸声仿佛海浪声一般巨大。急促的呼吸其实是他内心不安的表现。

不过，波伏瓦狂乱的心跳声最终压过了急促的呼吸声。他能在自己的耳膜内听见心脏在胸口狂跳。

现在已经到了他最害怕的时刻。他不止一次环顾四周。他感到有些奇怪，其他人在这么紧张的时刻却表现得如此镇定。

这一刻足以改变所有事情的发展轨迹。它也足以改变法庭内外许多人的命运走向。

有些人会变得更好，而有些人则会从此沉沦。

这一切现在还尚未知晓。

深呼吸，波伏瓦对自己说道，*深呼吸*。

波伏瓦有些后悔自己没有学习瑜伽的冥思方法。但是他听说咒语有时会起作用。只要你不停地重复，就能起到效果。

该死，*该死*，*该死*，*该死*，*该死*，他不停地重复道。可是这并不管用。

他开始感觉头脑一片空白。

“凶手难道没有把杀人凶器藏起来吗？”扎尔玛诺维茨问道。

“显然没有。”

“凶器就这样明摆在凶案现场让所有人观看吗？”

波伏瓦站起身。他感到胃部很不舒服，仿佛要呕吐了。他用力握住旁边的木质栏杆以免跌倒。

当他匆忙地在旁听席上移动时，其他人向他投来愤怒的目光。为此波伏瓦不小心踩到了他人的脚趾。

“对不起，对不起，不好意思。”波伏瓦轻声说道。他将他人的抱怨和辱骂抛在脑后。

他来到法庭的走廊上，然后朝着法庭的大门走去。此时法庭的门是关着的。波伏瓦感到自己越是向前走，法庭的大门越是往后退。

“总警司先生，我想问你一个问题。”

波伏瓦听到法庭里一片肃静。

他想停下脚步，他想回头看。他想站在法庭的正中央，这样伽马什便能看到他。伽马什便能知道这一刻他并非孤军奋战。

无论伽马什选择做什么，无论他选择说什么，波伏瓦都会始终支持他。

波伏瓦和伽马什都清楚这个问题一定会被问到。在安全局内部，没有人敢问伽马什总警司这个问题。

大家不愿知道这个问题的答案。伽马什也不愿意告诉大家，当然他更不会去咨询大家的看法。因此，在进行法庭听证会的时候，回答还是不回答便成为了伽马什必须要做的决定，而且只能由他一个人做决定。

不过，波伏瓦曾经问过伽马什这个问题。

那是在法院开庭前的一个阳光明媚的下午。当时伽马什和波伏瓦在三松镇伽马什家的后花园里摆弄着花草。

玫瑰花已经绽放，空气中弥漫着阵阵花香，如同薰衣草的香气一般。尽管波伏瓦分辨不出各种花的香味，但是的确很好闻。这些香气似曾相识，但却并不浓烈。这勾起了波伏瓦对于往昔的回忆。他回忆起小时候和祖父母一起住在乡村时的岁月。那时他远离喜欢争吵的父母、爱欺负人的哥哥、暴脾气的姐姐、老师、考试以及各种家庭作业。

如果内心的安宁也有味道，那一定就是伽马什家后花园的味道了。

波伏瓦蹲在草地上，他正将一根粗绳穿过一块木板上的小孔。他和岳父正在制作一架秋千。他们打算将秋千挂在花园旁的一棵橡树枝头上。

奥诺雷在父亲身边。他的祖父时不时将他抱起，随后轻轻摇晃着他并在他耳边轻声说着话。

“你真的不想来帮忙吗?”波伏瓦说道。

“我正在帮你呀。”伽马什说道,“难道不是吗?”伽马什问奥诺雷,奥诺雷当然并不关心这一点。

伽马什在花园里一边溜达着,一边对奥诺雷轻声说着话。

“你在说什么呢?”波伏瓦问道,“上帝啊,别告诉我你在给我儿子念露丝写的诗。”

“不,是米尔恩[①]写的诗。”

“小熊维尼?”

奥诺雷的外祖母蕾娜-玛丽经常在奥诺雷睡觉前给他朗读各种童话故事和儿童诗歌。

“这是米尔恩写的一首小诗。”伽马什说道。他再次将奥诺雷抱在怀中,轻声念到,“在我们很小很小的时候。”

波伏瓦终于将绳子的两头穿入木板的小孔中。他看着自己的杰作。

“你出庭作证时打算说什么?”

“什么?”

“你明白我在问什么。”

花香让波伏瓦感到心神安定且满足。这或许也让他变得胆大愚蠢起来。

波伏瓦站起身,用袖子擦了擦额头,然后从桌子上拿起一个柠檬。伽马什并没有回答波伏瓦的问题。波伏瓦迅速向屋内看了一眼。他的妻子安妮以及他的岳母蕾娜-玛丽此刻正手拿柠檬汁坐在门廊上聊着天。

虽然波伏瓦知道她们听不见他和伽马什之间的谈话,但是他仍然压低嗓音。

“地窖。棒球棍。我们在地下室里发现的那些东西。”

伽马什想了片刻,然后将奥诺雷抱回给波伏瓦。

“我要告诉他们真相。”伽马什说道。

---

① 米尔恩(A. A. Milne):英国著名的儿童文学作家,其代表作为《小熊维尼》。

"你不能这么做。这样会毁了一切。不仅会毁了案件的审理，而且过去八个月的努力都将前功尽弃。我们已经投入了全部力量。"

波伏瓦发现安妮在看着自己。于是他又压低嗓音。

他用嘶哑的声音说道："如果你说出真相，他们就会意识到我们早就知道了真相。一切就会完了。现在我们离成功就差一步。如果你说出来，一切都白费了。"

波伏瓦知道自己不应该对伽马什说这些。毕竟，伽马什才是这一计划的始作俑者。

波伏瓦感到奥诺雷的小手攥成了拳头，他正牢牢抓着自己的衬衫。他的身上有一股痱子粉的味道。波伏瓦抚摸着儿子轻柔的肌肤，这感觉比花香更令人陶醉。

波伏瓦知道伽马什刚才为什么要把奥诺雷还给他。伽马什不能让自己的外孙受到谎言的玷污。

"一切都会好的。"伽马什对波伏瓦说道。他看着女婿的眼睛，然后又用温柔的目光看着奥诺雷。他将嘴巴凑到奥诺雷的耳边，"一切都不是真的/真相在别的地方。是不是这样呢？"

"现在，就是现在，"后花园篱笆外传来一个声音。一个头发灰白，目光炯炯的老妇人站在篱笆外，"黑暗就在这里。"

"说的就是你。"波伏瓦说道，然后轻声对自己的儿子说道："那是一头大象。"

伽马什，波伏瓦和奥诺雷看着露丝。

"看上去更像是一头驴，不是吗？"伽马什说道，"就像《小熊维尼》里的那头驴子。"

"这取决于你怎么看了。"波伏瓦说道，他看到露丝的嘴角露出一丝微笑。

露丝能清晰地听见他们之间的谈话。她凝视着他们，仿佛百亩森林中收集秘密的女巫一般。

伽马什和波伏瓦之间的玩笑显然是为了逗奥诺雷开心，但是事实可能并非如此。露丝是少数几个能够识破真相的人。她有可能已经识破了教堂地下室里的秘密。毕竟,露丝在做笔录时的一番话透露出了这丝迹象。

然而,即使露丝真的识破了真相,她也无法猜到这为什么会成为一个秘密。

她看看伽马什,然后又看看波伏瓦。最后她的视线落在了奥诺雷身上。露丝喊道:"雷雷,雷雷。"

波伏瓦感到有些恼怒,但同时又感到几分欣慰。三松镇里大部分居民都喜欢叫奥诺雷的昵称——雷雷,因为奥诺雷显得过于正式,而雷雷则更适合孩子。

雷雷这个昵称就像黑暗中的一丝光亮,露丝的声音则让它更具光明的特质。

"你们刚才在谈什么呢?"露丝问道,"是不是在谈有关凯蒂·埃文斯的凶杀案?快要开庭了,是不是?"

"是的。"伽马什友善地回答道,"波伏瓦刚才正在想应付的对策呢。"

"啊哈。"露丝笑道,"我刚才好像听到了笑声。你要说出真相,是不是?"

露丝将脑袋歪到一边。伽马什脸上的笑容变得十分僵硬。

"但是你认为他不应该说出真相,是不是?"露丝对波伏瓦说道,"那么我应该对此作何联想呢?让我想想。"露丝抬头望着天空,仿佛陷入了沉思,"你抓错了人,对不对?不对,这不太可能。我相信你不会抓错人。你是不是没有足够的证据逮捕你想要抓的人?"

"他只是说不想撒谎。"波伏瓦说道。

"我认为这才是一个弥天大谎。是不是,雷雷?"露丝模仿小孩子的声音对奥诺雷说道,"为什么你爸爸想让你外公撒谎呢?"

"够了,露丝。"伽马什说道。

露丝用尖锐的目光看着伽马什。这目光仿佛能穿透骨头。

"说出真相,你便能得到解脱。难道不是这样吗?我相信你明白这个道理。"露丝尖锐的目光似乎能穿透伽马什的皮肤,"我说得不对吗?你是不是害怕凶手逃脱惩罚?所以你决定撒谎?"

“露丝!”波伏瓦用警告的口吻说道。然而,他此刻根本无法介入伽马什和露丝之间的谈话。

“我越来越喜欢你了。”露丝说道,她的眼睛死死盯着伽马什,“是的,我们伟大的阿尔芒·伽马什长官的确进步了。但是当你堕入人间的同时,你的翅膀上也粘上了人间的灰尘,甚至是人间的屎和尿。”

露丝皱了皱鼻子。

“露丝!”波伏瓦再次警告道。

“对不起,请原谅我蹩脚的法语。”露丝对奥诺雷说道。然后她又看着伽马什,“好像你已经陷在了石头和粪便之中了。”

“露丝!”波伏瓦喊道。露丝这个名字仿佛诅咒一般。这也是波伏瓦此时所能想到的唯一回击露丝的话。

然而,波伏瓦无需再警告了。露丝正在思索着什么。

“也许这就是黑暗的东西。法庭审判就像一坨屎。”

“一切都会好起来的。”伽马什说道。露丝笑了。

“至少你的谎言是善意的。”

露丝消失在篱笆后,仿佛一个巫婆使用了缩骨法钻进了箱子里。

“在我们造好那东西之后,”波伏瓦指了指尚未完工的秋千,“我们需要把篱笆加高。”

“关键不是篱笆的高度,”篱笆后又传来露丝的声音,“而是篱笆的长度。”

波伏瓦看了看伽马什,然后扬起了眉毛。

两个人不再说话了,其实也没什么可说的了。不过,还有很多事需要思考。

波伏瓦让伽马什抱着奥诺雷。这不仅仅只是抱孩子那么简单。

当关键的时刻来临时,他会撒谎吗?波伏瓦的心里这么想着。他弯下腰继续造着尚未完工的秋千。

而且是在法庭宣誓之后。

如果伽马什撒了谎,他便是在作伪证。如果伽马什说出真相,那么所有的功夫都将白费。这会让安全局所有的情报人员陷入危险,并且使安全局错过抓捕魁北克地区头号毒枭的最佳机会。如果抓住那个毒枭，魁北克地区的毒品犯罪率将会大幅下降。安全局将会打一个翻身仗。

波伏瓦确定伽马什会这么做的。

就在那天中午，波伏瓦和伽马什一起完成了那架秋千。那架秋千将能荡起好几代人。有朝一日奥诺雷的孩子也会在这架秋千上荡漾。波伏瓦发誓，当法庭上的那一关键时刻来临时，他一定会在现场。

届时所有人都能看到他对伽马什的忠心。不管伽马什总警司说什么，他都会支持他。

然而，此刻波伏瓦却发现自己正准备离开。不，不仅仅是离开，简直是在当逃兵。

法庭的保安人员站起身推开大门。

“我们在等你的回答，总警司先生。我再问一遍。作为凶器的棒球棍难道就那样堂而皇之地倚在现场的墙壁上吗？”

法庭沉重的大门在波伏瓦身后关上了。一些声音在大门关上的那一刻飘了出来，随着波伏瓦一起来到法庭外的大厅里。

那是伽马什总警司的声音。

扎尔玛诺维茨问道：“棒球棍难道就那样堂而皇之地倚在现场的墙壁上吗？”

伽马什回答道：“是的。”

伽马什总警司作了伪证。

直到那一刻，波伏瓦都不敢相信伽马什会撒谎，而且是在法庭宣誓之后撒谎。对伽马什而言，这就如同自杀。更糟糕的是，这等同于放弃自己所有的信仰。

然而，波伏瓦更不敢相信自己竟会抛下伽马什。这等于背叛。

波伏瓦靠在墙上。他将滚烫的脸颊贴在冰冷的大理石墙壁上。他闭上双眼，屏气凝神。

他想回到法庭的旁听席。但是为时已晚。

他深吸一口气，然后挺直身子快步沿着走廊走着。他一边走，一边用手赶走那只一直跟着他的苍蝇。

他本能地向后看了看，以免有什么东西跟着他。身后没人。走廊里显得空荡荡的，连一个鬼影子都没有。法院里审理其他案件的法庭已经休庭了。

波伏瓦从法院的前门走出来站在台阶上。户外骄阳似火。波伏瓦拿出一块手帕。他将脸深深埋在手帕里。

然后他快速地擦了一把脸，抬起头，又深吸了一口气。

他感觉有东西在触碰自己的手臂。他用力拍了一下。一只苍蝇掉落在地上。苍蝇的翅膀在阳光的照射下宛如教堂上的彩色玻璃窗。然而，地面的灰尘已经粘在了翅膀上。

“我很抱歉。”波伏瓦自言自语道。

这是他出自本能的话语，仿佛他做了一件不该做的事情。

不过，既然此刻他已经来到法庭外，他就必须做些什么。他要让伽马什知道谎言是有价值的。谎言能最终实现他们想要的一切。

安全局在伽马什总警司的带领下将会狠狠出击。罪犯将会变得晕头转向，不知所措。在谎言和看似无能的表现之下隐藏着对于罪犯的致命一击。这一切都与发生在小镇里的凶杀案有关。

与地窖里的秘密有关。

波伏瓦沿着蒙特利尔老城区的石子路向着安全局总部的方向走去。一切的风险都是为了这最后致命的一击。波伏瓦从未动摇过这一信念。

现在已经没有退路，没有第二项选项。

对于伽马什是如此。对于波伏瓦是如此。对于所有人都是如此。

伽马什总警司已经开始在船上点火了。火势将会越烧越大。

...第二十二章

伽马什看了看法庭关上的大门。他再一次抹了一下眼睛，然后将注意力重新转回到扎尔玛诺维茨总检察官身上。

他看着扎尔玛诺维茨，观察着他脸上最细微的表情变化。

扎尔玛诺维茨心里清楚伽马什做了什么。他是替伽马什推波助澜的帮手。

现在他们正朝着目标迈出了一大步，但同时这也可能是他们职业生涯的尽头。旁听席上观众们仍然挥舞着手中的纸张。小风扇依旧发出嗡嗡的响声。陪审团聆听着证词，但是他们的注意力有些不集中了，对于听到的证词也有些意识模糊了。

伽马什认为，一切还在掌控之中。

“是被告把讨债人的衣服穿在凯蒂·埃文斯身上的吗？”

“是的。”

“这是报复吗？”

“是的。”

“杀死凯蒂也是出于报复吗?”

“是的。”

“为什么?”

“什么为什么?”

“所有这些为什么呢?为什么要给死者穿上戏服?为什么会在地窖里?为什么事先要引诱和折磨?为什么最终要杀了她?我相信你一定明白杀人是有动机的。难道你没有寻找他的动机吗?”

“请注意语气。”克里沃法官说道。

法官真的能看出这两个男人之间存在着默契吗?她能听出扎尔玛诺维茨是在故意刺激伽马什吗?她的情绪或许已陷入两难的境地。

“我很抱歉。”扎尔玛诺维茨说道,不过他的语气并不真诚。

“我当然知道杀人动机是什么。”伽马什说道,“你所说的都没错,但是都有误导性。在凶杀案件的调查中,一切显得过于简单。我们总是寻找一些重要的证据,却往往忽视细节。死者看似被跟踪,被杀害。但是我们却不明白其中的缘由。但是一旦明白了缘由,之前所有的假设都会站不住脚。凶手或许设计了许多诡计,但是凶案本身往往却很单纯。它是一种人为行为,自有人为原因。”

“那么杀人动机到底是什么?别在这里说教了。”

伽马什笑了笑。汗水渗入他脸颊的皱纹里。

“其实就是七宗罪[①]中的一个。”

“好吧。”扎尔玛诺维茨说道,他显然对此毫无兴趣,“是哪一宗罪?贪婪?淫欲?还是愤怒?”

伽马什抬起手,伸出一根手指。

愤怒。愤怒会变成一个幽灵。它会耗尽寄主的体力,最后犯下杀戮的暴行。

和其他事物一样,人们一开始并不觉察愤怒。于是它便不断发展和

---

① 七宗罪(Seven Deadly Sins):天主教中所谓的七大罪恶之源,包括傲慢、嫉妒、愤怒、懒惰、贪婪、淫欲、暴饮暴食。

繁衍起来。

当发展到最后一阶段时，人们本应该学会接受愤怒。然而，这时人们往往会偏离原有轨道，向着深渊走去。罪恶感会不断为愤怒加油添醋，直至愤怒发生彻底的改变。当愤怒完全失控之后，仇恨便出现了。

多年来人们不断通过自我安慰来调节自己。

公义的怒火有时会超越慰藉，转变为仇恨和复仇的情绪，从而让人们做出不正义的举动。愤怒将人们变成罪犯，就像此刻坐在法庭被告席上的凶手那样。

然而，该案的杀人动机并不仅仅如此。伽马什知道。浑身冒汗的扎尔玛诺维茨也知道。

伽马什看了看旁听席。他希望法庭里没有人知道警方在教堂的地下室里发现了什么。

那是伽马什总警司亲自做的事。

但是他知道法庭里有人正在极其仔细地聆听着他所说的每一个字。

“我有事要和你谈谈。”波伏瓦说道。他正站在安全局总部办公室外的走廊里。

“好的。”图森特说道。她从座位上站起身，办公室里其他人也站起身，“会议到此结束。”

“但是——”

“我们稍后再谈，弗朗索瓦。”图森特说道。她朝她的平板电脑点点头，然后轻柔地触碰了一下弗朗索瓦的胳膊。

“我记得您说过，”弗朗索瓦压低声音说道，“我们将采取行动，是吗？”

“我是这么说过。”

图森特把警员们送到办公室门口。波伏瓦站在门边。

“长官好。”警员们向波伏瓦说道。他们看着波伏瓦，试图从他的表情中窥探出他来此的原因。为什么图森特警司会突然结束会议和他碰面呢？

大家都知道波伏瓦现在是安全局的二把手。也知道波伏瓦是警探出身，并不仅仅只是伽马什总警司的附庸。

当波伏瓦被提名为安全局的二把手时，他曾表示过拒绝。他说自己喜欢担任警探工作，并以此为傲。

当安全局里所有的警员们听到波伏瓦的这句话时，大家都对他投来敬仰的目光。波伏瓦便成为了大家心目中的“长官”。

尽管波伏瓦并不觉得自己是长官。

那些和他年龄差不多的同事并不知道他过去的经历。当有人从他面前经过叫他“长官”时，他会感觉被电击了一样。

“长官好。”最后离开的一名警员说道。

波伏瓦关上办公室的门。

“已经休庭了吗？”图森特问道。她看了一眼墙上的钟，现在还不到下午四点。波伏瓦没有回答。图森特指了指一把空椅子。“案件审理得怎么样了？”

波伏瓦在椅子上坐下来，仍然默不作声。

“有那么糟吗？”图森特问道，然后深吸了一口气。“伽马什总警司他怎么样了？”图森特颇为关心地问道。

“他做了他应该做的事。”

图森特低下双眼，不愿意看着波伏瓦的眼睛。

在微微点头示意之后，图森特点击了一下她的平板电脑，然后拿给波伏瓦看。

“我这里有一份关于上次提到的那艘船的报告。”

“一笔大买卖。”

“没错。我们的线人报告那艘船已经进入了美国境内。整整八十公斤芬太尼。”

“我知道。”波伏瓦感到自己的胃部在收紧，“可是我们能做什么呢？”

“是啊，”图森特说话的声音显得有些苦涩，“我们现在能做的就是观察。”她睁大双眼，显得有些愤怒。“一切都在我们的预料之中。然而，一切又都出乎预料。我们竟然只能袖手旁观。不知道谁会更惊讶？是那些贩毒分子呢？还是线人？眼睁睁地看着迄今最大的一笔毒品交易在鼻子底下溜走。我们竟对此无能为力。只能”——图森特挥了挥手——“让它进入美国。”

图森特一边说着，一边露出不可思议的神情。

波伏瓦看着她，目光有些走神。

他们所期待和害怕的都发生了。一艘满载毒品的大船穿越国境线，而安全局却坐视不管。打击毒品犯罪应是安全局的主要职责。

在新负责人的领导下，安全局显得懦弱无能。这将会让所有人感到羞愧。没有哪个国家的警方会对这么一起毒品交易置之不理。

这就如同一场考试。

在伽马什总警司带领下的安全局显然未能通过这场考试。

魁北克地区的毒枭们将会沿着蒙特利尔市的凯瑟琳大道大摇大摆地运输毒品，而安全局里的那些白痴警官什么都不会察觉。

伽马什、波伏瓦、图森特以及安全局内部的其他人等待这一机会已经很久了。然而，这一次并没有换来成功，也没有庆功宴。大家都感到很沮丧。

图森特的办公室里也充满着抑郁的气氛。

“你们还在跟踪那艘船吗？”

“没有。伽马什总警司要求我们不要插手。你不记得了吗？”

图森特难以掩饰自己的愤懑之情。

“我们只能袖手旁观。甚至都不能通报美国的同行。对了，我忘记告诉你了。贩毒分子还很大方地留下数公斤毒品在魁北克当地贩卖。不过这一线索现在也断了。”

“该死。”

波伏瓦掐指算了算。根据安全局的内部调查报告，平均一公斤可卡因就会导致六个人死亡。如果是海洛因，死亡人数可能更多。安全局十分清楚由此导致的后果。

如果对那八十公斤的芬太尼置之不理，它将夺走数百甚至数千人的生命。

将会有更多的人对安全局投以鄙视的目光。

“你知道我们刚才在开什么会吗?”图森特说道,她指了指会议桌边的那些椅子。“警员们并不知道那艘船的事,但是他们知道我们将近一年没有打击过当地的毒品犯罪了。他们都显得有些愤懑不平。我并不怪他们。幸好在我快要对他们说出实情时,你打断了我们的会议。不过我要告诉你,波伏瓦,现在已经出现了一些谣言。我想你也可能听说了吧。”

“是的,听说了。”

“大家相信伽马什。大家也想信任他。但是伽马什却似乎无所谓。其实不仅仅是伽马什。所有高层领导人都有可能面对反叛和政变。你觉得这是不是很有趣?”图森特问道,她凝视着波伏瓦。

“你也是高层领导者之一。你一定能把好船舵的。”

“我是一个带领一群随时会叛变的水手的船长。现在身处一艘随风飘摇的船上。我们以尿解渴,把手指上的皮屑充当食物。”图森特向波伏瓦摊开手掌。波伏瓦看到她手掌上的角质层叠加在一起。“我们重案组已经有好几个月没有开展打击行动了。显然没有重大案件。大多数的警力被派往社区派出所或是协管所。”

“那也是很重要的部门呀。”

“是的,没错。但是这不能以忽视犯罪作为代价。这就像医生告诫癌症病人要多吃维生素,却忘了癌症的病根一样。你和我都知道应该做什么,也知道为什么要这么做。但是民众不知道。他们只会认为我们是一群坐着吃闲饭的寄生虫。如果伽马什知道警员们所想的——”

波伏瓦笑了一声,“你认为他不知道吗?他当然知道。他清楚地知道这些人会说些什么。”波伏瓦将身子向前靠,然后压低嗓门说道:“他什么都知道。他还曾告诫过我们。所有人都希望给魁北克地区毒品犯罪以致命一击。打击毒品犯罪可不是一次小规模的演习,而是一场实打实的硬仗。伽马什说那需要付出代价。不是不报,时候未到。你还有什么可抱怨的呢?”

图森特在椅子上扭动了一下身体。“可是人们并不了解伽马什的想法。我们已经没时间了。”

“是其他人不了解，还是你不愿了解？”

“做事总得有个限度。”

“你现在想打退堂鼓了吗？”

两个人面面相觑。从职位等级上来说，图森特是波伏瓦的上级。然而，这是波伏瓦自己选择的结果，和他的工作能力无关。

从私人层面来说，他和图森特始终以诚相待。他们两个人是平等的。

“我怎么能坐得住呢，波伏瓦？”图森特问道，她的声音变得柔和起来，“这完全违背了我作为警察的本能以及所接受的专业训练。当人们需要帮助时，我怎么能见死不救呢？”

“我明白。”波伏瓦说道，“我也有同样的感受。但是如果我们的计划成功了……”

“是的，是的，我都知道。这也是我们支持该计划的原因。但是如果计划不成功……？”

“你想说，如果计划失败，将会发生什么？”波伏瓦问道，图森特点点头，“那么安全局将会一败涂地。不过，至少我们尝试了。”

“你现在不是在和下属说话，波伏瓦。你在和我说话。我在安全局已经工作很久了。”

“好吧，我来告诉你将会发生什么。在伽马什总警司的办公桌里有一本笔记本。他把所有他能预见到的结果都写在那本笔记本里。你想看看吗？”

“他都告诉我了。”图森特说道，“上任第一天他就把情况写在笔记本里。第一次开会时已经把各种风险向我们说清楚了。”

“没错。他当时所说的情况的确是正确的，但是那些只是预测。随着时间的流逝，情况变得越来越明了了。”

“难道真实情况比我们想的更糟糕？”图森特并不想问这一问题，但是又必须得问。

“当警方变得越来越软弱时，犯罪分子就会越来越猖狂。”

“这就是我们希望看到的结果吗？”

“是的，犯罪分子一旦变得肆无忌惮，这时警方便能找到一网打尽的时机。”

“可以这么说。”图森特说道，她的脸上露出一丝微笑。

然而，波伏瓦英俊而又憔悴的面容却显得异常严肃。

“这的确比我们想的更糟，图森特。如果我们失败了，这将会给安全局带来第二场灾难，而且还会牵扯到魁北克政府。第一场灾难是安全局内部的腐败丑闻，第二场灾难便是安全局的软弱无能。”

“对于犯罪行为熟视无睹。”图森特补充道。只有波伏瓦知道真相并非如此。伽马什在法庭上所做的证词都将证明这一点。

“你刚才把打击犯罪比喻成抗击癌症。”波伏瓦说道，“这个比喻的确很形象。毒品就像癌症。你知道医生是怎样治疗肿瘤的吗？”

“我当然知道。通过化疗。”

“是的。医生会让病人濒临死亡的界限，然后才能真正救他们。有时这种做法会奏效，但有时会失败。你知道在伽马什看来，如果我们失败的话，后果会是什么吗？”

图森特紧紧咬住牙关。“我不知道。”她费力地说道。

波伏瓦点点头。“我不怪你。但我可以告诉你，如果我们失败，警方对于毒品犯罪的打击也必将失败。几年前我们已经失败过一次了。现在新型毒品正在街头泛滥。这次是我们唯一的希望。但是——”

“但是什么？”

“伽马什在他的笔记本里也写到了。如果我们成功了，将会发生什么。”

波伏瓦笑了笑，然后继续说道：“我们所有人的情况伽马什都想到了。”

图森特低头看了看平板电脑，点击了几下。然后她停了下来，仿佛在权衡着自己的选择。

波伏瓦注意到，图森特并没有询问伽马什是否在证人席上撒了谎，尽管他们都清楚伽马什一定会那么做的。波伏瓦也知道图森特之所以不问的原因。

很快法庭会询问其他证人。图森特也将会被问到相关问题。

她是否知道伽马什在故意撒谎？如果她发现伽马什作了伪证，她会检举揭发吗？

她没有问，或许她真的一无所知。

无知总比罪恶来得好。

图森特一直和伽马什保持着距离，而伽马什也是如此。

图森特和伽马什之间的距离是无形的，而波伏瓦却是实实在在地逃离了法庭，他在伽马什和谎言之间形成了有形的距离。

波伏瓦不明白自己为什么会那样做。他和伽马什曾一起经历过枪林弹雨。他们曾一起跟踪和抓捕魁北克地区最危险的杀人犯。

然而，现在他为什么会逃跑呢？

现在，就是现在，波伏瓦想到，黑暗的东西就在这里。

他没有回头，也无需回头。他知道在这个办公室的角落里有什么东西。那东西正在窥探着他。当他起身时，那东西会一直跟着他。如果有必要的话，甚至会永远跟着他。

黑暗就在这里。它就像《蝇王》中小岛上的怪兽一样，是孩子们凭借心中的恐惧创造出来的东西。

怪兽，黑暗，其实就是波伏瓦自己。

此时图森特将平板电脑上的一些东西抄录到一张纸上。

"我恐怕又有坏消息了。又来了一艘装着毒品的船。"

波伏瓦叹了一口气。他还能期待什么呢？

"提供这一信息的情报人员——"

"是弗朗索瓦·高更吗？先前我看到他跟你说了些什么。他是一个好人。"

"一个忠诚的人。他对安全局一直忠心耿耿。"图森特说道。

"但是并不一定适合做领导。"

"他要求我不要告诉其他人。还要求我授予他权力实施逮捕。我也曾答应过他。"

波伏瓦看着图森特的眼睛，然后点了点头。看来所有的许诺和誓言都是可以违背的。

波伏瓦认为，违背诺言有时也是值得的。

“这艘船很小。和我们一直追踪的那艘船相比简直小巫见大巫。”

图森特将那张纸递给波伏瓦。纸上所写的内容事关生死。上面警告道，如果像弗朗索瓦·高更这样的安全局情报人员对这一消息置之不理的话，那么将会有大麻烦。

如果伽马什知道这个情况，他一定会摧毁这艘装载着毒品的船只。但是安全局也会一同被摧毁。

波伏瓦调整了一下眼镜，继续读着纸上的内容。

“氯噻吩。从没听说过这个。是新型毒品吗？”

“我以前也没听说过。”

波伏瓦想到，真是该死。又一种新型毒品，又是一场狂风暴雨。

“这是一种可待因的衍生物。”图森特说道，“据说这种东西在俄罗斯很流行。这艘船来自符拉迪沃斯托克[①]，现在装有毒品的集装箱就在米拉贝尔[②]的仓库里。”图森特向波伏瓦靠过来，她说话的口气显得很急迫，“我们可以没收那艘船。那是一艘很小的船，这不会打草惊蛇，倒是可以大振我们的士气。”

“你是说它现在就在蒙特利尔，是吗？”波伏瓦问道。

“是的。我能授权弗朗索瓦实施逮捕吗？”

“不行。”波伏瓦用坚定的语气说道，“什么都别做。”

“看在上帝的分上，就让我的人实施逮捕吧。我求你了。”

“为什么你认为它一直会待在这儿呢？这艘船来到这儿难道没有目的吗？他们在等什么？”

图森特思索片刻，“你莫非知道他们的意图？”

“不，我只是有一个主意。”

“什么主意？”

波伏瓦变得有些沉默，但是他的目光炯炯有神。他快速问道：“有没

---

① 符拉迪沃斯托克(Vladivostok)：位于亚欧大陆东面，俄罗斯东部的一座城市。

② 米拉贝尔(Mirabel)：位于加拿大蒙特利尔的一座港口城市。

有关于氯代二酮更详细的情况?”

“据我所知,这种毒品是第一次进入加拿大。我不清楚美国有没有这种毒品。但是即使有,量也并不大。瘾君子将这种毒品称为俄罗斯魔法。它还有一个昵称——小鳄鱼。”

“听上去就像一种小点心的名字。”

图森特笑了笑,“这或许是为了吊起大家的胃口。那些人可是经验老到的贩毒分子。”

“他们也是经验老到的营销商。”波伏瓦说道,“他们给毒品取名小鳄鱼就是为了吸引年轻人。这名字听上去既新奇又好玩。”

“这种毒品之所以叫小鳄鱼还有一个原因,因为它能让吸食者的皮肤变得斑驳不堪,就像长满鳞片的鳄鱼一样。”

“我的天啊。”波伏瓦感叹道。

波伏瓦比任何人都更清楚吸食毒品后的绝望感。毒品会让人远离正常人的行为,变成一种低于人类的生物。

贩毒分子不会在乎这些。

但是波伏瓦在乎。

“毒品在泛滥之前都是这样。”波伏瓦说道。他摘下眼镜,用手指敲击着纸张。他无意识地模仿起伽马什经常做的动作。“每一种毒品一开始量都很小。在建立起供求关系之后,毒品便会变得畅销起来,因为瘾君子会发现这种毒品变得越来越难弄到。”

波伏瓦清楚毒枭们的营销策略。

毒贩出卖毒品,但同时也出卖了自己的人性。

“为什么要把毒品留在米拉贝尔的仓库里呢?”波伏瓦问道,“他们在等什么呢?”

“或许他们在等那艘装着芬太尼的大船返回。”图森特提示道。

“是的,很有可能。但是那艘船进入美国国境已经有一段时间了。为什么还没有返回呢?”

他们彼此面面相觑,希望对方能给出一个答案。

波伏瓦笑了笑。尽管笑容并不明显,但是他的确笑了。

“他们在等待着法庭审判的结果。”波伏瓦说道。

图森特显得颇为惊讶。然后她的脸上也露出了笑容。“上帝啊。我想你说得没错。”

波伏瓦站起身。他将手上的纸张卷起来。“这个可以给我吗?”

图森特也站起身。她在犹豫片刻之后点点头。

波伏瓦将纸张折叠起来,然后塞进口袋里。

“你接下来打算做什么?”图森特问道,她跟着波伏瓦来到办公室门口。

“法庭审理一结束,我就把这一情况告诉伽马什。”

“那么伽马什接下来打算做什么?”

“我不知道。”

“催促一下他,波伏瓦。让他赶紧采取行动。”图森特说道,“他曾经许诺过的。”

“你得明白,伽马什现在的处境比谁都危险。”波伏瓦说道。

“那可不一定。伽马什的孩子没有一个吸食过毒品。他也肯定没有遇见过毒贩上门要债或是瘾君子街头抢劫之类的情况。但是你的儿子还小。”

“是的,奥诺雷。”

“我的儿子现在正在读高中,我的两个女儿很快也将读中学。我们面临的危险比伽马什更大。我们会因为毒品而失去一切。所以决不能失败,波伏瓦。”

“我明白。”

波伏瓦确实明白。

“等等。”图森特伸出手将波伏瓦又拽回办公室。在关上办公室的门之后,她问道:“他做了吗?”

“做什么?”

“你非得让我挑明了,是吗?”

“我真的不知道你在说什么。”

“伽马什总警司在法庭上作伪证了吗?他对那根棒球棍和地下室里

的地窖是不是撒了谎?”

“是的。”

图森特一言不发。她的目光看着波伏瓦放着纸张的那个口袋。

“这样看来我们可能还有机会。可是我该对我的下属怎么说呢?”

“你可以随便找一个借口。现在我们是一条船上的蚂蚱。”

“你可不能这么说我。”图森特说道,她似乎要为自己辩护了。

“我没开玩笑。有朝一日你会获得应有的奖赏。是你帮助伽马什总警司构想出了这个计划。他把计划写在了一张餐巾纸上。那是你们在吃午饭时一起制定的,不是吗?”

图森特点点头。波伏瓦说得没错。这一切都始于几个月前的那顿午餐。伽马什当时将他的构想写在手头的餐巾纸上。

伽马什的构想在当时看来不过是一些陈词滥调。图森特并不明白那究竟是什么意思。她也无法预料那对于伽马什将会意味着什么。

“烧掉我们的船。”图森特说道。此刻她回忆起餐厅里的那一幕。当时伽马什看着她,眼中闪烁着睿智的光芒。

“烧掉我们的船。”波伏瓦重复道,“你知道这句话出自哪里吗?”

图森特点点头。她曾经查过这句话的出处。情况正变得越来越糟,而非越来越好。图森特开始反思自己以前的所做所为。

她的心中感到不安起来。

“这句话是科尔特斯①说的。”图森特说道,“那是五百年前的事了。当时西班牙的军队刚刚来到现在的墨西哥。”

波伏瓦点点头,“大家一登上海滩,科尔特斯便命令他的手下烧掉船只。”②

“这样他们就没有回头路了。”

---

① 科尔特斯(Hernan Cortes):西班牙大航海时代的军事家兼殖民者,他于1519年率领一支军队入侵现在的墨西哥。

② 科尔特斯率领6艘船队和300名部属从圣地亚哥出发,开始入侵墨西哥。在阿兹特克地区,他们遭到了当地土著人的顽强抵抗。面对困境,部属发生了内讧。有人主张拼死一战,有人主张撤回基地。科尔特斯最终决定破釜沉舟,烧掉船只。将士们的思考从“为什么要和土著人拼死一战”转变成“如何才能战胜土著人”。

两位资深警官站在门边，想象着当年的那一刻。当时科尔特斯的手下有何反应？他们会因此而争吵吗？会因此而乞求吗？会因此而图谋叛乱吗？

或许他们十分顺从地执行了科尔特斯的命令。

当年西班牙的征服者们远渡重洋来到新大陆。短短几年之间他们便摧毁了墨西哥的土著文明。作为回报，他们得到了难以想象的财富。不过，他们也付出了代价。

绝大多数人再也没有离开过墨西哥的海岸。

当他们站在海岸上时，他们作何感想？他们面对着一片全新的大陆，而家庭，亲人以及安全都被抛在身后。茫茫大海之间联系两岸的只有一艘破旧的船只。

波伏瓦和图森特都不难想象当时那些人的感受。

就像他们一样，波伏瓦和图森特也已无路可退。

他们能够闻到燃烧的木材所散发出的味道。

"我会及时通知你法庭里的情况。"波伏瓦说道，他用手拍了拍放着纸张的那个口袋。当他离开办公室时，他感到那个黑暗的东西也跟随着他来到炎热的户外。

图森特关上门，然后走到办公桌边。她重重地坐在椅子上，然后拨打电话通知弗朗索瓦到她的办公室。她的视线始终向着窗外，她在想该如何向弗朗索瓦解释这一切。

一个犹如焦炭般的黑暗东西静静地潜伏在角落里，观察着一切。

"被告当时的确来你家了，是吗，总警司先生？"

"是的。我当时和妻子就在位于三松镇的家里。"

"他的妻子叫蕾娜-玛丽·伽马什。"扎尔玛诺维茨提醒陪审团，"她就是发现凯蒂·埃文斯尸体的那位女士。"

"是的。当时伊莎贝拉·拉科斯特警司也在我家。此外还有我的助手波伏瓦警官。"

"他们现在都在这里吗？"

“没有。”

扎尔玛诺维茨转身看看周围，然后又看看伽马什。他显得有些惊讶。他和伽马什之间交换了一个眼神。

克里沃法官注意到了这一点，但她并没有张扬。

在扎尔玛诺维茨看伽马什的眼神中，克里沃看到了别的东西，一种意料之外的东西。

同情。

克里沃法官有些恼怒地眯起眼睛。她想早点休庭，然后将这两个男人拖进自己的办公室问个究竟。

但是她是一个十分有耐心的女人。她知道只要给与他们足够的时间，他们便会慢慢地向她揭示真相。

“被告是在吃晚饭的时候来的？”

“确切说，是在吃完晚饭之后。当时已经很晚了。”

“当时你对于被告所讲述的内容感到震惊吗？”

“是的，相当震惊。不过，我们事先已经有所预感了。我们预感到埃文斯太太的死是有预谋的。”

“为什么会有这种预感？”

“因为讨债人的衣服。这表明凶手知道埃文斯太太心中埋藏的秘密。只有和她非常亲近的人才会知道这一点。”

“但是讨债人的衣服以及他的出现或许另有原因。”扎尔玛诺维茨说道，“讨债人并不仅仅代表秘密，他也代表着需要发泄的仇恨。”

伽马什摇摇头，“这就是奇怪的地方。原始讨债人并不发泄自己的仇恨。他们从不对他人发动攻击。他们的目的只是谴责和揭露，发挥良知的作用。”

“你是说将惩罚交给更高一层的法院？”扎尔玛诺维茨问道。

“更高一层的法院？”克里沃法官反问道，“这已经是我第二次听到这个说法了。这到底是什么意思？”

扎尔玛诺维茨看上去就像一个衣服快要掉下来的人。

“我在问你呢，扎尔玛诺维茨先生。”克里沃法官问道。

克里沃法官知道自己击中了扎尔玛诺维茨的软肋。其实她不关心那句话的意思，而是想挫一下扎尔玛诺维茨的锐气。

“这是引用。”伽马什用深沉而平静的口吻说道。

克里沃在等待着。她当然知道这是引用，因为伽马什之前也引用过这句话。琼也查出了这句话的出处。但是对于克里沃而言，这句话绝非随便说出口，而是隐含着伽马什和扎尔玛诺维茨之间的某种关联。

“你们必须解释一下。”克里沃说道。

“这是圣雄甘地说的话。”伽马什对陪审团说道。克里沃能看到伽马什脸上的汗水反射出的光亮。

“继续说。”克里沃说道。

“有一个法院比任何法院都要高级，那就是良心法院。它可以取代任何其他法院。”

克里沃此时能够听到在场的记者们齐刷刷写字的声音。

“你是引用?”克里沃问道，“还是暗指什么?”

因为这句话听上去更像伽马什本人的话。它包含着他的思想和信念。

克里沃知道这绝不是文字游戏，而是破解整件事情的关键。她主宰着一个法庭，而眼前的这两个男人主宰着另一个法院，一个更高一级的法院。

此时克里沃感到既愤怒又压抑，甚至还有恐惧。她害怕她尚未发现的东西和那些她依旧不了解的东西，就像眼前的这两个资深官员一样。他们虽然在法庭上宣过誓，但是显然他们违背了自己的誓言。

或许他们早就违背了誓言。

“仅仅只是引用。”伽马什说道。他的眼神里透露出一丝哀婉，同时也透露出警告。

伽马什转身看着扎尔玛诺维茨，而克里沃思考着伽马什刚才说的话。她在想接下去她应该做什么。

“所以你早就怀疑凯蒂·埃文斯是被她所认识的某个人谋杀的?”扎尔玛诺维茨问道，他打起精神。毕竟，他也已经无路可退了。

“是的,这是一起早有预谋的凶杀案。凶手认识死者很长时间了。”

“凶手认识凯蒂很长时间,同时又想置她于死地。这几乎可以确定凶手的身份了。”

“是的。”

...第二十三章

“我有一些问题。”波伏瓦说道。他的语气显得很平静，仿佛在谈一笔生意似的。

他开车来到蒙特利尔。之前他已经将凯蒂的死讯通知了她的姐姐贝丝。现在他需要贝丝振作精神回答问题，而不是只顾着伤心。他在等待着，等待着答案。

“凯蒂有没有提起过讨债人？”

贝丝看看她的丈夫，她的丈夫就坐在她身边。从地下室里传来孩子们的吵闹声，他们似乎在争抢一个平板电脑。

“什么人？我没听说过。”

“凯蒂会缝衣服吗？”

贝丝和她的丈夫看着波伏瓦，仿佛他是一个疯子似的。波伏瓦并不责怪他们。这些问题即使对他本人而言也显得莫名其妙。

“缝衣服？那——”贝丝试图想说些什么。

“凯蒂身穿一件长袍。所以我想那件长袍会不会是她自己缝制的。”

“不会,她可不擅长做衣服。她喜欢烹饪。”贝丝说道。她的语气很和善,她似乎真的想帮助波伏瓦。

波伏瓦笑了笑,“谢谢。”他将贝丝的话记在笔记本上。他注意到贝丝向她的丈夫尴尬地笑了笑。

“您和您的妹妹关系亲密吗?”

“是的。我们之前只分开过一年半的时间。她比我小,所以我会保护她,尽管她并不需要保护。她和我的父母就住在几个街区开外的地方。哦,上帝啊。”

贝丝再次看了一眼自己的丈夫。她的丈夫用手臂挽住她的肩膀。

“我的父母还不知道呢。”

“我会告诉他们的。”波伏瓦说道,“如果您能一起去,可能会更好。”

“当然,我会去的。哦,上帝啊。”

“您和凯蒂之间无话不谈吗?”波伏瓦问道。

“我想是的。我会把所有事都告诉她。”

贝丝的丈夫扬了扬眉毛。尽管脸上没有夸张的表情,但这足以说明他感到有些惊讶和不快。

“我很抱歉。但是您必须将您所了解的一切情况都告诉我。”

“什么意思?”

“凯蒂有没有触犯过法律?她有没有做过让她感到羞愧的事情?或者她有没有伤害过他人?”

“没有,当然没有。”

“请您好好想想。”

贝丝思考起来。

波伏瓦看着贝丝苍白憔悴的面容。她僵硬的身体试图掩饰心中的痛苦。

“凯蒂曾经偷拿过母亲的钱。我也曾偷偷拿过。但是这件事我母亲是知道的。而且数目也不大,只有五十美分而已。还有一次凯蒂考试作弊。那是一次地理考试,她照抄邻桌的考卷。她对地理总是不擅长。”

“还有吗?”

贝丝想了想，然后摇摇头，“没了。”

“凯蒂的婚姻幸福吗？”

“我想是的。她和帕特瑞克一起工作。”

贝丝的丈夫伊冯扭动了一下身子。波伏瓦看着他。

伊冯注意到波伏瓦看着自己，于是他说道：“我们，或者说我吧，并不喜欢帕特瑞克这个人。我认为他一直在利用凯蒂。”

“怎么利用？”

“凯蒂十分聪慧，她能把所有事情安排得井然有序。但是她总是对……啊，该怎么形容呢？”

“卑躬屈膝。”贝丝说道，“当然并不是完全屈服于帕特瑞克。就是帕特瑞克想要什么，凯蒂就会给他什么。”

“帕特瑞克是一个控制欲很强的人。”伊冯说道，“不过，他的控制欲对我们不起作用。”

“对绝大多数的人都不起作用。”贝丝说道，“只对凯蒂管用。这也是让我们难过的一点。我们喜欢凯蒂，但并不喜欢她的丈夫。凯蒂喜欢帕特瑞克。我们也就接受了他。”

波伏瓦点点头。夫妻双方中常有一方会显得比较强势。从表面来看，凯蒂是一名颇有成就的建筑师，她在婚姻中应该属于强势的一方。然而，事实却完全相反。

“这是弱者的专制。”伊冯说道，“我曾听说过这种说法。帕特瑞克就是典型的例子。”

“专制。”波伏瓦把这个词写在笔记本上。这是一个颇具力量的词汇。

“还有别的吗？”

贝丝和伊冯思索起来。

显然贝丝已经从悲伤中走了出来。她振作精神，似乎很想帮助波伏瓦。

波伏瓦挺喜欢眼前的这对夫妇。波伏瓦甚至觉得，如果凯蒂的心中没有隐藏秘密的话，自己也会喜欢上凯蒂，

所有人的心中都会隐藏秘密。只是有些人的秘密更阴暗。

"我获得法院的授权来搜查凯蒂的住所。你们愿意一起来吗?"

伊冯待在家里照看孩子。波伏瓦开车带着贝丝来到凯蒂和帕特瑞克的住宅。

当单独和贝丝在一起的时候,波伏瓦问道:"您真的没有其他可说的吗?"

贝丝沉默不语。此刻她和波伏瓦坐在车里。外面正下着冰冷的冻雨。他们的车停在凯蒂家的正前方。凯蒂的家比贝丝的家更大,但却不如贝丝的家温馨。整所住宅看上去更像一件装饰品。房子里一片漆黑。

"请别告诉任何人。"

"对此我不敢保证。"波伏瓦说道,"但您必须告诉我。"

"凯蒂做过人流。她在高中时就怀孕了,然后做了人流。当时是我陪她去的。"

"她后悔吗?"波伏瓦问道,"她对此感到羞愧吗?"

"当然没有。这是她在当时的情况下所能做的最正确的决定。她对这一决定并不后悔。父母知道的话,他们是无法理解的。她不想让他们伤心。"

"您或许会感到惊讶,父母其实能够理解子女的任何行为。"波伏瓦说道,他看着贝丝,"难道还有其他原因?"

他感到贝丝似乎还有话要说。

"我的丈夫也可能无法理解。"

"为什么?"

"因为那个孩子是他的。他和贝丝在高中时曾约会过,然后分手了。伊冯认为我并不知道这件事。他肯定也不知道凯蒂怀孕和做人流的事。我和伊冯是在高中毕业很久之后才遇见彼此的。那时凯蒂和帕特瑞克已经结婚了。"

"如果伊冯知道的话,他会作何反应?"

贝丝想了想,"我不知道。这件事已经过去很长时间了。我想他并不会在乎。老实说,一个高中生听说自己的女朋友怀孕的话,一定吓坏了。凯蒂打掉孩子是一个正确的决定,她并不后悔。当然她也并不以此为傲。

她不想声张这件事。我想这或许也是她高中毕业之后前往匹兹堡[①]的原因吧。”

“为什么去匹兹堡?”波伏瓦问道。

“凯蒂曾在卡内基梅隆大学[②]学习美术。但她很快意识到自己想成为一名建筑师。但是校方不允许她转专业。于是她申请了蒙特利尔大学的建筑专业。”

“您的妹妹到底是一个怎样的人？请您如实回答,因为这很重要。”

贝丝揉揉眼睛,想了一会儿,“她为人很和善,而且充满母性。或许这就是帕特瑞克吸引她的原因吧。帕特瑞克是一个需要母爱的男人。我并不清楚凯蒂是否像母亲一般照顾他,但是帕特瑞克的确像一个长不大的孩子。”

“凯蒂和帕特瑞克为什么不要孩子呢?”

“他们总认为还有时间。”贝丝不假思索地说道。

波伏瓦听到冻雨打在车窗上的声音。这声音犹如一阵阵啜泣。

“凯蒂的计划和希望是能够在事业有成之后再要孩子。毕竟,她还不到三十五岁。他们还有时间。”贝丝轻声说道。

他们走进凯蒂的房子。贝丝打开灯。

真是令人惊奇。从外面看,这所住宅和街道上的其他住宅没有不同。但是它的内部做了改装。室内的色调柔和,宁静而温暖,犹如一幅彩色蜡笔的绘画,但又不显得阴柔。

只能用“舒适”和“愉悦”之类的词汇来修饰这所住宅。书架上摆放着书籍。橱柜里整齐地放着各种器皿。厨房里有一股香料的味道。波伏瓦看到各种锅碗瓢盆。还有咖啡机和茶壶。它们全都是新的,从没被使用过。

厨房的门向客厅敞开着。天花板上有房梁。

波伏瓦觉得,这是一个一家子人可以幸福生活的住宅。

---

① 匹兹堡(Pittsburgh):位于美国宾夕法尼亚州的一座城市。

② 卡内基梅隆大学(Carnegie Mellon University):坐落于美国宾夕法尼亚州匹兹堡的一所大学。

波伏瓦花了半个小时探索这所住宅。一切都很正常，并没有发现什么秘密。房间里有一些色情杂志和香烟。波伏瓦闻了闻，它们有一股霉味。这表明它们放在这屋里已经有一段时间了。

在卧室的梳妆台上有一张照片。波伏瓦拿起那张照片。照片上共有五个人。其中四个人波伏瓦都认识。然而，还有一个他并不认识。

“那是在蒙特利尔大学拍的。”贝丝说道，“那时他们大学一年级。他们后来成为了最要好的朋友。真不敢想象凯蒂这么久以前就认识帕特瑞克了。当时她是那样年轻。”

“我想暂时保管这张照片，您介意吗？”波伏瓦问道。

他开了一张收据。这也是他在搜查过程中唯一拿走的东西。

他们开车朝凯蒂父母家驶去。他们把凯蒂的死讯告知了她的父母。在结束例行询问之后，波伏瓦开车回家。他拥抱了妻子安妮一下，亲了儿子奥诺雷一口。他给奥诺雷讲故事，直到他睡着。然后波伏瓦开车返回三松镇。

...第二十四章

帕特瑞克·埃文斯在小酒馆旅店的沙发上，翻来覆去，翻来覆去。

现在正是一个寒冷的十一月的夜晚。

“我不明白。”帕特瑞克不断重复道，“我不明白。”

一开始这句话听着犹如一声声呼唤。但是随着时间的流逝，帕特瑞克始终没有做出任何解释。所有试图安慰他的努力都已失败收场。只有这句话颠来复去，仿佛在自言自语。

马思奥试图安慰帕特瑞克。然而，他不知该如何抚慰。

“走开。”莱雅说道，“他是心里难过，不是噎着了。你安慰他的样子像是在给他拍背似的。”

马思奥刚才一直拍着帕特瑞克的背脊，并且重复道：“一切都会好的。”

“我要告诉你”——莱雅将身子靠过来，然后压低声音——“一切不会变好。”

马思奥看着妻子拉着帕特瑞克的手。帕特瑞克看着莱雅。在睡了一觉之后，他的神情仍然有些恍惚。

马思奥感到嫉妒正在隐隐刺痛着他的心。

帕特瑞克似乎总能让女性的母爱泛滥。但是这却让马思奥感到愤懑。他此刻很想在帕特瑞克的屁股上狠狠踢上一脚。

尽管他知道这很不理智，也很残忍，但是他就是想对帕特瑞克放声尖叫。他想让他坐起来，打起精神，而不是这样翻来覆去地嘀咕。他们必须谈谈，必须想办法。帕特瑞克再次被证明是一个无用的男人。

马思奥站起身走到壁炉边。他用拨火棍搅动着壁炉里的木炭。他以这种方式发泄着心中的怒火。

现在仿佛又回到了大学一年级。《蝇王》中的故事情节又重演了。

当时他们几个人的命运又纠缠在一起，从未真正解开。

他们在大学一年级时相遇。然后一切就这样开始了。一些事情把他们带到这座小镇。

“我猜你们可能想喝点什么。”加布里说道，他站在房间外的走廊里，手里拿着一个托盘，托盘上有一个茶壶。“我很快会把晚餐带过来。我猜你们不想去餐厅吃饭。”

“谢谢。”马思奥说道。他接过加布里手中的托盘，然后将托盘放在咖啡桌上。桌上放着巧克力饼。这是马思奥和莱雅之前从莎拉的面包房里买来的。

一分钟后加布里又拿来另一个托盘。他把托盘放在噼啪作响的壁炉边的柜子上。

他低头看了看处于痛苦中的帕特瑞克，轻声说道：“我也不明白。但是我相信警方一定会抓住凶手。”

然而，这些话并没有起到安慰的作用。帕特瑞克似乎完全沉浸在自己的悲痛之中。

“您真的这么认为吗？”帕特瑞克咕哝道。

“当然。”

当加布里准备离开时，他在想，帕特瑞克口中的“我不明白”是否指的是他的妻子的凶杀案。

加布里甚至有一种冲动想去扇他一个耳光。

加布里回到厨房。他给自己倒了一大杯红酒。他坐在柜台旁的一把椅子上，望着窗外的茫茫夜色。

过了一会儿，他站起身准备制作馅饼，那可是能够安慰人心的美食。不过，加布里怀疑他的客人们是否能从伽马什的发现中获得安慰。也许美食也无法给予他们慰藉。

厨房里此时弥漫着大蒜、洋葱、肉汤以及熏肉的味道。加布里想到了那四个关系亲密的朋友。这在若干年前他们第一次来到三松镇时就已经能看出了。

他们之间的友情和彼此之间的信任给人留下了深刻印象。

然而，这一次似乎有什么东西一开始就出错了。他们不是选择八月而是十一月来到小镇。十一月天气开始变冷，万物开始枯萎。所有的一切都将开始冬眠或者趋向死亡。

为什么选择这个时节？

十一月的严寒不仅仅只在室外。寒气已经渗入小酒馆，渗入朋友之间的友谊。

他们仍然很友好，但已不像从前。他们仍然很快乐，但也不似从前了。已经不如以前那么亲密。他们待在一起的时间也比以前少。尽管奥利维和加布里邀请他们共进晚餐，但是他们和小镇居民相处的时间比以前少得多。

然后讨债人出现了。寒气开始笼罩整座小镇。

现在凯蒂死了。有人夺走了她的生命。

“死了。”加布里大声说道。他希望死亡尽快离开。

但是死亡并没有因为凯蒂的离开而离开。加布里能感到它就在这里。不会有错。

他们仍然很团结，这一点毋庸置疑。如果将他们幻化为建筑，那么巨石阵[①]就是最好的象征。加布里一边削着土豆，一边思考着他们之间的

① 巨石阵(Stonehenge)：位于英国的一处史前时代文化神庙遗址。

关系。

他们曾是同一战壕里生死与共的战友吗？他们会保护彼此吗？他们会像同一个教会中的弟兄姐妹一般相亲相爱吗？或者像夫妻或情人一般亲密吗？他们会是永远的好朋友吗？

他们虽然仍旧很团结，但是破裂的苗头已经显现。一些隐藏于深处的东西已经浮现出来。

他们像巨石阵中的石块那样彼此依偎，彼此依靠，彼此牵制。

但是将他们固定在一起的力量也会让他们全部垮塌。

当尘埃落定，他们像石块一般倒在地上。原本支撑他们的强大力量已经消失不见了。

“不见了。”加布里咕咕哝哝地说道。他将奶油倒在削好的土豆上，然后和黄油搅拌在一起。

“啊，该死。”

加布里走到冰箱边，从冰箱里拿出一块干酪，然后将干酪削成丝。他看着干酪丝在混合着黄油以及奶酪的土豆上渐渐融化。

加布里开始捣碎土豆。他上下用力，试图把每一块土豆都捣成泥。

“我不明白。”他一边捣土豆一边嘀咕着。

“事情怎么会这样？”马思奥轻声对莱雅说道。他们正站在壁炉边取暖。

马思奥一开始这便觉得有些不对劲，但至少当时他还没有如此强烈的忧虑。他反而感到一丝欣慰。

然而，现在他开始担心了。一切越来越像他最初所担心的那样。

要让伽马什总警司相信自己是始作俑者并不难。从最初的预谋到最终的谋杀其实只有一步之遥。

马思奥在想，这个计划是否真的是自己一手策划的吗？在实施计划的过程中没有任何阻挠和推诿，只有来自其他人的支持。

但是这个计划的实施时间比马思奥所设想的要长。它需要其他人的协助才能完成。这个人就是莱雅。

这有可能吗?

马思奥摘下眼镜,将眼镜放在壁炉台上。

“怎么了?”莱雅问道。她发现马思奥十分焦虑。

“这都应该怪我们。”马思奥低着头轻声说道。

“因为凯蒂的死?”

“因为所有的一切。你难道没有想过吗?”

事实上,莱雅也有相同的感受。无论谁先去找伽马什,这个人都可以编造一个完美的谎言。

窗户上传来啪啪的响声。那不是雨打窗户的声音,也不是雪,而是介于雨雪之间的东西。

户外的天气正在改变。气候正变得越来越恶劣。

马思奥和莱雅看着窗外。他们发现小镇里到处都有警察的身影。他们或站在阴暗的角落里,或敲开居民家的门。他们正试图将那些深埋于暗黑中的东西挖掘出来。

莱雅和马思奥之前也接受了警方的询问。他们当时有些不知所措,所以什么也没说。

“他们终将发现的。”莱雅说道。她对帕特瑞克点点头。“我猜在警方尚未发现之前,这家伙就会向警方坦白了。”

“当然。但是他现在精神恍惚,什么都说不出。而且我们还给他吃了安定文,这真是个好主意。”

“只吃了一片而已。”莱雅说道。

“当然。难道要给他吃很多片吗?”

莱雅听着马思奥略带威胁的口吻。她并不怕马思奥。然而,这一次却有所不同。

“你为什么要那样做?”马思奥问道。

“我没有。”

“我不是伽马什。我也不是警察。”马思奥说道,“你不必对我撒谎。我知道的事情你也知道。也许,”马思奥的身子朝莱雅靠过来,“你知道的比我更多。”

“你怎么敢这样?”莱雅轻声说道。

莱雅的身高与马思奥差不多。尽管在体力上莱雅不是马思奥的对手,但在智慧方面莱雅总是胜过马思奥。这并不是因为马思奥太笨,而是因为莱雅太聪明。大家都知道这一点。莱雅本人也知道这一点。

以前莱雅总是能成功地控制住马思奥。之所以能做到这一点,是因为她非常懂得自控。

然而,现在她发现马思奥越来越不受自己的控制了。一切都陷入了僵局,仿佛深陷泥潭,正在不断往下沉。

他们对警方撒了谎。他们说自己什么都不知道。但事实上,他们知道一切。

“我们真是该死。”马思奥说道。

“死的人是凯蒂。”莱雅说道,“你觉得自己是唯一该死的人吗?用你的脑子好好想想。别老是只想到自己。”

“啊,你难道没有只想自己吗?”

莱雅看着马思奥的眼睛,她不想让马思奥得意洋洋地认为自己说得没错。莱雅那一刻对自己有了新的认识。

当陷在泥潭里的时候,莱雅想救的人只有她自己。

“上帝帮帮我吧。”莱雅在心里乞求道。她总是希望自己能像泰坦尼克号上的船员那样大公无私,或者像为犹太人提供保护的德国人那样充满关爱。

然而,她了解自己的本性。在冰山倒塌的那一刻,她会第一个把孩子从救生筏上推入冰水中。

当半夜里有人敲门的时候,她会悄悄指着那扇秘密的门。

莱雅希望死的人不是凯蒂。她希望自己才是那一具冰冷的尸体。

然而,现在或许为时还不晚。或许自己的良知尚未完全泯灭。

她还有时间可以考虑。

马思奥说得没错。谁第一个去找伽马什,谁便可以占据上风。

莱雅看着墙上的时钟。现在是晚上六点。她闻到了小酒馆厨房里飘来的食物香味。

“我想出去散散步。”莱雅说道。

“外面正在下着冻雨呢。”马思奥说道，“你是不是打算去那里？”

马思奥将脑袋朝伽马什家的方向歪斜了一下。伽马什的家就在小酒馆对面的街道上。

听着马思奥说话的语气，莱雅感到极不舒服。

“你哪里都不能去。”马思奥说道，“我也哪儿都不去。我们就待在这里。”

马思奥打量着自己的妻子，他对她已经不存任何幻想了。自从他们在蒙特利尔大学相遇的那一刻起，他就已经意识到了这一点。

莱雅是一个工作高效、头脑敏捷、智商极高的女人。但是这个女人还有另一面。

她冷酷无情。

马思奥又何尝不是一个冷酷无情的男人呢。这或许是他们结合在一起的原因吧。

. . .第二十五章

“莫娜刚才打电话来，”蕾娜-玛丽说道，“她邀请我们到她那里喝点东西了解情况。”

“她有情况要汇报？”

伽马什坐在沙发上，他戴着老花眼镜看着妻子。伽马什的身边有许多档案材料。这些是安全局相关部门的文件资料。

“不是。她提供喝的，你提供她关于案件的情况。”

“啊，这么回事啊。”伽马什笑着说道。

“莫娜觉得这是一笔公平的交易。但是我告诉她我们没法去，因为伊莎贝拉和波伏瓦今晚来要吃晚饭。”

伽马什看看手表。现在已过了晚上六点。太阳落山的时候变得更早了。伽马什换上衬衫和羊毛背心。他坐在壁炉边做着笔记。

他摘下眼镜，放下笔记本。

他所做的笔记和案件并无关系。凯蒂的凶杀案现在由伊莎贝拉和她带领的团队全权负责。他们并不需要伽马什。

伽马什正在思考其他事情。

沙发上有一张被揉成团的餐巾纸。它是早些时候和图森特警司共进午餐时的那张餐巾纸。当时伽马什和图森特谈到了安全局在打击毒品犯罪方面的失败教训。事实上,安全局越是想控制毒品犯罪,毒品犯罪就变得越是猖獗。这就像橡皮筋一样,你拉扯得越长,它就越紧绷。

但是假设……

伽马什凝视着壁炉中的火焰。他似乎被这跳动的火光催眠了,思绪开始自由跳动起来。

假设停止打击。假设放任自流。那么又会有怎样的结果呢?

他的眼中已看不到壁炉中的火焰了。

他再次看着那张餐巾纸。

这太愚蠢了。简直不可思议。

但是安全局的确在打击毒品犯罪方面失败了。伽马什清楚地知道这一点。他们必须继续予以打击,因为放弃打击可能会导致更糟糕的结果。这简直无法想象。

然而,伽马什仍然在思考着。

如果……

如果……

如果放弃,会怎么样呢?

伽马什想到了外孙奥诺雷。他只有几个月大。如果贩毒集团继续猖狂肆虐,那么当奥诺雷十三岁时,将会是怎么一个局面呢?届时在校园里,在街道上到处充斥着各种毒品,而那时伽马什已经七十岁,早已退休了。

他又想到了生活在巴黎的两个孙女——弗洛伦丝和佐拉。一个正在上幼儿园,一个在上托儿所。

如同历史教科片中的动画场景一般,伽马什此时看到欧洲的版图正在变色。一场瘟疫正在席卷欧洲。它朝伽马什的孙女们倾泻而来,并将她们裹挟其中。

毒品的肆虐是不会停止的。它会越过国境线。它没有国境和边界的意识。没有什么东西能阻挡毒品进入市场。

灰烬，灰烬，我们都倒下。

身为安全局的负责人，伽马什感到自己有能力做些什么。但是该做的似乎都做了。能尝试的似乎都尝试过了。一切还是以失败告终。

除非……他再次凝视着壁炉里的火焰。

烧掉我们的船。

他戴上眼镜，又开始做起笔记。

十分钟后，他抬起头看到蕾娜-玛丽正坐在自己身边。蕾娜-玛丽的手放在一本打开的书上。她并没有在阅读，而是直视前方。伽马什知道蕾娜-玛丽正在思索着什么。他似乎能感受到妻子的心声。

一个黑暗的东西藏在地窖里。

伽马什握住蕾娜-玛丽的手。她的手十分冰冷。

“我很抱歉。我一直忙着工作。”

“你当然得忙着工作啦。我没事的。”

“你还好吗？”

蕾娜-玛丽笑道：“当然好啦。”

露丝曾将自己的一本诗集取名《我很好》。内容充斥着嬉笑怒骂、不安、神经质、任性。这本诗集大概卖出了五十本。主要是那些懂得欣赏露丝才华的朋友们购买的。

露丝的确很好。伽马什和蕾娜-玛丽也很好。

“我现在打电话给莫娜。”伽马什说道，他站起身朝电话走去。“我想问问她是否还愿意邀请我们。我们需要饮料和朋友的陪伴。”

“波伏瓦和伊莎贝拉怎么办？”蕾娜-玛丽问道。

“我们在家里留一张纸条给他们。”

伽马什将那张餐巾纸和笔记本放在书房办公桌的抽屉里，然后锁了起来。他不是为了防范蕾娜-玛丽，波伏瓦或伊莎贝拉。伽马什是一个十分谨慎的人。他知道有些事情会导致意想不到的后果。如果某些不该看的人看到了他在笔记本里所写的内容，这将会是一场灾难。

在将笔记本放入抽屉之前，伽马什用手指轻轻敲击了几下笔记本，仿佛这样做笔记本便会做出反应似的。伽马什想看看笔记本里到底会出现什么呢?

一头怪兽?一个救世主?或者两者兼而有之?

伽马什将笔记本放进抽屉,然后锁上抽屉。他给莫娜打了电话。

“都安排好了。”伽马什对蕾娜-玛丽说道。他从衣架上取下外套。

室外的浓雾已经变成了蒙蒙细雨。此时细雨变成了冻雨,时不时地夹杂着雪花。

伽马什知道,这是一个不断变换的时节。要么适应,要么死亡。

波伏瓦一屁股坐在椅子上。他摘掉眼镜,看着照片。

在从蒙特利尔回来之后,他告知了伊莎贝拉自己和凯蒂姐姐的会面以及搜查了凯蒂的住所。

“没发现什么,但是我把这个带回来了。”

波伏瓦把照片拿给伊莎贝拉看。

“这就是那个叫爱德华的人?”伊莎贝拉问道,“后来跳楼自杀的那个?”

“是的。”

照片上的爱德华看上去如此年轻。他有着金黄色的头发,灿烂的笑容和明亮的眼眸。他略微晒黑的胳膊正挽着凯蒂的肩膀。

照片上的其他人也是那样年轻,充满着活力。然而,他们都不如爱德华那般阳光。

“真令人感到耻辱。”伊莎贝拉轻声说道。她仔细凝视着照片,“我在想帕特瑞克会有何感受。”

“你什么意思?”

“凯蒂特意保留了这张照片。很明显,当时她和爱德华的关系比帕特瑞克亲近得多。”

这一点的确显而易见。即使在这张老照片里,人们也能一眼看出凯蒂和爱德华之间的亲密。

“但是,最后抱得美人归的是帕特瑞克。”波伏瓦说道,“也许是帕特瑞克特意保留了这张照片，以便时刻提醒自己。”

“有这可能。”

他们正在教堂地下室里的临时办公室内。波伏瓦开始在电脑屏幕上搜索一些东西。

他将背靠在椅子上，等待着屏幕上跳出相关信息。

在他周围，其他警员也在敲击着电脑键盘。

伊莎贝拉坐在位于中央的一把椅子上。她盘起双腿，将笔放在嘴边，阅读着调查报告。

侦查员已经从诺尔顿回来了。他报告说当晚餐厅的生意热火朝天，女服务员忙得不可开交，根本没空注意帕特瑞克和凯蒂是否在场。

餐厅也没有信用卡的消费记录。如果那晚帕特瑞克和凯蒂在餐厅吃饭，他们有可能支付的是现金。波伏瓦感到有些好奇，因为他已经不记得最后一次吃饭支付现金是什么时候的事了。

波伏瓦转身看着电脑。他知道自己在使用电脑前应该获得伊莎贝拉的允许。毕竟，伊莎贝拉是该案的负责人。波伏瓦已经不是刑侦科的二把手了，他必须适应这一点。现在他是安全局的二把手。

他现在不属于任何部门，而是属于整个安全局。他必须承认这一点。安全局里的所有人包括伽马什在内可能都不会有这种感受。

然而，他希望留在调查小组里帮助伊莎贝拉，除非伊莎贝拉将他踢出去。

此刻他霸占着这张办公桌和桌上的电脑。

波伏瓦将电脑连上网络。然而没有无线网络。安全局的技术人员在教堂的尖顶上安装了一个小型卫星天线。

波伏瓦不愿只是坐着。他将眼镜放在桌上，然后站起身在地下室里溜达起来。他一边踱着步，一边思考着问题。

他将双手放在背后，一只手搭在另一只手上。每走一步，他的脑袋便会微微晃动一下。他正在沉思，尽管他本人并不喜欢“沉思”这个词。

凯蒂的凶杀案有太多令人困惑的地方——讨债人，杀人动机以及凶手的去向。

如果凯蒂是被讨债人杀死的，那么还会有下一个受害者吗？凶手还在小镇里吗？波伏瓦希望自己坐在壁炉边，一边喝着啤酒或是热巧克力，一边就能想出答案。

这些都是大问题。但是要获得这些问题的答案，你必须得从一大堆的小问题入手。

比如说，那根棒球棍到底是怎么一回事？

波伏瓦仍然怀疑，蕾娜-玛丽在惊恐之中可能并没有看到那根棒球棍。

地下室的地窖一片漆黑。在这样的地窖里发现一具尸体足以把人吓得魂飞魄散。

对波伏瓦而言，一定有更合理的说法来解释为什么作为凶器的棒球棍会先消失，后出现，

波伏瓦的理智告诉他，这样的事实在太荒谬了。

但是波伏瓦的勇气和内心的焦虑又迫使他不断思考着。

根据他的经验，蕾娜-玛丽作为魁北克档案局的资深档案员是不可能遗漏任何细节的。她是一个冷静而精明的女人。她会把所有注意到的东西都记在脑海里。

经验告诉波伏瓦，如果地窖里有棒球棍，蕾娜-玛丽一定会注意到。

波伏瓦停下脚步，往地窖的方向走去。他站在黄色的警戒线外，凝视着那间又小又暗的地窖。

如果那根棒球棍是凶器，凶手为什么不把它砍掉或是烧毁呢？在城里面，销毁凶器可能并不容易。但是在这座小镇里，每家每户都有壁炉。壁炉里的炭火足以在几分钟之内将棒球棍烧成灰烬。

为什么凶手要将凶器放回凶案现场呢？

“你在想什么呢？”

波伏瓦吓了一大跳。“该死，伊莎贝拉，吓了我一跳。”波伏瓦按住自己的胸口，看着伊莎贝拉，“你快吓死我了。”

“我以前不是说过吗？”伊莎贝拉说道。她将身子靠过来，然后压低嗓门说道：“言语有时比子弹更具杀伤力。”

波伏瓦以前从没想过自己会被一句话吓死。他目不转睛地看着伊莎贝拉。

“我问过凯蒂的姐姐有关讨债人的事。显然她从未听说过讨债人这一称呼。”

“我觉得案件或许和马思奥有关。他是唯一一个详细了解讨债人的人。如果没有马思奥的解释,我们所有人会认为那只不过是一个穿着万圣节戏服的人而已。”

“但是,”波伏瓦说道,“我还是不明白。一个杀人犯为什么要身穿戏服在公共场合炫耀呢?”波伏瓦用强调的语气继续说道:“难道是为了吸引大家的注意力,然后再杀人?”

“可是他不就是这么做的吗?”伊莎贝拉说道,“除非讨债人与本案无关。”

“什么意思?”

“或许讨债人来到这里只是为了谴责某个人。他的目的是唤起某个人的良知。也许他并不是凶手。真正的凶手冒用讨债人的名义杀死了凯蒂——”

“然后嫁祸给讨债人。”波伏瓦说道,“但是这也意味着讨债人也死了。”

“也许死了,也许被吓跑了。”伊莎贝拉说道,“因为他知道自己得背黑锅。”

“什么时候可以拿到讨债人衣服的检查报告?”

“我催一下。但是衣服几个小时前才送到实验室。”

波伏瓦点点头。之前警方采集了所有接受问询过的人的DNA样本。对此没有人予以拒绝。DNA样本的分析能够提供许多细节,也有可能什么都无法提供。波伏瓦真正想知道的是,在被穿到死者身上之前,那件衣服是谁穿的?尽管穿过这件衣服的人可能已经离开了小镇,甚至离开了这个世界。

“我已经看过今天下午所做的问询记录。”伊莎贝拉说道,“并没有有用的信息。大部分小镇居民并不认识莱雅和马思奥,也不知道他们是做什么的。所以不存在包庇的嫌疑。”

“他们可能在撒谎。”波伏瓦说道。

“你这么认为?”伊莎贝拉颇为惊讶地问道,“凯蒂的姐姐告诉你凯蒂曾经做过人流。但是凯蒂不可能因为这一点而被杀,不是吗?”

“这个世界上有各种疯子。”波伏瓦说道,“但是到目前为止我们没有发现凯蒂做过任何可能招来杀身之祸的事情。”

“也许讨债人来这儿并不是为了凯蒂。”伊莎贝拉说道,“他或许是来找别人的。这个小镇里还有两个新来的。一个是小酒馆里的洗碗工安东·勒布朗。另一个叫杰奎琳·马尔库。”

“那个面包师?”波伏瓦问道。

对于天生吃货的波伏瓦而言,能够记住一位面包师的名字并不令人感到奇怪。

“就我所掌握的情况,他们两个人来到这儿之前曾在一起工作,好像是为私人工作。”

“那么他们怎么会到这儿做洗碗工和面包师呢?他们是被开除的吗?”

“好像是那户人家搬走了。”伊莎贝拉说道,她看着询问记录,“有趣的是安东和杰奎琳都拒绝回答有关他们前任雇主的问题。他们说签了一份保密协议,所以不能透露。他们似乎有些畏惧前任雇主,害怕惹上官司。我告诉他们,案件的调查比保密协议更重要。我并没有询问他们的雇主吃什么,或者他们和谁睡。我只是需要知道雇主的名字,从而确定他们说的是真的。”

“但是他们不敢说,是吗?”波伏瓦问道,“这似乎已经不是单纯的畏惧了。他们到底曾经为谁工作?”

伊莎贝拉翻阅着问询记录。“鲁兹。男的叫安东尼奥·鲁兹,女的叫玛利亚·克莱斯特。”

波伏瓦变得机警起来,仿佛猎人听见了草丛里的动静。

安东尼奥和玛利亚·克莱斯特·鲁兹。

“你说他们搬走了,”波伏瓦说道,“搬去哪儿了?”

“从国内搬去西班牙了。”

波伏瓦张大嘴巴，然后慢慢地吐出一个‘哦’。

“是西班牙的巴塞罗那。”伊莎贝拉说道，她注视着波伏瓦的反应。

“这可能是一个巧合。”波伏瓦说道，“一定是这样。我看不出两者之间有什么关系。”

波伏瓦仍然保持着镇定，试图抑制内心的悸动。

西班牙是讨债人的发源地，也是现在讨债人最为集中的地方。然而，最近却能见到越来越多的代表良知的原始讨债人。

“他们两个知道讨债人的事吗？鲁兹这个人有没有向他们提起过讨债人？”

“我问过他们，但是他们都否认知道讨债人的事。”

“那么安东尼奥·鲁兹呢？这个人是做什么的？”波伏瓦问道。

“他们不肯说。”

波伏瓦显得有些生气。“怎么？他们连你都不肯告诉？”

“其实猜也猜得出来。”伊莎贝拉说道，“鲁兹一定从事某种生意。”

“有可能。”波伏瓦说道，“在西班牙，生意人往往会成为讨债人追踪的目标。即使鲁兹不是讨债人的追踪目标，他也一定知道讨债人是谁，或者在街上见过讨债人。”

“也可以通过阅读新闻报道了解讨债人。”伊莎贝拉点头说道，“你认为有没有这种可能——当鲁兹谈论讨债人的时候，安东和杰奎琳恰好偷听到了。”

“有这可能。但是，”波伏瓦说道，“从西班牙到这里杀人，路程也太长了吧。”

伊莎贝拉点点头。长途跋涉的凶杀案常常会让她感到震惊。一个人为何会跨越如此漫长的距离去杀死另一个人呢？凶手从焦虑、受挫、愤怒，逐步变得充满仇恨，最终实施了谋杀。

一个生活在西班牙的温馨小家或在海滩上晒着日光浴的人怎么会千里迢迢来到魁北克？并在一个地窖里杀死一个人呢？

然而，这一切真实地发生了。凶手越过了千山万水。

以前当伽马什培训刑侦科的警员时，他常常会说凶杀是一场悲剧，而导致凶杀的原因往往很简单。警方常会把凶杀的动机想得过于复杂。

凶手恰恰喜欢这样。他们喜欢把自己藏在迷雾之中。

那么这起凶杀案的动机又会是什么呢？

“打电话给西班牙警方。”波伏瓦说道，“问问看他们是否有关于安东尼奥·鲁兹的资料。”

“好的。”伊莎贝拉说道，她走回到电脑桌旁。当发现波伏瓦仍然站在原地的时候，伊莎贝拉转过身，“还有其他情况吗？”

“是的。”

波伏瓦走到桌边，然后拿起笔记本电脑走了回来。

“你看这个。”

“我们在楼上呢。”莫娜的声音在楼道里回响，楼下的书店里也能听到。

莫娜刚才听到了门铃声，然后听到走上楼梯的脚步声。

克莱拉给蕾娜-玛丽倒了一杯红酒，然后给伽马什倒了一杯苏格兰威士忌。

“啊，上帝，外面好冷。”蕾娜-玛丽说道，她将外套上的小冰粒抖落下来，然后将外套搭在楼梯的栏杆上，“谢谢。”

她从克莱拉手中拿过红酒酒杯，然后跟随克莱拉来到客厅。莫娜坐在壁炉边的一把扶手椅上，正向她们挥着手。蕾娜-玛丽和克莱拉在对面的沙发上坐了下来。

“很好，”克莱拉说道，她将双脚放在靠垫上，“现在你们一边喝酒，一边告诉我们你们所掌握的情报吧。”

伽马什喝了一小口威士忌，然后吐了一口气。

“伊莎贝拉还在进行问询。”伽马什说道，“你们也被问询了，是吗？”

莫娜和克莱拉点点头。

“但恐怕我们帮不上忙。”克莱拉说道，“至少我帮不上忙。我什么都没看到。我既没看到凯蒂走进教堂，也没看到讨债人尾随着她。”

“你觉得凯蒂这次来小镇是出于什么目的?”伽马什问道。

“我认为和前几次一样。”莫娜说道,“不过,这一次她显得有些心事重重。当然这也可能是我的主观想象。”

“行了,伽马什。”克莱拉说道,“透露一些情况吧。这并不是为了满足我们的好奇心。毕竟,在我们生活的这个小镇里发生了命案。说实话,我很害怕。”

“是的,我完全理解。”伽马什说道,“这也是我来这里的原因。我无法告诉你们太多,因为我自己也不是很清楚。但是我可以告诉你们,凯蒂的死是经过精心预谋的。”

“这说明什么呢?”莫娜问道,“凯蒂就是讨债人寻找的目标吗? 凶手是讨债人吗? 我想一定是的。”

“有可能是。”伽马什说道。他在想其他人有没有发现自己正在闪烁其词。

“但是为什么要这么做呢?”克莱拉问道,“这太残忍了。”

“根据你之前告诉我们的情况,原始讨债人并不残忍。”莫娜说道,“他们几乎属于被动型的人。他们的行为属于非暴力抵抗。”

“会不会原始讨债人已经改变了原有的非暴力抵抗行为呢?”蕾娜-玛丽问道。

“但是你们回想一下讨债人之前的行为表现。”克莱拉说道,“他只是站在绿地上。他站了两天,并没有伤害任何人呀。”

“但是他杀了凯蒂。”莫娜提醒道。然后她又摇摇头,“可是这也很奇怪。如果你想杀死某个人,你干嘛穿着一件谁都不认识的西班牙讨债人的服装呢? 而且讨债人属于非暴力分子。”

伽马什点点头。一切的推理似乎又回到了原点。原始讨债人是以超乎寻常的勇气和非暴力抵抗而闻名的。

“讨债人什么都没做。”克莱拉说道,“但是我们却憎恶他。”

“那晚当他受到威胁时,”伽马什提醒道,“你们也不是挺身而出保护他的吗?”

“我们只是不想他被人打死。”莫娜说道,“不过,克莱拉说得没错。我们憎恶他,希望他能离开这儿。我想你也是这么想的吧。”

伽马什点点头。的确如此。讨债人出现在小镇里的确有些出人意料。这位不速之客似乎并不是带着友好来的。

他在挖掘一些令人极为不快的真相。

“你们说得没错。”伽马什承认道,“我们不能把讨债人想得过于美好。凯蒂的死很有可能与他有关。”

“也许——”克莱拉欲言又止。

“继续说。”莫娜催促道,“快说呀。”

“也许凯蒂是罪有应得。当然,我很抱歉说出这样的话。没有人是罪有应得的。”

“是的。”蕾娜-玛丽说道,“但是我们明白你的意思。也许凯蒂曾经做过什么,所以才会招来杀身之祸。”

“如果你们说的都是正确的话,”莫娜说道,“那么凯蒂一定是做了什么不该做的事情。毕竟,讨债人代表的是良知。”

“但是代表良知的人怎么会杀人呢?”克莱拉反问道。

“当然可以杀人,”莫娜说道,“为了阻止更大的罪恶。”

“所以杀人有时也是公义的喽?”蕾娜-玛丽问道。

“不是公义,而是有合理的杀人理由。”莫娜说道,其他人都对此保持沉默。“罪犯往往能为自己的暴力行径找到合理的解释。我们可能并不喜欢这些解释,但是我们也无法否定这些解释。想想纽伦堡审判。想想犹太人大屠杀是怎么发生的?”

“那是因为当时的纳粹需要制造一个共同的敌人。”克莱拉说道。

“并不是这么回事。”莫娜说道,“真正的原因是因为没有人予以阻止。没有人站出来予以反驳。你们知道这是为什么吗?”

“因为恐惧?”克莱拉问道。

“一部分原因是由于恐惧,还有一部分原因则是由于精心策划。德国人发现他们身边的人对于那些异己分子——犹太人、吉普赛人、同性恋——都表现出极度的仇恨。这种仇恨被普遍接受。没人告诉他们这样的仇恨是错误的。事实上,许多人认为这样做是理所应当的。”

“没有任何仇恨是理所应当的。”蕾娜-玛丽咬牙切齿地说道。

“莫娜说得没错。”伽马什打破沉默说道，“她所描述的情形一直都存在。我在安全局的警官学校里曾见过，在安全局自身的运作管理中也曾见过这种情形。暴力掌管着一切。暴力成为机构运作的一部分，甚至成为家庭生活，种族和国家治理的一部分。人们接受暴力，甚至为暴力鼓掌欢呼。”

“但是你所说的并不是真正意义上的良知，而是一种虚伪的良知。”蕾娜-玛丽说道，“有些事看上去是正确的，但其实却荒谬至极。真正的良知绝不会是这样。”

“我觉得伽马什说得没错。”莫娜说道，“曾经有过一个著名的心理实验，它的目的就是为了测试人们的良知。当时正值二战，纳粹士兵被要求绝对服从命令。许多年后在艾希曼[①]的审判听证会上，公众表现出极大的愤怒。大家认为没有一个正常人会服从纳粹的命令，任何文明的社会都绝不会干出如此惨绝人寰的事情。因此一些社会学家在艾希曼审判期间进行了这个著名的心理实验。”

“等等。”克莱拉说道，“在你告诉我们之前，我想再喝一杯。还有谁要？”

伽马什站起身说道：“我去倒吧。”

他和莫娜拿着玻璃酒杯来到厨房，又倒了一些酒。

“你不想喝点这个吗？”莫娜问道，她指着一瓶纯麦芽威士忌。

“不，谢谢。今晚我还有很多事要做呢。你刚才说的那个心理实验是耶鲁大学进行的米尔格伦实验[②]吗？”

“是的。”莫娜回答道，她看着坐在壁炉边聊着天的克莱拉和蕾娜-玛丽，“你觉得她们两个会不会盲目服从呢？”

“你会不会呢？我会不会呢？”

---

① 艾希曼（Adolf Eichmann）：德国纳粹分子，德国战败后逃往南美洲。艾希曼于 1960 年在阿根廷被捕，1962 年以反人类罪被判处绞刑。

② 米尔格伦实验（Milgram Experiment）：又称权力服从实验。耶鲁大学于 20 世纪 60 年代进行的一次心理实验。该实验发现人们在绝对权威的影响下会倾向于盲目服从命令。

“你怎么看?”

“也许我们每一个都会有盲目服从的时候,只是我们并没有意识到罢了。”伽马什说道。他想起锁在抽屉里的那本笔记本以及记录在笔记本上的内容。

然而,和纳粹士兵不同。伽马什并不服从命令,而是发号施令。

数百个,甚至数千个人或许会因此丧命。

他是否觉得这是公义的呢?

...第二十六章

伊莎贝拉凑近笔记本电脑屏幕。

教堂地下室里昏暗的灯光并不适合阅览电脑屏幕。由于光线的反射,屏幕显得模糊不清。

我难道老花眼了吗?伊莎贝拉暗暗想到。为什么屏幕这么绿?她有些担心起来。

波伏瓦正在下载的照片终于在屏幕上呈现出来了。他把笔记本电脑放在伊莎贝拉的桌上,然后在她身边坐下。

即使不看屏幕,波伏瓦也清楚地知道那是什么。

他看着伊莎贝拉。

伊莎贝拉将肘部靠在桌子的边缘处。她的手指轻轻敲打着嘴唇。

波伏瓦看看屏幕,又看看伊莎贝拉。

“这不是凯蒂·埃文斯的照片。”伊莎贝拉说道。

“这是十八个月以前在匹兹堡拍的。我对凯蒂进行了详细的调查。她是一位颇有前途的建筑设计师,所有人都这么认为。她对玻璃建筑尤其感兴趣，并对此进行过研究。她的理念是要让玻璃建筑适应严酷的气候环境。她在蒙特利尔大学读书时就完成了相关研究。”

“他们几个人也是在蒙特利尔大学认识的。”

“但是在上蒙特利尔大学之前，凯蒂曾在卡内基梅隆大学学习美术。”

“那所大学就在匹兹堡。”伊莎贝拉说道，她又一次凝视着电脑屏幕。

屏幕上的照片显得很普通。然而，在这看似普通的外表下却隐藏一丝恐惧。

“几天前伽马什要求我对讨债人的历史进行调查。在调查过程中我发现了这张照片。”

伊莎贝拉说得没错，这张并不是凯蒂的照片，尽管照片上的那个女人和凯蒂差不多年纪。照片上的女人大约三十出头，衣着时髦，十分干练。她似乎正赶着去上班或是回家。

和其他上班族一样，她也显得忙忙碌碌。

这是大街上最常见到的景象。

然而，这个女人的眼睛似乎在看什么东西。她似乎发现了什么。

伊莎贝拉此刻感到浑身冰凉。

照片上的女人的表情和她周围的人一样，然而她的眼神却显出异样。就像一匹受到惊吓的马。

在照片的边缘——那个女人视线所触及的地方——站着一个讨债人。

匆匆忙忙的上班族低头看着手机从讨债人身边走过，而讨债人仿佛矗立在河水中的黑色礁石一般长时间站立着。

他在凝视着。

虽然照片上的女人并不知道那是什么，但她知道讨债人是来找她的。

“这个女人是谁？”

“她叫科林·辛普森。她掌管着好几家日托所。有人举报她的日托所存在虐待老人的现象。她被判刑，但很快又被无罪释放了。”

伊莎贝拉点点头。她当然最后被无罪释放了。如果她被判有罪的话，也就不需要讨债人出马了。

“看来有人不相信她是无罪的。”伊莎贝拉说道。

“有一个警察出了纰漏，”波伏瓦说道，“于是辛普森钻了空子，逃脱了法律的制裁。”

这是绝大多数案件调查人员最害怕犯的错误，因为一个差错便会让罪犯有机可趁。

伊莎贝拉看着电脑屏幕。怪兽并不是讨债人，而是那个打扮时髦和所有普通人一样的女人。

伊莎贝拉下意识地向地窖的方向看了一眼。

“你认为凯蒂有可能认识这个女人？”伊莎贝拉说道，“她们有可能彼此在卡内基梅隆大学认识？”

“这个我无法断言。”波伏瓦举起双手，似乎暗示不妨一试，“如果凯蒂认识这个女人，那么讨债人很有可能是在寻找她们。他先找到其中一个，然后再找另一个。”

“你去好好调查一下吧。”

“好的。”

伊莎贝拉开始在自己的电脑里查阅问询记录。她看到一个被问询的人的名字，心里咯噔一下。

露丝·萨多。

之前对露丝的问询已经够令人头痛的了。现在再次翻阅有关她的问询记录实在令人受不了。即使对于刑侦科的负责人而言，露丝也是一个大麻烦。此外，露丝的问询记录中并没有有价值的线索。伊莎贝拉伸手拿起一杯咖啡，准备查阅下一份记录。

“啊，这咖啡像屎一样。”伊莎贝拉感叹道。她忽然想起了露丝，脸上露出了微笑。

露丝就像这和屎一样的咖啡。

当伽马什和莫娜拿着红酒和抹着奶酪的吐司面包回来时，克莱拉和蕾娜-玛丽聊得正欢。

“啊，谢谢。”蕾娜-玛丽说道，她伸手接过吐司面包。

“你们在聊什么呢?”莫娜问道,“在聊纳粹吗?”

“我们在聊《木偶奇遇记》呢。”克莱拉说道。

“你看看。”莫娜对伽马什说道,“我们来得正好。可以提升一下她们聊天的档次。”

“提升什么档次？聊纳粹吗?”克莱拉问道,“那是在降低档次。”

“不,聊一聊我刚才谈到的那个心理实验。”莫娜说道,“艾希曼的审判说明许多人都会盲目听从命令,不是吗?”

大家点点头。大家都听说过这个审判,因为这是一个经典的替刽子手辩护的审判案例。

“控告方和公众都认为被告方的理由十分荒谬。他们认为任何正常人都不会参与大屠杀的行动。当时这成为大街小巷议论的话题。一个有良知的人究竟会不会拒绝杀戮行为呢？于是有人进行了实验。”

“可是这该如何通过实验证实呢?”蕾娜-玛丽问道。

“具体的细节我不记得了,但是实验的主要内容就是将实验对象和另外两个人安排在一间房间里。其中一个人是实验的主持人,而另一个则是一名科学家。实验的参与者被告知这两个人都是资深的专家,深受众人的爱戴。他们被要求教授实验对象学习。这不仅对实验对象而言是一次有价值的实验,而且对于社会而来也颇具研究价值。”

伽马什坐在椅子上盘起双腿。他的目光始终凝视着壁炉里的火焰。他仔细聆听着莫娜深沉而又恬静的声音,仿佛一个孩子正在聆听睡觉前的故事一般。

“随着实验的进行,实验对象被绑在了椅子上。”莫娜说道。

“绑在椅子上?”蕾娜-玛丽质疑道。

“是的。当实验遇到困难时,实验对象会被绑在椅子上。当然不是真的捆绑。科学家向实验的参与者解释,实验对象这样做是有报酬的。”

莫娜看着其他人,她想看看其他人是否明白她的意思。蕾娜-玛丽和克莱拉点点头,尽管她们还有些似懂非懂的样子。

她们一直在试图弄明白该实验的意图。

“实验人员告知参与者,如果实验对象回答问题错误的话,他们就得按动开关对实验对象实施电击。”

“这是不是就像训练猎犬一样?”克莱拉问道,“猎犬在接受刺激之后,便会学会跳跃障碍物。”

“有点类似。这就是所谓的厌恶疗法[①]。”莫娜说道,“现在言归正传。实验的参与者并不知道那名科学家和实验对象是一伙儿的。”

“你是说并不存在电击这回事?”蕾娜-玛丽问道。

“是的。实验对象是一名演员。他会假装自己受到了电击。第一次当他回答问题错误时,电击的强度比较弱。随着实验的不断进行,电击的强度会越来越强。实验对象会表现得越来越痛苦,仿佛真的遭受了电击一般。他会要求实验参与者停止实验,但是科学家说不行,并要求参与者继续实验。”

“那么实验的参与者呢?”克莱拉问道,“他会感到痛苦吗?”

“这正是实验所要揭示的内容。”莫娜说道,“我记得,实验的参与者一开始显得很困惑。但是在科学家的要求下,他必须继续实验。”

“所以他并没有拒绝?”克莱拉问道。

“是的,实验对象在痛苦挣扎,在尖叫,在不断哀求停止实验,但科学家则命令参与者继续进行电击。参与者知道其中有一次电击将会是致命的。科学家一直鼓励参与者,并提醒他如果换做别人,别人也会这么做。”

房间里一片寂静,只有壁炉里的火在噼啪作响。

“最后参与者服从了命令。”莫娜轻声说道。

蕾娜-玛丽和克莱拉看着她,她们已经忘了喝酒和吃面包。她们仿佛沉浸在那个实验室里。她们正和那名科学家,实验对象以及那个可怕的实验结果待在一起。

“这个实验只进行了一次,是吗?”克莱拉问道。

“不,”莫娜回答道,“这个实验被重复了数百次。绝大部分的实验参与者最终都会服从命令,比例比人们所期待的要高得多。”

---

① 厌恶疗法(Aversion therapy):采用条件反射的方法,把需要戒除的目标行为与某种不愉快的惩罚性的刺激结合出现,以对抗原已形成的条件反射,以此取代原有的不良习惯。

“上帝啊。”蕾娜-玛丽说道。

“他们只是服从命令而已。”克莱拉说道，她看着蕾娜-玛丽，“你会像他们那样服从命令吗？”

“如果五分钟之前你问我这个问题，我当然回答不会。但是现在嘛，”蕾娜-玛丽叹了一口气说道，“我也不知道。”

伽马什点点头。蕾娜-玛丽的回答令人感到恐惧，但这又是勇敢而真实的回答。这已经向拒绝盲目服从迈出了第一步。

有时怪兽并不是一小撮卑鄙无耻之徒，有时真正的怪兽恰恰是我们自己。

这也正是纽伦堡大审判和对艾希曼的审判让人感到震惊的地方。至今人们仍然无法忘记，平庸之恶①。

罪恶并不一定是一个疯子。它可以是我们每一个正常人。

“让良知指引你。”克莱拉轻声说道，她的话语仿佛飘入了壁炉的火焰里，“这做起来并不容易。”

“你们刚才为什么在聊《木偶奇遇记》？”伽马什问道。

伽马什认为《木偶奇遇记》并不仅仅只是儿童的睡前读物。

“啊，这太幼稚了。”蕾娜-玛丽说道，“尤其和莫娜所说的那个实验相比。你们想听吗？”

“当然。”伽马什说道。

蕾娜-玛丽看看克莱拉，克莱拉扬了扬眉毛。

“你说吧。”克莱拉催促道，蕾娜-玛丽似乎深受鼓舞。

“你们还记得那个叫匹诺曹的木偶为什么不能成为一个真正的小男孩吗？”蕾娜-玛丽问莫娜和伽马什。

“因为他是用木头制作而成的木偶呀。”莫娜说道。

“这当然是一个原因。”蕾娜-玛丽承认道，“但是他之所以无法成为真正的男孩是因为他缺少良知。在电影里，小蟋蟀吉米充当了先知的角色，

---

① 平庸之恶(The banality of evil)：由犹太女哲学家汉娜·阿伦特提出的哲学术语。从艾希曼出发，指出人性中的“不思性”(thoughtless)，即这一类人虽然不是天性作恶，令人寝食难安，但是却没有思想，对命令绝对服从。

是他教会匹诺曹分辨是非。”

“小蟋蟀吉米就像讨债人。”克莱拉说道，“尽管他喜欢又唱又跳，但是他代表着良知。”

“脆弱的良知和被误导的良知完全是两码事。”伽马什说道，“根本无法相提并论。”

“你们知道心理学家把那些缺乏良知的人称作什么吗？”莫娜问道。

“反社会人格障碍症。”蕾娜-玛丽说道。

“你太聪明了。”莫娜说道，“是的，没错，那是正式的说法。我们一般把那样的人称为精神病患者。”

“你的意思是木偶匹诺曹是一个精神病患者？”蕾娜-玛丽问道，她看着伽马什，“看来我们必须更换一下给雷雷阅读的睡前读物了。”

“故事里的有些情节并没有在电影里拍摄出来。”克莱拉说道，“比如说匹诺曹屠杀村民的情节。如果吉米看到的话，不知会作何感想。”

“这正是问题的关键所在。”莫娜说道，“我们已经习惯了电影版的《木偶奇遇记》。电影里那些缺乏良知的人显得很疯狂。然而在真实的生活中，缺乏良知的人却很聪明。他们知道如何模仿人类的行为，如何假装关心他人。他们的内心其实充斥着愤怒和对权威的渴望。他们并不觉得自己是有错的。他们经常通过支配他人的方式得到自己想要的东西。他们中的许多人也并不一定显得很暴力。”

“我们所有人都存在支配或被支配的情况。”伽马什说道，“只是我们可能并没有意识到罢了。”

伽马什指着那杯红酒，这是他支配莫娜倒的。莫娜举起酒杯予以认可，她并没有因此而心生怨恨。

“像我们这样心地单纯的人是看不透那些精神病患者的。”莫娜说道，“他们很擅长于控制别人。其他人必须信任甚至喜欢他们。他们会想方设法让其他人相信自己的观点是正确且恰当的。他们就像《奥赛罗》中伊阿古[①]那样。”

“我已经有些糊涂了。”克莱拉说道，“到底是讨债人是精神病患者呢？还是凯蒂？”

三个女人看着伽马什。伽马什举起双手，“我想我可以告诉你们答案。”

伽马什觉得这起凶杀案并不仅仅只牵涉到讨债人和凯蒂·埃文斯。很有可能还涉及到第三个人，而这个人支配并且控制着讨债人和凯蒂。

现在该是翻阅问询记录的时候了。

小镇里有一个外表看似像人，却不是人的人。

① 伊阿古(Iago)：莎士比亚的悲剧《奥赛罗》中的反面角色，他通过阴谋诡计使奥赛罗相信自己的妻子与他人通奸，并最终杀死了自己的妻子。

. . . 第二十七章

法官的木槌重重地敲打在桌子上。旁听席上的几名观众在座位上吓了一跳。

有些人已经开始打盹了。法庭里闷热的空气让人感到疲倦不已。

然而，大多数人仍然打起精神聆听着伽马什总警司和扎尔玛诺维茨总检察官接下去要说的话。

对于旁听席上的观众而言，这两个男人之间的唇枪舌剑更像是一场拳击比赛。他们通过言语彼此躲闪、出拳、回击。

然而对于克里沃法官而言，这两个男人并不是在彼此攻击，而是在彼此激励。他们犹如进行着一场接力赛跑。

他们在交接接力棒。

克里沃知道，这两个男人并不喜欢彼此。这一点从一开始便显而易见。他们对于彼此的仇视并不是装出来的，而是真实存在的。但是有一种东西却超越彼此的仇视。

克里沃意识到，这个东西可能会凌驾于案件的审判。

她已经受够了。

“今天法庭审理到此结束。”克里沃法官宣布道，“明天上午八点继续开庭。”旁听席上传来人们的窃窃私语声，“八点的时候天气并不热。”

这个时间安排似乎很合理。克里沃法官站起身，其他人也站起身。大家对明天的开庭时间都表示认可。

“两位先生。”克里沃对伽马什和扎尔玛诺维茨说道，“请来一趟我的办公室。”

“是，法官大人。”两个人齐声说道。在克里沃离开法庭时，两个人都微微鞠了一躬。

“啊，上帝啊。”扎尔玛诺维茨感叹道。他坐了下来，将汗水从脸上擦拭掉。他抬起头看到伽马什站在原地，“我很抱歉。我差点把事情搞砸。”

“这或许是件好事。”伽马什说道。

“是吗？”扎尔玛诺维茨将文件塞进公文包，“也许我需要在监狱里待上几年休息一下。我原本以为自己会在美国的亚利桑那州度过退休之后的生活，也许现在我应该在监狱里度过晚年。我不知道监狱里是否会有语言学习班。我想在退休之后研读意大利语。”扎尔玛诺维茨看着伽马什，“你觉得这会不会是一种讽刺？我们的结局竟然是在监狱里。”

伽马什笑了起来，尽管笑容显得有些勉强。

“你并没有做错什么。”伽马什说道，“我才是作伪证的人。”

“可是我默许了。我知道真相，却允许你撒了谎。我也同样有罪。我们两个都清楚这一点。我想法官大人也清楚。虽然她不知道具体细节，但她已经意识到什么了。”

扎尔玛诺维茨将其他文件塞进公文包。他抬起头看到伽马什正凝视着空荡荡的法庭。

此刻法庭里只有一个人。

波伏瓦举起手朝伽马什挥挥手。

波伏瓦来到法庭本想告诉伽马什他从图森特那里了解到的新情况。但是当他站在法庭里的时候，他又有些不知所措。

他和伽马什曾经彼此信任，亲密无间。此刻他们之间却显得那样疏远。

仅仅由于一个小小的举动——逃离法庭，所有的信任与亲密都化为了乌有。当伽马什背弃自己所信仰的一切原则时，波伏瓦选择了逃避。他不愿目睹这一切。

伽马什选择了面对，波伏瓦选择了逃跑。

“他怎么在这儿？”扎尔玛诺维茨问道，“他不是走了吗？”

伽马什回头看着扎尔玛诺维茨，脸上露出愤怒的表情。“波伏瓦一直都在我身边。你根本没法想象我和他一起经历过的事。”

“可是刚才他却并不在你身边。”

扎尔玛诺维茨知道这句话很伤人，但是这也是实话实说。今天可不是一个逃避现实的日子。扎尔玛诺维茨感到自己又累又热，仿佛被架在了炭火上。

他感到自己快要炸了。

“先生们。”一名法院的员工在法庭门口说道，“克里沃法官想见各位。”

扎尔玛诺维茨叹了一口气。他拿起鼓囊囊的公文包，又擦拭了一下脸上的汗水。他将被汗水沾湿的餐巾纸塞进口袋里，朝着大门的方向走去。就像一个即将接受惩罚的罪人。

伽马什却站着一动不动。他仿佛被定格住了。

他迟疑了片刻，回头对那名员工说道：“我过一会儿来。”

“法官大人现在就想见您。”那名员工说道。

“我过一会儿来。”伽马什重复道，“谢谢。”

他转身朝波伏瓦走去。

扎尔玛诺维茨也停下了脚步。他在等待着，完全不顾那名员工脸上恼怒的表情。

*搞什么鬼？*扎尔玛诺维茨这样想着。他放下公文包。*事情会发展到什么地步呢？*

他最先想到的是藐视法官。这可能会被判处几个月的监禁。或许可以利用这段时间学习一下意大利语的过去分词。

Parlato，扎尔玛诺维茨轻声念起了意大利语。他看到伽马什朝波伏瓦走去。*Amato*。

是的，扎尔玛诺维茨想到，我还有很多东西要学。

“长官。”波伏瓦说道，他说话的语气就像普通警员在向上司打招呼。

没什么不同。波伏瓦反复对自己说道。没发生任何事情。没有发生任何改变。

“波伏瓦。”伽马什说道。

伽马什看着波伏瓦熟悉的面孔，但同时又感受到波伏瓦有意树立起的围墙。那围墙不是石头砌成的，也不是木质的，而是光滑的金属围墙。围墙表面严丝合缝，没有任何空隙。

波伏瓦已经有好久没有对他人树立起这堵围墙了。事实上，他最后一次树立起围墙已是许多年前的事了。

伽马什明白自己最好不要去冲撞这堵围墙。它不仅只是一种自我保护，同时也是一座监狱。在这座监狱的铜墙铁壁之内是一个自我禁闭的人。这个人将自己和伽马什隔绝开来。

波伏瓦将另一个自己牢牢囚禁在体内。

“我刚去见了图森特警司。”波伏瓦说道，“然后我就来这儿了。”

伽马什凝视着他，什么话都没说。

“正如我们所预料的，”波伏瓦说道。他在伽马什的注视下显得有些紧张。他振作了一下精神，然后用谈生意一般的口吻继续说道：“运载着芬太尼的那艘船已经越过了国境线。”

“是前往美国吗？”

“是的。”波伏瓦说道，“我们的情报人员看到了那艘船。”

“那么那些毒品呢？”

“不知道。我们没有继续追踪下去。这是按照您的要求做的。”

波伏瓦不明白自己为什么要说最后那句话。这绝不是为了刺激对方。也许他想让伽马什意识到他的命令可能已经产生了极为糟糕的后果。

波伏瓦原本以为他的话会遭到反制。他在等待着伽马什予以强烈的驳斥，这也是波伏瓦咎由自取。

他在等待着尖锐的批评。

然而，伽马什始终保持沉默。

波伏瓦渴望伽马什能骂他，哪怕用尖锐的目光看他一眼也好。但是伽马什什么都没做，他只是用睿智而温柔的眼神看着波伏瓦。

“这和我们所预料的一样。”波伏瓦继续说道，“没有发生什么意料之外的事。”

“继续说。”伽马什说道。

“毒贩子并没有把所有毒品运走。他们留下了一部分芬太尼，准备在魁北克地区贩卖。”

伽马什对波伏瓦的这句话有了反应。他把眼睛睁得大大的。

“他们留下了多少芬太尼？”

“至少十公斤。但是我们也没有继续追踪下去。”

*别说那句话。*波伏瓦提醒自己。*没必要说那句话。*

“那是当然。”伽马什说道。

伽马什变得有些紧张起来。他慢慢地吸了一口气。

“那是当然。”他轻声重复道，然后慢慢地在旁听席上的一把椅子上坐了下来。

伽马什的大脑开始计算起来。根据他所掌握的情况，每一公斤芬太尼最多可以导致五十个人死亡。十公斤的芬太尼能导致多少人死亡呢？这是一道十分简单的数学题。

现在已经有七十公斤的芬太尼被运往了美国。

这将导致超过三千人死亡。

那么在魁北克呢？有五百个人将会因为伽马什的决定而死去。也许未来还会有更多的人因为伽马什的批准而丧命。

“先生。”那名法院的员工喊道。

伽马什回头看着他。那名员工脸上的表情突然发生了变化，从一本正经变成有些害怕。他并不是害怕伽马什本人，而是害怕伽马什脸上的表情。

扎尔玛诺维茨也看到了伽马什脸上的表情。他在猜测波伏瓦到底向伽马什说了什么。

波伏瓦和伽马什此刻都显得十分亢奋和震惊。扎尔玛诺维茨意识到,一定出了什么事。

难道是他和伽马什的计划成功了? 上帝保佑。

"谢谢。"伽马什站起身说道,"我现在得走了。法官想见见我和扎尔玛诺维茨。我很快回来。"

波伏瓦猜得出法官为什么要见伽马什。"还有一件事。"波伏瓦说道。

"什么事?"

"有一艘小船运载着一种新型毒品。现在这些毒品正在米拉贝尔港口的仓库里。这些毒品是两天前装在俄罗斯套娃玩具里被运送到魁北克地区的。"

波伏瓦从口袋里掏出一张纸,递给伽马什。伽马什戴上眼镜。

"是同一个贩毒集团吗?"伽马什问道,他阅读着纸上的内容。

"是的。"

伽马什穿着一件外套。波伏瓦能看到外套下的白色衬衫。衬衫已经被汗水浸透了。

"氯噻吩?"伽马什抬头看着波伏瓦。

"这是可待因的衍生物。这种毒品在俄罗斯很流行。但是据我所知,在加拿大这种毒品尚属首次发现。它被瘾君子们称为小鳄鱼,是一种上瘾性极强的毒品。"

"你刚才说,"伽马什问道,"这种毒品在仓库里已经有两天了?"

"是的。"

"两天。"伽马什屏住呼吸轻声说道。他眯起双眼,仿佛在凝视远处的一个目标,"会不会是?"

波伏瓦看到伽马什闭上双眼,然后垂下脑袋。他的肩膀也垂下来。这是背负上了新的重担呢? 还是感到彻底放松了呢?

伽马什颤颤巍巍地伸出一只手。他握住面前椅子的椅背,然后试图站起来。刹那间波伏瓦觉得伽马什快晕厥过去了。或许是因为酷热,或许是因为压力，或许是因为吸入了浓烟。

伽马什长长地舒了一口气，“啊～”

他的手攥成一个拳头，将那张纸牢牢攥在手心里。他慢慢抬起头。

“我必须得见法官。”伽马什说道。他摘下眼镜，然后用手绢擦拭了一下眼睛。波伏瓦以为他是在擦汗。“我回来后给你消息。你叫其他人到会议室，我回来之后准备开会。”

“叫哪些人来开会？”

“所有人。”伽马什将那张纸还给波伏瓦，然后朝扎尔玛诺维茨和法院员工的方向走去。在走了几步之后，他转过身看着波伏瓦，“你知道这意味着什么吗？”

他指了指波伏瓦手中的那张纸。

“这意味着我们还有机会。”伽马什说道。

波伏瓦感到自己的心脏在猛烈地跳动。

伽马什点了点头，“我们很快就会知晓结果。”

然后他朝着法庭的大门走去。法院的员工正等在大门边。

“长官。”波伏瓦说道。

然而，伽马什已经走远。波伏瓦知道自己说得太迟了。

克里沃法官背靠在椅子上。她凝视着眼前的这两个男人。

刚才她一个人待在办公室里。她用毛巾擦拭了一下胳膊，然后在脸上洒上一些冰水。她正在想着一个对策。

她决定继续穿着法官的长袍。她想提醒这两个男人，他们面对的不是一个女人，甚至不是一个人，而是法律至高无上的象征——正义。

此外，穿着法官的长袍能够让克里沃感觉更有力量，更有安全感。她能将自己的汗水隐藏起来。汗水已经湿透了她的衬衫。

她开始构想其他的策略。她一动不动地坐在椅子上。

她让那两个男人站着。

克里沃的办公室内装有电扇。电扇呼呼地转动着，吹来一阵阵热风，将克里沃身上的长袍吹动起来。飘动的长袍似乎破坏了克里沃试图建立起来的威严形象。

电扇的风也将克里沃湿漉漉的头发吹到脸上。她时不时地将头发从脸上撩开，或将吹到嘴边的发丝吐出来。

伽马什和扎尔玛诺维茨安静地站着。他们的短发在电扇的吹拂下微微颤动着。

克里沃站起身关掉了电扇，然后脱掉身上的长袍。她用手指捋顺凌乱的头发，然后指了指办公桌前面的两把椅子。

“请坐。”

两个男人坐了下来。

“好了，”克里沃说道，“现在就我们三个人。据我所知，这个房间里没有安装窃听器。”克里沃看着伽马什和扎尔玛诺维茨，然后扬了扬眉毛。

伽马什和扎尔玛诺维茨面面相觑。他们耸耸肩，仿佛肩膀已经麻痹了。

“很好。”克里沃停顿片刻。她现在准备将她策划好的所有策略，所有的机智言语以及所有的愤怒都一股脑儿向这两个男人抛掷过去。

伽马什和扎尔玛诺维茨在司法体系里工作的时间远比克里沃长得多。他们不仅为自己所属的地区服务，也始终保持着自己的良知。通常情况下这样做是需要冒极大的风险的。

“究竟怎么一回事？”克里沃问道，她凝视着这两个男人的眼睛。当发现这两个男人谁都不愿开口时，她继续问道：“你们告诉我，究竟怎么一回事？”

房间里的气氛顿时变得凝重起来。在这间潮湿而闷热的房间里，只能听到时钟的嘀嗒声。

扎尔玛诺维茨张开嘴，试图蹦出几个字。他看了看坐在他右边的伽马什。

扎尔玛诺维茨本能地做出一个举动，仿佛在抵挡致命的攻击。克里沃法官也一定察觉到了，他正希望自己没有做出那个举动。

不管发生什么事，这都是伽马什的主意。

伽马什低头看着自己的手。他的双手正紧紧握在一起。他在整理思路。整件事似乎只会变得更糟，他看不到变好的迹象。

他不敢看自己的手表，也不敢看克里沃法官办公桌上的时钟。

然而，他意识到时间正在一分一秒地流逝。在安全局总部，警官们应该已经聚集在会议室里了。在米拉贝尔港口的仓库里，藏在套娃里的毒品正在等待着卖家。

也许那些毒品已经被贩卖出去了。

先前当阅读着波伏瓦递来的那张纸的时候，伽马什便意识到这正是他们所要寻找的目标。

他们要引诱贩毒集团做出错误的判断。

“在加拿大已经有超过一万五千人死于毒品。”伽马什开口说道，他盯着克里沃的眼睛。他的声音显得平静而沉稳，仿佛他是这个世界的主宰似的，“一年后，这个数字将会过时。这些只是我们警方目前所掌握的情况。真实情况一定更糟。我们目前没有更新的报告，但是我们相信毒品正在全面泛滥。海洛因、可卡因、芬太尼以及更多的死亡事件。毒品的泛滥趋势已经势不可挡。许多年轻人因此丢了性命。此外，许多与毒品有关的犯罪事件也呈现出上升的趋势。”

伽马什将身子微微向前倾。他压低声音，仿佛正在讲述机密情报似的。

“几年前安全局在打击毒品犯罪方面失败了。我们现在正在调整行动策略，因为我们不知道除了打击还能做什么。”

克里沃的眼睛睁得大大的。她对于加拿大毒品犯罪的严峻形势感到颇为震惊。

她知道伽马什说得没错。在打击毒品犯罪方面，安全局的确失败了。她以前常在报纸上读到相关新闻。在如今的法院里也时常能看到与毒品犯罪有关的案件审理。克里沃有时感到自己是幸运的，因为她还活着。

然而，她也是受害者。那些应该受到法律惩罚的人此刻却逍遥法外。他们或在高档餐厅里吃着饭，或住在高档社区的豪宅里。

伽马什刚才所说的那番话既令人震惊，又道出了真相。但是——

“但是这些和凯蒂的凶杀案有什么关系呢？”

“毒品交易的背后存在着有组织的犯罪。”伽马什说道。

“确切说，是犯罪集团。”扎尔玛诺维茨补充道。

“谢谢您的补充，扎尔玛诺维茨先生。”克里沃说道。

“魁北克地区一般被划分为好几个区域。不同的犯罪集团控制着不同的区域。但是有一个集团控制着所有犯罪集团。”扎尔玛诺维茨继续说道，他并没有理会克里沃法官脸上僵硬的表情。“我们一直试图削弱这个集团的影响力，但始终没有成功。”

“其实并没有削弱。”伽马什说道，“这更像小蚂蚁和大象之间的较量。安全局内一些官员收受了贿赂，失败也就在所难免了。”

伽马什说话的语气中并没有夹杂讽刺。克里沃和扎尔玛诺维茨一脸严肃地看着他。

“但是现在你是安全局的负责人呀。”克里沃说道。

伽马什笑着说道：“如果你觉得我担任安全局的负责人便能力挽狂澜，我对此真的感到很荣幸。我一直在努力。”伽马什看着克里沃的眼睛，“但是我意识到，在我担任安全局负责人的头几年里，我是不可能有所作为的。”

“不能有所作为？”克里沃反问道，“但是你刚才说，魁北克地区绝大多数犯罪都与毒品有关。街头帮派暴力、偷窃、抢劫、群殴、凶杀、性侵、家庭暴力，所有这些都和毒品犯罪有关。如果你不能阻止毒品犯罪——”

“这不是阻止不阻止的问题。”伽马什打断了克里沃的话，“我们现在甚至无法进行有效的管控。犯罪率正在节节攀升，已经过了临界点，尽管一切从表面上来看还算不错。人们依然过着正常的生活。但是——”

“总警司先生。你的意思是不仅毒品犯罪已经失控，而且所有的犯罪都在恶化，是吗？”

“是的，越来越糟。”扎尔玛诺维茨补充道。

“谢谢您的补充，扎尔玛诺维茨先生。”克里沃说道，她看着伽马什，“你说你意识到自己无能为力，无法采取有效措施。”克里沃仔细打量着伽马什，“但是这不是真的，是吗？你正在做一些事，而这些事与凯蒂的凶杀案有关。”

“扎尔玛诺维茨总检察官说得没错。”伽马什说道,“有一个犯罪集团控制着所有其他集团。很长一段时间我们并没有意识到这一点。我们原本以为他们会向警方开战。我们也希望能和他们打一仗。但是随着警方的深入调查,我们发现这一切全是骗局。其他的犯罪集团都在暗中对该集团实施保护,给警方释放各种烟雾弹。”

“那个集团是所有犯罪集团中规模最大的吗?”克里沃法官问道。

“不是。这是我们警方的失误。”伽马什说道,“这也是为什么我们长时间没有发现它的原因。事实上,它是所有犯罪集团中规模最小的,似乎是一个并不起眼的集团。它不像其他集团那样迅速扩张势力。它很不起眼,以至于我们根本没有把它放在眼里。之前我们一直将精力放在追踪你所谓的”——伽马什向克里沃做了一个手势——“大型的犯罪组织。这是我们的失误。我们不应该将规模的大小和影响力联系在一起。”

克里沃点点头表示同意,“这就像原子弹一样。”

“是的。原子弹比一辆车还小,但是它却能摧毁一座城市。”伽马什说道。

“事实上,这个集团的确像原子弹一样具有巨大的破坏力。”扎尔玛诺维茨补充道。

“谢谢您的补充,扎尔玛诺维茨先生。”克里沃说道。克里沃的个子比眼前的两个男人都要矮小。然而,她却拥有藐视一切的力量。“但是你最终还是发现了这个集团,是吗?”克里沃看着伽马什。

“是的,不过颇费一番周折。我们警方的力量很有限,无法追踪所有的犯罪集团。所以我们必须集中力量找到罪恶的源头。然而,一开始我们找错了方向。我们一直在寻找魁北克地区大型犯罪组织。”

克里沃法官点点头。这似乎是一个很合理的解释。

“你是如何发现的呢?”

“现在想来似乎很简单。”伽马什摇摇头说道,“在加拿大绝大部分毒品最终都会流向哪儿?”

“蒙特利尔市。”克里沃法官说道,虽然她不敢十分肯定。

“当然,蒙特利尔市是魁北克地区的中心。”伽马什说道,“但是魁北克地区并不是毒品消费的主要地区。尽管该地区的毒品犯罪日益猖獗，但是这里的毒品买卖对贩毒集团而言只是九牛一毛而已。我们这里只是贩毒网络的一个通道。只有一小部分毒品会散落在这里。绝大部分毒品都会越过国境线。”

“进入美国。”克里沃若有所思地说道，“那可是一个庞大的市场啊。”

“美国拥有数亿人口。那里的瘾君子数量庞大。毒品交易的规模也十分巨大。由此所导致的后果是不堪设想的。”

“但是大多数毒品不是通过墨西哥进入美国吗?”克里沃问道。

“以前是这样。但是现在越来越多的毒品是通过加拿大进入美国。”伽马什说道，“由于墨西哥政府加强了对于边境的监控，贩毒集团的头目看上了加拿大。”

“加拿大和美国之间的边境安检的确很松懈。”克里沃若有所思地说道。

“加拿大和美国拥有世界上最漫长同时又是最松懈的边境线。”伽马什说道，“两国的边境线上拥有数千平方公里的森林。没有任何边检站，而且人烟稀少。在禁酒令期间，两国边境线上就曾经走私过朗姆酒。在加拿大有不少人通过向美国走私货物发家致富。”

克里沃知道这的确是真的。在加拿大许多富裕的家族如果追踪溯源的话，都会发现他们的先辈并不光彩的发家史。

一开始他们是一群强盗，后来他们变成了走私朗姆酒的走私犯。

加拿大是一个以法制和秩序闻名的国家，但这仅仅只是表面。

“你是怎么发现这一切的呢?”克里沃问道。

伽马什刚想开口回答，但是他需要时间整理一下思路。

“那个小集团之所以能控制大集团是因为管理那个小集团的人十分低调。即使他被发现，人们也会认为他是一个无足轻重的人物。我们警方之前就犯了这样的错误。”伽马什承认道，“这个集团已经经营多年。它就像一座结构复杂但却完全透明的房子。”

“就像一座玻璃房子，是不是?”克里沃问道，但伽马什的脸上并没有露出微笑。

“是的，你的比喻很贴切。这座玻璃房子几乎无法被摧毁。它几乎能隐藏一切。它不需要烟雾或是树木的掩护。即使在平原上，你也看不见它。”

“这就像披着人皮的恶魔。”扎尔玛诺维茨说道。

克里沃法官颇为鄙视地看了扎尔玛诺维茨一眼，并没有理会他所补充的这句话。然而，此刻克里沃想起了她在法庭的大屏幕上所看到的那张照片。照片上的讨债人似乎变得生动起来。

讨债人穿着长袍，戴着面具，站在小镇的绿地上静静地凝视着一切。

他就是披着人皮的恶魔。或许这样的比喻有些荒唐。

克里沃法官沉默片刻。她紧皱眉头，不断摇着头。

“你还是没告诉我你是怎么发现的。那个集团以及该集团的头目和凯蒂的凶杀案到底有什么关系？”忽然克里沃的脸上露出震惊的表情，“难道是被告？你不会想说被告就是那个贩毒集团的头目吧？”克里沃的大脑在迅速运转着，“但是被告的罪名是谋杀凯蒂・埃文斯，并不是贩毒呀。被告知道你发现了这一秘密吗？等等……”

为什么眼前的这两个男人——警司和总检察官——会被牵涉在一起呢？

这本是伽马什总警司的主意。扎尔玛诺维茨总检察官为什么会被牵涉进来呢？伽马什为什么需要扎尔玛诺维茨呢？

如果被告真的是那个贩毒集团的头目，为什么身为安全局负责人的伽马什要隐瞒这一切呢？他完全可以以贩卖毒品的罪名逮捕被告，并且好好庆祝一番，尤其政府，媒体和民众一直都在指责安全局无所作为。

安全局似乎已经变成了耻辱的代名词。

逮捕这样的大毒枭岂不是打了一场大胜仗吗？安全局岂不是可以重振雄风了吗？

然而，眼前的这两个男人却在暗中彼此勾结，策划着秘密的行动。

这到底是为什么呢？

因为……因为……克里沃法官想让飞速运转的大脑慢下来。她想好好地思考一下。

伽马什需要扎尔玛诺维茨的帮助,需要和他结盟。

而扎尔玛诺维茨只能带来一个结果。那就是起诉。

“你不想让被告知道你了解其真实身份。”克里沃说道,“所以你想通过诬告的方式争取多一些时间。”克里沃看着伽马什,“你故意以谋杀凯蒂·埃文斯的罪名逮捕了被告。目的就是想让被告被暂时关押起来,这样你好多收集一些证据。”克里沃又看着扎尔玛诺维茨,“而你在审判一个并没有犯谋杀罪的人。被告其实根本就不是凶手。”克里沃看着这两个男人,“杀死凯蒂的真正凶手此刻还在逍遥法外。”

克里沃眯起眼睛,打量着眼前的这两个男人。

她看看伽马什,又看看扎尔玛诺维茨。

扎尔玛诺维茨尽管是一位资深检察官,但却并不是一个演戏高手。他此时不停地眨着眼睛。

克里沃看着伽马什。她觉得伽马什真该去做演员。

“不,不。”克里沃自言自语说道,“我似乎还遗漏了什么。真相可能不仅仅如此,是不是?现在把真相告诉我。”

伽马什一言不发。

“你来我办公室的时候就应该知道我的意图了,总警司先生。不要多说废话。我现在又热又累。我想你也是如此吧。”

伽马什点点头,然后朝放在桌上的一瓶冰水看了一眼。冰水里的冰块已经融化了。

“你介意我喝一口吗?”

“当然不介意。”

伽马什站起身给每个人倒了一杯冰水。然后他坐了下来,一口气将自己的水喝完。他感觉自己口渴难耐,而喝水的动作可以让他瞄一眼手表上的时间,同时又不被人发现。

现在已是下午四点十五分了。法庭休庭的时间比平时早。伽马什向窗外看了一眼。太阳还高挂在空中。

虽然时候还早,但是新的船只已经来到了魁北克地区。伽马什知道,当太阳落到地平线上时,毒品便会被运往国境线。

不过，他还有时间。

“凯蒂的尸体在地窖里被发现的时候，我正好在和图森特警司吃午饭。图森特是安全局重案组的负责人。”

“我认识她。”克里沃说道。

“我刚接管安全局的事务。图森特也刚担任重案组的负责人。”伽马什继续说道，“我们当时在谈论安全局所面临的处境。我们发现自己接管的是一个烂摊子。我们都清楚魁北克地区的毒品犯罪已经失控，所以我们想应该采取怎样的措施打击毒品犯罪。坦白说，我们想不出什么有效的办法。所以我和图森特都认为应该进行全新的尝试。这种尝试应该是大胆的，出人意料的。这时图森特说了一句话。其实是一句老掉牙的话，烧掉我们的船。”

伽马什看着克里沃，他想知道克里沃是否明白这句话的含义。

克里沃仔细地听着。这句话很熟悉，但却不明白其中的奥妙。

“这句话指的是破釜沉舟，不留后路。”伽马什说道。

“我明白，伽马什先生。”

每个人都明白这句话。但是人们真的明白这句话的深刻内涵吗？

伽马什相信克里沃。他相信这位女法官能用她的智慧思考，从而理解这句话背后的含义。

“告诉我真相。”克里沃说道。

“到处打击犯罪往往是没有效果的。以前的经验证明了这一点。那么既然没有效果，应该怎么办呢？”

克里沃一言不发。这显然是她无法回答的问题。伽马什显然也没有指望她回答。

“精准打击。”伽马什说道，“选择两三个已经失控的领域实施精准打击。但是这样做也必须付出代价，那就是我们必须烧掉我们的船。”

“你指的是？”

“我们选择了一个领域进行精准打击。就像你所说的，这个领域是所有犯罪的源头。那就是毒品。”

“你们采取了什么措施？”克里沃压低嗓音问道。

“我们安全局动用了所有的警力和资源集中在这一领域。我们要彻底摧毁它。”

“彻底?”

“是的,彻底。”伽马什说道。

“但是这也意味着……”克里沃的大脑又开始飞速运转起来,“这意味着必须放弃其他领域的打击。安全局会被认为是一个无能的机构。”

“的确如此。”

克里沃看着伽马什,脸上露出难以置信的表情。“你真的这么做了?你知道这会付出什么代价吗?”

伽马什没有说话。

“那么毒品犯罪呢? 它得到控制了吗?”

“毒品犯罪在过去几年里有上升的趋势。”伽马什说道,“这也在我们的预料之中。其实我们故意放纵了毒品犯罪。”

“故意放纵?”克里沃反问道。她深吸了几口气,试图控制自己的情绪。她将双臂抱在胸前,仿佛拒绝接受更多的信息。然后她将一只手紧握住另一只手,并将身子向前靠去。

“为什么要这样做?”克里沃问道,她试图控制自己颤抖的声音。

“这样做是为了让那个贩毒集团相信我们警方是一群无能之辈,我们不会对他们构成危险。这样贩毒集团便会肆无忌惮。那个掌管一切集团的小集团便会浮出水面。只有在这个时候,它才最容易受到攻击。”

“所以你就放任那些毒贩子为所欲为吗?”

“我们并没有坐视不管。”伽马什说道,“我们通过线人和情报人员一直在搜索相关的情报。我们一直在侦查运毒的船只,掌握它们的贩毒路线。随着时间的流逝,贩毒集团的胆子变得越来越大。船上运载的毒品数量也变得越来越大——”

“你说得倒是轻巧,好像船上装载的是花花草草一样。”克里沃说道,“那些可是毒品,大批量的毒品。”

“是的。”

“而你却没有采取任何措施?”

“是的。”

房间里的气氛发生了变化。

克里沃眯起眼睛，抿着嘴唇。她的指关节变得煞白。

“你刚才还在引用数据，伽马什先生。你说由于毒品交易每年有数万年轻人因此丧命。你的所做所为难道不是在助纣为虐吗？”

“等等——”扎尔玛诺维茨说道。然而，当看到克里沃脸上的表情时，他又马上闭上了嘴。

克里沃和伽马什面面相觑。

伽马什慢慢地点点头。他想起了他记在笔记本里的内容。从发现凯蒂尸体的那天晚上起，他便开始在笔记本上做记录。

当时是十一月的一个夜晚，他坐在三松镇自己家里的壁炉边。窗外下着冻雨。蕾娜-玛丽坐在他的身边。亨利和格蕾丝蜷曲在他的脚边。

他在笔记本里写下即将来临的灾难以及可能产生的后果。

他时不时地放下手中的笔，他不想把即将来临的灾难想得如此可怕。如果他想把安全局所有的资源都投入打击毒品犯罪之中，那么这就意味着一场战争，一场必须胜利的战争。

“过去一年自从我接管安全局的事务以来，魁北克地区发生了数千起各类犯罪案件甚至死亡事件。”伽马什对克里沃说道，“也许你会说这个数字简直比屠杀还要多。不仅仅是在魁北克，在整个国境线上犯罪率都在呈上升趋势。我们默许运载毒品的船只通过国境线。”

“我现在就可以逮捕你。”克里沃说道，她看了看紧闭的办公室大门。大门外坐着法院的保安人员。只要克里沃一句话，他们便会破门而入将伽马什带走，并以谋杀的罪名起诉他。

因为所有人都清楚，警官故意放纵罪恶是一项十分严重的罪名。

“如果计划成功的话——”扎尔玛诺维茨说道。

“如果不成功呢？”克里沃恶狠狠地质问道，“你们捕获了一头怪兽并一直在给它喂食物。现在你们将这头怪兽放出笼子。它变成了人们的一场噩梦。”

“不是这样的。”伽马什说道，“这个怪兽早在我们捕获之前就已经存在了。是我们的前任将它喂养长大。它变得越来越庞大,并且开始吞噬整个魁北克。我们对此也无能为力。过去一年我们一直在打造一个牢笼。我们正在逐步将这头怪兽引向牢笼。”

伽马什将身子向前靠去。“你可以逮捕我。但是你要明白,如果你逮捕我,你将会摧毁我们警方最后的希望。”伽马什伸出一根手指,向上方指了指,然后缩回手指,将五指牢牢攥成一个拳头。

当他再次开口说话时,他的话语显得如此有力。“我承认这的确冒着极大的风险,而且很有可能会功亏一篑。但是我们别无选择。我们已经打了一场败仗。我没有时间去思考其他人究竟会为我的决定付出怎样的代价。”

“如果计划成功……”扎尔玛诺维茨再次说道。他停顿了片刻,以免又被打断。但是这一次克里沃并没有打断他的话。“如果计划成功,贩毒集团就会被彻底消灭。即使不能彻底根除,魁北克地区的毒品犯罪也会大受打击。届时我们就可以打一个翻身仗了。”

克里沃法官看着扎尔玛诺维茨。她原本不想去理睬他。然而,此刻她却对他另眼相看。

扎尔玛诺维茨说得没错。

扎尔玛诺维茨如此关心魁北克地区的民众以及他们的下一代。他宁愿牺牲自己的职业生涯乃至个人的自由。

这远比克里沃来得高尚。

克里沃一直看着扎尔玛诺维茨。扎尔玛诺维茨感到十分不自在,直到他注意到法官大人的眼神。她的眼神中充满了温柔与认同。

克里沃扭头看着伽马什。此刻她想起了报纸上那些令人厌恶的标题以及电视台的一些节目。记者们将伽马什团团围住,并向他提出各种各样的问题。他们仿佛嗜血的苍蝇一般。他们想用尖刻的问题和讥讽将伽马什推向悬崖的边缘。

他们在新闻报道中把伽马什描写成一个无能之辈。他是一个好人,但却缺乏能力。也许现在他们会把他描写成一个坏蛋,因为他故意放纵罪恶的蔓延。也许他就像他的前任们一样,自己就是一个犯罪分子。

伽马什默默地承受着一切。事实上,这也正是他所希望的。他希望在他人的眼中,自己和整个安全局都是废物。这样贩毒集团便会掉以轻心。

魁北克现在变成了一道奇城,而马歇尔·狄龙[①]正在打着瞌睡。

然而,伽马什可没有打瞌睡。他在等待着,静静地等待着积蓄力量。

克里沃意识到,这绝非伽马什一个人的力量所能完成。没有其他资深警官们的默许,他的计划是无法实施的。

这些警官构成了一个人数虽少,却颇有威力的小团体。

"你知道那个集团的头目是谁吗?"克里沃法官看着伽马什,"我想你肯定知道。是被告吗?"克里沃思考了一会儿,然后又摇摇头说道:"可是这说不通呀。被告来到你家并向你承认了自己杀人的事实,不是吗?除非是你在撒谎。"

克里沃看着伽马什,然后又看着扎尔玛诺维茨。

"是被告杀了凯蒂·埃文斯。"伽马什说道。扎尔玛诺维茨没有看着伽马什,但是他脸上的表情却显得十分惊讶。

这又是一个谎言。到目前为止,这还算不上一个弥天大谎。可是为什么要撒这个谎呢?扎尔玛诺维茨回忆起先前在法庭里伽马什和波伏瓦之间的窃窃私语。

当时他看到伽马什瘫坐在椅子上,低垂着脑袋。

一切还未结束。罪恶仍在。罪恶就在我们中间。

现在一切都得靠克里沃法官自己去判断了。扎尔玛诺维茨知道,伽马什欺骗了法官。在这间办公室里,在法庭上,伽马什都也在撒谎。这是十分严重的罪名——作伪证。这是严重违反法律正义的行为。没有人比克里沃,伽马什和扎尔玛诺维茨更清楚这样做的严重性了。克里沃之前威胁要逮捕伽马什,但是他们都清楚这是不会发生的。

无论伽马什撒谎出于何种目的,他都是为了拯救生命,而不是夺走

---

① 马歇尔·狄龙(Marshal Dillon):美国西部电影《荒野大镖客》中的主人公。他是位于美国堪萨斯州道奇城的牛仔,维护着整座城市的安全与秩序。

生命。

但是作伪证呢？这可是实实在在的罪名。

三个人一言不发地坐着。克里沃思考着接下去该怎么办。是逮捕他们吗？是宣布被告无罪吗？还是释放被告呢？这些她都可以做。毕竟，他们三个人都清楚真相。

克里沃一动不动地坐着。伽马什和扎尔玛诺维茨可以听见她的呼吸声，仿佛她正在攀登陡峭的楼梯一般。

“对于你们所说的内容，”克里沃说道，“我需要时间进行思考。”

克里沃站起身。两个男人也站了起来。

“明天上午开庭之前，我会告诉你们我的决定。明天八点，你们就应该会知道我的决定了。你们做好准备。”

“是，法官大人。”伽马什说道，“谢谢您能聆听我们的话。”

克里沃握住伽马什的手，然后看着扎尔玛诺维茨说道：“我很抱歉。”

在离开克里沃的办公室之后，伽马什看了一眼手表，然后沿着走廊小跑起来。扎尔玛诺维茨则大跨步跟在后头。

“感觉不妙。”扎尔玛诺维茨说道，“她明天会来找我们的，是吗？”

“我想是的。”伽马什说道，“她也别无选择。这也是我们自找的。我们都清楚这样的事早晚会发生。但是我不知道克里沃法官是否真的敢那样做。”

“你是说逮捕我们吗？”扎尔玛诺维茨问道。

“不是。”伽马什停下脚步，看着扎尔玛诺维茨，“我是说她是否敢放了我们。”伽马什伸出一只手，“你就送我到这儿吧。”

“我能和你一起去吗？”

“你已经为我做了很多事了。不管发生什么，一些认识你的人可能会向你投来鄙视的目光，比如说你的同事，朋友，甚至家人。我希望你明白你所做的一切都是正确的。”

扎尔玛诺维茨一动不动地站着，脸上露出一个浅浅的微笑。“我明白。也许我难以面对这些人，但是我无愧于自己的良知。”

他握住伽马什的手，轻轻地捏了一下。

“成败就在今晚，是吗？”

伽马什没有回答。扎尔玛诺维茨握着他的手，然后说道：“祝你好运。”然后又加了一句，“谢谢。”

“谢谢你，扎尔玛诺维茨先生。”伽马什说道，他模仿起克里沃法官的口吻。然后他又轻声说道：“谢谢。”

克里沃坐在自己的办公室里。她凝视着前方，她已经知道自己该怎么办了。

伽马什和扎尔玛诺维茨的所作所为的确触犯了法律。然而，也许就像甘地所说的那样，这个世界上还存在着一个更高一级的法院。

但是甘地并没有谈到，进入更高一级的法院是需要付出极高的代价的。有时这个代价高得令人咂舌。

克里沃想到了原始讨债人。他们曾经为了自己所追求的良知而被活活打死。

出现在三松镇里的那个讨债人是对世人勇气的讥讽吗？还是勇气的化身呢？

伽马什总警司和扎尔玛诺维茨总检察官是对法律公正的讽刺吗？还是公正的化身呢？

这些要紧吗？她的工作不是制订法律，而是维护法律。她应该放任伽马什他们的行为吗？还是应该严格按照法律的命令执行呢？

“啊，上帝啊。”克里沃轻声说道，“难道这很难决定吗？”

“今天您的工作都结束了吗，法官大人？”法院的员工敲门问道，然后他将脑袋探进来。

“我的工作还没完成。”克里沃说道，“你可以走了。你今晚有活动吗？”

“啤酒和汉堡。我打算晚上和孩子们一起出去玩。对了，忘了提醒您。如果您听到有砰砰声的话，那是工作人员在调节法院的电力系统。”

“好的。”克里沃微笑道。

当办公室的门被关上时，她觉得这名员工真的太幸福了。

克里沃依然坐在椅子上，思考着刚才发生的事情，思考着伽马什和扎尔玛诺维茨所说的话。

克里沃感到他们的谎言就像食人恶魔一般蜂拥而来。它们对所有熟悉的人发动攻击，同时又感到心安理得。

现在这群食人恶魔正对法律、法院、秩序和公正发动袭击。

克里沃看着办公桌上的时钟。这是她担任法官时她的同事们送给她的礼物。

时钟的指针指向五点。明天早上她即将做出她的决定。现在还剩十五个小时。

这些时间足够吗？还是太多了呢？十五个小时之后，伽马什和扎尔玛诺维茨会被逮捕吗？届时他们还活着吗？

晚上当克里沃回家时，她在想会不会有讨债人跟在自己身后，讨债人会不会因为她的作为或是不作为而从此追踪她呢？

克里沃真希望没有邀请伽马什和扎尔玛诺维茨来自己的办公室。她真希望没有从他们的口中得知事实的真相与谎言。她希望自己始终沉浸在天真的无知之中。就像那名法院的员工那样，回家喝喝啤酒，吃吃汉堡。

伽马什仍有问题没有回答。被告究竟是谁？凯蒂·埃文斯的死究竟和这一切有什么关系？

不过，克里沃知道自己马上就会知晓答案。

...第二十八章

在莫娜书店的楼下忽然传来砰砰的脚步声。波伏瓦来到书店的二楼，他在地板上跺了跺脚，然后将雪花片从靴子和外套上抖落下来。

伊莎贝拉紧跟在波伏瓦身后。她摇着头，仿佛觉得波伏瓦有些大惊小怪。

“外面真是太冷了。”波伏瓦说道。他和伊莎贝拉将外套脱了下来。

莫娜微笑着看着他们俩。她知道伽马什有一对儿女。然而，眼前的这一对也像他的亲生儿女一般。以前是。现在也是。将来仍是。

“蒙特利尔的情况怎么样了？”伽马什问道，他从沙发上站了起来。

“已经搞定了。”波伏瓦回答道。他迫不及待地将自己从凯蒂的姐姐和其父母那里了解到的情况说出来。“吃晚饭的时候，我还可以告诉你们更多情况。现在该是吃晚饭的时候了，不是吗？”

“我在奥利维的小酒馆里订了一个炖锅。”伽马什说道，“我看看炖锅什么时候送来。”

波伏瓦随手拿起一片涂抹着奶酪的面包，将它送进了自己的嘴里。

他的嘴里一边嚼着面包，一边含糊不清地说道："我去看。"他拿起自己的外套，然后就下楼了。

伊莎贝拉给自己倒了一杯红酒，坐在莫娜和克莱拉中间。

"今天事情可多了吧？"莫娜问道。

"还没完呢。不过，我很高兴你们都在这儿。"伊莎贝拉对伽马什和蕾娜-玛丽说道，"我也正想来这儿呢。"

"真的吗？"克莱拉问道，"为什么？"

"我需要认识凯蒂的人提供给我一些信息。刚才我一直在读问询记录，似乎很难发现重要的线索。唯一让人觉得有用的线索还是露丝提供的。"

"真的吗？"伽马什问道。在问询露丝的时候，他一直都在场。然而，他并不记得露丝提供过什么有用的讯息。

"她提供的讯息既有趣，又有一定的价值。"伊莎贝拉对蕾娜-玛丽说道，"你们知道吗？教堂的地窖在禁酒令期间曾被朗姆酒的走私犯使用过。"

"是吗？"蕾娜-玛丽问道。

"真的吗？"克莱拉说道，"我倒是第一次听说。"

"我知道这件事。"莫娜说道，"露丝曾经跟我说起过。"

"得了。"克莱拉说道，"她什么时候跟你说的？是你在她家洗盘子的时候吗？"

大家都知道，露丝至今都不知道莫娜的全名，也不知道莫娜以前是做什么的。她只是隐隐怀疑莫娜以前在图书馆工作过，或者是做过女仆。

"她拐弯抹角地告诉我的。"莫娜承认道。

由于露丝不是一个喜欢拐弯抹角的人，大家都以难以置信的表情看着莫娜。

"我祈求变得善良，强壮和聪慧，
这样我便可以获得救赎。
我的罪孽与生俱来，

那是古老基因的遗传。”

“这是露丝作的诗吗?”当莫娜念完时,蕾娜-玛丽这样问道,“我怎么不记得她写过这样的诗。”

“还没出版呢。”莫娜说道,“我是在她的笔记本里见到的。当时我在……”

大家都看着她。

“当时你在干嘛?”克莱拉问道,“在偷窥吗?”

“比这更糟。”莫娜说道,“我每周三早晨去露丝家替她打扫屋子。”

大家大笑起来。然而,当看到莫娜脸上尴尬的表情时,笑声渐渐停止了。

“等等,”克莱拉说道,“你说的是事实吗? 你每周都去——”

“确切说,是每隔一周。”

“去露丝家打扫屋子?”

“露丝这把年纪需要别人的帮助。我们总有一天也需要别人的帮助。”

“是的。你们知道吗?”克莱拉说道,“露丝还能活很长时间。她是无法被摧毁的。即使我们都死了,她还会活着。”

“这个时间跨度也太大了吧。”蕾娜-玛丽说道,“你是如何在未经露丝允许的情况下读到这些漂亮的诗句的?”

“我问她最近有没有新的诗歌创作。她说这首诗创作于几年前——”

“你竟然早就读过她新创作的诗歌了?”克莱拉问道。她既感到吃惊,又感到有些生气。她最要好的朋友竟然一直都瞒着她。忽然克莱拉想到了什么,于是她问道:“你究竟做了什么?”

“你什么意思?”

“你一定做了什么才能获得露丝如此的礼遇。”

“我可没有贿赂她。我想我本就是一个圣徒。”莫娜眯起眼睛看着前方,脸上露出幸福的微笑,“圣徒莫娜——”

“一个喜欢狂吃松饼的圣徒。”克莱拉开玩笑道。

“我忽然想去圣托马斯教堂看看。”蕾娜-玛丽说道。

“你想说什么?”伊莎贝拉问道,她想将话题拉回正轨。她也赞同蕾娜-玛丽的看法,圣托马斯教堂的确有一种吸引力。

“这很奇怪。露丝曾向我说起过。她说当她待在教堂里时,她感觉自己就像一个孩子。她祈祷自己能够融入教堂的氛围之中。”

“有时候的确会发生奇迹。”克莱拉说道。

此时伽马什想起了露丝童年的故事。

结冰的湖面。淹死的表弟。

那是古老基因留下的罪孽。

“圣托马斯教堂会告诉露丝所有关于三松镇的历史。”莫娜说道。

“这也是她之所以了解教堂地窖的原因吧。”伊莎贝拉说道,“我猜想她可能自己就是一名朗姆酒走私犯。”

莫娜大笑起来。

“我喜欢收集许多有关历史的信息。”蕾娜-玛丽说道,“这也许和我以前做档案员工作有关。其实圣托马斯教堂不是第一座用来进行货物走私的教堂。许多走私犯都喜欢把教堂作为走私中转站。”

“我想那是因为教堂是一个安全地带。”克莱拉说道,“毕竟,谁会去搜查上帝的居所呢?”

“我们总认为过去的岁月充满了浪漫的幻想。”蕾娜-玛丽说道,“我们会想到走私各种酒的地下酒吧,但是它们充满了罪恶。虽然禁酒令在当时并没有引起暴动,但是却促进了地下酒吧的快速发展。”

伽马什仔细聆听着,他知道自己的妻子说得没错。一百年前出现的朗姆酒走私活动其实就是当今毒品走私的前身。走私集团以及走私网络都可以追溯到那个时期。

“你已经对圣托马斯教堂进行了研究。”伽马什说道,“你有没有发现任何证据可以证明露丝所说的话呢?”

“我怀疑教堂的地下室里以前储存着一箱箱用于走私的朗姆酒。”蕾娜-玛丽说道。

“的确如此。”伽马什说道。随即他又变得沉默起来。

他想到了地下室里的那些瓶瓶罐罐。

波伏瓦走到灯火通明的吧台边。他在一把椅子上坐下，很快便引起了奥利维的注意。

“伽马什警司预定的炖锅准备好了吗？”

“我去厨房看看。炖锅是由安东负责的。”

“那个洗碗工？”

“是的，就是他。”

听上去有些不妙。不过，波伏瓦已经饿坏了。他顾不上炖锅用的是洗碗水还是下水道里的污水了。

“我可以要一杯热巧克力吗？”

“当然可以。”奥利维说道，随后他朝厨房走去。

波伏瓦环顾了一下小酒馆。人们议论的话题仍然是关于几个小时前在教堂地下室里发生的那起凶杀案。

波伏瓦在小酒馆里搜索着凯蒂的丈夫和其朋友的身影，但是显然他们还待在小酒馆的旅店客房内。

波伏瓦来到小酒馆的一个僻静角落里，然后在一把扶手椅上坐了下来。

几分钟之后，一大杯抹着大块奶油和樱桃酱的热巧克力放在了波伏瓦的面前。

“我还以为这是给小孩子的呢。”一个声音说道。波伏瓦抬起头。

安东穿着一件白纹围兜站在一边。

“炖锅正在烤箱里。五分钟之后我去拿。”

“我就在这里等着。”波伏瓦说道，他吃了一口奶油，“炖锅好了叫我一声，我好来拿。”

“好的。”安东迟疑了片刻。他看着热巧克力说道：“味道是不是太淡了？”

“不淡。”波伏瓦回答道，他又舔了一口樱桃酱。

安东一直站在一边。当发现波伏瓦没有其他吩咐时，他转身离开了。

几分钟之后小镇的绿地上出现了两个人的身影。他们正小心翼翼地走在铺着薄霜的草地上。他们的步履十分谨慎，以免将手上的炖锅打翻在地。波伏瓦走得尤其缓慢。他戴着手套的手能感觉到炖锅的温度，炖锅里正飘来一阵阵食物的香味。

“现在，”伊莎贝拉转身对莫娜说道。即使坐着，莫娜仍比其他人高出一个头，“我们暂且把禁酒令的事放在一边。我到这里来是想问你有关凯蒂朋友的情况。他们也是你的朋友。我之前问询过他们，但是我还是想和了解他们的人谈谈。”

“我认识他们有一段时间了，尤其是莱雅。”莫娜说道，“但是我不敢说对他们了解很深。我和他们一年也就见面一回。”

莫娜感到自己的回答有些不妥，仿佛自己正在刻意回避与他们的关系似的。但是事实的确如此。她并不是很了解他们，而且其中有一个人她根本不了解。

“但是在莱雅四岁的时候，你就已经认识她了。”

“是的。难道你认为莱雅是杀人凶手?”

“莱雅听到这话会不高兴的。”克莱拉说道。

“杀人凶手也曾经是一个天真的孩子。”伊莎贝拉说道。

“即使艾希曼也是。”克莱拉说道。

“艾希曼是谁?”伊莎贝拉问道。

“纳粹刽子手。”克莱拉说道。

伊莎贝拉看着克莱拉。她不明白克莱拉为什么会提到纳粹。

“是的，即使纳粹分子也曾是一个天真的孩子。”伊莎贝拉对此表示赞同，但是她仍然感到有些困惑。她转身对莫娜说道：“我来问一个简单的问题吧。他们通常都是在夏季的时候来三松镇的。你知道他们这一次为什么改变聚会的时间吗?”

“我问过莱雅。她说这一次大家的时间很难统一。今年只有这个时间合适。”

“这是他们仓促做的决定吗?”伊莎贝拉问道。

莫娜想了想，然后摇摇头。“不是。莱雅今年五月份的时候就告诉我了。她说他们会在万圣节的时候来这儿。”

伊莎贝拉点点头。“她有没有提起凯蒂？”

莫娜扭动了一下身子。所有人在谈到涉及隐私的事情时都会感到有些不安。但是莫娜知道这不是在打听隐私，而是在进行凶杀案的调查。

“她提到了所有人，但是没有提到凯蒂。”

“莱雅喜欢凯蒂吗？”

“一开始似乎并不喜欢。其实我们一开始都不喜欢凯蒂。可能你们也听说了，莱雅一直很喜欢那个自杀的小伙子爱德华。”

“其他人有没有因为爱德华的死而责怪凯蒂？”伊莎贝拉问道。

“一开始可能有吧。凯蒂抛弃了爱德华而投入了帕特瑞克的怀抱。在那之后没多久，爱德华便自杀了。他们都认为那是一场意外。他们认为是爱德华不小心失足才从楼顶摔下去的。不过，莱雅说其实大家都不相信这种说法。大家都认为爱德华是自己跳下去的。”莫娜摇摇头，“我想爱德华应该是自杀。他可能无法承受毒品带来的影响。毒品夺走了他所拥有的一切。该死的毒品。”

伽马什在壁炉边深深地吸了一口气。蕾娜-玛丽看着他。只有准备一头跳入冰水中的人才会如此深沉地吸气。

“其实他们真正责怪的是那个贩卖毒品的人。不过，那个人在爱德华死后就失踪了。”莫娜说道，“也许他畏罪潜逃了吧。”

“昨晚莱雅告诉我他们曾经尝试过雇佣私人侦探追踪那个贩毒分子。”克莱拉说道，“但是那个家伙消失得无隐无踪。”

伊莎贝拉转身对伽马什说道：“你是否觉得这很奇怪？”

“哪里奇怪？”

“消失得无隐无踪。这听上去似乎很容易。”伊莎贝拉说道，“但我们都清楚，做起来其实并不容易。一名经验丰富的刑侦人员总是有办法发现他的蛛丝马迹的。”

伽马什点点头。伊莎贝拉说得没错。

“也许那名私人侦探的刑侦经验并不丰富。”莫娜说道。

“也许，”蕾娜-玛丽说道，“也许并不是因为毒品，也并不是一场意外。”她看着伽马什，“也许爱德华是被人推下去的。昨天晚上你对此就有所怀疑了，是吗？”

“我的疑心病总是很重。”伽马什微笑道。蕾娜-玛丽的确看出了他的心思。

伽马什确实有所怀疑。

一个被毒品折磨得心烦意乱，身体虚弱的年轻人从楼顶一跃而下结束了自己的生命。这是很容易猜想到的。

同样，在楼顶的狂欢派对中有人将爱德华推下楼也是很容易猜想到的。

“我们需要和爱德华的家人联系一下。”伊莎贝拉说道，“他的全名叫什么？”

“爱德华·瓦尔库尔。”伽马什说道，“和他的家人联系一下，这个主意不错。”

“但是这和凯蒂·埃文斯的死有什么关联呢？”蕾娜-玛丽问道。

“的确没有关联。”伊莎贝拉说道。她转身问莫娜，“他们几个人中有没有任何人提起过凯蒂？或者提起过凯蒂曾经做过的事？”

“你指的是和凯蒂的死有关的事吗？”莫娜问道。

“或者和讨债人有关的事。如果讨债人真的是来找她的话，那一定是有原因的。”

“也许讨债人并不是来找凯蒂的。你为什么会认为讨债人是来找她的呢？”克莱拉问道，“难道只是因为凯蒂被人杀害了吗？”

“凯蒂的死的确能说明这一点。”莫娜说道。

她看着伽马什。然而，伽马什对此却不置可否。

伽马什始终感到这种解释过于简单。一定还有别的东西正在混淆视听。

一件发生在很久以前的事促成了一个杀人动机。它最终迫使某个人杀死了凯蒂·埃文斯。

那是古老基因的遗传。

“走开，你这丑八怪。”波伏瓦说道。他正试图让蹲在伽马什家门口的格蕾丝让开。

“这是什么东西呀？”安东轻声问道，似乎不想冒犯这个东西。“我知道伽马什先生和太太有两只这样的动物。”安东看着亨利。亨利正拼命地摇晃着尾巴，以至于整个身子都晃动起来。“这是一只牧羊犬，这我知道。”然而，即便知道，安东还是凝视着亨利好一会儿。看着亨利的耳朵，安东觉得这只牧羊犬的耳朵就像一对卫星天线。安东随即又看着格蕾丝，然后轻声问道：“这是一只小猪崽吗？”

“我们也不知道这是什么。也许是猪崽，也许是狼崽。但是我们肯定它是一只雌性动物。”波伏瓦说道。他和安东将炖锅端进厨房。

“进化得不完全。”安东自言自语说道。波伏瓦打开烤箱。

安东环顾了一下四周，他注意到厨房里有一个木质的吧台。开放式架子上摆放着碟子和玻璃杯。

透过厨房尽头的玻璃窗，可以看到小镇绿地。暖炉两边摆放着两把扶手椅。暖炉旁的小桌子上放着许多书籍，报纸和杂志。房间里的东西虽多，但却并不显得十分杂乱。

波伏瓦在暖炉里添加了一些木块。然后他走到安东身边。

“你刚才说了一句习语。”波伏瓦说道。他拿出一叠餐巾纸。格蕾丝此时正蹲伏在他脚边。波伏瓦不想踩到它。

“是吗？”安东跟在波伏瓦身后来到桌边。他们将餐巾纸分发在桌子上。

“进化得不完全。我知道这句习语。”波伏瓦看着安东，“你是比尔帮派的成员吗？”

“我猜你也是吧。”安东微笑着说道，“你竟然会在酒馆里喝热巧克力。其他人都会点红酒或是威士忌。你是在克制自己吗？”

“我已经克制两年零三个月了。”

“做得好。你以前酗酒？”

“我还嗑药呢。”波伏瓦说道。

除了像安妮和伽马什这些最亲近的人之外，波伏瓦从未向其他人透露过自己的这一秘密。

比尔帮派是一个暗号。它是一个瘾君子互戒组织。显然安东曾是其中的一名成员。这就如同忽然找到了来自同一部落的同胞一样。

安东和波伏瓦站在温暖的厨房里。窗外下着寒冷的冻雨。他们意识到虽然并不了解彼此,但是他们却比任何人都更加熟悉彼此的过去。

“我也曾经嗑过药。”安东说道,“我嗑的是合成型毒品。几乎快要了我的命。当时其他人都说,我的一只脚已经踏进了棺材。后来我加入了比尔帮派,终于把毒瘾戒掉了。但是后来我又染上了酗酒的恶习。”

波伏瓦笑起来。他知道这是瘾君子常有的毛病。

“不过,最后我把酒瘾也戒掉了。”安东说道。他将炖锅从烤箱里拿出来,放在电磁炉上。

“你是什么时候开始的?”波伏瓦问道。他指了指桌边的椅子。

这并不是警方的问询。这更像是两个彼此熟悉的朋友之间的聊天。

“你是什么时候开始的?”波伏瓦坐在椅子上问道。他将格蕾丝抱在怀里,并用自己的外套裹着它。

“你是指嗑药吗?我在高中的时候就嗑过。不过,真正上瘾是在读大学的时候。我辍学并不是因为吸毒,虽然吸毒的确让我无法集中于学习。”

“所以你退学了?”

“我在染上毒瘾之前就退学了。”安东摇着头说道,“你知道的,有些人可以很好地应对一切。但是像我这样的人却无法应付。每次吸食完毒品之后,我都感觉像喝了一瓶硫酸似的。”

“你有没有贩卖过毒品?”波伏瓦问道。

安东将手捂住自己的嘴巴。他的眼睛盯着波伏瓦。

“我不会逮捕你。”波伏瓦笑道,“即使你贩卖过毒品,那也是好多年前的事了。”

“时间并不长。”安东说道,然后尴尬地笑了笑,“是的,我贩卖过毒品。但是卖的量并不大。其实很多毒品最后都被我用掉了。这是一个巨大的错误。真的太愚蠢了。”当回忆起这段往事时,安东不停地摇着头,“对于辍学，我感到很遗憾。你明白毒品对于一个已经迷失方向的人来说意味着什么吗？”

“我明白。”

“我也明白。所以我最后选择了逃跑。我隐藏起来，从此夹着尾巴做人。我不希望被任何人发现。”

“你是怎么做到的？”

“家人把我送进了戒毒所。他们已经受够了。”

安东看着暖炉里的炉火。他将穿着袜子的脚放在椅子的靠垫上，然后从旁边的桌子上拿起一本小书。

他打开那本书，随意地翻阅起来。忽然他感叹一声，抬头看着波伏瓦。

“你读过这本书吗？”

波伏瓦也感叹道：“是的。”

“你是她的忠实粉丝？”

“你也是吗？”波伏瓦问道，他的身子朝安东靠过去。“我的确是她的粉丝，但别告诉任何人。”

安东看着那本书，然后大声朗读起来。

> “从公立学校到私密阴间
> 在那假面舞会上，
> 当笔直的大道向前延伸，
> 骑车的男孩该向往何处？”

波伏瓦的脸上露出了微笑。他明白这几句诗的含义。他也明白笔直的大道伸向何处。

“这是露丝·萨多的诗。”波伏瓦说道。他紧紧抱着格雷丝，仿佛它是自己的儿子奥诺雷。

抚摸着格雷丝娇小的身体，感受着它的心跳，波伏瓦感到十分欣慰。

“是的，露丝·萨多女士。”安东说道。他合上书，看着封页上的作者照片。他觉得自己仿佛在哪儿见过这位诗人。他抬起头说道:“谁能想到一个八十岁的老妇人竟能揣摩一个孩子的心理活动。”

“心灵的痛苦是所有人都能感知的。”波伏瓦说道。

安东点点头。“她也能感受到。”

“她也创造心灵的痛苦。”波伏瓦说道。安东开怀地笑起来。

“你刚才说你的家人把你送进了戒毒所?”波伏瓦问道。

安东把书放在靠垫上。“是的。我还为此怀恨在心好长一段时间。但是不管出于什么动机,他们都是为了我好。最后我戒掉了毒瘾。后来我去了一家小客栈。在那里我得干各种杂活。我发现自己十分喜欢烹饪。我以前从来没有意识到这一点。我在读大学时喜欢吃的只有奶酪。所以当我发现自己对美食的乐趣时,我感到十分惊讶。”

安东咧嘴笑着。

此刻厨房里弥漫的香味便可以证明安东对于食物的乐趣。他所烹制的炖锅——大蒜、洋葱、香草、蘑菇和牛肉——混合着暖炉里枫木的熏香气味。

如果伽马什和蕾娜-玛丽再不回来,波伏瓦就准备自己先吃了。

“所以你从那时开始学做厨师?”波伏瓦问安东。

“是的。我无法在正规的餐厅里工作。但是后来在一户人家里找到了一份工作。”

“这户人家不在乎你的过去吗?”波伏瓦问道。

“我没告诉他们我的过去。”安东回答道,“如果你表现良好,努力工作的话,是不会有人在乎你的过去的。”

“那户人家是叫鲁兹吗?”

“是的,男主人有些古怪。他总是十分小心谨慎,好像守护着什么国家机密似的。”

“真的吗?”

安东笑起来,“开玩笑啦。他的工作是照料一些植物。那些植物似乎有什么特殊用途。”

安东忽然不说话了,他看着波伏瓦。“我不应该跟你说这些。我是签署过保密协议的。”

“特殊用途？是用来烹饪吗？你不想说就算了。那么你是在鲁兹的家里遇见杰奎琳的，是吗？”

“是的。”

“后来就成了朋友？”

“算是吧。那里也没有其他人。”

“你和她不仅仅只是朋友吧？”波伏瓦问道。

安东大笑起来。“为什么你为这么想？杰奎琳对我而言更像是一个妹妹。她是一名了不起的面包师。你有没有吃过她做的巧克力饼？那简直太棒了。”

可怜的杰奎琳。波伏瓦在想，杰奎琳有没有意识到安东喜欢的其实是她做的巧克力饼。当然，安东对她也有依恋。

“当鲁兹先生不在家的时候，我们会感到很轻松。”

“他经常不在家吗？”波伏瓦问道。

“是的，他到处旅行。整个北美洲和中美洲都是他的旅行目的地。我猜想这可能是因为他会说西班牙语的缘故吧。他争强好胜的性格可并不讨人喜欢。”

“那么他是西班牙人喽？”

“是的。”

波伏瓦打量着安东。暖炉里的火发出噼啪的响声。炉火释放出热量，这让厨房里的两个人感到十分惬意。他们感到待在这间温暖的厨房里很安全。

波伏瓦怀抱着格蕾丝。格蕾丝在他的轻轻摇晃下已经开始打鼾了。波伏瓦在等待着安东继续往下说。他轻轻敲击着手指，心里数着数。一，二，三。

七，八。当发现安东一语不发时，波伏瓦觉得需要刺激一下他。

“你知道那是什么，是吗？”波伏瓦说道，“我指的是小镇绿地上的那个东西。从你在鲁兹家的那一刻起，你便知道那就是讨债人。”

安东紧咬着嘴唇。“我答应过杰奎琳什么都不会说。她曾希望我把一切都告诉你们。但是我和她都很害怕。”安东压低嗓音。如果不是他脸上露出绝望的表情，你会觉得他显得很滑稽。“你们不知道那个家伙的来历。”

“讨债人是鲁兹吗？你们怕他？但是他已经回西班牙了，不是吗？”

“这个……”

“讨债人到底是谁？”

安东看看周围。

“周围没人。”波伏瓦说道。

“我不是在看有没有人。我是在找电脑。伽马什先生家里应该有电脑吧。”

“在他的书房里有一台电脑。”

波伏瓦将格蕾丝轻轻放在亨利的身边。亨利正蜷曲着身子躺在暖炉前睡着觉。

“跟我来。”

他们穿过厨房来到客厅，然后走进书房。

波伏瓦打开电脑，安东则站在书房的门外。波伏瓦确定伽马什的电脑里没有什么见不得人的东西。

在打开搜索浏览器之后，波伏瓦叫安东过来。

安东敲击了几下键盘，点击了几个链接，然后等待着电脑屏幕上跳出的信息。

他背靠在椅子上。这样波伏瓦能更清楚地看到屏幕上的内容。

屏幕上显示的是一段配有西班牙文的新闻报导。一个男人站在法院的台阶上，他被一群人包围着。

“这就是安东尼奥·鲁兹？”波伏瓦问道。

“不，这是他的律师。鲁兹在后面。这儿。”

安东指着律师身后一个身穿燕尾服打扮得颇为精致的男人。他大概四五十岁的样子，看上去显得十分高兴和自信。

“新闻报导说的是什么？”

“我不知道。但我猜得出来，鲁兹先生因为洗钱而被捕。他的公司曾接受调查。但是现在他被无罪释放了。”

“他就这样被释放了?”

“这是法院的最终裁决。”安东看着屏幕说道,“有些人总有办法逃脱法律的制裁。”

波伏瓦撅起嘴唇。有洗钱的地方便会有犯罪,而毒品总是会和各种犯罪搅和在一起。

波伏瓦怀疑安东也知道这一点。

新闻报导仍在继续。鲁兹的律师回答完记者们的各种问题,然后拉着鲁兹的手穿过人群。

新闻报导到此结束了。

“你看到了吗?”安东问道。

“看到什么?”

安东回放新闻报导。忽然他按了暂停键。

就在记者们纷纷散开时,一个黑影突然出现在屏幕的上方。

这个黑影站在法院台阶的最高层向下凝视着。

“是一个讨债人。”波伏瓦说道。

这并不是戴着高礼帽身穿燕尾服的现代讨债人,而是一个原始讨债人。

他代表的是人类的良知。

“你是怎么知道讨债人的?”波伏瓦问道。

“是鲁兹先生的一个朋友。”安东说道,“有一次他来鲁兹家吃晚饭。我听到他在说讨债人。鲁兹让他闭上嘴,那个人的脸色变得十分苍白。我很好奇讨债人到底是什么。于是我在网上查阅了相关信息。”

“然后你告诉了杰奎琳?”

“是的。”

“鲁兹一家后来怎么样了?他们回西班牙了吗?”

“据说是的。但是我也不清楚。我也不在乎。”安东叹了一口气说道:“我老实跟你说吧。当讨债人出现在小镇里时,我简直吓得要尿裤子了。”

“你认为他是来找你的?”

安东刚想张嘴回答，但立刻又闭上了嘴。他摇着头说道："我想他是鲁兹派来找我的。也许是为了吓唬我和杰奎琳。也许还有更加可怕的目的。"

"但是他为什么要吓唬你们呢？难道你们知道他的秘密？"

"我们不知道。"

"那么关于凯蒂·埃文斯的凶杀案呢？如果你知道些什么，安东，请你如实告诉我。"

"我发誓，我真不知道。"

"但是你肯定知道些什么，不是吗？"波伏瓦说道，"你必须告诉我。"

"你能保证不说出去吗？"

"那要看你说的是什么了。这是不是和安东尼奥·鲁兹有关？"

"你发誓决不能说出去。"

"我发誓。好了，你快说吧。"

莫娜摇着头。

"我真希望我了解凯蒂，能提供给你们有价值的信息。但是我知道他们几个人真的是彼此相爱。我想不出他们中会有人想杀死凯蒂。凯蒂是一个聪明和善的姑娘。她总是像母亲一样照管着其他人。现在的她不像以前那样狂放不羁了。大家都长大了。"

伽马什想到，并非所有人都长大了。爱德华再也不会长大了。

伽马什的思绪离开了这间温暖的房间。他的思绪越过冰冷的小镇绿地，穿过冻雨，来到自己的家里。他想起了锁在抽屉里的那本笔记本，想起了用黑色墨水写在笔记本里的那几句话。

那是记录着灾难的笔记本。

灰烬，灰烬，我们都将倒下。

"那么讨债人呢？"克莱拉的话又将伽马什的思绪拉了回来，"讨债人到底是谁？他干嘛来这儿？"

"显然讨债人并不是他们中的某个人。"伊莎贝拉说道，"也不是小镇的居民。"

“那么讨债人是谁?”蕾娜-玛丽问道。

“有多种可能。”伊莎贝拉分析道,“讨债人可能跟踪凯蒂来到这里,他想故伎重演。或者讨债人是由别人派来的。那个人知道马思奥写了有关讨债人的报导,于是派讨债人来警告他。”

“当然,还有一种更简单的可能性。”蕾娜-玛丽说道。

“那就是讨债人是马思奥自己派来的。”伊莎贝拉说道,“所以他告诉我们所有人包括凯蒂在内,讨债人到底是什么。因为在知道了讨债人的意图之后,凯蒂自然会明白讨债人为什么会来这里。当然,我们目前还不知道马思奥或者别的某个人为什么要这么做。”

大家看着莫娜。

“我也不知道为什么。莱雅不可能告诉我马思奥准备杀了凯蒂。我也不记得她说过这样的话。”

“也许不是马思奥。”伽马什说道,“也许讨债人只是想羞辱凯蒂,并没有打算杀了她。但是有人利用了这一点,趁机杀了凯蒂。你或许说得没错。”伽马什对克莱拉说道,“很有可能讨债人的目标另有其人。抱歉,我得走了。”

伽马什站起身看着蕾娜-玛丽。蕾娜-玛丽也站了起来。她对于丈夫的突然告辞感到很惊讶。

“你能告诉波伏瓦来一趟教堂吗?伊莎贝拉,你也能来吗?”

伽马什,伊莎贝拉和蕾娜-玛丽向莫娜和克莱拉道别。

“怎么了?”克莱拉说道,她站在窗边看着他们匆匆离去的身影,“好像有人在追赶他们似的。难道我们刚才说的话提供了有价值的信息吗?”

“我可想不出我们能提供有价值的线索。”

“也许是奶酪吃完了。”克莱拉转身看了看,桌上还有许多奶酪。

莫娜和克莱拉站在窗边。她们看到伽马什,伊莎贝拉和蕾娜-玛丽在小镇绿地的某个点上停下了脚步。那里是讨债人曾经站立的地方。

户外下着冻雨和冰粒。夜色显得如此可怕。

伊莎贝拉朝着小酒馆的方向走去。伽马什低着头冒着冻雨朝教堂的方向走去,而蕾娜-玛丽则朝着自己家的方向走去。她的家在雨雪之中露出隐隐的灯光。

“我得回画室了。”克莱拉说道。

“你的画画完了吗?”莫娜问道。

“画完了。我现在正在画一幅新的。”

“克莱拉,”莫娜说道,“你快要举办个人画展了。我想……”

莫娜变得欲言又止起来。

“你是我最要好的朋友。”克莱拉说道,“我明白你的意思。但是你让我感到紧张,让我怀疑自己的判断。”克莱拉拉着莫娜的大手,“你什么都别说。相信我。我明白自己想要创作什么样的作品。”

莫娜把克莱拉送下楼梯。当克莱拉打开书店的门时,莫娜听到了清脆的铃声。

莫娜不知道克莱拉的话是否正确。有些东西终将可以完成,而有些则永远都无法完成。

当走到教堂的台阶时,伽马什忽然停下了脚步。

他并没有迫不及待地走进教堂,而是走到教堂外的一个角落里。

站在教堂的背面,没有人能看见他。于是他打开手机上的照明灯,仔细检查着地面。

地面上刚刚铺上一层薄薄的雪花,看不出任何痕迹。雪能够掩盖昨晚留下的任何痕迹。伊莎贝拉的团队也已经仔细检查过地面。

但是他们可能并没有发现伽马什此刻正在寻找的东西。

灯光照在教堂背面的墙壁上。那里露出一块已经褪色的白色护墙板。

伽马什走近一步。他眯起眼睛,雪花打在他的眼睫毛上。他转过身向黑暗的树林望去。

当伊莎贝拉到达小酒馆的旅店时,其他客人都已经去吃晚饭了。

“我很抱歉打扰你们。”伊莎贝拉说道,不过,她似乎并没有打扰到马思奥他们。

他们正准备吃晚饭。每个人的盘子上都有一大块派。

“你想一起吃吗?”马思奥说道,“我们还有很多派。”

伊莎贝拉听得出来,马思奥并非真心邀请自己共进晚餐。她在想,如果接受了马思奥的邀请,接下来会发生什么呢?

也许对他们来说,这将会是一个可怕的夜晚。

他们看着伊莎贝拉。伊莎贝拉也看着他们。她怀疑自己看到了杀人凶手,但是她并不知道凶手是他们中的哪一个。

“不了,谢谢。我只是有一个小问题想问问你。”伊莎贝拉对帕特瑞克说道,“我知道你一直和爱德华·瓦尔库尔一家保持着联系,是吗?”

“是的。”

“我想和他们谈谈。我需要他们的地址和电话。你能给我吗?”

“为什么要找他们?”莱雅问道。

伊莎贝拉转身对莱雅笑着说道:“我差点忘了,你曾经以爱德华的名义提交过一份议案,是吗?你也一定和爱德华的家人保持着联系吧。”

“当然。”莱雅说道,“不过,我身边没有他们家的联系方式。我可以打电话给我的助理。我会叫他给你爱德华家的联系方式。你能告诉我你的电子邮箱吗?”

伊莎贝拉给了他们每人一张名片。

“谢谢。我希望今晚就能联系他们。”伊莎贝拉转身看着帕特瑞克,“你的手机里有爱德华家的联系方式吗?”

“我换过一部手机,我想我可能已经删了。”帕特瑞克回答道。

“你为什么想联系爱德华一家?”莱雅再次问道,“难道你认为他们和凯蒂的死有关?”

“不。”伊莎贝拉肯定地说道,“我不认为他们与凶杀案有关。但是我需要知道凯蒂的过去,而爱德华的死亡原因或许能提供一些信息。”

“爱德华的死无法提供任何信息。”马思奥说道,“他当时喝醉了,然后意外从楼顶坠落。凯蒂和他的死毫无关系。她当时根本就不在现场。帕特瑞克也不在。”马思奥转身看着帕特瑞克,而帕特瑞克只是一脸茫然地看着他。

马思奥真想上去猛拍一下帕特瑞克的后脑勺。他不想再看见帕特瑞克脸上那一副愚不可及的表情。

“我可以给你爱德华家的电话和地址。”莱雅说道,“但这要等到明天早上。可以吗?”

“如果你现在手头没有的话,当然可以。”

伊莎贝拉转身离开。她再次来到雨雪纷飞的户外。

尽管她没有拿到爱德华一家的联系方式,但是她有了新的发现。她确定无论发生了什么事,莱雅一定是主谋。

伊莎贝拉想起了以色列情报人员的一句名言。当时伊莎贝拉觉得这句话令人毛骨悚然,直到她得知一个合理的解释。

以色列的情报人员曾下达命令。如果他们在战争中遭遇抵抗,他们首先杀掉妇女。

如果一个女人拿起了武器,那么这个女人一定会成为意志最坚定,最不可能屈服的战士。

所以必须先杀掉女人。

伊莎贝拉十分憎恶这句话。她觉得这句话简单而残忍。但是她又不得不承认,这句话隐藏着真理。

伽马什向小树林里走了几步。

然后他转过身看着教堂的后墙。他用手机的灯光照射着后墙周边的地面。雪花像水晶一般凝结在地面上,闪烁着光芒。

他站了一会儿,凝视着地面,然后转身再次看着黑暗的树林。

在最后看了一眼教堂的后墙之后,伽马什来到教堂的台阶上。他沿着台阶进入温暖的教堂。波伏瓦此时正在站在教堂里,他用戴着手套的手拍打着外套。

“蕾娜-玛丽说你想在这儿见我。”波伏瓦说道。他的肚子正在咕咕叫,他用手捂着肚子,略带责备地看了伽马什一眼。现在他本应该吃着炖锅,而不是站在这座凄冷的教堂里。“你刚才在外面干什么?你在找什么?”

“朗姆酒走私犯。”

“他们应该在坟墓里。”波伏瓦说道。他朝小镇墓地的方向指了指。

伽马什转过身朝着小镇墓地的方向。他紧皱双眉，陷入沉思。头顶的雪花融化成水，沿着伽马什的脸颊和脖颈流淌下来，仿佛这是运转的大脑渗透出的液体。融化的雪水流入伽马什的领子，沿着他的脊背向下流淌。他感到不太舒服，于是扭动了一下肩膀，朝教堂的地下室走去。

...第二十九章

汗水沿着伽马什总警司的脖颈向下流淌，沾湿了他的衬衫领子。

安全局总部内空调开得很足，伽马什感到湿乎乎的衬衫贴在了身上。

他真希望现在能洗一把澡，再换上一件干净的衣服。然而，现在他必须等待直到会议结束。

当他走进会议室的时候，其他警官们都站了起来。他示意大家坐下，然后自己也坐了下来。

伽马什看着每一个人。他们有男有女，警官的头衔级别也各不一样。但是现在他们都坐在一起，参加每周一次的会议。

伽马什还记得上次召开的会议。当时他召集了一小部分人。这些人是伽马什根据毅力、工作才能、团队精神等因素从数千名警官中精心选拔出来的。他们既能领导他人，也能单独行动。勇敢果断，也忠诚可靠。

他们不仅仅对伽马什忠诚，同时也对安全局、魁北克地区，乃至魁北克政府忠诚。他们愿意以极大的代价保护他们所效忠的对象。

如果伽马什下达命令，要求他们自毁前程。这些人也会遵守。

必须承认，安全局已经有很长一段时间没有开展过任何打击犯罪的行动了。当犯罪变得愈加猖獗的时候，许多警官却只能被迫袖手旁观。这也无异于自毁前程。

但是现在他们再次被召集在一起。

现在他们全部坐在会议室里。

一年来他们一直在实施着一个计划。这个计划经过周密的设计。其目标就是要抓捕那个贩毒集团。

克里沃法官曾把那个贩毒集团称为玻璃之屋，因为它是透明的，能很好地隐藏自身。

现在他们的目标就是找到那座玻璃之屋。

伽马什知道，一名好的猎人能从他所要捕获的猎物身上学习经验。现在伽马什也将从玻璃之屋的特质方面讨教经验。他要让自己变成隐身人。

他要变得弱不禁风，实际上却能积蓄力量，一击而中。

现在已经到了双方显露实力的时候了。到今天结束之前，要么成功，要么失败。

伽马什拿起一张餐巾纸将脸上的汗水擦拭掉。他不在乎其他人会怎么看。

“现在把你们掌握的情况都告诉我。”

伽马什环顾了一下会议桌。最后他的目光锁定在图森特警司身上。图森特的脸色显得有些苍白。

“我们似乎弄错了，长官。”

“是吗？怎么了？”

伽马什知道此刻自己必须故作镇定，尽管他的心脏正在狂跳。

“有两艘装载着俄罗斯套娃的船。一艘船里有毒品，另一艘船里没有毒品。”

“我明白。这又怎么了呢？”

“有毒品的那艘船昨晚离开了米拉贝尔港。”

“你是说那艘船离开了加拿大？”伽马什问道。他的声音很平静，但是事态的严重程度完全取决于接下来的回答。

会议室里的气氛似乎已经达到了临界点，仿佛所有人都被推到了悬崖的边缘。

“我认为它还未离开加拿大国境。它还在国境线边缘地带。”

“你认为?”波伏瓦说道，他的声音不像伽马什那样镇定。

“是的。”图森特艰难地回答道，“我是这么认为的。”她看着伽马什说道，“我们的线人提供的情报是那艘船还在魁北克。有迹象表明，我们的线人说得没错。”

“是吗？可是那个该死的线人今天早些时候还说那些叫小鳄鱼的毒品就在米拉贝尔港的仓库里。”

“是的，他可能弄错了。”图森特冷冰冰地回答道，“在意识到出错之后，他又重新冒着极大的个人风险去确认真实情况。然后他通知了我。”

图森特和波伏瓦彼此看着对方。

“我们警方难道没有办法确认吗?”伽马什问道。

“在不暴露的情况，的确没有办法。”图森特回答道。

“所以我们现在也不知道那些毒品在哪儿，”波伏瓦说道，“我们只知道现在毒品不在仓库里。”

“没错。”

“你刚才说还有其他迹象。”伽马什说道，“什么迹象?”

“负责美国东海岸的贩毒集团头目现在正在美国佛蒙特州的伯灵顿市。”

与会的警官们面面相觑。然后他们都看着伽马什。

“他出现在那里可能有多种原因。”图森特说道，“我们现在尚不清楚。”

“伯灵顿市离边境线不远。”波伏瓦说道，此时他似乎显得很兴奋，“他出现在那里唯一的理由就是为了那艘船上的货。”

“不仅仅只是船上的货。”图森特说道，她转身对伽马什说道，“他有可能为了更多的货，比我们所想象的还要多。”

“继续说。”伽马什说道。他也正在考虑同样的事情。但是图森特已经进行了充分的思考，所以伽马什想听听她的看法。

“我认为那个家伙出现在伯灵顿市是为了交易更多的毒品，绝不仅仅只是为了小鳄鱼。”

伽马什点点头，他也意识到了这一点。他抑制住自己内心的激动，抑制住想要立即下达抓捕命令的冲动。

现在该由波伏瓦来说出伽马什的心声以及与会所有人的心声。

“进行毒品交易的时候，贩毒集团的头目必然会碰面。”波伏瓦轻声说道，“魁北克地区和美国东海岸地区的贩毒集团一定会在某个地方碰头。”

“太棒了。”与会的警官们说道。

“但是会在国境线的哪一边碰头呢?”一位警官问道，“他会进入魁北克吗? 他敢吗?”

“有什么办法阻止他吗?”另一位警官问道，“当然，我们安全局是无能为力的，这是肯定的。”

会议室里发出哄堂大笑声。

伽马什感到心情变得轻松了一些，但是他仍然保持着警惕，因为他知道这个时候是最容易犯错的。

伽马什认为他正在引诱犯罪分子进入圈套，但也有可能犯罪分子正在引诱他。尽管警方目前对该贩毒集团知之甚少，但有一点十分清楚，该集团十分聪明狡诈。虽然他们将自己隐藏起来，但这并不意味着他们不知道周边发生的事情。

伽马什不想给大家高涨的气势泼冷水。已经很久没有这么欢欣鼓舞了。他想让大家尽情享受眼下的欢乐时刻。渐渐地大家的兴奋之情平静下来。

“你把你所知道的情况再说一遍，图森特。”伽马什说道。

“装载着小鳄鱼毒品的船只是第一次出现在加拿大国境。这似乎是一种上瘾性极强的毒品，能赚很多钱。它的生产成本也很低廉，能够很容易被贩卖给瘾君子们。”

“这种毒品能让人身上长出鳞片一样的东西。”一名警官说道，他正在阅读有关这种毒品的报告。

“没错。这种毒品会影响人的大脑神经，最终会导致死亡。”图森特说道，“什么时候才能真正采取措施制止这种毒品的泛滥呢？”图森特看着伽马什，“你想听听我的看法吗？人们通常认为国境线是政治家们讨论的话题。不会有人想到贩毒分子也会利用国境线。我想那些贩毒集团正在彼此竞争。魁北克地区的贩毒集团一定很强大，否则美国的贩毒集团干嘛要来到佛蒙特州呢？”

“难道美国的贩毒集团感受到了威胁？”波伏瓦问道。

“我想是的。”

“你认为美国的贩毒集团派人来到这里杀死了魁北克贩毒集团的头目？”一名警官问道。

图森特想了想，然后回答道：“不，我认为他们或许有这样的打算。但是这些毒贩子是精明的生意人。杀死你的供货商可不是什么好主意，除非别无选择。我认为他们之间一定达成了某种妥协。”

“魁北克的贩毒集团完全能做到这一点。”波伏瓦说道。

“是的。”图森特说道，“而且他们一定会先发制人。”

“真是太可怕了。”一名警官说道。

“我觉得现在该通知缉毒部门。”图森特说道，“否则局面可能会失控，而且我们也需要他们的帮助。”

“你认为这两大贩毒集团会在什么时候交易？”伽马什问道。

“今晚。也许就在天黑之后。天亮以前，他们必须完成交易。”

“你认为他们会在国境线上碰头？”波伏瓦问道。

“是的，那里是最安全的地方。他们以为我们不知道他们会出现在那里。这两大贩毒集团会在国境线上一手交钱一手交货。双方的头目届时会达成一项新的协议。”

所有人都看着墙上的时钟。只有伽马什在不看钟表的情况下仍然能意识到时间的流逝。此刻他必须做出一个艰难的决定。

“我们不能通知缉毒部门。”伽马什说道。

会议室里骚动起来，所有人都对这一决定表示反对。伽马什等待着会议室里的气氛安静下来，他说道：“如果我们通知缉毒部门美加两国最大的贩毒集团将会在两国的国境线上进行毒品交易的话，你们觉得缉毒部门会做什么？”

他让所有人仔细思考这个问题。

“他们会调动所有力量。”伽马什自问自答道，“他们一定会这么做。我们也会。即使缉毒部门愿意让我们安全局领导这次行动，整个行动的动静也会很大。这样的话，贩毒集团一定会有所察觉。我们必须坚持原有的计划。”

“但是如果贩毒集团真的在国境线上碰头，我们该怎么办？安全局对于国境线并没有管辖权。”

“我们可能会白白错过抓捕的机会。”一名警官说道。

“我来想办法。”伽马什说道，“今晚你们做好自己的本职工作，我做好我的本职工作。”

他绝不会让这样的情况发生，波伏瓦意识到。无论伽马什想出什么样的办法，这两个贩毒集团必须被绳之以法。

“伊莎贝拉警司在吗？”伽马什问道。

“她正在监视魁北克贩毒集团的头目。一有情况，她会马上通知我们。”图森特说道。

“很好。波伏瓦警官，你有什么想法吗？”

“是的。”波伏瓦回答道，他指着一张军用地图。他在地图上已经标记出了每一个警力的部署位置以及他们所要追踪的目标。会议室里的每一个人都有自己的任务。

会议室的每一个人都了解彼此。他们清楚自己的主要目标和次要目标是什么。

他们构成了一个小群体。每一个人在这一群体内都有属于自己的位置。

数个月前波伏瓦就已经在调整这一群体了。当时群体内的成员都还被蒙在鼓里。

波伏瓦知道，安全局现在有两大优势。第一大优势便是他们已经知道毒品交易的确切地点。贩毒集团误认为安全局对此一无所知。

第二大优势可能并不明显。那便是背水一战的决心。所有人现在都被逼入了绝境。只有奋力一战，才能取得成功。

然而，现在却有意料之外的事情冒了出来。

美国东海岸的贩毒集团也来到了国境线上。他们必然也带来了自己的人马。

这一系列突发的状况使得原本精心规划的计划变得复杂起来。

赌注的筹码变得越来越高，而获胜的希望却变得愈加渺茫，甚至还得面对各种危险。

"这些地点之间可能并无关联。"波伏瓦指着地图告诫道。

"美国的贩毒集团可能会改变交易地点。"图森特说道，"他们可能会另选地方。"

伽马什感到压力陡然上升。他能感到会议室里的其他人正在克制内心的紧张与焦虑。

"他们也许会更改交易地点，也许不会。目前我们还不知道。我们所能做的就是按照原计划展开行动。你们同意吗？"

"同意，长官。"所有人异口同声回答道。

伽马什思考片刻，他梳理了一下原计划，然后转身对波伏瓦说道："你觉得还有更好的计划吗？"

波伏瓦也梳理了一下原有计划。该计划已经深深地印入了他的脑海之中。

"我会进行调整的。"波伏瓦说道，"贩毒集团的头目来到这里，必然会加强警备，他们也会变得更加警惕。但是"——波伏瓦又想了想——"我认为原计划仍然十分完备，除非发生什么意外情况。"

"你的情报人员也参与这次行动吗？"伽马什问道。图森特点点头。

"很好。"伽马什说道。他站起身，会议室里的其他人也站了起来。"即使我们需要调整原有的计划，现在也不是时候。"

大家笑了笑，然后点点头。不过，一些资深的警官却笑不起来。

"我就在办公室。你们有事可以直接来找我。"

在伽马什离开之后，波伏瓦再一次梳理原有的计划。几个月以来他一直在家策划这一计划。他希望胜利的一天很快会到来。

当时奥诺雷在夜里的时候醒过来，波伏瓦给他喂了奶，然后安抚着他，安妮则在一旁睡觉。波伏瓦一边轻轻摇晃着奥诺雷，一边构思着打击贩毒集团的计划。

如何追踪并抓捕贩毒集团呢？有必要甚至可以大开杀戒。

这可不是给孩子阅读的睡前读物，但是如果这一计划成功的话，雷雷健康成长的几率便会大大增加。笔直的大道将会一览无余。

“很好。”波伏瓦对会议室里的警官们说道，“我们就按原计划进行。”

他看了一眼挂在墙上的钟。

现在是下午五点四十分。

然后他又看了看会议室紧闭的大门。此刻他必须和伽马什谈谈，以免今夜出现意外情况。他和伽马什之间应该无话不谈才对。

伽马什松了松领带。他将湿乎乎的衬衫脱了下来，走到办公桌边。办公桌的抽屉里放着干净的衬衫。

然而，他犹豫了片刻。他将手伸进口袋，从口袋里拿出一把钥匙。他打开最上面的一个抽屉。抽屉里放着一本笔记本和一张餐巾纸。

这两样东西放在这里已经有好几个月了。

几个月前他在这张皱巴巴的餐巾纸上写下了一句话。

由于这句话，由于他的决定，几个月来已经有多少人为之丧命了呢？伽马什对于毒品和暴力犯罪向来十分关注。他清楚地知道正在发生着什么。由于他所做的决定，他知道每天的报纸新闻都会说些什么；有多少人的生活会被毒品摧毁；有多少人会因此失去生命。

然而，即使如此，他仍然不能采取行动。

但是今晚他将行动了。

伽马什将餐巾纸放在一边，然后打开了笔记本。他强迫自己阅读着笔记本上所写的内容。他还记得在写下这些内容的那一天，亨利和格蕾丝蜷缩在他的脚边，蕾娜-玛丽坐在他的身边。

当时他凝视着壁炉里的炉火，思索着可能面对的危险。

他在想，如果知道最终的结果，西班牙的征服者们还会来到新大陆吗？他们是什么时候开始有征服新大陆这一想法的呢？如果他们预料到可能会出现的后果，他们还会做出这一致命的决定吗？*烧掉我们的船*。他们知不知道即将出现的杀戮呢？所有的战士，水手以及新大陆上所有的土著文明都因此荡然无存。

伽马什想到，从西班牙的征服者们踏上新大陆的那一刻起，有一个东西便开始如影随形地跟随着他们。

他们有没有注意到一个黑色的身影跟在身后呢？它是所有可怕行为的见证者。

当然，这些杀戮行为在数百年之前并不被认为是一种可怕的行为。西班牙的征服者们被世人当做英雄。

到了晚年的时候，这些英雄有没有怀疑过自己的所作所为呢？会不会有一个讨债人站在他们的床前呢？

丘吉尔又会怎么样呢？当考文垂市被纳粹的飞机狂轰滥炸之时，他会不会从睡梦中被惊醒呢？当德国的城市被盟军的飞机狂轰滥炸之时，又有多少德国民众因为自己领袖的决定而失去性命呢？

伽马什拿起一支笔。他翻到空白的那一页，准备写下些什么。

他写到穿越国境线装载着毒品的船只。他写到他打算何时制止这一切。

他写到那些因为自己的决定而失去性命的人。他写到考文垂市，写到盟军的大轰炸。

他还写到扎尔玛诺维茨总检察官和克里沃法官。克里沃知晓了他和扎尔玛诺维茨之间所达成的协议，但却并没有按照法律的要求加以阻止。

他还写到那些由于自己的决定而遭受各种犯罪威胁的民众。由于安全局长期的“无所作为”，民众对于安全局的印象是无能并且软弱。

伽马什把这些都一五一十地写了下来。在写完这些已经发生的事情之后，他开始继续写下即发生的事情。

终于伽马什放下了手中的笔。他合上笔记本，将那张餐巾纸小心翼翼地放在笔记本的上面。

他转身走向浴室冲了一把澡。他洗掉身上微微的苦涩气味。这苦涩既来自汗水，也来自从他脸颊上流下的泪水。

"长官？你在里面吗？"

波伏瓦将脑袋探进伽马什的办公室。办公室里空无一人。但是波伏瓦听见浴室里有冲淋的声音。

波伏瓦站着不动。他不知道接下来该做什么。是站在办公室里等着？还是离开呢？

他不想看到他的上司同时也是他的岳父围着一条浴巾从浴室里走出来。

但是他必须得和伽马什谈一谈。

于是他走进办公室，关上门。他正准备在一把椅子上坐下，这时他看到了桌子上有一本笔记本。

出于好奇，波伏瓦慢慢走过去。浴室里依然传出冲淋的声音。波伏瓦壮着胆子打开了笔记本，然后读了起来。当浴室里的冲淋声结束时，他立刻合上笔记本，并将餐巾纸放在笔记本上，然后在桌子对面的一把椅子上坐了下来。

伽马什穿着干净的衬衫走了出来，他正用毛巾擦拭着湿漉漉的头发。

当他看到波伏瓦时，他忽然停下脚步，而波伏瓦则一下子从椅子上站了起来。

"波伏瓦。"

"长官。"波伏瓦僵硬地站立着，他的站姿显得那样恭敬。"我很抱歉今天早上离开了法庭。"他的声音十分严肃，仿佛在做一个报告或是在背诵演讲稿似的，"我知道我的行为是无法被原谅的。"

波伏瓦紧绷的肩膀松懈了下来，"我不知道我为什么会这么做。我们曾一起经历过那么多的事情。但是我却……"

伽马什站着不动，他仔细聆听着。他既不想打断波伏瓦的话，也不想反驳他。他甚至没有对此作出任何表态。

他想给波伏瓦时间说出他想说的话。

“我当时有些害怕。”

一位安全局资深的高级警官竟然承认自己有些害怕。伽马什知道，波伏瓦说出这句话是需要极大的勇气的。

“害怕什么?”伽马什问道。

“我害怕自己会大声尖叫，‘别那样做。’我知道，只要别那样做，我们仍然有退路。你在法庭上撒了谎，作了伪证，这是不可以触犯的底线。我知道你也别无选择，但是我真的不敢看。”

伽马什点点头，然后说道:“我想你之所以害怕还有其他原因吧。”

“也许吧。”波伏瓦承认道。在伽马什的注视下，他感到极不自在。

“我想从今天之后你不会再尊重我了。你认为我绝不会做那样的事——在法庭上撒谎。这触犯了你我所相信的法律。我变成了一个道貌岸然的伪君子。”

是这样吗？波伏瓦问自己。这需要解释吗？其实波伏瓦自己也无法解释。即使他承认自己离开法庭是因为害怕看见伽马什作伪证，但这也是一种逃避责任的行为。伽马什总警司从不把自己的职业生涯放在首位。

那么，这到底是为什么呢?

波伏瓦知道伽马什说得没错。他之所以离开法庭是因为他不想看到伽马什的堕落。他不想看到一个曾经作为自己精神导师的人，一个当其他人只顾私利而自己却始终坚持原则的人败坏了名声。

如今，伽马什干了一件违背原则的事情。他不仅扭曲了法律，甚至公然破坏了法律。

波伏瓦绝不会相信眼前的这个人会在法庭宣誓之后公然撒谎。无论出于什么原因，波伏瓦相信伽马什一定能找到一个解决的方法。奇迹一定会出现。

但是伽马什却在法庭里作了伪证。

伽马什看着波伏瓦，他知道波伏瓦被打中了软肋。伽马什在波伏瓦的身上看到了一个受害者的影子。

波伏瓦曾经如此尊敬伽马什，而此刻的痛苦正是这种尊敬之情崩塌后的结果。在波伏瓦的眼里，现在的伽马什是一个堕落的人。他和之前那些安全局里的腐败分子没有什么不同。

腐败分子所做的是聚敛财富，而伽马什所做的是要让贩毒分子屈服。这一差异并不重要。重要的是伽马什和其他人在破坏法律方面并没有不同。

堕落往往源于一些小小的谎言。为了达到某种目的便可以公然触犯法律，这便是堕落的开始。它会像病毒一样肆意蔓延。

"我本不想告诉你，波伏瓦。这是我第一次越过底线。我的职责应是维护法律的尊严。这是我曾经发过的誓言，也是民众对我的信任。但是今天在法庭里我却违背了这一誓言。"

"克里沃法官知道吗？她把你叫去她的办公室是不是就是为了这件事？"

"她有所怀疑。她问我真正的杀人凶手是否仍在逍遥法外？"

"你怎么跟她说的？"

"我让她确信被告就是真正的凶手，但是她似乎有所怀疑。她需要一个晚上的时间好好考虑，然后明天早上决定对我和扎尔玛诺维茨做出怎样的裁决。"

"但是她还是放你们走了。"波伏瓦说道，他认为这才是问题的关键。

波伏瓦思考着伽马什刚才所说的话。他紧皱双眉，感到胸口有一种压迫感。忽然他想到了什么。

"如果你下达命令的时候越过了底线，那么我遵守你的命令，我也越过了底线。"

伽马什知道波伏瓦说得没错，但是他不想予以回答。今夜将会是一个漫长的夜晚。

然而，这一突发的想法并没有加重波伏瓦的心理负担。相反，他显露得十分轻松。

"所以我的罪名和你一样重。"波伏瓦说道，他的脸上露出轻松的神情，之前的忧虑烟消云散了。

伽马什意识到，问题并不在于他在波伏瓦的眼里变得堕落了，而是他和波伏瓦之间产生了裂痕。但是现在他们又结合在了一起。

“我们两个都是堕落的家伙。”波伏瓦轻松地笑道。

“是的。”伽马什说道。他将手举过头顶,然后走进浴室梳了梳头。随后他走回来,系上了领带,“一切都准备好了吗?”

“是的。伊莎贝拉还没打电话来,但是我们现在必须得走了。团队里的其他人员正在布置警力。我去拿你的背心。”

“谢谢。”伽马什来到桌边拉开另一个抽屉。他从抽屉里拿出他的手枪套和手枪,系在皮带上。随后他穿上外套。外套皱巴巴的,但是至少已经干了。

安全局的警力将分头行动。当天黑的时候,所有警力将各就各位。

大家都在等待着。

伽马什想把笔记本和餐巾纸放回抽屉里,然后锁起来。但是他认为这并不重要。如果真有什么事情发生的话,这本笔记本可以作为指南。它能帮助其他人明白整件事的来龙去脉。

伽马什和波伏瓦沿着长长的走廊来到电梯口。系在臀部皮带上的手枪让伽马什感到极为不舒服。他憎恨武器,因为武器的唯一目的就是杀戮。伽马什的一生已经见过太多的杀戮了。

“我本应该在法庭里陪着你。”波伏瓦说道,他按了一下电梯的按钮,然后他转身看着伽马什,“我们不会有事吧?”

“我们从来都不会有事。”伽马什说道。电梯来了,他们走进电梯。电梯里只有他们两个人。“我有没有跟你说过我的第一个计划?”

“没有。你的第一个计划不会是写一首诗吧?”

“是一首史诗。”伽马什清了清喉咙说道,然后他笑道:“也不算史诗,是一首散文诗。我是一名警官,在安全局已经工作几十年了。我记得曾经跟踪过一伙身带武器的街头流氓帮派,然后摧毁了他们的武器库。”

伽马什一边说着,一边将双手放在背后。他抬头看着电梯上的楼层数字。

“当时我快死了。”

“你说什么?”

“我记得当时我中了一枪。醒来的时候已经在医院了。”

“你说什么?”波伏瓦重复道。他转身看着伽马什。伽马什仍然注视着电梯上的楼层数字。

“我当时还以为自己中暑了呢,因为之前一直背着沉重的装备在太阳底下等待着。但是真实的情况并非如此。我当时吓坏了,几乎昏了过去。”伽马什说道,他停顿片刻,“不过,昏厥过去的感觉还是挺好的。”

他转身看看波伏瓦,而波伏瓦也看着他,脸上露出难以置信的表情。

“这件事只有蕾娜-玛丽知道。”

波伏瓦依然目瞪口呆地看着伽马什。

“这件事曾迫使我重新审视自己。”伽马什说道,“当威胁出现在身边时,我是会被吓倒呢?还是会变得更强大呢?我意识到自己热爱警察这份工作。即使面对恐惧,我也不会害怕。我必须去做必须要做的事情。”

“后来你害怕过吗?”

“我想你知道答案。”

波伏瓦的确知道。

恐惧从未真正远离。即使对于伽马什而言也是如此。

电梯达到了底层。波伏瓦忽然想起了那本笔记本里所写的内容以及笔记本上的那张餐巾纸。

餐巾纸上用红色字体印着餐厅的名字——无忧宫餐厅。

在红色字体的下方,伽马什用黑色签字笔写到,烧掉我们的船。

波伏瓦目送伽马什走出电梯。

他知道,心中的恐惧不会完全消失。同时也拥有更多的勇气。

...第三十章

对伊莎贝拉而言,三松镇的小酒馆显得过于冷清了。这和露天阳台上的燥热形成了鲜明对比。此刻,警员们正在露天阳台上喝着柠檬汁和啤酒。

伊莎贝拉摘下太阳眼镜。她想让自己的眼睛适应周围的光线。出于各种原因,她更喜欢待在室内。

“给我来一杯烈酒。”伊莎贝拉来到长长的木质吧台边对奥利维说道,“饮料里加一些杜松子酒。最好来双份。我现在已经下班了。”

“今天够漫长的吧?”奥利维问道。他在酒杯里加入冰块。

伊莎贝拉点点头。她打开吧台上的一个糖罐,从里面拿出一根棒棒糖。她先将棒棒糖的红色头部咬掉,这是她的孩子教她的,而她的孩子们是从伽马什总警司那里学来的。

“法庭的案件审理得怎么样了?”奥利维问道。

伊莎贝拉摆摆手。

奥利维摇摇头。他开始切柠檬片。空气里弥漫着一股清新的气味。

“真令人难过。”奥利维说道。他用小刀指了指圣托马斯教堂的方向，“希望能为凯蒂讨回公道。”

伊莎贝拉转过身。她的视线越过小酒馆的窗户，越过露天阳台上正在喝着冰镇饮料的警员，越过小镇绿地上玩耍的孩子——孩子们围绕着绿地上三棵高大的松树奔跑着，仿佛那三棵松树是他们的伙伴似的。伊莎贝拉的视线越过小镇里的家家户户，越过居民家中种植着各种花草被精心打理的花园。

她的视线越过小镇，投向山丘顶上那座白色的小教堂。那里便是凯蒂·埃文斯的凶案现场。

那天夜里那里发生了一起凶杀案。

公义，伊莎贝拉想到这个词。几个月前她还明白这个词的确切含义，而现在她有些糊涂了。

“他们是谁？”伊莎贝拉问奥利维。

小镇绿地的长凳上坐着两个男人。他们正在吃着什么。安东站在一边和他们说着话，似乎正在评价他所烹饪的食物。

那两个男人回头看了看伊莎贝拉。伊莎贝拉笑了笑，然后向安东挥了挥手。安东也向她挥挥手。

“我不认识。”奥利维说道，“可能是过路的吧。他们不是小酒馆旅店的住客。你也知道加布里这个人。他可不喜欢旅店里住着太多的客人。”

“旅店里还有客人吗？”伊莎贝拉问道，她嗅着空气中柠檬的清香气味。

“有，莱雅和马思奥还在。但是他们的情绪似乎很低落。”

“真的吗？他们说原因了吗？”伊莎贝拉问道。她让自己的语气显得很随意，不想让奥利维看出自己的心思。

“我没问，但是可能和法庭的案件审理有关。他们一直在读报纸上的相关报导。他们显得很紧张，似乎想和伽马什谈谈。”

伊莎贝拉知道，这的确是原因之一。

户外传来谈话的声音。坐在露天阳台上的警员们觉得户外太热了，于是纷纷走进凉爽的小酒馆室内。他们交谈着，然而却很少有笑声。即使隔着如此遥远的距离，法庭审判的紧张气氛仍然能在这座小镇里感受到。小镇里的一些居民被传唤作为证人。不过谢天谢地，法庭并未遵照扎尔玛诺维茨总检察官的要求传唤露丝·萨多出庭作证。

明天伊莎贝拉也即将出庭作证。然而她知道，过了今夜之后她可能没有出庭作证的必要了。

伽马什当庭作伪证的那一天伊莎贝拉并不在场，所以她并未听到伽马什的证词。但是她从同事和新闻报导中得知了伽马什的法庭证词。

她听说，在法庭上扎尔玛诺维茨和伽马什之间的交锋变得越来越激烈，以至于他们两个都被法官请进了办公室。

在法官的办公室里又发生了什么呢？伽马什又说了些什么呢？

伽马什有没有告诉克里沃法官，那天夜里当他来到圣托马斯教堂的地下室里时究竟发生了什么呢？

他有没有告诉法官他们一直迫切想要隐藏的秘密呢？法官有没有发现伽马什在作伪证呢？

这一计划始于露丝无意间的透露，然后在莫娜的书店阁楼上喝酒时逐渐成形。现在终于要将这一计划付之于行动了。

在教堂的地下室里，伽马什脱下沾着雪花的外套。他将外套搭在一把椅子上，然后带着波伏瓦来到地窖。

“你能拿一个收集证据用的塑料袋来吗？另外再带两副手套。”

当波伏瓦去拿塑料袋和手套时，伽马什打开探灯，这是刑侦科的人员在之前收集证据时摆放在地窖内的。伽马什慢慢地走到地窖的墙壁边缘。

所有的凶杀案现场都会呈现出与周围环境截然不同的肃杀感。在一个热闹的环境中发生的凶杀案尤其令人感到恐怖。

这个小小的地窖里没有任何窗户。地面上铺着一层灰，架子上摆放着年代久远的瓶瓶罐罐。即使蜘蛛都似乎不愿在这里编织蛛网。整个地窖显得冷冷清清，而凯蒂的凶杀案使这里变得愈加凄清。

这里并不是刑侦人员愿意过多停留的地方。

伽马什凝视着地面上的某一个点。那里曾是凯蒂躺着的地方，当时凯蒂身上穿着讨债人的长袍。伽马什知道侦破凶杀案绝不仅仅只是一项工作。它也是一项智力游戏。它考验人们的智力能否破解杀人的动机。

一位年轻女子在这里咽下了最后一口气。她躺在冰冷黑暗的地窖内。她的身边没有任何亲人的陪伴。这或许是凯蒂做梦都未曾想到的结局。

“蕾娜-玛丽发现凯蒂的尸体时并没有发现棒球棍。但是当伊莎贝拉来到地下室时，地窖里却多了一根棒球棍。这意味着有人曾来过这里，并且没有被任何人发现。那个人一定是从教堂的后墙进入教堂内的。”伽马什向前走了一步，“一定就在这里。”

“什么东西一定就在这里？”

伽马什转身看着波伏瓦说道：“在禁酒令期间那些走私朗姆酒的人不是从教堂的正门进进出出的。”

波伏瓦睁大眼睛，他明白伽马什想说什么了。“该死。”

伽马什和波伏瓦开始仔细检查地窖墙壁上的架子。

“找到了。”波伏瓦说道。

“等等。”伽马什说道，他拿起刑侦科的照相机。当波伏瓦移动墙上的一个架子时，伽马什按下了照相机的快门。

地窖的墙壁上显露出一扇小小的门。

波伏瓦弯下腰往门外看了看。一阵雪花吹到他的脸上。他眯起眼睛，能够看到几步之外便是树林。

穿过这片树林便可来到美国的边境。那里是毒贩子梦寐以求的乐土。

“所以棒球棍就是这么来的。”波伏瓦说道。

伽马什将照相机交给波伏瓦，然后打开摄像机的电源按钮。他开始将他们的发现拍摄下来。

“太棒了。”伽马什屏住呼吸说道。他拿着摄像机环顾地窖四周。

“长官？在吗？”地下室里传来伊莎贝拉的声音。

“我们在这儿。”波伏瓦说道。

“我去打开电脑下载几封电子邮件。”伊莎贝拉说道，“你们还好吗?”

伽马什看了看地窖的四周，他发现那扇小门正在慢慢关闭。当小门完全关闭的时候，墙上的架子又悄无声息地回到了原来的位置上。

伽马什弯下腰，仔细检查着架子的铰链处。

在外面的地下室里伊莎贝拉脱下身上的外套。她点击了一下电子邮件。这时她听到一个声音。她抬起头看着通下地下室的楼梯口。

在静谧的教堂里，楼梯上沉重的脚步声常常会令人感到心惊肉跳。

砰砰砰，砰砰砰。仿佛心跳正在逐步逼近。

波伏瓦出现在楼梯口。

伊莎贝拉的眼睛睁得大大的，她将脑袋向后一缩，十分吃惊。波伏瓦大笑起来。

“对不起，吓着你了。”波伏瓦说道。

伊莎贝拉抬头看到伽马什，伽马什正站在地窖的门边。他摆摆手表示这和自己无关。

“波伏瓦刚才还在地窖里。”伽马什说道。

“我刚从教堂外进来。”波伏瓦说道。

伊莎贝拉看看伽马什，随后又看看波伏瓦。她站起身朝波伏瓦走去。

“告诉我，你是怎么做到的?”

“你来看。”波伏瓦领着伊莎贝拉来到地窖，“这是总警司发现的暗门。”

“我和这扇门可没有什么关系呀。”伽马什手舞足蹈地说道。

伊莎贝拉不以为然。如果眼前的这两个男人是同伙，那么现在他们三个都算是同伙了。

“很好。”伊莎贝拉看着暗门说道，“很好，你们取证了吗?”

波伏瓦指了指收集证据的塑料袋，然后点点头。

伊莎贝拉走回地下室，波伏瓦和伽马什跟在后面。伊莎贝拉转过身说道：“这扇暗门一定是露丝所说的那些走私朗姆酒的家伙设计的。”

“没错。”伽马什说道。

“凶手也使用了这扇暗门。”

“还有讨债人。”伽马什补充道。

“凶手和讨债人可能是同一个人。”伊莎贝拉说道，“但是他怎么会知道地窖里有这扇暗门的呢？你们之前也不知道。除了露丝和莫娜，没人知道这扇门。”

“其实莫娜和露丝也不知道。”伽马什说道，“她们只知道关于禁酒令的一些传闻故事而已。”

“一定是莫娜或是露丝把这些故事告诉了某个人。”伊莎贝拉说道，“那个人将这些故事串联起来，随后发现了这扇暗门。可是干嘛要在教堂的地下室里寻找暗门呢？”

伽马什也在思考同样的问题。

有时人们会碰巧发现一些事，例如像发现三松镇的游客。

但是大多数情况下，某样东西被发现是因为人们刻意的寻找。人们的迫切需求催生了发现。

伽马什已经意识到这种迫切需求是什么了。

在禁酒令解除之后，那些曾经用来储藏走私酒的地下室被逐渐废弃和遗忘。那些曾经建造秘密地下室的人也早已去世。然而，他们的遗产仍然留存于世。

这些遗产在国境线的边缘静静地等待着被再一次打开尘封。

国境线上总是有许多缺口。比起走私朗姆酒，现在有一种走私品更具有诱惑性和收益。

波伏瓦走到桌边，然后将电子邮件下载下来。

“安东尼奥·鲁兹回到西班牙了。”波伏瓦说道，“西班牙的警方已经证实了这一点。”

波伏瓦站起身，随后在桌边的一把椅子上坐下。他拿出从凯蒂·埃文斯家带来的照片。

伽马什端详着照片。照片上的人笑容灿烂。那是多么熟悉的笑容。当时照片上的那几个人显得多么年轻而快乐。

伽马什的目光注视着照片上的爱德华。爱德华如同幽灵一般一直萦绕在他的朋友心头。

波伏瓦将自己和凯蒂姐姐的谈话内容告诉了伽马什。

"我们仍然无法确定凶手是否是讨债人。"伽马什说道,他的目光又聚焦在照片上。他看到爱德华的臂膀搂着凯蒂。"我在想,凯蒂为什么要珍藏这张照片?爱德华和她看上去更像一对儿。"

"我在想,帕特瑞克看到这张照片会不会吃醋?"波伏瓦说道,"他们一定还有其他合拍的照片。为什么特别珍藏这一张呢?"

伽马什点点头。为什么是这一张呢?他也在想这个问题。

"我刚才和安东谈了谈。安东就是小酒馆的那个洗碗工。"波伏瓦说道,"先前他把炖锅端来的时候,我们聊了聊。他承认他知道讨债人的事。"

"他是怎么知道的?"伊莎贝拉问道。

"安东尼奥·鲁兹在西班牙的时候曾被一个讨债人跟踪过。"

波伏瓦随后告诉他们安东所说的话和那段新闻报导。

"洗钱?"伽马什问道。

洗钱也属于有组织犯罪。此外还有诈骗,赌博和贩毒。

"杰奎琳知道吗?"伊莎贝拉问道。

"是的。杰奎琳要求安东不要说出去,因为警方可能会来调查,这样他们就不得不说出关于鲁兹的事情。"波伏瓦说道,"他们似乎很怕鲁兹,不仅仅是因为他们和鲁兹之间签署了保密协议的缘故。"

"如果鲁兹涉嫌有组织犯罪的话,他们的确有理由害怕他。"伽马什说道。

"安东还告诉我另一件事。"波伏瓦说道,"他认为讨债人是来找他的。"

"这也算不上新闻。小镇里每个人都认为讨债人是来找自己的。"伽马什说道,"包括我在内。"

"但是安东有更为充分的理由。"波伏瓦说道,他将身子倚靠在桌边,这样可以离伽马什和伊莎贝拉更近一些,"安东认识凯蒂·埃文斯。"

"怎么认识的?"伊莎贝拉问道。

"那是许多年以前的事了。"波伏瓦说道,"安东认识他们每一个人。

一开始他并不敢确定，因为他只是在小酒馆的厨房里见过他们一眼。但是当他们谈论起蒙特利尔大学的生活时，安东确认自己认识他们。当时他们是蒙特利尔大学的学生。安东认为讨债人就是他们派来的，讨债人来向他索债。"

"什么债?"伊莎贝拉问道，然后她又忽然举起手，"等等。先别告诉我。"

她思考片刻，然后将肘部靠在桌子边缘。她的眼睛显得如此明亮。

"安东就是那个把毒品卖给爱德华的人。"伊莎贝拉说道。波伏瓦点点头。

"在爱德华死后，安东便逃跑了。"波伏瓦说道，"他害怕自己会进监狱。"

"那么凯蒂和其他人认出他了吗?"伽马什问道。

"即使认出他，他们也不会向他透露风声。"波伏瓦回答道。

"他们也不会向我们透露风声。"伊莎贝拉说道，"但是他们为什么要保守这个秘密呢?"

"或许他们并没有认出安东。"波伏瓦说道。

"这似乎有点过于巧合了，不是吗?"伽马什说道，"四个朋友来到这座人迹罕至的小镇，而这四个人都想置安东于死地。"

伊莎贝拉和波伏瓦都点点头。巧合在凶杀案件中很常见，就像生活中到处都有巧合一样。过度解读巧合是十分愚蠢的，但是忽视巧合也同样愚蠢。

"我们得去一趟小酒馆的旅店，看看他们是否认出了安东。"伊莎贝拉说道。

"即使他们认出了安东，也不能说明讨债人是他们派来的。"伽马什说道，"派遣讨债人需要精心的计划。这可能需要几个月的时间进行策划。凯蒂和其他人来到小镇不过才几天。"

"那么这和凯蒂的死又有什么关系呢?"伊莎贝拉问道。

代表良知的讨债人唤起了安东内心深处的秘密。安东对十五年前爱德华的死负有一定责任。然而，有的人的心中隐藏着一个更大，更丑陋的秘密。

伊莎贝拉朝地窖看了一眼,“我们需要将那扇暗门封起来。这样就不会有人使用它了。”

伽马什思考着什么。他看到伊莎贝拉和波伏瓦朝地窖走去。“等等。”伽马什喊道,他站起身,“我认为先不要封门。”

“但是有人会利用这扇门再次进入教堂。”伊莎贝拉说道。

“再次进入教堂做什么呢?”伽马什问道,他走到地窖门口。

“好吧。”伊莎贝拉说道。她本能地认为会有人进入教堂干坏事。但是干什么坏事呢? 她现在也想不出。

他们收集了所有证据,并拍下了照片。

“我们要把电脑留在这儿吗?”波伏瓦说道。

“电脑里有密码。”伽马什说道,“如果凶手再次来到这里,他也带不走什么东西。他不会冒着被发现的风险偷走安全局的笔记本电脑的。”

伽马什曾经遇见过头脑愚蠢的杀人犯,但是大多数杀人犯还是十分聪明狡猾的。

“至少应该带走我们的记录本和提示板吧。”伊莎贝拉说道,指了指写着各种线索和嫌疑人名字的小黑板。

“不,也留在这儿。”

“但是凶手会知道我们的抓捕目标。”波伏瓦说道。

“凶手会认为我们找错了方向。”伽马什说道。

“但是我们并没有找错方向。”

“是的,可是凶手并不知道。如果他看到上面的信息,他一定以为我们弄错了。”伽马什指了指提示板。

“没错。”伊莎贝拉说道。

“我们必须假装找错了方向。”伽马什几乎自言自语地说道,“我们要假装很无能,似乎快要放弃了。这样犯罪分子才会掉以轻心,才会放松警惕。我们要让他们自信心爆棚。”伽马什颇为得意地看着波伏瓦和伊莎贝拉,“然后他们便会路出马脚。”

“你不会真的希望我们放弃吧,长官?”伊莎贝拉问道。

“当然不，恰恰相反。”伽马什有些心不在焉地回答道。他似乎又在思考着什么了。

波伏瓦颇为困惑地看了伊莎贝拉一眼。

“我认为，”伽马什看着他们说道，“我们必须守住这一秘密。我们不能告诉任何人关于这扇暗门的事情。即使团队里的其他人也不能告诉。”

“是，长官。”波伏瓦和伊莎贝拉异口同声回答道。不能向刑侦科团队的其他成员透露半点风声，这样的命令还是头一次。

“现在，”伽马什说道，“给我一点时间。我需要时间好好想想。”

“我在地窖的角落里安装一部照相机吧。”波伏瓦说道，“如果有人进来，我们就可以知道他是谁了。”

当波伏瓦去安装照相机时，伊莎贝拉阅读着下载下来的电子邮件。

“实验室说他们要到明天早上才能得到死者身穿的那件长袍上的相关实验数据。长袍上有好几个 DNA 样本。”

“也许那件讨债人的长袍是租来的。”地窖里传来波伏瓦的声音，“谁知道那件长袍上一次清洗是在什么时候。”波伏瓦的声音里充斥着厌恶感。

“但是，”伊莎贝拉说道，她正在阅读另一封邮件，“棒球棍的相关实验数据已经出来了。”

伊莎贝拉一边读着邮件，一边慢慢说到。

伽马什来到伊莎贝拉身后。他用锐利的目光看着隐藏在实验报告专业术语之中的关键信息。

伊莎贝拉转过身看着伽马什。

“你怎么看?”伊莎贝拉问道。

“怎么了?”波伏瓦问道。他大跨步从地窖里走出来。

波伏瓦安静地读着实验报告，然后他挺直腰，眉头紧锁起来。

“这还不足以实施逮捕。”伊莎贝拉说道，“但是至少我们知道谁使用过那根棒球棍，而那个人可能就是杀死凯蒂的凶手。”

“但是这一点你怎么看呢?”伽马什问道，他指着报告上的一行字。

“这只是一道痕迹而已。”伊莎贝拉说道，“实验报告说这可能是意外留下的。”

“这不仅仅只是一道痕迹。”伽马什说道。伊莎贝拉或许说得没错。安全局实验室的专业人员认为棒球棍上残留的 DNA 痕迹有可能是凶手留下的，但也可能不是凶手的。

实验报告揭示了两个明确的结果。棒球棍上有两个 DNA 样本。一个属于凯蒂・埃文斯，另一个属于可能是凶手的某个人。

但是。

“但是为什么凶手要拿走棒球棍呢？”伽马什问道，“为什么后来又冒着被发现的风险将棒球棍放回凶案现场呢？”

这是一个一直困扰着大家的问题。

凶手之所以这么做或许是因为害怕，也或许是因为分心。有的时候人们会手拿尚未付款的商品走出商店。这是心不在焉导致的行为。

或许当凶手意识到自己的所作所为时，他知道棒球棍是定罪的关键证据。于是他将凶器放回现场。

这是最有可能的一个原因。

但是凶手为什么不烧了那根棒球棍呢？为什么要冒着一定风险将它放回现场呢？

凶手这么做一定还有其他原因。凶手想让警方发现这件凶器。

“这样凶手便可以混淆警方的视听。”波伏瓦说道，“他为警方制造了一个 DNA 证据。”

“有这种可能。”伽马什说道，“这么做或许能让真正的凶手认为警方被愚弄了。”

“他会认为警方真的很无能吗，长官？”波伏瓦面带微笑问道。

但是波伏瓦知道警方的无能并不是装出来的。凶手的诡计曾让警方找错了方向，真正的凶手却始终逍遥法外。

“我们需要更多的证据。”波伏瓦说道。

伽马什点点头。仅仅知道谁杀了凯蒂・埃文斯还不够。他们需要证明这一点。

“今天够漫长的。”伽马什说道，“现在我们需要吃点东西。”

此刻没有什么话比最后那句话更振奋人心的了。

安东作为一名厨师的手艺并非浪得虚名。

他所制作的牛肉炖锅——各种香料，野生大蒜和秋天采摘并晒干的新鲜蘑菇——的确有着迥然不同的美味。

“奥利维知道安东的烹饪手艺吗？”蕾娜-玛丽问道。

蕾娜-玛丽试图露出快乐的表情，但是由于一连串的事情，她有些精疲力尽。

“奥利维可能还不知道吧。”伽马什说道。他清理了一下餐桌。波伏瓦端上了甜点。

“这是意大利甜果酱奶冻。”波伏瓦说道，他念着贴在甜点模具上的小纸条。“安东告诉我他是在戒毒所里喜欢上烹饪的。看来以前我去的戒毒所都是假的。”

“怎么会呢。”伽马什说道，“我们很喜欢你装饰的圣诞树，看上去就像一株挂满流苏装饰品的植物。”

“那太棒了。圣诞节也快到了。”

“来吧。”伽马什对蕾娜-玛丽说道，蕾娜-玛丽的眼袋下已经泛出了黑眼圈，“你先去睡吧。我们留一个甜点给你。”

“我没事。”蕾娜-玛丽说道。

“我知道你没事。”

伽马什扶着蕾娜-玛丽站起来。伊莎贝拉和波伏瓦向蕾娜-玛丽道了一声晚安。伽马什扶着蕾娜-玛丽上了楼梯。不过，伊莎贝拉和波伏瓦可没闲着。

“打电话给莫娜和露丝，看看她们都和谁说起过禁酒令的传闻故事。此外，再调查一下安东的背景资料。”

安东已经向波伏瓦承认了许多事，包括他知道讨债人并且认识死者凯蒂。但是这些事警方早晚会调查清楚。

安东是一个无辜的人吗？他向波伏瓦承认这一切是出于自己的良知呢？还是试图撇开自己与凶杀案的关系呢？

“等一会儿我们一起去小酒馆旅店。”

“好的，长官。”

在将蕾娜-玛丽安顿上床之后，伽马什发现妻子很快便入睡了。他在蕾娜-玛丽的被子里放了一个热水袋，然后轻轻地在蕾娜-玛丽的脸颊边吻了一下。他在妻子的床头柜上放了一杯热茶。他知道甘菊茶的清香有助于睡眠。

当伽马什下楼时，他听到波伏瓦正在打电话。

“听着，你这老巫婆，这是一个很简单的问题。”

伽马什能听见露丝在电话里恶狠狠地回应。

“你这个蠢蛋在半夜里打电话问我禁酒令的事情。你不觉得现在问这个问题为时已晚了吗？”

“现在只有九点半。我必须知道答案。”

“现在是2017年。禁酒令早就被废除了。难道连这个你都不知道？蠢蛋。”

“我不是问你历史知识……”

波伏瓦和露丝之间的对话仍在继续。伽马什看了看书房。伊莎贝拉正坐在伽马什的电脑前。她正在将安东的名字输入安全局的刑侦档案资料库。

“这需要花点时间。我现在想带着亨利和格蕾丝出去遛个弯。你想一起出去透透新鲜空气吗？”伽马什问道。隔壁房间里波伏瓦和露丝正在互飙脏话。

“好主意。”

来到户外，他们发现小酒馆旅店的灯依然亮着。

他们冒着寒风向小酒馆方向走去。亨利和格蕾丝玩耍着，完全不顾周遭恶劣的天气。

“长官，有关教堂里的地窖，你为什么不让我们——”伊莎贝拉刚开口说话，伽马什便举起手示意闭上嘴。

“但是我们这样会孤立无援的。”伊莎贝拉顶着寒风说道。

伽马什什么都没说，只是朝店铺的方向指了指。

莫娜书店的阁楼亮起了灯。看来波伏瓦正在给莫娜打电话。这一定会是一次愉快的谈话。

但是伽马什即将展开的谈话并不会令人感到愉快。

在小酒馆里,警员们正在闲聊。有的警员坐在壁炉边吃着甜点,喝着咖啡。他们过一会儿就准备回家了。

这时一个身影出现在小酒馆的窗户前。这个身影裹得严严实实,无法辨别是男是女。

伽马什和伊莎贝拉看到这个身影笔直朝小酒馆旅店的方向走去。

然后又径直朝伽马什家的方向走去。

伽马什抱起格蕾丝,然后迅速朝家的方向走去,亨利则跑在最前头。此刻那个身影已经出现在伽马什家的门廊上。

当看到德国牧羊犬亨利朝自己跑过来时,那个身影一动不动地站着。或许它并没有注意到亨利摇晃着尾巴,嘴里叼着一个小球。或许它不想做任何反抗。

过了一小会儿,伽马什来了。他一把抓住那个身影的胳膊,然后将它拉到灯光下。

伽马什凝视着那张脸,"你是不是有什么事要告诉我?"

"是的。"杰奎琳说道,"我是来自首的。"

伊莎贝拉看着奥利维。奥利维正在吧台后面调制着鸡尾酒。伊莎贝拉扭头看看窗外。

莱雅和马思奥正从小酒馆旅店的台阶上走下来。莱雅穿着夏季的衣服,脚上穿着一双凉鞋。马思奥则身穿衬衫和宽松裤子。他们正朝小酒馆的方向走来。

"他们是谁?"伊莎贝拉问道。

"不知道。他们是今天下午来的。"

小酒馆的壁炉台边坐着两个男人,一个年纪较大,一个则年纪较轻。他们时不时地朝伊莎贝拉的方向看一眼。安东可能已经把伊莎贝拉安全局刑侦科负责人的身份告诉他们了,所以才会引来他们时不时的关注。

伊莎贝拉向他们举起酒杯，他们也回敬了伊莎贝拉。伊莎贝拉希望他们并没有发现自己只是抿了一小口。杯中的鸡尾酒只是沾湿了她的嘴唇而已。

但是奥利维发现了她的这一举动。他皱着眉头，什么话都没说。

伊莎贝拉转过身倚靠在吧台上。她随意地看着窗外已经繁花盛开的花园。

她的脸色显得有些苍白，甚至没有血色。但是她的头脑此刻却极为亢奋。

当奥利维端着调制好的鸡尾酒走向其他餐桌时，伊莎贝拉从吧台的糖罐里又拿了一根棒棒糖。那个年纪较大的男人发现了伊莎贝拉的这一举动。他扬了扬眉毛。

伊莎贝拉微微笑了笑。她将一根手指放在嘴唇上。那个男人也笑了笑，点点头。

然后她离开吧台，朝洗手间的方向走去。小心翼翼地将手机攥在掌心里。

...第三十一章

伽马什和波伏瓦离目的地还有一半距离。但是他们仍然没有收到来自伊莎贝拉的消息。

不过,图森特发给他们一条消息。

装备都已安装完毕。大家都已经各就各位。一切行动就等伽马什下命令了。

"如果还没有收到消息,"图森特在短信里写到,"我们将在十分钟后从蒙特利尔出发。天黑以前便可到达指定地点。"

"粪便。"伽马什回复道。在魁北克地区,粪便一词寓意着"好运"。这也是安全局的警官们彼此鼓励对方时的暗语。

"粪便。"图森特回复道。

在开始行动前,他和图森特无法碰面。

伽马什看了看汽车仪表盘上的时间。现在是晚上六点半。到八点半时天将完全暗下来。图森特对于时间的把控果然很精准。

"图森特现在在干嘛?"波伏瓦一边开着车,一边问道。

显然他知道这是图森特发来的短信。

“我不知道。”

伽马什拿起手机向家里打了一个电话。电话铃声一直响着，直到他听到了蕾娜-玛丽的录音电话。

伽马什留了一条语音信息。他告诉妻子自己正在路上，波伏瓦和他在一起。

“家里没人接吗？”波伏瓦问道，“她可能在克莱拉或是莫娜家里。”

“有可能。”

一进洗手间，伊莎贝拉便锁上门。她按下绿色通话键。她希望在这个偏僻小镇手机信号能发送得很远。

她听到了拨号音，于是快速按下电话号码。

“长官，是你吗？”伊莎贝拉轻声说道。电话铃在响了一声后便有人接了。

“伊莎贝拉，你在干嘛？”

“我刚才一直脱不开身。我现在小酒馆里。他就在这儿。”

“谁？”

“贩毒集团的头目。他现在就在三松镇。”

“我们知道。”手机里传来波伏瓦的声音，“你待在三松镇的目的不就是为了监视他吗？”

“不是的，我指的是美国贩毒集团的头目。”

伽马什和波伏瓦面面相觑。

“你确定吗？”伽马什问道。

如果是别人在其他场合问这个问题，伊莎贝拉一定会恼羞成怒。但是她明白伽马什需要明确的回答。

“是的，正是美国贩毒集团的头目。”伊莎贝拉回答的声音十分肯定。

“该死。”波伏瓦说道，“他认出你了吗？”

“我不知道。他身边还有另一个人，也许是他的保镖或是顾问。他们一直看着我。我猜想安东可能把我的身份告诉他们了。”

“真是该死。”波伏瓦说道。

“不过，我点了一杯酒并向他挥了挥手。”

“挥手？你竟然向贩毒集团的老大挥手？”波伏瓦在电话里说道。

“我又不是朝他挥舞手枪。”伊莎贝拉说道，“我想让他知道我没有敌意，我不知道他是谁。挥手完全出于友好。”

伽马什点点头。不会有人深思伊莎贝拉做这一举动的真正用意。伊莎贝拉做得没错。如果美国贩毒集团的头目认为加拿大安全局是一帮无能之辈，那么伊莎贝拉的这一举动更能证明这一点。一位安全局资深警官竟然认不出北美地区规模最大的贩毒集团的头目。

“现在我们该怎么办？”伊莎贝拉轻声问道。

有人在转动洗手间的门把手。

“等一下。”伊莎贝拉喊道。那个人离开了。

“总共有多少人？”伽马什问道。

“你指美国的贩毒集团吗？外面有多少人我不知道。小酒馆里只有两个人。”伊莎贝拉把说话声压得更低。“贩毒集团的头目是一个年纪较大的人。他表现得十分谨慎。”

伽马什知道加拿大的贩毒集团也是如此。新的制造技术催生出新的合成毒品，这必然会催生出贩毒集团的新头目。在美国犯罪组织内的权力更替往往会伴随血腥的杀戮，而在加拿大权力的更替有时却是世代相传。

如今毒品交易是年轻人之间的游戏。根据伽马什的经验，年轻人往往是最邪恶的一群人。他们对于血腥与暴力尚未感到厌倦。事实上，年轻人更愿意参与到血腥暴力之中。他们喜欢绑架，折磨，最后将对手撕成碎片。

这是年轻人的可怕之处。

没有人能够幸免。警察、法官、审判员、孩子、母亲、祖父母。所有人都会成为年轻犯罪分子的目标。

他们不会受到良知的谴责。他们自以为自己是无所不能的，仿佛他们就是主宰一切的上帝。

如果安全局今晚不采取任何行动,那必然会引发一场骚乱。届时魁北克地区所有人都将为此付出沉重的代价。

伽马什已经清醒地意识到了这一点。

“你们一到,我这里便开始抓人。”伊莎贝拉说道,“你们离这儿还有多远?”

“大概二十分钟的车程。”波伏瓦说道,他猛操油门,“也许只需要十五分钟。”

“你们现在希望我做什么?”

伽马什迅速思考着各种可能性。

他原本希望今夜在树林里与这些犯罪分子面对面地较量,而不是在小酒馆里。

然而,或许这也有好处。这意味着图森特的猜测是正确的。贩毒集团已经完全落入了圈套。他们相信安全局不会对他们构成威胁,于是他们肆无忌惮地在光天化日之下行动了。

很少听说贩毒集团的大头目会亲自来到交易现场。他们通常会派遣自己的手下来实施交易。

现在两大集团的头目都来到交易现场,这绝对是史无前例的。

是的,这比原先的计划更完美。

但是也有可能更危险。

伽马什的计划原本设想这两个贩毒集团的头目在树林里进行交易。然而,现在他们却出现在小酒馆里。那里有伽马什的亲人和朋友。

“我们目前还不能逮捕他们。”伽马什用冷静而坚定的口吻说道,“我们现在还没有逮捕他们的铁证。我们必须在他们进行非法交易时将其一举抓获,否则他们一定会想方设法洗脱罪名。你就坐在小酒馆里,什么都别做。”

“该死,该死,真是该死。”波伏瓦屏住呼吸说道。现在即使念咒语也无济于事了。

伽马什说得没错。

这次行动的成功与否取决于能否在他们进行毒品交易时将其一举抓

获。到目前为止，警方只知道小鳄鱼即将越过国境线，但是尚无确凿的证据能够抓捕贩毒集团的头目。

这两个头目现在出现在一个本不该出现的地方。

如果毒品交易发生在树林里，警方可以一举将他们抓捕归案。然而，现在他们却在小酒馆里聊着天。警方无法展开行动。

波伏瓦看着伽马什，他的眼睛睁得大大的，眼神中充满了质疑。

伊莎贝拉一言不发。在电话里伽马什能听见她的呼吸声。又有人在砰砰地敲洗手间的门了。

“里面有人吗?”一个男人用英语说道。

“该死。”伊莎贝拉说道，“我猜是那个保镖。”

“马上就好。”伊莎贝拉喊道。

伽马什知道，现在一旦挂断电话，他无法立刻联系上伊莎贝拉。他必须迅速做出决定。

“还有一件事。”伊莎贝拉压低声音说道，伽马什几乎听不清她在说什么，“蕾娜-玛丽也在小酒馆里。她和安妮以及奥诺雷在一起。”

伽马什的脸颊忽然涨得通红。他看着波伏瓦，波伏瓦的双手紧握着方向盘。汽车的引擎在加速时发出隆隆的响声。

“他们必须离开小酒馆。”波伏瓦说道。

“不，等等。”伽马什说道，“等等。”

他们在等待最后的决定。

“我们十五分钟后到——”

“十分钟。”波伏瓦说道。

“让蕾娜-玛丽他们待在小酒馆里。你把露丝也叫来。”

“你不是认真的吧。”波伏瓦说道。

伊莎贝拉冲了一下马桶，以免外面的保镖听见她忽然提高的说话声。

“奥诺雷。”波伏瓦用力说道，仿佛伽马什听不明白似的。然后他又轻声说了一句，“奥诺雷。”

此刻波伏瓦的整个世界被压缩成了这一个字。

“安妮。”波伏瓦轻声说道。

伽马什此刻心里想到了蕾娜-玛丽。

“他们必须待在小酒馆里。那里很安全。他们必须待在那儿聊天，而不是慌慌张张地离开。”

“你怎么知道那里很安全?”波伏瓦问道，他的声音忽然变得激动起来，“酒吧里发生血腥惨案又不是第一次。”

“不，如果犯罪分子想把小酒馆变成屠宰场，他们就不会出现在小酒馆里。他们虽然凶残，但并不愚蠢。”

伽马什似乎很有自信。但是他知道，身为安全局的负责人，他不能暴露自己的情绪。他不能在自己感到害怕的同时还要求别人勇往直前。

“如果我们不采取行动，”波伏瓦说道，“我们很有可能错失良机。他们也许会在小酒馆里当着众人的面进行毒品交易。只有我们的到来可以确保小酒馆的安全。只有我们能做到。”

“波伏瓦说得没错。”伊莎贝拉在电话里说道，她又冲了一次马桶，“接下来我该做什么呢？我们必须逮捕他们，至少应该试一试，哪怕小酒馆里有一屋子的人。”

奥诺雷，安妮，蕾娜-玛丽，这些名字又浮上伽马什的心头。

波伏瓦猛踩油门。汽车现在已 140 马的时速在路上飞奔着。他们下了高速公路，然后上了一条小马路。这条小马路并不适合高速行驶的汽车。小石子被飞驰的车轮抛掷起来，纷纷落在柏油铺陈的路面上。

伽马什并没有命令波伏瓦放慢车速，但是他也没有叫波伏瓦加速前进。

“把露丝也叫到小酒馆里来。”伽马什在电话里又重复了一遍，“你可以坐在蕾娜-玛丽或是安妮的身边聊聊天。美国贩毒集团的头目并不知道她们是谁，但是加拿大贩毒集团的头目知道她们的身份。他们绝不会认为警方会将蕾娜-玛丽置于危险境地。”

电话里一片沉寂。

没有人会相信伽马什竟会这么做。

但是除此之外别无选择。如果伊莎贝拉让安妮和蕾娜-玛丽抱着奥诺雷离开小酒馆，贩毒集团的头目一定会有所警觉。他们一直在观察周围不同寻常的迹象。

也许他们自认为很安全,但是这并不意味着他们放松了警惕。时刻保持警惕是动物的天性,而这些犯罪分子就是动物。

“你确定要这么做吗?”伊莎贝拉轻声问道。

如果是在其他场合,伽马什一定会对他人的质疑表示恼怒。但是他明白,伊莎贝拉现在需要明确的回复。

“是的。”

“那好。”伊莎贝拉说道。在挂电话之前,伽马什听见伊莎贝拉轻声说了一句,“粪便。”

“粪便。”伽马什回复道。

但是这一次“粪便”并不意味着好运。一切真的变得像粪便一样糟糕。

伊莎贝拉将手机紧握在手心里,然后打开洗手间的门。

“不好意思。”伊莎贝拉对那个上了年纪的男人说道。那个男人正在打量着她,“每个月总会遇到这样的情况。”

伊莎贝拉用手捂着肚子。那个男人向后退了几步。伊莎贝拉咕咕哝哝地说道:“我的胃似乎痉挛了。”

在挂断电话之后,伽马什又马上给图森特打电话通知她这一新情况。随后大家在电话里都保持着沉默。

“很好。”图森特用她清脆的声音说道,“你希望我们做什么?你希望我们去三松镇吗?”

“不,你们仍然按照原计划去边境。不管发生什么事,毒贩子一定会将小鳄鱼偷运到美国。我们现在唯一掌握的情报只有这个了。你的情报人员还在监视教堂吗?”

“是的。我们至少知道毒品何时会被运往美国。但是如果毒贩子不走那条路线,我们该怎么办?”

“那么你们在树林里将一无所获。剩下的事就交给我,波伏瓦和伊莎贝拉来解决吧。”

伽马什用十分冷静的口吻说着话，仿佛他正在和他人谈论如何修补篱笆似的。

电话那头又是一阵沉默。

“所有行动都得碰运气。”伽马什提醒图森特，“何况我们掌握了犯罪分子的动向。这是我们的一大优势。”

“我们只能背水一战了，长官。我们会有好运的。”图森特轻声笑起来，她希望好运真的会降临。“祝你好运。”图森特说道。或许她忘了说‘粪便’，或许她不希望‘粪便’一词成为她和伽马什最后一次谈话的内容。

“谢谢，也祝你好运，图森特。”

当伊莎贝拉回到小酒馆时，莱雅和马思奥正坐在一张位于角落里的餐桌旁。他们远离其他人，却离那两个美国人很近。

伊莎贝拉小心翼翼地将手机放进口袋。她确信没有人发现她的这一举动。随后她来到厨房，想和安东打声招呼。

“你好。”安东对伊莎贝拉说道，“我还以为你进城了呢。”

“我先前是进城了，但是在蒙特利尔只待了几个小时。实在太热了。”

“的确太热了。”安东说道。他继续忙着手头的活。当发现伊莎贝拉不说话时，安东抬起头看着她。

“马思奥和莱雅就在小酒馆里。”伊莎贝拉说道，“也许帕特瑞克也在。不过，我没见到他。”

安东放下手上的小刀，看着伊莎贝拉。“怎么了？”

“我不知道，但是我觉得我应该提醒你一下。”

伊莎贝拉其实非常清楚马思奥和莱雅出现在小酒馆里的真实原因，但是她不希望把安东也牵扯进来。

“谢谢你的提醒。”安东说道，他深吸了一口气，十分严肃。“几天之后我会出庭作证。对此我一直感到很害怕。我听说其他人对伽马什先生很不友好。”

“他们一直都是如此。”

“甚至总检察官和法官也是如此。难道他们都是一伙的？”

“案件的审判有时是一件很有趣的事。”伊莎贝拉说道，她试图打消安东心中的顾虑，“明天我也将出庭作证。”

“莱雅和马思奥坐在哪儿?”安东问道，“我好避开他们。”

“坐在角落里的一张餐桌边。”

“在那两个美国人旁边?”

“你认识那两个美国人?”

“以前从没见过他们。但是其中一个号称自己是主厨。在尝了我做的汤之后”——安东指了指一个汤碗——“他问我是否能把做汤的菜谱给他。”

伊莎贝拉低头看着安东记录食谱的笔记本。笔记本的第一页上写着西班牙薄荷叶柠檬拌凉菜。

伊莎贝拉真想把这一页纸吃下去。

“我发现露丝不在小酒馆。你介意我把她叫来吗?”

“不介意。你们都是我的客人。不过，我想露丝可能猜不出我会做什么菜吧。”

伊莎贝拉笑了笑，她知道安东这位年轻的厨师和露丝这位年迈的诗人之间已经建立起了友谊。安东会给露丝提供免费的食物，而露丝则会给安东提供令人感伤的诗句。他们两个都知道在笔直延伸的大路尽头会有什么等着他们。

伊莎贝拉拿起挂在厨房墙壁上的电话。她拨通了露丝家的电话。电话铃响了十声。正当伊莎贝拉以为露丝不在家的时候，露丝接了电话。

“哪位?”露丝在电话里喊道。

“露丝，我是伊莎贝拉·拉科斯特。我现在在小酒馆里。我想请你喝——”

“我就来。”露丝喊道，然后挂断了电话。

伊莎贝拉转过身。她看到安东在笑。她知道安东听到了电话里的内容。她怀疑魁北克地区所有人都听到了。

伊莎贝拉回到小酒馆。克莱拉和莫娜坐在蕾娜-玛丽和安妮身边聊着天。伊莎贝拉在一把椅子上坐了下来。

她背对着那两个美国人，同时也背对着马思奥和莱雅。但是通过前方玻璃窗的反射，她依然能够看到他们的一举一动。

“他们为什么没和你们坐在一起?”伊莎贝拉问道，她将脑袋朝马思奥和莱雅的方向扭了扭。

“啊，他们不是在回避我们。”

“看来他们是在回避我呀。”伊莎贝拉说道。

当然，伊莎贝拉明白其中的缘由。和她一样，马思奥和莱雅也将出庭作证。但是他们并非自愿出庭。

伊莎贝拉知道总检察官问他们的第一个问题会是什么。她怀疑总检察官也会问她同样的问题。那也是伽马什当时冒着雨雪在前往小酒馆旅店的路上所问的问题。

“现在几点了?”加布里问道。他睡眼蒙眬，仿佛听到有人在敲门，“难道有人忘记带钥匙了?”

“谁会在外面。”奥利维说道，他将加布里推醒，“你刚才说的是什么钥匙?”

“现在是十一点半，是吗?”加布里问道。此时他已经完全醒了。他的双脚在床边摇晃着，他伸手去拿外套。“一定出事了。拿着这个。”

他递给奥利维一根木棍。

“干嘛给我这个?”奥利维问道。

“这是抵御窃贼的武器。”

“窃贼可不会敲门。”

“你想去看看吗?”

他们蹑手蹑脚地走着，不想打扰他们的住客。然而，他们无法确定住客们是否都睡下了。尤其是帕特瑞克，自从被他的朋友安顿在床上之后，他就一直睁着眼睛，显得精疲力尽。

加布里和奥利维打开门廊上的电灯，然后透过窗户向外望。很快他们便打开了前门。

帕特瑞克听见了敲门声。

这个时候敲门可不是什么好事。帕特瑞克一直无法入睡。

加布里之前给帕特瑞克另外安排了一间房间，但是帕特瑞克想回到他和凯蒂一同居住的那间客房。那里还有凯蒂的衣服，首饰和一些卫生用品。

刑侦科的人员已经将凯蒂的所有遗物拍了照并进行了分类。现在这些东西已经被放回了原处。

凯蒂的钱包放在一把椅子上。她看书时戴的眼镜放在床头柜的一本书上。

帕特瑞克躺在床上，聆听着旅店老旧的地板所发出的咯吱声。周围安静极了，所有人都已进入了梦乡。现在他可以单独和凯蒂待在一起了。帕特瑞克闭上眼睛，假装凯蒂就在自己身边。他均匀地呼吸着，但是却听不见凯蒂的呼吸声。

帕特瑞克吸了一口气。他闻到了凯蒂的气味。他知道凯蒂还在。她怎么会离开呢？她能去哪儿呢？

帕特瑞克告诉自己，凯蒂没有离开。她就在这儿，就在自己的身边，只是无法听见她的呼吸声。

静谧的夜色中传来敲门声。然后有人来敲他的房门。

“帕特瑞克？你在吗？”

“在。什么事？”

“你能到楼下来吗？”加布里问道。

帕特瑞克，马思奥和莱雅来到楼下的小酒馆。他们都停下了脚步。

站在他们面前的是伽马什，伊莎贝拉和波伏瓦。

此外，还有面包师杰奎琳。

加布里用拨火棍搅动了一下壁炉，然后又添了几块枫木。木块在壁炉里发出噼啪碎裂的声音，暂时盖过了雨打窗户的敲打声。

“发生什么事了？”当加布里走进厨房的时候，奥利维轻声问道。

“他们大眼瞪小眼，彼此看着对方呢。”加布里说道，他拿出一块奶油蛋卷,然后打开微波炉,奥利维则在煮咖啡。“杰奎琳来干嘛?”

“她一定知道些什么。”奥利维说道,“也许她看到了什么。”

“可是伽马什他们为什么想和帕特瑞克谈谈呢?”加布里问道,“而且是在半夜的时候。他们就不能等到明天再谈吗?”

加布里和奥利维都明白有些事是无法等到明天的。

“我们能坐下来说吗?”伽马什问道,他指了指旁边的扶手椅和沙发椅。

波伏瓦站在壁炉边一动不动,同时他也挡住了通往前门的路。尽管没人会试图逃跑,但是人在被逼急的时候什么事都做得出来。

莱雅终于开口说话了。她看着他们,轻声说道:“终于来了。”随后他的目光紧盯着杰奎琳。

现在轮到伊莎贝拉说话了。

“杰奎琳今晚告诉了我们一个难以置信的故事。”伊莎贝拉看着杰奎琳,杰奎琳挺直身子坐着,眼睛看着其他人。“这个故事对我们来说的确难以置信,但对你们而言并不意外。”

伽马什认为,杰奎琳讲述的故事其实并不令人惊讶。只是为什么自己没有早一点意识到呢。

如同安东对波伏瓦交代过去的历史一样,伽马什知道杰奎琳来向他们认罪也是早有准备的。当杰奎琳讲述她的故事时,伽马什意识到警方再过几个小时也能发现这一秘密。显然杰奎琳已经意识到自己瞒不下去了。

“她把一切都告诉你们了?”马思奥问道,他看看杰奎琳,然后又看看伊莎贝拉。

“她是来认罪的。”伊莎贝拉说道。

“认罪?”帕特瑞克说道,他忽然极为震惊地看着杰奎琳,“是你杀了凯蒂?”

“她告诉了我们有关讨债人的事。”伊莎贝拉说道,“现在该是你们把知道的一切告诉我们的时候了。”

大家面面相觑。莱雅第一个开口说话。

“讨债人这个主意是杰奎琳想出来的。”莱雅说道，她看看自己的丈夫。马思奥点点头。“她以前在一户西班牙人家里工作时曾听说过讨债人的故事。一开始我们以为她在开玩笑，因为这听上去太荒谬了。讨债人盯着一个人，难道就能产生魔法吗？”

“一开始没人把她说的话当回事。”马思奥说道，“我想你也明白这一点吧？”

杰奎琳点点头。

“但是她的话给了我灵感。”马思奥继续说道，“所以我写了一篇有关讨债人的文章。讨债人戴着高礼帽，穿着燕尾服，跟踪某个人。这都得归功于杰奎琳所讲述的故事。她说那并不是她所认为的讨债人的形象。她所说的是原始讨债人。”

“后来她发给我们一些链接。”莱雅说道，“原始讨债人的确与众不同。样子很吓人。”

“但是，”伊莎贝拉说道，“你第一次和伽马什警司谈起讨债人时，你说自己只是在老照片上见过原始讨债人。你说很少有人亲眼见过原始讨债人。”

“他们的确很少见，”马思奥说道，“但是——”

“但是我们不想提供给你们更多的信息。”莱雅十分坦白地说道，她看着伽马什，“我们知道你们会去收集相关资料，并最终发现你们想要找的东西。只要肯花功夫找，总是会有收获的。”

波伏瓦感到有些愠怒。没人喜欢被别人牵着鼻子走，但是莱雅这个女人却十分擅长操控他人。波伏瓦这一刻意识到了女政客的手段。

伽马什并没有生气。他只是看着莱雅，脸上露出沉思的表情。

“后来我们开始思考杰奎琳所提出的建议。”马思奥说道，“我们仔细思考了一番，认为这样做并没有任何损失。”

“不过，准备的时间比我们想象的要长。”莱雅说道，“一开始我们想租一件长袍。但是最后我们决定制作一件。杰奎琳没告诉你们这些吗？”

莱雅看着杰奎琳。杰奎琳坐在伽马什和伊莎贝拉中间，脸色十分苍白。

“她把一切都告诉我们了，但是我们想听听你们怎么说。”伊莎贝拉说道，“是谁制作了讨债人的长袍?”

“是杰奎琳。”莱雅说道，“长袍制作好之后，我们没有人愿意穿，因为这看上去太蠢了。凯蒂是我们当中意志最坚定的一个。她和爱德华的关系也最为密切。她想让某个人付出代价。”

“都过去这么多年了，她还这么想?”伊莎贝拉说道，“爱德华去世快十五年了。”

“如果你看到自己最好的朋友跳楼的话，你是永远无法抹掉这样的记忆的。”马思奥说道，“尤其那个罪魁祸首尚未付出任何代价，也没有道歉。”

“这就是你们想要的?”伽马什问道，“一个道歉?”

大家再一次面面相觑，似乎他们从未想过到底要什么。或许他们只要一个迟来的道歉。

“我想是的。”莱雅说道，“我们只想吓唬一下他，然后继续我们正常的生活。我们没有其他目的。”

“你说‘他’，”伊莎贝拉说道，“这个‘他’是谁?”

“杰奎琳没告诉你们吗?”马思奥问道。

“我想听听你们的说法。”

“是安东。”莱雅说道，“我们曾恳求他不要把毒品卖给爱德华。当时他也同意了。但是这个家伙却在撒谎。他仍然把毒品卖给爱德华，而且卖的量越来越大。”

“当时我们一直都不知道，”马思奥说道，“直到——”

马思奥看着伊莎贝拉，往日的一幕再次浮现在眼前。

这不是意外，也不是摔倒。爱德华当时站在楼层边缘，其他人则在他身边举行着派对。在楼层下方的某个房间里，他最爱的凯蒂正和他的朋友帕特瑞克发生着性关系。

在爱德华的周围充斥着青春，自由和性爱。

但是爱德华却被抛在了一座孤岛上，就像《蝇王》中所描述的那样。

一头贪得无厌的怪兽正在啃食着他的心灵。

爱德华慢慢展开双臂,仿佛在进行着某种神圣的仪式。马思奥和莱雅目瞪口呆地看着他。他们还来不及上前,爱德华已经纵身一跃。

波伏瓦闭上双眼。虽然他并不认识爱德华,但是他能想象出爱德华心中的绝望感。那是毒品所产生的幻觉。毒品会让你将堕落误认为飞升。

爱德华跳下了楼层,离开了孤岛,离开了他的朋友们和家人。但是他的朋友和家人却从未忘记他。

莱雅看着杰奎琳。杰奎琳始终默不作声。

"是安东杀了爱德华。"莱雅对杰奎琳说道,"是他在爱德华的背后推了一把。我们都知道。"

杰奎琳看着莱雅的眼睛,然后微微地点点头。

"警方告诉我们,爱德华的死是一场意外。"马思奥继续说道,"即使警方找到安东,他也顶多被认定为买卖毒品。如果安东没有前科,他甚至可以取保候审。"

"爱德华的家人当时雇佣了一名私人侦探寻找安东的踪迹。"莱雅说道,"他找了很长时间,发现安东进了戒毒所,然后又去了一户西班牙人家里工作。"

波伏瓦站在壁炉边点点头。

之前安东把这一切都告诉了他。当时安东使用的是一个假名——勒布伦,但是他的真实姓氏叫布歇。那是屠夫[①]的意思。

波伏瓦认为,这个姓氏代表着杀戮。当然,他也知道以一个人的姓氏来判断一个人的本性是十分愚蠢的。但是……

"后来杰奎琳和我们取得了联系。"莱雅说道,她再次看着坐姿僵硬的杰奎琳,"她告诉我们,安东被找到了。她说那户西班牙人家需要一名保姆兼家庭教师来教孩子们法语。"

"她希望我们能推荐她。"马思奥说道,"我们同意了。当鲁兹太太打

① 姓氏布歇(Boucher)和屠夫(butcher)读音十分相似。

电话给我时，我便推荐了杰奎琳。”

波伏瓦在想，那么是谁推荐了安东呢？

这是一个关键问题。下午在和波伏瓦聊天的过程中，安东并没有谈到这个问题。他向波伏瓦承认了一切，承认了罪孽，并表达了忏悔之情。

但是他对这个小问题却始终避而不谈。鲁兹一家在雇佣安东之前难道没有打探一下他的背景吗？可是他们却打探了杰奎琳的背景。

安东尼奥·鲁兹——一个怀疑心颇重，甚至有些偏执的人——竟然雇佣了一个完全不了解的人生活在自己家里。

这是为什么呢？波伏瓦在想。鲁兹为什么如此信任安东呢？

“后来发生了什么事？”伊莎贝拉问道。

“在工作了几个月后，杰奎琳便听说了有关讨债人的事。然后她联系了我们。”莱雅说道，“于是我们决定制定一个计划——讨债人应该在何时何地出现在安东的面前。”

“我们不可能让讨债人出现在鲁兹先生的家门前。”马思奥说道，“鲁兹可能会开枪杀了讨债人，他一定会认为讨债人是来找他的。所以我们想到了其他地方。”

“鲁兹一家后来搬回了西班牙。我们的计划似乎要泡汤了。”莱雅说道，“但是安东在三松镇里找到了一份洗碗工的工作。我们几个来过三松镇好几次。我们认为这里是实施我们计划的理想之地。此外，我们还能得到你的帮助。”

“我？”伽马什反问道。

“我们必须确保讨债人的人身安全。”马思奥说道，“必须确保不会有人伤害讨债人。”

“我们知道你能确保这一点。”莱雅对伽马什说道。

“你们在算计我？”伽马什问道。

“不，我们信任你。”莱雅说道，“无论发生什么，你都会始终坚持法律。”

伽马什深深地吸了一口气。又是操控的把戏。不过，伽马什并没有感到恼怒。相反，他愈加清楚地认识到了莱雅的操控手段。

莱雅毕竟是从一名年轻的政客一路成长起来的政治家。

“杰奎琳在小镇的面包店里找到了一份工作。于是我们的计划可以顺利实施了。”

“你们的计划是什么?”伊莎贝拉问道。

“很简单。”莱雅说道,“我们让讨债人出现在小镇上,然后把安东吓得魂飞魄散。”

“然后呢?”伊莎贝拉问道,“仅仅只是为了吓唬他?”

马思奥刚想开口回答,但是他马上闭上嘴。他看看莱雅,随后又看看帕特瑞克,最后他的视线落在杰奎琳身上。

他们似乎被这个问题弄糊涂了。伊莎贝拉明白为什么。

一开始他们的计划只是希望得到一个迟来的道歉,但是最终的结局却是始料未及的。

有些行为的初衷总是显得那样高尚,然而渐渐地它们会扭曲变形,最终变成一头身披黑色长袍的怪物。

一具躺在地窖里的尸体。

现在还不知道为什么会走到这一步。伊莎贝拉决定今夜要问个水落石出。

“我们是在今年春季的时候制定这一计划的。”莱雅说道,“我们本打算在夏季的时候来三松镇实施我们的计划。但是——”

“但是夏季天黑得很晚。”马思奥说道。

伽马什哼了一声。

天黑得很晚。

这似乎能解释很多问题。

所以他们将时间改成了十月末。所以讨债人可以一整天都站在小镇的绿地上。

当夜幕降临时,讨债人的一举一动不会被人发现。

在夏季太阳会高悬于天空很长时间,而且会散出发阵阵热浪。没有人能在夏季的热浪之下站立很久。

但是到了十月末十一月初的时候,白天的时间大大缩短。气温也变得凉爽了许多。

当夜幕降临时，讨债人便可以偷偷溜走。

天黑得很晚。原来答案如此简单。

绝大多数犯罪的原因其实都很简单。正是这些简单的原因构成了最终的罪恶。

“莫娜说她告诉过你们有关教堂和禁酒令的故事。”波伏瓦对莱雅说道。莱雅点点头。

“她的确说过。那是我们第一次来三松镇的时候。她还带我看过教堂的地下室和地窖。当我们在想该把讨债人的衣服藏在哪儿的时候，我忽然想起了教堂的地窖。”

“那里也是讨债人躲藏的地方，是吗？”伊莎贝拉说道，“讨债人是谁？是你们雇佣的某个人吗？他现在在哪儿？”

其他人一脸困惑地看着伊莎贝拉。

莱雅问杰奎琳，“难道你没告诉他们？”

“我告诉他们讨债人其实就是我。所有事都是我干的。”

“难道你认为他们看不出来吗？”马思奥问道。

“看出什么？”伊莎贝拉问道，“讨债人现在在哪儿？”

“就在你面前。”

大家看着马思奥。马思奥指着帕特瑞克，然后又指了指莱雅，最后指着自己。

“我们都是讨债人。”马思奥说道。

伽马什闭上眼睛，垂下脑袋。

如同生活在被放逐的小岛上的讨债人一样，三松镇里的讨债人也不是一个人。他们是一个群体，一个代表良知的群体。

他们都是讨债人。

“那么凯蒂呢？”伽马什问道。

“昨天的讨债人就是凯蒂。”莱雅说道，“在昨晚差一点遭受到小镇居民的攻击之后，我们决定停止计划。情况似乎变得越来越危险了。所以在凯蒂扮演完讨债人之后，我们决定终止计划，不管安东是否感受了恐惧。但是……”

伽马什认为，这群人实在太天真了。他们以为他们的行为不会带来任何后果。他们把讨债人带到小镇，可是他们招来的绝不仅仅只有良知。

也许他们并不了解真正的原始讨债人。

他们想通过讨债人谴责那些犯下过罪恶的人，但是现在已经不是中世纪了。这一次被折磨的人变成了讨债人。

凯蒂被杀了。

伽马什看着伊莎贝拉和波伏瓦，而他们也正看着伽马什。大家似乎都在思考同一件事。

棒球棍。棒球棍上有三个 DNA 样本。一个是凯蒂的。另外两个样本虽然模糊，但是几乎可以肯定是杰奎琳和安东的。

安东的 DNA 分布在整根棒球棍上。

棒球棍似乎在讲述着这样一个故事。

安东·布歇感到了恐惧。昨天夜里他跟踪讨债人来到教堂的地窖。他将讨债人打死，但却没有摘下讨债人的面具。也许他根本不想看被他打死的人是谁。

然而，安东真的不好奇吗？他真的不想看看跟踪他的讨债人到底是谁吗？

“你们是怎么进出教堂的？”伽马什问道。

“当然是走教堂的大门啦。”马思奥说道。

伽马什点点头，他提问时必须谨慎。“你们难道不怕被人看见？”

“谁会在夜里盯着教堂看？”马思奥反问道，“我们观察过了。夜里不会有人去教堂。那里是最安全的地方。总不见得我们要为讨债人在小酒馆的旅店里开一个房间吧。”

“我们将讨债人的长袍直接套在身上。”莱雅说道，“我们会脱下长袍给下一个人穿。如果有人发现了我们，我们就承认一切。我们的目的就是为了吓唬安东。这并不犯法。”

“我们是在伸张正义。”马思奥说道。

“昨天夜里你们也在伸张正义吗？”伽马什说道。

“我们没有杀凯蒂。”莱雅说道，“这是明摆着的。”

“但是凯蒂真的因为我们而死。”杰奎琳说道，“如果我们没有扮演讨债人，也许她还活着。如果我们不去刺激安东，也许她还活着。我知道安东的脾气。如果被逼急了，他会变得极其邪恶。但是我不认为他会如此残暴。”

杰奎琳看着帕特瑞克。

“我很抱歉。我本应该想到这些。安东杀了凯蒂，这全是我的错。”

“安东为什么要杀死凯蒂?”伽马什问道。

“他并不知道他杀死的人是凯蒂。”马思奥说道，“他杀死的是讨债人，因为讨债人知道他的秘密。”

“什么秘密?”伽马什问道。

“当然是关于爱德华的秘密呀。”莱雅说道。

伽马什点点头，然后又摇摇头。

“这说不通。安东认识你们，他知道你们是爱德华的朋友。即使他知道你们是讨债人的幕后策划者，他一定知道杀了一个，还有三个。”

“此外，”波伏瓦说道，“安东把一切都告诉我了。”

“一切?”莱雅反问道。

“是的，包括贩卖毒品以及爱德华的死。如果安东愿意承认这些，他为什么要杀死讨债人呢?”

伽马什看着杰奎琳。

“安东唯一没有认出的人是你。他从来没有见过你。你哥哥从他那里买毒品时也不可能带着你。”

杰奎琳——爱德华的妹妹——点点头。

“我必须逮捕你。”伽马什对杰奎琳说道。杰奎琳点点头。

“是因为讨债人的缘故吗?”杰奎琳问道。

“不，你的罪名是谋杀凯蒂·埃文斯。”

“这太荒唐了。”莱雅说道，“是安东杀了凯蒂。你们知道这一点。即使他向你坦白了一切，那也是他做贼心虚。或许他是在杀死了凯蒂之后才认出我们的。当时我们几个都在小酒馆里。他承认了爱德华的事，因为他知道你们警方早晚会发现的。”

“这又是你的操控手段吗?”伽马什问道,他目光尖锐地看着莱雅。

“他很狡猾。”马思奥说道,“你们别被他愚弄了。你们不知道他的真实样子。他可不像看上去那样诚实。”

“你们也是这样吗?”伽马什反问道。

莱雅看着伽马什。她在伽马什的眼睛里看到了她并不喜欢的东西。

“我很抱歉。”伽马什说道,他站起身,“你们的初衷或许是好的。你们并不想伤害任何人,包括安东。你们只是想为死去的爱德华做些什么。你们想让毒贩子得到良心上的谴责。但是你们被利用了,你们并没有看清真实发生的事情。”

“你看清了吗?”莱雅反问道。

“到底怎么一回事?”帕特瑞克问道,他看到安全局的警官把杰奎琳带走了,“这到底是什么意思?是她杀了凯蒂吗?我不明白。”

当来到户外的时候,伽马什转身看着杰奎琳。

“你需要一个可以为你辩护的人。”

“您在说什么?您不是真想逮捕我吧?”

“你的确被捕了。罪名是谋杀凯蒂·埃文斯。”

伊莎贝拉和波伏瓦都显得十分震惊。然而,最为震惊的是杰奎琳。

“可是你知道这是安东干的。你明明知道我没有杀凯蒂,但是你却逮捕了我。”杰奎琳问道,“这到底是为什么?”

忽然她变得冷静下来。

“我知道为什么了。因为你没有证据指控安东。你想让安东认为自己可以逃之夭夭。现在轮到我来扮演讨债人的角色。我要站出来维护我所信仰的东西,无论我将为此付出何种代价。这是不是就是你希望我做的?”

“你还保持着纯净的良知吗?”伽马什问道。

“是的。”

伽马什相信杰奎琳,但是他却对自己的良知产生了怀疑。

伊莎贝拉坐在小酒馆内。她背对着马思奥和莱雅。她试图避开他们的目光，因为他们的目光里包含着愤怒。一个无辜的年轻女人被指控犯下谋杀的罪名，但是凯蒂并不是她杀的，这一点伊莎贝拉完全明白。

是的，他们的目光里充斥着愤怒。

然而，此刻伊莎贝拉的注意力集中在那两个美国人身上。那两个美国人正自信满满地坐着。

难道美国贩毒集团的头目到这里来只是为了聊天吗？他是想和魁北克地区的贩毒集团讨论领地的划分问题吗？还是前来庆祝新型毒品小鳄鱼即将进入美国呢？

他是来谈买卖的吗？何时何地可以分享新型毒品带来的利润吗？

小酒馆会不会成为一场血雨腥风的起始点呢？

现在所有人都身处在一场战争之中。

伊莎贝拉看着蕾娜-玛丽，安妮和奥诺雷。她知道当自己把真实情况告诉伽马什的时候，伽马什就已经意识到会发生什么了。

如果一场缉毒战争在三松镇爆发，谁赢得这场战争便可以在小镇居民中树立威信。伽马什和他的家人有可能赢得胜利吗？

如果贩毒集团赢得了战争，他们将毁掉整座小镇。届时所有其他的边境小镇也会遭殃。它们会知道抵抗贩毒集团所招致的可怕后果。贩毒集团将不再保持低调，它们将以恐怖暴力的方式控制边境地区。

此刻伊莎贝拉感到自己的背脊冒出一阵冷汗。

...第三十二章

“你在干嘛?”波伏瓦问道。

尽管波伏瓦明白伽马什在做什么,但是他不明白伽马什为什么要这么做。

汽车已经放慢了车速。它正缓缓驶入三松镇。伽马什在座位上扭动了一下身体,然后将系在臀部腰带上的手枪摘了下来。他取出手枪里的子弹,然后将手枪放进汽车的储物箱里。

“你可以带枪。”伽马什说道,他将储物箱锁起来,然后把钥匙放进裤子口袋里。“但是我不能带枪。如果我带枪,蕾娜-玛丽和安妮会注意到的。她们会问的。”

太阳已经高挂在空中。不过,滚滚的热浪似乎有所缓解。小镇显得如此漂亮和宁静。花园里开满了鲜花。孩子们在小镇绿地上玩耍着,充分享受着夏季的美妙时刻。

“如果他们在小酒馆里进行毒品交易的话,你该怎么办?难道用勺子对付他们吗?”

“我希望手里至少有一把叉子。”伽马什说道，但是波伏瓦笑不出来。

“我有这个。”伽马什说道，他的表情又变得严肃起来。他给波伏瓦看刚才从汽车储物箱里拿出来的东西。他要用这个东西替代手枪。

在伽马什的手心里有一块类似木头一样的东西。但是波伏瓦知道这不是木头。这是一把猎人所使用的瑞士军刀。猎人会使用瑞士军刀隐藏的刀片切割动物的内脏。

波伏瓦看着伽马什手上的小刀，然后又看着伽马什的眼睛。他的眼神如此坚定。

用手枪进行射击是十分方便的，波伏瓦清楚这一点。但是用小刀的刀片刺进一个人的身体可不像想象的那么简单。

波伏瓦从未想过用瑞士军刀和犯罪分子搏斗。

但是伽马什可以。在必要的情况下，伽马什可以做到这一点。

“好极了。”当看到伽马什和波伏瓦走进小酒馆时，露丝这样喊道，“洛基和布尔温克①来了。”

伽马什看了波伏瓦一眼。波伏瓦绝望地摇摇头。

“你说的是《飞鼠洛基冒险记》里的人物吧？”加布里问道，他将一杯啤酒放在克莱拉面前。波伏瓦亲了一口安妮，然后将奥诺雷抱在怀里。

“他们更像两只松鼠。”克莱拉点点头，喝了一口冰镇的啤酒。

“不，他们就是洛基和布尔温克。”蕾娜-玛丽说道，她给了伽马什一个拥抱。

“那么你是谁，老巫婆？”伽马什问道。露丝大笑起来。

“奥诺雷。”波伏瓦在儿子的耳边轻声说道。他嗅着儿子身上爽身粉的气味。

现在波伏瓦终于明白伽马什为什么要请露丝来小酒馆了。露丝会当众讥讽他们。这是伽马什的障眼法，就像克莱拉的肖像画一样，画上的每

① 洛基(Rocky)和布尔温克(Bullwinkle)：美国动画片《飞鼠洛基冒险记》里的主人公，故事讲述了飞鼠洛克和驯鹿布尔温克如何阻止了三个阴谋家的惊天大阴谋。

一笔都有其特殊的含义和目的。

对于了解露丝的人而言，露丝的讥讽更像是一种打招呼的方式。但是对于陌生人而言，露丝的讥讽则更像是对无能之辈的嘲笑。露丝会畅所欲言地讽刺他们。

在外人眼里，这会让伽马什显得更容易相处，这也能让伽马什呈现出一副逆来顺受的样子。

波伏瓦看见莱雅和马思奥坐在角落里。他们正在聆听着。莱雅抿着嘴唇，仿佛一条随时准备发动攻击的毒蛇。

那两个美国人看着伽马什他们，似乎对他们的谈话颇感兴趣。

他们当然知道伽马什是谁。

现在是一个关键性的时刻。

那两个美国人会起身离开吗？他们会担心警方介入吗？

他们会掏出武器朝小酒馆里的每一个人开枪吗？贩毒集团屠杀民众也不是第一次了。

然而，那两个美国人依然坐着，仿佛在观看着一场脱口秀似的。

"我不知道你也在这儿。"波伏瓦对安妮说道。他十分惊讶自己的口吻竟然听上去如此正常。

"我留了一条语音信息给你。"安妮说道，"城里实在太热了，所以我们决定来小镇避暑。"

其实三松镇比城里也好不了多少。空气闷热而潮湿。这温度几乎可以把水烧开了。空气中没有一丝微风。这样的酷热看不到有任何减缓的迹象。人们躲在树荫下，祈祷着太阳早点落山。

只有孩子们仍然手拉着手在小镇绿地上玩耍嬉闹着。两个男孩子正在争抢一个皮球。

小酒馆里也是人满为患。所有餐桌几乎都被占了。

伽马什朝那两个美国人坐的餐桌方向走去。上了年纪的美国人移动了一下椅子，椅子的木脚和木质地板发出咔咔的摩擦声。

波伏瓦感到自己手臂和背脊上的汗毛都竖了起来，仿佛十一月的寒风吹进小酒馆中一般。他将奥诺雷紧紧抱在怀里，一动不动，仿佛正怀抱着一把枪,准备随时射击似的。

波伏瓦转过身,他想用自己的身体遮挡住奥诺雷。他走到安妮面前。

此时其他人正在谈论克莱拉下周即将在蒙特利尔美术馆举办的画展。露丝看着波伏瓦,眼睛里露出好奇的神色。

伽马什对那两个美国人微笑道:"你们介意我拿两把椅子吗?"伽马什用法语问道。发现对方没有反应,伽马什又问道:"你们只会说英语?"

"是的。"

"这两把椅子有人坐吗?"

"没有。您请自便。"

伽马什将手放在两把椅了的椅背上。他看着眼前的这两个人,迟疑了一会儿。

"两位看上去很眼熟。我们以前见过吗?"

波伏瓦感觉自己快要昏过去了。他把奥诺雷交给安妮,准备随时掏出手枪。

其他人仍在谈天说地。波伏瓦竭尽全力让自己融入到他人的谈话之中。

波伏瓦不敢朝伽马什的方向看。伽马什正在和贩毒集团的头目亲切地聊着天。波伏瓦能听到他们之间的谈话。

波伏瓦在想,如果犯罪分子不杀了他,我就杀了他。

伊莎贝拉坐在克莱拉身边,她的脸上露出僵硬的微笑。波伏瓦发现伊莎贝拉的手始终放在桌子下面。

波伏瓦的心脏怦怦直跳。他几乎听不清伽马什他们在说什么了。

"我们应该不认识。"年纪较轻的美国人说道,"我们刚来这里。"

"啊,"伽马什感叹道,他的英语带着轻柔的英国口音,"你们太幸运了。不是所有人都能找到这座小镇的。这个小酒馆很棒。你们可以试试这里的厨师烹制的烤肉,太美味了。"

"我们刚吃过。"年轻的美国人说道,"的确很美味。我们还会来吃的。"

"谢谢你们的椅子。"伽马什说道。

伽马什朝那两个美国人点点头，然后拉着两把椅子走回来。他把一把椅子给了波伏瓦，自己则将另一把椅子放在蕾娜-玛丽旁边，然后坐了下来。

"他们似乎很友好。"波伏瓦说道。当伽马什坐下来的时候，他一直看着伽马什。

"美国人总是很友好。"

伽马什脱下外套，然后随意地将外套搭在椅背上。他想让周围的人看到自己身上并没有携带武器。安全局的负责人没有携带武器，看来他似乎完全不知道接下来会发生什么。

这又是一个障眼法。

"你想喝什么，警司先生？"奥利维问道，"来一杯苏格兰威士忌怎么样？"

"天太热了。"伽马什松了松领带，"我还是来一杯啤酒吧。"

"我们还有新鲜的柠檬汁。"奥利维对波伏瓦说道。

"太好了，谢谢。"

"案件审理得怎么样了？"露丝问道，"你在法庭上撒谎了吗？"

"我说的话全部都是谎言。"伽马什说道。

伽马什此时意识到，露丝有一个毛病。那就是她总是管不住自己的嘴。幸好大多数人认为露丝只是在开玩笑而已。

这就如同在玩跳跳箱游戏一样。表面看上去十分正常的箱子里可能隐藏着一个人。这个人随时会从箱子里跳出来吓大家一跳。

在露丝身后的窗外，伽马什注意到孩子们躺在小镇绿地上。他们正在草地上打着滚。

灰烬，灰烬。

抢皮球的游戏结束了。一个男孩正在用自己的膝盖颠球，而另一个男孩则泪眼汪汪地骑着自行车离开了。

笔直的大道向前延伸，
骑车的男孩该向往何处？

伽马什能在玻璃窗上看到那两个美国人的一举一动。那个年轻的美国人的身影在玻璃窗上与那个骑车的小男孩的身影重叠在一起,就像两幅叠在一起的画似的。

伽马什知道,那个骑自行车的男孩将去向何处。

此刻伽马什希望孩子们能赶紧离开。快离开！伽马什祈求道。快回家去！

然而,孩子们仍然在小镇绿地上玩耍着。那个骑自行车的男孩依然蹬着小腿骑着车直至消失在视野中,只留下玻璃窗上年轻美国人犹如鬼魅般的身影。

伽马什背靠在椅子上,他长长地舒了一口气。这又是一个障眼法。他十分小心谨慎,尽量不去扫视窗外的树林以免引起怀疑。

伽马什知道自己的眼神可能会出卖自己。他感到自己的一举一动都在被监视。他说的每一句话都在被那两个美国人掂量。那两个美国人虽然自信满满,但也时刻保持着高度警惕。

伽马什意识到自己决不能走错一步。

“我们在这里吃晚饭,行吗?”伽马什问道,“我快饿死了。”

“现在该是奥诺雷吃饭然后睡觉的时间了。”安妮说道,她站起身。

“我也得回蒙特利尔了。”伊莎贝拉说道,“明天我还得出庭呢。”

“啊,我差点忘了告诉你,法官希望明天早些开庭。明天八点就开庭。”

“早上八点?”伊莎贝拉问道。莫娜和克莱拉都笑了起来,因为她们觉得伊莎贝拉说话的语气很滑稽。

“是的。”伽马什说道,“法官希望在气温升高前开庭。”

“看来我真的得走了。你在这里过夜吗?”

“有可能吧。不过,我还没决定。”伽马什回答道。

“你需要我帮你吗?”波伏瓦问道,他在安妮身边站起身。

“我帮她就行了。”蕾娜-玛丽说道,“你们两个可以待在这儿好好喝一杯。再过四十五分钟,晚餐就可以准备好了。晚餐是烤三文鱼肉,你们想一起来吃吗?”蕾娜-玛丽对克莱拉和莫娜说道。

“听上去不错。”莫娜说道，“但是克莱拉可能想回画室完成她的作品。”

“谁说的？”克莱拉说道，显然她很喜欢烤三明鱼肉，“晚餐听上去不错。我和莫娜可以来帮忙。”

当大家准备离开时，伽马什拥抱了一下蕾娜-玛丽。他希望自己别抱得太紧。他闭上眼睛，深吸了一口蕾娜-玛丽身上的香味和奥诺雷身上的爽身粉的味道。

波伏瓦亲吻了一下安妮和奥诺雷。

波伏瓦无法在安妮的耳边轻声告诉她赶紧带奥诺雷回蒙特利尔。如果他这样做，贩毒集团的头目一定会有所察觉。这样整个抓捕计划便会前功尽弃。

此时只有露丝和鸭子罗萨待在桌边。露丝正在喝着苏格兰威士忌。罗萨大摇大摆地走到波伏瓦的桌子边，然后跳到波伏瓦的膝盖上。波伏瓦哼了几声。

伽马什喝着啤酒。他注意到伊莎贝拉开车离开了。蕾娜-玛丽带着安妮，莫娜以及克莱拉走在黄昏的暮色中。安妮的怀中抱着奥诺雷。蕾娜-玛丽在自家前花园的入口处采摘了一株野草。

蕾娜-玛丽把那株野草拿给莫娜看，莫娜拍着手。这是她们之间的协议。以前每当春季伽马什和蕾娜-玛丽修整花园时，他们都会留下一些野草籽而把一些常青植物的种子丢弃掉。

从那时起莫娜便成为了他们的花草种植顾问。

伽马什看着这一切，脸上露出了微笑。

“我看到那个女政客和她的丈夫回来了。”露丝说道，“今天下午他们从我家门前经过。”

“是嘛？”波伏瓦问道，“他们对你说了什么吗？”

此时安东从厨房里走出来，他正在和那两个美国人攀谈。

安东将一些东西放在美国人的餐桌上，似乎像是写着字的纸张。

“他们告诉我，我会被记录在魁北克地区的名人录上。”

“那太棒了，露丝。”伽马什说道，“恭喜你了。”

那个年轻的美国人正在招呼安东过去。安东显得有些吃惊。他摇摇头，表示厨房里还有活儿要干。但是他在犹豫片刻之后还是在那两个美国人的餐桌边坐了下来。

“名人录?”波伏瓦问道，“你确定那是名人录吗？你离名人还差得远呢。”

在小酒馆的角落里，伽马什发现马思奥和莱雅也在注视着那两个美国人和安东。莱雅在马思奥的耳边说了些什么。马思奥摇摇头。

莱雅看着伽马什。伽马什来不及避开莱雅的目光。伽马什知道如果自己避开莱雅的目光，莱雅一定会有所怀疑。

于是伽马什也看着莱雅，并向她微微一笑。

莱雅并没有对伽马什的笑容做出回应。

波伏瓦和露丝在彼此谈天说地。露丝的眼睛始终看着伽马什而不是波伏瓦。

伽马什淡定地坐在椅子上。他盘着腿，聆听着周围的各种声音。在法庭的证人席上坐了一天之后，能在小酒馆里喝上一杯冰镇啤酒是一件再惬意不过的事了。但是波伏瓦能看出露丝似乎对此产生了疑惑。

伽马什似乎正在对外释放着什么。

是在释放怒火吗？波伏瓦心中在猜测。有一点是肯定的，伽马什绝不是在释放恐惧。

波伏瓦意识到，此刻的伽马什显得异常冷静。

他就像是这间屋子的主宰。

无论将会发生什么，今夜一切都必须予以了结。今夜战争必须结束。

...第三十三章

伊莎贝拉将车开进一条离三松镇相距一公里的小路上。这条小路已被废弃多年。路面上长满了杂草。茂盛的树枝可以将车子很好地隐蔽起来。

伊莎贝拉从后备箱里拿出她的装备——厚厚的靴子和装配着摄像头的头盔。她将手枪套入皮套中,然后系在腰带上,腰带上还系着子弹夹。她的双手仔细检查着这些装备以确保万无一失。

随后她给住在蒙特利尔市区的丈夫打电话,和孩子们在电话里聊了聊。她向孩子们道了一声晚安,并告诉孩子们她爱他们。

孩子们已经长大了。他们有些尴尬,不愿向母亲表达爱意。

伊莎贝拉的丈夫接过电话。伊莎贝拉告诉他,自己会工作得比较晚,可能会很晚回来。

"《木偶奇遇记》还在吗?"伊莎贝拉问道。

"那本童话故事书?也许还在吧。怎么啦?"

"你觉得孩子们今晚会读这本书吗?"

“你是说我们的孩子吗？他们的年龄有点大了。他们似乎更爱看《行走的僵尸》。”

“别让他们看那种书。”伊莎贝拉说道。她听见丈夫在电话里大笑起来。

“我等你回来。”伊莎贝拉的丈夫说道。伊莎贝拉总是告诉他不用等自己回家，但是他总是会等。

“我爱你。”伊莎贝拉的丈夫说道。

“我也爱你。”伊莎贝拉回应道。她的话语明确而干脆。

然后她挂掉电话，并将电话放进车子的储物箱中并锁了起来。紧接着她从口袋里掏出安全局的警用手机。

之前当伊莎贝拉刚开车离开三松镇时，手机便收到了一条短信。那是图森特发来的短信。

短信里说所有警力已经各就各位。

伊莎贝拉回复了这条短信。

小酒馆旅店。我也准备好了。

在开车经过树林时，她的手机又收到一条短信。

包裹离开教堂，正在前往小镇的路上。

伊莎贝拉迅速回复，小镇？确定吗？

小镇，确定。

她回头看着三松镇的方向。然而，她的视线被树林遮挡住了。

“上帝啊。”伊莎贝拉轻声说道。她停了一会儿，她的大脑在迅速思考着各种选择。

然后伊莎贝拉调转车头，朝着小镇的方向驶去。

她在这条被废弃的小路上停下车。她确信没人发现。然后她再次回到树林，沿着小山丘奔跑着，她的手紧紧按住放在胸口的步枪。

她经过被废弃的老校舍。她将身子蹲伏下来，偷偷地溜到露丝家的后面，然后到达伽马什家的后花园。她听到谈话的声音。那是蕾娜-玛丽，莫娜和克莱拉正在聊天。她们一边聊着，一边笑着。

伊莎贝拉迈开脚步，迅速朝树林的方向跑去。她来到树林的另一边。

现在她就在小酒馆的后面。她屏住呼吸，蹲伏在一个角落里。她在观察小镇里是否还有其他贩毒集团的成员。

她的目光扫视着小镇里的一切——每家每户，每一条小径，小镇绿地以及正在绿地上玩耍的孩子。

*快回家去！*伊莎贝拉在心里默默祈祷着。*快回家去！*

她看到小酒馆的门动了一下。

伽马什看到有两个彪形大汉走进小酒馆。他们每个人手里拿着一个包裹。他们将包裹放在那两个美国人所坐的餐桌边的地板上。

当美国人朝那两个彪形大汉点头示意时，安东立刻站起身。

一个壮汉走到安东身边，另一个则在美国贩毒集团头目的身边坐下。

小酒馆里其他人也注视着他们。壮汉从包裹里拿出一个盒子。盒子上贴着俄罗斯套娃的标签。这一切似乎很有意思，但是还不足以完全吸引他人的注意力。过了一会儿，小酒馆里其他人又开始聊天说笑了。

然而，绝大多数人都未曾发现盒子上的斑斑红点。

伊莎贝拉小心翼翼地蹲在一扇门边。这扇门连接着莫娜的书店和奥利维的小酒馆。

透过门缝，伊莎贝拉看到伽马什正十分舒适地靠在椅子上，他的手里拿着一杯啤酒。在不远处，美国贩毒集团的头目正示意安东坐下。

此时的安东表现得与往日迥然不同。

他不再是洗碗工，也不再是厨师。

伊莎贝拉意识到，安东一定明白发生了什么。安东知道这绝不是一场关于领地划分的讨论，而是一场取而代之的战争。盒子上的斑斑红点已经告诉了安东一切。这些红点正是他的手下留下的。

伊莎贝拉小心翼翼地掏出手枪。

此时奥利维出现在伊莎贝拉的正前方。他站在桌边，与伊莎贝拉蹲伏的位置形成一条直线。在门缝的边缘处伊莎贝拉看到波伏瓦站了起来。

贩毒集团的人看着波伏瓦。伊莎贝拉举起手枪。她看到那些毒贩子正在咧嘴笑。

波伏瓦的手里正抓着一只鸭子。他将鸭子交给一个如同干枯的木乃伊一般的老妇人。毒贩子们看着这一切,脸上流露出笑容。

对付这些蠢头蠢脑的小镇居民简直小菜一碟。

露丝将罗萨抱在怀里,然后站起身。

“去死吧。”露丝对波伏瓦大喊道,“你这个蠢蛋。”

小酒馆里发出哄堂大笑。但是当露丝的目光转向其他人时,大家停止了笑声。

“看在上帝的分上,”伊莎贝拉轻声说道,她看到露丝步履蹒跚地朝那两个彪形大汉走去,“露丝,你快离开。”

露丝也没有发现盒子上的斑斑红点。

“行了,露丝。”伽马什说道,他站起身将露丝带到一边,“别去打扰别人。他们正在吃晚饭呢。你也该吃晚饭了。我请你吃。”伽马什将露丝轻轻地朝门的方向推了推。“奥利维,把菜单拿来。”

“好的,警司先生。”奥利维朝吧台走去。

“波伏瓦?”伽马什说道,他示意波伏瓦照看一下露丝。

年轻的美国人看着这一切,脸上露出愉悦的表情。他对于刚才发生的事感到有些意外,但是并没有产生戒心。

洛基和布尔温克并不知道发生了什么。即使眼前的这位警司先生知道了真相,他也一定会吓得逃跑的。他会把这里完全留给贩毒分子。

然而,美国贩毒集团的头目会有所察觉。如果此时他注意到安东脸上的表情的话,他就会发现有什么事情已经不对劲了。

安东的脸上露出一副凶相。那不是一个被逼入绝境的人该有的表情。那更像是一头野兽在伸出利爪准备发动攻击之前露出的表情。

伊莎贝拉透过门缝看得一清二楚。安东脸上的表情让她感到有些困惑。警方并没有将安东算在内。也许安东并不是人们所想的那样,也许他是——

伊莎贝拉意识到这一点已经太迟了。

“你好。”一个男人的声音轻声说道，伊莎贝拉感觉到一把枪正顶着自己的后脑勺。

安东不是一个人。他的手下正在周围行动。

现在安东的手下将手枪顶着伊莎贝拉的脑袋。他将伊莎贝拉手里的枪夺了过来。

在那一刻伊莎贝拉意识到自己要死了。

伽马什听到自己的左边有一阵骚动。他转过头看。伊莎贝拉从一扇边门外被人推了进来。她的身后跟着一个男人，他正用一把枪顶着伊莎贝拉的后脑勺。

伽马什立刻认出了那个男人。他就是那天夜里企图袭击讨债人的那个男人——马尔尚。之前伽马什认为马尔尚只是一个酗酒的粗人，但是现在他发现自己错了。马尔尚是安东的人，是贩毒集团的一员。

伽马什刹那间意识到了这一点。

整个世界似乎都停止了转动。一切都变得那样清晰而缓慢。

就在伊莎贝拉跨出门槛的那一刻，伽马什采取了行动。

伊莎贝拉意识到自己有一大优势。即使现在死了，她也不会失去什么。

当她被推出边门的那一刻，她忽然站稳脚跟转过身，向着身后的那个男人直扑过去。

波伏瓦看到伽马什向边门的方向冲去。波伏瓦紧跟在后。

他看到伊莎贝拉和他身后的男人一起向后倒在地上。他们一边厮打，一边倒下。

波伏瓦沉下肩膀从皮套里掏出手枪，然后扣动扳机。

伽马什喘着粗气。

小酒馆里的每一个人——包括安东和美国贩毒集团的头目——都被

眼前的这一幕怔住了。

这正是伽马什所需要的。

伽马什看不清波伏瓦在做什么，他也看不清伊莎贝拉在做什么。但是他看到伊莎贝拉弯曲的手臂。他明白伊莎贝拉想做什么。

此刻伽马什的注意力集中在离他最近的那个毒贩子身上。那个毒贩子正在转身，脸上露出极为震惊的表情。

他没有想到一个刚才还在小口喝着啤酒并且上了年纪的男人竟然能够如此敏捷并果断地做出反应。

当那个毒贩子正准备掏出手枪的时候，伽马什已经重重地撞在他身上。他倒在地上将安东压在身下。

三个人都倒在地上。被压在最下面的安东发出一声沉闷的叫声。

伽马什用前臂抵住毒贩子的喉咙并将他的脑袋向后掰。他毫不迟疑地从口袋里掏出那把瑞士军用小刀，然后刺了下去。

小酒馆里响起了枪声。

砰砰砰，那是震耳欲聋的枪声。那不是手枪发出的声音，而是自动步枪的枪声。树林的宁静被震碎了。人们发出尖叫声。椅子和桌子被掀翻。玻璃杯纷纷碎裂在地上。

伽马什摸到了那个奄奄一息的毒贩子身上的枪。枪还套在皮套里。安东仍然在挣扎着，试图从两个人的重压之下脱身。

波伏瓦冲到一张桌子边。地面上到处散落着玻璃杯和瓷器的碎片。还有毒品粉末。

一瞬间周围到处是尖叫声，喊声和枪声。

波伏瓦看不到伽马什，但是他能看到伊莎贝拉躺在地上。

一切都发生得如此迅速，仿佛电光火石一般。波伏瓦并不像伽马什一样大个子。但是和伽马什一样，他懂得利用瞬间发生的意外事件。

他转了一个身，掏出手枪，然后朝另一个毒贩子开枪。正当那个毒贩子朝波伏瓦举起手枪时，波伏瓦打中了他的胸口。

"什么声音?"安妮问道,她的脸色变得煞白。

"是枪声。"莫娜说道,"从小酒馆里传来的。"

大家彼此面面相觑。蕾娜-玛丽忽然站起来,掩护怀抱着奥诺雷的安妮从后阳台进入室内。

莫娜和克莱拉紧跟在后面。

"快打 110。"蕾娜-玛丽对自己的女儿喊道,"我去锁门。"

"我和你一起去。"

"你照顾好雷雷。"蕾娜-玛丽说道。

"伽马什带枪了吗?"克莱拉问道。她的眼睛睁得大大的,双手在颤抖,但是声音却显得很坚定。

"没有。"蕾娜-玛丽说道。她看看周围,然后拿起一棍壁炉的拨火棍。莫娜找来一把短柄小斧,而克莱拉只找到一把壁炉刷。

"该死。"克莱拉咕咕哝哝地说道。

枪声还在继续。狗儿们在狂吠。安妮拨打了 110。当她们离开家,沿着小径朝大路上奔跑时,她们的心在狂跳着。

"啊,上帝啊。"莫娜说道。

小镇的绿地上躺着六七个孩子,似乎已经死了。

但是过了一会儿,他们又开始扭动身体并站了起来。他们目瞪口呆地看着小酒馆。

"快到这儿来。"克莱拉对孩子们喊道,她挥着手叫孩子们过来。孩子们朝她跑来,有些孩子尖叫着,有些则显得不知所措。但是所有孩子都明白这个世界上最安全的地方现在再也不安全了。

克莱拉带领着孩子们沿着小径朝伽马什家跑去。安妮正站在门边,她拼命地挥舞着手臂叫他们进屋。这时小酒馆的玻璃窗被猛烈的枪声震碎了。

蕾娜-玛丽,莫娜和克莱拉毫不迟疑地朝小酒馆的方向跑去。

露丝匍匐在地板上。罗萨坐在一张被掀翻的桌子下,它显得有些困惑。

空气变得无法呼吸。空气中充满了石头,砖块和塑料的粉尘。

露丝伸手将罗萨拉过来,然后用自己的身体蜷曲在罗萨身边。

这时露丝看到了伊莎贝拉。她躺在地上,睁着眼睛凝视着露丝。

伽马什握住毒贩子塞在皮套里的手枪枪把。正当他准备将手枪从皮套里抽出来时,一只穿着靴子的脚狠狠地踢在伽马什的脸上,他几乎昏过去了。

周围的一切顿时变得一片模糊。又是一脚。

安东拼命地蹬着双腿。他的脚踢在伽马什的头上,肩膀上和手臂上。

安东扭动着身体,他用一只脚使劲乱踢。伽马什弓起背以抵御安东的疯狂乱踢。现在他的注意力集中在那把枪上。

终于他把那把手枪从皮套里抽了出来。

他朝四周砰砰地开了几枪。一枪打中不远处的马尔尚。马尔尚应声倒在地上。

伽马什转过身,发现安东已经从小酒馆的后门逃了出去。

"长官。"波伏瓦喊道,他跑过来将伽马什从地上扶起。

"安东跑了。"伽马什说道,他步履蹒跚地朝小酒馆的前门走去。

"我知道。美国贩毒集团的头目和他的手下也逃走了。"波伏瓦说道。

伽马什发现此时的小酒馆一片狼藉。

伊莎贝拉躺在地上。露丝跪在她身边,正轻声地对她说着话。

加布里跪在奥利维身边。

刚才还在小酒馆里喝酒聊天的人们此时哭着,叫着,喊着,纷纷寻求帮助。

但是伽马什不能在这里逗留。

"伽马什,亲爱的。"蕾娜-玛丽喊道。她和莫娜以及克莱拉来到一片狼藉的小酒馆内。

但是太晚了。伽马什已经走了。

“你去抓安东。”伽马什说道，“我去抓美国人。”

“他们有两个人呢。”波伏瓦在伽马什身后喊道。

波伏瓦不知道伽马什是否听见自己说的话。现在已经没时间多做考虑了。

贩毒集团已经先走一步，但是伽马什和波伏瓦了解周围的地形。

他们熟悉周边的树林，小径和通往边境的道路。这一方面是因为他们曾亲自走遍了这些地方，另一方面是因为他们曾无数次在地图上研究过这些区域。

他们曾询问过当地的猎人，背包客和露营游客。他们也曾询问过在附近伐木和钓鱼的居民。

自从八个月以前他们发现了教堂地窖里的那扇暗门以来，他们就掌握了这一地区的详细地形状况。

毒贩子们并不了解这里的地形。他们只知道树林里通向边境线的那条道路。

“我们正在研究情况。”伽马什曾对围攻他的记者们这样说道。照相机的闪光灯不停地闪烁着。记者们向伽马什提出许多有关犯罪率不断攀升的尖锐问题。

伽马什说的是事实，尽管并不是全部事实。

他的确在研究情况，但是并不是在研究记者们所问的那些情况。

伽马什曾秘密派遣一队人马前往边境附近的农场、木屋、教堂以及学校。这些地方与美国接壤。那里的一些教堂一百多年前就被走私酒类的走私犯用作储藏室。

许多建筑里隐藏着密室。在通往边境线的道路上有许多瞭望台。现在这些瞭望台便可为警方所利用。

伽马什曾命令将这些瞭望台的位置全部记录下来。

随着对于边境地区的调查不断深入，警方发现魁北克地区的贩毒集团使用过边境线上的所有密室，但是位于三松镇的圣托马斯教堂是毒贩子们用得最多的秘密藏毒基地。

他们从三松镇可以很容易地前往美国国境。魁北克贩毒集团的头目可以在他工作的厨房里轻松地监视着一切动向。

安东可能是从他父亲或是叔叔那里了解到圣托马斯教堂里的秘密的，因为他的父辈是安东尼奥·鲁兹最亲密的合伙人。安东这一名字也是根据安东尼奥取得。

直到有一天安东准备自立门户。

毒贩子总是不断追逐着利润。当听说有其他毒贩子赚到大把钞票时，他们便想兼并对方。于是美国的贩毒集团准备杀了加拿大魁北克地区的贩毒集团头目，从而掌管美加边境地区的毒品交易。

安东需要躲藏起来，他需要捍卫自己的领地。

伽马什和波伏瓦必须阻止他。一旦他们失败了，魁北克地区必将迎来一场腥风血雨。

他们决不能失败。

伽马什看着波伏瓦。他们分道扬镳。波伏瓦向东，伽马什明白自己应该向西。

他们必须像赶牲口一样将犯罪分子赶向图森特所布下的天罗地网。

图森特带着她的人马来到小镇。大家都带着武器，因为不知道会在小镇里遇到什么情况。

当图森特得知毒贩子将在小镇交易毒品时，她感到有些震惊。不过，她认为即使毒贩子选择在小镇进行毒品交易，小鳄鱼也会经过国境线被运往美国。所以她命令手下仍然按照原计划展开行动。

后来她听到了枪声。于是她改变计划，带领她的人马进入小镇。她想帮助深陷于小镇的伽马什他们。

图森特带领队员们一路穿过树林和小山丘。枪声越来越近了。

然后枪声便消失了。周遭一片寂静。

随后听到的便是人们的尖叫声和痛哭声。

然后一切又归于平静。

图森特带领着她的人马进入小镇。她用锐利的目光扫视着周遭的一切。她的团队成员紧跟在她身后。他们弓着背，手里拿着武器，搜索着小镇里的家家户户。

小镇的绿地上倒着几辆自行车。另外还有一个皮球。

什么人都没有。连猫狗和小鸟都不见踪影。

这时一个女人从小酒馆里跑了出来，她的手里拿着一根拨火棍。图森特又听到了那熟悉的步枪枪声。

图森特举起手，示意大家放下枪。

向他们跑来的那个女人是蕾娜-玛丽。她在寻求帮助。

图森特朝蕾娜-玛丽走去，同时示意其他人继续搜索。

“小酒馆里有人质吗？”图森特问道。

“人质？我不知道。”蕾娜-玛丽回答道，“有人受伤了。有人死了。我们需要帮助。”

“待在这儿。”图森特说道。她带了几个人走进小酒馆。他们拿着枪以备应对任何有可能出现的危险。

蕾娜-玛丽不愿待在原地。她紧跟在图森特他们身后。

图森特看到小酒馆里一片狼藉。桌子和椅子都被掀翻在地。空气里弥漫着一股火药味。

但是并没有发现什么特别情况。

小酒馆里一片沉默。只有许多双眼睛看着图森特。

“你们得去帮帮伽马什。”蕾娜-玛丽打破沉默说道。

“伽马什在哪儿？”

图森特看看周围。她发现伊莎贝拉躺在地上。一个老妇人和另外两个人正跪在她身旁。其中一个女人的手里握着一把壁炉刷，而那个老妇人的怀里则抱着一只鸭子。

伽马什并不在这儿。波伏瓦也不在。

他们并没有死。但是两大贩毒集团的头目也没有死。

“他们离开了，往树林的方向跑了。”蕾娜-玛丽说道，她指着小酒馆后面的树林。

“他们有多少人？”图森特问蕾娜-玛丽，她的声音十分焦虑。

“我不知道。”

“他们有三个人。”一个身材纤瘦的男人说道。

这个男人留着一头金黄色的头发。他的手臂上绑着绷带，正靠在一个大个子的肩膀上。他的声音显得很虚弱，但却十分清晰。

“安东和两个美国人。”奥利维说道。

图森特带领她的队员离开小酒馆。

但是他们并没有去小酒馆的后面，而是沿着原来的路径返回。

他们经过教堂，登山小山丘，然后进入树林。

图森特一边前进，一边心里在想：如果她是伽马什，她一定会想办法将犯罪分子引向边境线。在美加的边境线上，安全局的警员们正严阵以待。

除非伽马什改变了计划。他已经不是第一次改变原计划了。

真是该死。

伽马什感到自己的肺部在燃烧。他感到嘴巴里有一股血腥味。但是他仍然加快脚步。他的双脚飞快地向前奔跑着。

他看到美国贩毒集团的头目似乎出现在树林地势较高的地方。

太好了，真是太好了，伽马什心里这样想着。很快他们便会落入图森特设下的天罗地网了。

然而，这时一个念头忽然涌上伽马什的心头。

如果图森特听到小镇里的枪声，她会怎么做？她会不会带着人马前往小镇呢？

天啊，伽马什感叹道。他不得不改变计划。他不得不再次返回小镇寻求帮助。

他不得不离开边境。

图森特或许不在边境线上，但是贩毒集团的成员就在那里。伽马什意识到自己正在向贩毒集团跑去。

不过，一切已晚。伽马什已经不能回头了。他必须坚持到底。

安东对这片树林的部分地区还是比较熟悉的。

他知道,一直向前便是边境线。他的手下正全副武装等在那里。

之前伽马什的确让安东大吃一惊。原来伽马什早就知道安东的真实身份了。伽马什也肯定知道教堂地窖以及那扇暗门的秘密了。

那两个美国人也在这片树林里。他能听到他们的动静。安东必须加快脚步。

但是随后他又放慢了脚步。

他想起了一件事。

他意识到,自己不是在往边境线跑,而是在自投罗网。

边境线就在前方,但是他看不到他的手下,尽管他知道他们应该就在那儿。然而,伽马什不管是死是活,他一定会在边境安排警力。此外,美国的贩毒集团也会在边境安插人马。

这等同于跳入一个陷阱之中。

安东停下脚步。他必须开出一条血路。他转过身,拿起枪,朝着树林开火。

一颗子弹从波伏瓦的腿边擦过。波伏瓦倒在地上。

他在地上躺了一会儿,思考着发生了什么事。

不知出于何种原因,安东停下了脚步,并朝身后开了一枪。子弹就打在离波伏瓦不远处的地面上。

波伏瓦将身子往旁边挪,他不在乎腿上的灼热感。

目标不会改变。必须赢得这场战争。必须抓住两大贩毒集团的头目。

安东此时躲在一棵大树的后面。他以为美国人正紧跟在后。他再次朝树林开火,自动步枪发出哒哒哒的响声。

波伏瓦向树林旁边移动。他的脚步声被自动步枪的枪声所掩盖。终于他举起手枪顶着安东的后脑勺。

等候在边境线上的贩毒集团成员听到了枪声。他们迅速举起手中的枪。

加拿大贩毒集团的成员毫无迟疑地将枪口对准美国贩毒集团。

美国贩毒集团的成员也同样对准加拿大的贩毒集团。

双方陷入了僵局,直到一个年轻成员双脚颤抖起来。

一场枪战一触即发。

图森特命令她的团队朝彼此开战的两大贩毒集团的方向挺进。他知道伽马什和波伏瓦正在追捕两大集团的头目。

此时她可能无法帮助他们,但是她至少可以阻止贩毒集团的其他成员支援他们的头目。

美国贩毒集团的头目听见了枪声。他在判断可能发生了什么事。

他的保镖已经死了,在小酒馆的枪战中已经被解决了。

现在他没有任何帮手,必须自己找到通往边境的道路。他像一个浑身着火的人似的,拼命地奔跑着。他要穿过树林往佛蒙特州的方向奔跑。到了那里他便安全了。

他听到身后传来声音。有人正在追赶他。

他能看到边境线上树立的边境标识柱。越来越近了,越来越近了。

就要穿越边境线了。

美国贩毒集团的头目与伽马什之间的距离越来越大。犯罪分子的年纪比伽马什轻,他的步伐也比伽马什更快。

尽管犯罪分子已经越过了边境线,但是伽马什并没有停下脚步。他毫不迟疑地追赶着。忽然他看到犯罪分子停下脚步,转过身,举起了枪。伽马什也停下了匆匆向前的脚步。

然而,前进的动能使得伽马什无法及时停下来。

他失去了平衡,四脚朝天地摔倒在地上。

美国头目停下脚步,他看到一个黑影正从树林里朝他跑来。他看不清那黑影是谁，只能看见一个大致轮廓。

美国头目举起枪，朝黑影开火。

当子弹射在自己头顶上方的树上时，伽马什几乎单膝跪地。

他也举起手里的枪，然后瞄准目标开火。

. . .第三十四章

伽马什和克里沃坐在办公室里。办公室里安静极了。

他们能听到桌子上的时钟发出的滴答声。

现在已过了早上八点，距离边境线上的追捕已经有一个星期了。

一个年纪比伽马什略大的男人坐在桌边。他看看克里沃法官，然后又看看伽马什总警司。

伽马什的脸上青一块紫一块。不过，他的脸已经不像先前那样肿了。

“伊莎贝拉警司怎么样了？”魁北克地区首席长官问道。

“我们很快会知道结果。”伽马什说道，“在和罪犯的搏斗中她被打昏了。子弹对她的大脑造成了破坏，但是现在还不知道情况会有多严重。”

“我很难过。”首席长官说道，“那么小镇里的居民呢？”

“他们都没事。”

“很好。当所有事情了解完之后，我想去小镇看看。”

“我想大家一定会欢迎您的大驾光临的，长官。小镇居民正在恢复往日的生活。”

伽马什没有提及三松镇往日的生活是怎样的。最近一段时间所发生的事情也无法改变小镇的生活轨迹。但是一种异样的气氛已经笼罩在小镇上空。那是一种诡异的安静。

小镇从来没有像现在这样。小镇的居民感觉小镇不再是他们的家园。

“我明白,他们受到了创伤。”首席长官说道。

“小酒馆的店主奥利维·布鲁列的手臂被抢打中,但是他的同伴立刻帮他止血。其他人也被玻璃和木头碎片扎伤。现在大家都已经出院了。受伤最严重的就是伊莎贝拉·拉科斯特警官了。”

“我在几个月前就曾问过你到底是怎么一回事,可是你却拒绝回答。当时你叫我相信你。我也的确信任你。”首席长官停顿了一下继续说道,“我很高兴当时相信了你。”

伽马什点点头以示感激。

“但是现在你该告诉我究竟是怎么一回事了吧。”

首席长官看着伽马什。

当然,他通过报纸和媒体已经了解了整件事的来龙去脉。然而,他的办公桌上仍然摆放着一摞机密文件。

他已经看过了由伊莎贝拉头盔上的摄像机所录到的影像。即使在伊莎贝拉倒地之后,录像机仍然工作着。

首席长官无法相信眼前的伽马什在当时竟然能够同时对付两个犯罪分子。

还有那把瑞士军用小刀。

首席长官无法将这些景象从脑海里抹除掉。眼前这个和善的人以及他的那把小刀竟然能够创造如此惊天动地的壮举。

“我很抱歉。但是有些问题我必须得问。”

“我明白。”

“当你杀了那个美国贩毒集团的头目时,你已经越过了边境线吗,伽马什?”

“我想是的。不过,在树林里很难说得清到底有没有越过边境线。在禁酒令期间那里曾树立着一个边境线标志。即使当时的走私犯也无法说清边境线究竟到哪里为止。但是我想我已经越过了边境。”

首席长官微微摇了摇头，脸上露出一个狡黠的微笑。

“你现在所说的都是实话吗？”

首席长官并不认为伽马什在撒谎，但是伽马什的确曾经撒过谎。政治家可以撒谎，但是与法律打交道的人不可以。

“你知道你是无权越过边境线的吗？”

“当时我根本没有时间去考虑这一点。”

“你把事情搞复杂了，伽马什。”

伽马什什么也没说。他只是怀疑首席长官正在暗中帮助他。

伽马什将美国贩毒集团头目的尸体拖回到加拿大边境线一侧。他一步一步艰难地拖动着尸体，朝着魁北克，朝着家的方向移动着。

树林里的枪声已经停止了。伽马什听见波伏瓦在喊自己的名字。

一切都已经结束了。

然而，此刻伽马什的内心并没有感到轻松。他感觉自己快要散架了。

在进入加拿大边境的那一刻，伽马什筋疲力尽地瘫坐在地上。当波伏瓦找到他时，波伏瓦看到的是一个浑身都是血的人，仿佛被人泼洒了鲜血一般。

在波伏瓦的帮助下，他们两人将那个美国人的尸体拖到有安全局警力部署的地方。图森特已经稳定了边境的局面。

波伏瓦的腿上有一处伤口，但是伤得并不重。伤口很快被包扎起来。他也是整个安全局团队里唯一受伤的一个。当然，除了伊莎贝拉之外。

经过火拼，美国和加拿大两大贩毒集团的成员已经死伤过半。那些还活着的人则被一网打尽。护理人员检查众人的受伤情况。

树林犹如战场一般。警车和救护车的警笛声在树林里此起彼伏地响着。

安东的双手被反铐在背后。

“你做了我想做的事，伽马什。”安东说道，他朝美国人的尸体点点头，

“你认为自己胜利了,对吗? 你等着瞧吧。”

“我真应该杀了他。”波伏瓦说道。此刻他和伽马什正在回三松镇的路上。

伽马什将凝结在眼睛周边的血迹擦拭掉。他什么都没说,但是他同意波伏瓦所说的话。如果除掉安东,或许是做了一件好事。

“安东・布歇竟然还活着。”当伽马什讲述完时,首席长官这样说道,“这太丢脸了。”

首席长官平静的口吻让伽马什感到有些震惊。不过,这也正是伽马什自己的心声。

“有一些底线是不能越过的。”伽马什说道,“一旦越过了这些底线,就没有退路了。”

“就像凶杀案一样。”首席长官说道,“这也正是我想问的下一个问题。”

克里沃法官在座位上扭动了一下身子。她知道现在该轮到她回答了。她也知道首席长官想问什么。

“告诉我,凯蒂・埃文斯的凶杀案是怎么一回事。”

在树林追捕结束之后的某一天,伽马什和克里沃谈论起凶杀案的相关情况。

当然,该案的审理仍在继续。

克里沃和扎尔玛诺维茨一起来到伽马什位于蒙特利尔市区的公寓。他们打算一同商量接下来该做什么。

伽马什的公寓在蒙特利尔的奥特蒙区,位于公寓楼的二楼。在听到敲门声之后,伽马什亲自前来开门。

“你们好。”伽马什说道,“谢谢你们能来看我。”

伽马什带领他们来到客厅。克里沃和扎尔玛诺维茨彼此交换了一下眼神。他们已经听说伊莎贝拉警司受了重伤。他们知道伽马什总警司也受了伤。

通过各种真实或不真实的消息，他们已经得知伽马什的伤情，但是却没想到伽马什伤得如此严重。他的脸肿胀着，眼睛都几乎睁不开了。有些伤口上的肉还没有长出来。

当伽马什开门时，克里沃认为伽马什的眼睛似乎在树林里被犯罪分子挖掉了。

克里沃感到一阵心酸，然后她又感到这很残忍。

一个原本非常体面的男人竟变成这副模样。

克里沃所看到的痛苦并非来自伽马什的肉体，而是来自他的眼神。伽马什似乎能从不同的视角审视他所看到的一切。

他能看到人性中最邪恶的东西，而能看到人性中最善良的一面。克里沃发现，伽马什的眼神中仍然保留着善良，而且似乎比以前更为强烈。

“谢谢你们送来的花。”伽马什说道，他指了指摆放在桌上的一大束鲜花。

“希望你早日康复。”克里沃说道。

那束花是克里沃和她的女伴琼一起送的。

克里沃从不愿意过多谈论自己的私生活。但是她觉得有必要向伽马什吐露自己的生活状况。而且琼也这么认为。

克里沃看了看周围。这间公寓和伽马什位于三松镇的房子十分相像。这间只有一个卧室的公寓是蒙特利尔地区典型的公寓房。它有着高高的天花板，客厅显得十分明亮舒畅。墙上的架子和一张小桌子上摆放着一些书籍和各种报纸杂志，显得随意但却不凌乱。

沙发和扶手椅都是暖色调，给人一种温馨的感觉。克里沃和琼一直渴望能拥有这样的房子。

房间里还有另一个人。这个人正拄着拐棍一瘸一卦地走来。

“这位是波伏瓦警官。我想你们也都认识吧。”伽马什说道。大家握了握手。

“你还好吗？”扎尔玛诺维茨问道。

“很好。”波伏瓦回答道，他挥动着手里的拐棍，这和露丝挥动拐棍的动作一模一样。波伏瓦在想，如果他称呼扎尔玛诺维茨为蠢蛋的话，接下来会发生什么情况呢？

“伊莎贝拉警司怎么样了？”扎尔玛诺维茨问道。

“我们一完成手头的工作就去医院看望她。”伽马什说道，“今天早上我和她丈夫通过电话。他说伊莎贝拉似乎已经有些知觉了。”

克里沃和扎尔玛诺维茨点点头。这似乎是一个好兆头。

“我猜你们还没有见过我的妻子吧。”伽马什说道。蕾娜-玛丽正好从厨房里出来，手里端着一个托盘，托盘上放着冰镇的饮料。

伽马什接过托盘，向克里沃介绍自己的妻子。

“我们见过面。”扎尔玛诺维茨说道，“您曾是凶杀案的出庭证人之一。是您发现了凯蒂·埃文斯的尸体。”

“是的。”蕾娜-玛丽说道，“你们介意我加入你们的谈话吗？”

“当然不介意。”克里沃说道。然而，她此时在想，她是否应该带一名随行记者把他们接下来的谈话都记录下来。

不过，已经为时已晚。在经历了一系列的事情之后，克里沃认为现在该是原谅和遗忘的时候了。

她看着伽马什和扎尔玛诺维茨。

“这次会面本来应该在两天前进行，我都已经计划好了。但是我们谁都没有料到接下来发生的事情。但是有些事情并没有改变。有一个女人仍然背负着谋杀凯蒂·埃文斯的罪名。我需要知道这个女人是真的有罪呢？还是只是你们两个人计划中的一部分？”

克里沃看着眼前的这两个男人。最后她的目光落在伽马什身上。

伽马什是整个计划的制定者和领导者。

“现在，”克里沃说道，“告诉我有关凶杀案的真相吧。”

“和其他凶杀案一样，”伽马什开始讲述道，“这起凶杀案也始于许多年以前的一件事。”

伽马什朝房间的左面看了看。

“蒙特利尔大学离这里只有几个街区。许多年前一个年轻人在蒙特利尔大学自杀身亡。安东·布歇提供给他毒品。由于毒品的影响，这个年轻人最后跳楼自杀了。”

克里沃知道安东是谁。

根据案件审理的相关报告。安东曾是三松镇小酒馆里的一名洗碗工。

然而，报告里也提到安东也是魁北克地区贩毒集团的头目。

“安东的叔叔叫马鲁斯·布歇。”克里沃说道，她想让大家知道自己是做了功课的，“马鲁斯曾是一个名叫地狱天使犯罪集团的头目。他现在正关在监狱里，罪名是谋杀和走私贩毒。”

波伏瓦点点头，“是的，没错。在叔叔被关押起来之后，安东便取而代之。他做到了布歇家族没能做到的事。”

波伏瓦使用布歇家族一词来指代安东的叔父辈。然而，这也无法阻止布歇家族成员之间的相互残杀。

“安东发迹的速度很快。”波伏瓦说道，“他以他父亲最要好的朋友安东尼奥·鲁兹的名字给自己取名。鲁兹曾帮助安东合并了三个贩毒集团。安东也由此看到了如何策划有组织犯罪。”

“如何策划呢?”克里沃问道。

“安东所领导的贩毒集团比以往任何的贩毒集团规模都要大，而且也更富有。”伽马什说道，“他们的致富法宝就是合成型毒品。”

“比如说芬太尼，”扎尔玛诺维茨说道，“我知道这种毒品。我的女儿曾经沾染过它。我们带她去进行治疗，但是……”

扎尔玛诺维茨举起双手，然后又垂下双手。

“这种毒品绝不是纯粹用来娱乐的东西。”扎尔玛诺维茨继续说道，“它会改变一个人。它改变了我的女儿，虽然我女儿还活着。她已经算是幸运的了。”

“芬太尼是第一种在街头泛滥成灾的毒品。”伽马什说道，“但是还有其他毒品，这些新型毒品的制作速度很快，我们警方根本来不及制止。从成分上而言，这些毒品并不属于违禁药品。但是当你染上了毒瘾之后，你便知道了它们的厉害。”

“这是法律的漏洞。”克里沃说道，“化学成分必须明确标明。即使一点点的成分变化都可能意味着警方无法插手处理。有时警方不得不释放毒贩子。”

“新型毒品就是现代的黑死病。”扎尔玛诺维茨说道，“贩毒集团便是传播这种黑死病的媒介。”

“安东看到了这一趋势，”伽马什说道，“所以他迅速而疯狂地控制了新型毒品的交易。”

“安东是新一代毒贩子，”克里沃说道，“他们贩卖的也是新一代毒品。”

“没错。”伽马什说道。

“那么凯蒂·埃文斯也是贩毒集团的一员吗?”克里沃问道。

“不是。凯蒂的罪行在于她在上大学时曾和一个年轻人保持着情人关系。这个年轻人和凯蒂谈了几个月的恋爱，然后他便自杀了。这个年轻人叫爱德华·马尔库尔。他是杰奎琳的哥哥。”

“我在案件审理报告上见过这个名字。”

“凯蒂的丈夫帕特瑞克，马思奥以及莱雅都是爱德华的好友兼同学。”波伏瓦说道，“当爱德华从楼顶纵身跳下去时，马思奥和莱雅就在现场。”

克里沃并未对此作出反应，但是扎尔玛诺维茨一直低头看着自己的双手。

这简直就是一场噩梦。如果当时他没能帮助自己的女儿。如果当时他对女儿的毒瘾一无所知的话，现在会怎样呢? 也许毒品的威力远比一个父亲所能认识到的更为强大。

“安东就是向爱德华提供毒品的毒贩子。”波伏瓦说道，“但是他犯了一个错。他自己亲自尝试了这种毒品。结果就像其他吸食毒品的人一样，他染上了毒瘾。在爱德华自杀身亡之后，警方开始介入调查。于是安东躲藏了起来。最后他进了戒毒所。当他从戒毒所里出来时，他召集了一帮毒贩子。有些人打算重新开始建立贩毒集团，而有些则打算金盆洗手。于是他们成为了安东的手下。这些人和安东一样已经领教了新型毒品的威力。”

“所以在几年前当新型毒品开始在街道上泛滥的时候，”伽马什说道，“安东的贩毒集团也开始重振旗鼓了。”

“可是凯蒂怎么会被牵扯进来的呢?”克里沃问道,“她知道爱德华吸毒。她有可能认识安东。”

“她的确认识安东。”伽马什说道,“其实马思奥,莱雅和帕特瑞克都认识安东。他们也曾经从安东那里买过一些毒瘾较小的毒品。只有爱德华买了新型毒品。”

“所以你认为凯蒂之所以被杀就是因为许多年前所发生的这件事情?”

“是的。”伽马什回答道,“大多数凶杀案其实很简单。动机也往往很明确。许多凶杀案之所以复杂是因为它们的动机常常隐藏在很久以前。凯蒂被杀就是因为许多年前发生在大学校园里的事情。由于欠下了一笔良心债,所以才会出现讨债人。虽然是爱德华的妹妹杰奎琳想出了讨债人这个主意,但真正实施这个想法的人正是爱德华的朋友们。”

“他们轮流扮演讨债人。”波伏瓦说道,“他们站在小镇绿地上,试图对安东起到威慑作用。但是他们想得太天真了。他们认为讨债人会把安东吓得魂飞魄散,然后他们便可以安心回家。”

“这有什么不对吗?”克里沃问道。

此刻克里沃需要知道所有的细节,因为这是她所审理的案件,她有责任问清楚。

就在那天早上克里沃接到一个电话,那是魁北克地区首席长官打来的电话,首席长官叫克里沃下周去他的办公室。克里沃知道这准没有什么好事。

在她去首席长官的办公室之前,她必须得弄明白这起案件的来龙去脉。

“等等,”克里沃说道,“让我猜一猜。凯蒂他们并不知道安东现在的真实身份。他们认为安东只是一名洗碗工。”

“他们根本不知道他们在和谁较量。”扎尔玛诺维茨说道。

“他们只是想为自己死去的朋友讨个公道。”伽马什说道,“爱德华的家人所雇佣的私人侦探在调查了数年之后终于在三松镇发现了安东的踪迹。”

“那个叫鲁兹的家伙也是贩毒集团的一员吗?”克里沃问道。

“鲁兹的根据地在西班牙。”伽马什说道,“不过,当地法院似乎拿他没办法。”

“看来只有让讨债人出马了。”扎尔玛诺维茨说道。

“可是为什么调查人员始终查不到安东和布歇家族的任何关联呢?难道警方忽视了这一点?”克里沃问道。

“布歇是一个很常见的名字。”伽马什说道,“而且很有可能是人为故意删除了布歇家族的相关历史。我们都知道,安全局的内部包括政府内部曾出现过大面积的腐败。这也是为什么毒品犯罪在魁北克地区始终无法得到控制的重要原因。”

“人们都被犯罪分子收买了。”波伏瓦说道。

克里沃笑了起来,然后又露出十分严肃的神情。“那么你们怎么知道我没有被收买呢?”

“坦白说,我们并不知道。但是我们假设所有人都是清白的。”

克里沃看着伽马什。伽马什的眼神不像刚才那样柔和了。

“那么总检察官呢?”克里沃问道,她看着扎尔玛诺维茨。

“我们的调查人员对扎尔玛诺维茨总检察官的历史进行过全面调查。”伽马什说道。

扎尔玛诺维茨扭头看着伽马什,“你们调查过我?”

“当然。在和你打交道之前,我们必须这么做。”

克里沃知道,现在该是谈论核心问题的时候了。

“你们两个”——克里沃指了指伽马什和扎尔玛诺维茨——“是怎么达成一致意见的呢?”

“我需要他人的帮助。”伽马什说道,“所以我找到了扎尔玛诺维茨。”

“我们在哈利法克斯见了一面。”扎尔玛诺维茨说道。

克里沃的脸上露出十分惊讶的表情,“你们竟然在偏远的新斯科舍省[①]碰面?”

---

① 新斯科舍省(Nova Scotia):位于加拿大东南边的一个省,属于加拿大最偏远的地区之一。

“是的。我们各自搭乘飞机，然后在一个码头边碰面。”扎尔玛诺维茨说道，“我们还吃了当地有名的柠檬味蛋白派。”

“是吗？”克里沃说道，“你只记得这些？”

“派非常美味。”扎尔玛诺维茨笑着说道，“我本人并不喜欢伽马什先生。这和职业无关，纯属个人恩怨。”

“我彼此敌视对方。”伽马什说道，“我一直以为他是一个懦夫。”

“而我则一直以为他是一个傲慢的傻瓜。您赞同我的看法吗？”扎尔玛诺维茨对蕾娜-玛丽说道。

“但是你们两个人都喜欢吃派。”蕾娜-玛丽回应道。

“事实上，派是我们两个人唯一一致认可的东西。”伽马什说道，他的脸上露出了笑容，他破裂的嘴唇差一点又要裂开了。“当时我把我的计划告诉了他。我也告诉他，我需要他的帮助。”

“他需要你怎样帮他呢？”克里沃问扎尔玛诺维茨。

“我猜你应该知道吧。”扎尔玛诺维茨说道。

“但是我想听听你是怎么说的。”

“伽马什当时要求我在法庭上不要透露有关贩毒集团的相关证据。他需要时间，同时也想分散犯罪分子的注意力。他想让安东认为自己是安全的，并且安全局在打击毒品犯罪方面是无所作为的。”

扎尔玛诺维茨将背靠在椅子上。他将双手放在椅子的扶手上，犹如林肯纪念堂中的林肯雕像一般。

“我同意了伽马什的计划。”

与林肯的勇敢行为不同，扎尔玛诺维茨这样做无异于自杀，而且不会有任何纪念雕像来铭记他的丰功伟绩。

扎尔玛诺维茨清楚自己的行为。他也清楚自己可能会因此进监狱。他会毁了自己的事业甚至家庭。

然而，他的行为却能给贩毒集团制造烟雾弹，并能最终将毒贩子一网打尽。也许自己会锒铛入狱，但是缉毒战争将会取得胜利。

扎尔玛诺维茨认为，如果他坐视不管，那么将会有更多人受到伤害。那些曾经将毒品卖给自己女儿的毒贩子将会伤害其他年轻人。

伽马什坐在扎尔玛诺维茨的对面。他点点头，然后做了一个让扎尔玛诺维茨感到有些不安的举动。

伽马什低头看着自己肿胀的双手。他的肘关节处有一个被靴子猛踢后留下的伤疤。

他叹了一口气，然后抬起头看着扎尔玛诺维茨并说道："对不起。"

扎尔玛诺维茨感到自己的脸颊变得滚烫起来，变得苍白。血液在皮肤之下涌动，然后又消退。

"你为何道歉？"扎尔玛诺维茨轻声问道。

"我没有把所有实情都告诉你。"

扎尔玛诺维茨愣了一下，"什么？"

"安东并没有杀凯蒂·埃文斯。"

扎尔玛诺维茨紧握住椅子的扶手，整个人微微颤抖起来，仿佛正在抽搐一般。

"你刚才说什么？"

"我对你们都撒了谎。我很抱歉。"

"快把实情告诉我。"

"被告的确是一名杀人犯。是杰奎琳杀了凯蒂。"

扎尔玛诺维茨感到自己的思维已经陷入了停滞，就像一辆高速行驶中忽然撞上墙壁的汽车。他还来不及扭转方向。

他试图去理解伽马什所说的话，试图去理解这算是好消息还是坏消息。

"你为什么到现在才告诉我？"扎尔玛诺维茨终于爆发了。他不知道这算不算逼问。但是他知道这是愤怒的宣泄。

"当时我只能相信自己的手下。"伽马什解释道，"尽管我找你寻求帮助，但是我还是不能完全信任你。"

"你不是对我进行了全面调查吗？"扎尔玛诺维茨质问道。

"是的，没有证据表明你有受贿的嫌疑。但是同样没有证据表明你没有受贿。"

"那么你凭什么相信我？"

“因为你的经历。因为你的女儿。”

“这和我女儿有什么关系?”扎尔玛诺维茨质问道,此时他说话的语气和脸上的表情都充满了警告的意味。

“我的儿子丹尼尔也曾和你女儿一样吸食过毒品。”伽马什说道。扎尔玛诺维茨眯起眼睛。这一消息对他而言是前所未闻的。

“我也曾吸食过毒品。”波伏瓦说道,“毒品几乎要了我的命。它摧毁了那些最关心我的人。”

“我们都清楚毒品对一个家庭所造成的伤害。”伽马什轻声说道,“我认为如果有人愿意挺身而出制止毒品泛滥,那个人一定是你。所以我来找你帮忙。但是我知道虽然你为人清白正直,但是这并不意味着你所在的部门也是清白的。”

“你这个傲慢的傻瓜。”

伽马什直视着扎尔玛诺维茨的眼睛。

“我当时连自己所在的部门都无法相信。这就是为什么只有一小部分人知道我的真正计划。安全局早就被腐化,但是每个部门里还是有一些清白正直的人。大部分人都并不清楚我正在做什么。他们觉得我是一个无能的负责人,只有一小部分人知道我的真正意图。”

波伏瓦认为这就如同克莱拉的画作一样。画面上的小小色块显得并不起眼,但是当它们汇集在一起的时候,它们便会展现出意想不到的画面效果。

“这就是你的理由?”扎尔玛诺维茨问道,“你知道你做了什么吗?你让我违背了自己的信仰和自己所受的教育。你让我在法庭上撒谎,掩盖证据。你让我一直以为被告是一个无辜的人。你知道这对我来说意味着什么吗?”

扎尔玛诺维茨用紧握的双手敲打着自己的胸膛。他敲打的力量如此之大,以至于整间房间都回响着砰砰的声音。

“你是不是后悔了?”伽马什问道。

“这和后不后悔无关。”

“今天我们只谈一件事。”伽马什说道,“我让你相信了一切,而且你也的确信以为真。我们两个在彼此的配合下让贩毒集团蠢蠢欲动。不仅仅是加拿大的贩毒集团,还有美国的贩毒集团。现在美国贩毒集团的头目已经死了,而加拿大贩毒集团的头目也被关进了监狱。"

"可是你却愚弄了我。"

"我知道这对你不公。但我也知道你不是一个懦夫。你是一个非常勇敢的英雄。"

"你觉得我现在还会在乎你的褒奖吗?"扎尔玛诺维茨再次质问道。

"我并不在乎你怎么看我。现在我所在乎的只有结果。我对自己的所作所为并不后悔。当然,我希望能用另一种方式实现现有的成果。但是当时真的别无选择。我想不出其他办法。你还后悔吗?"伽马什问道,"烧掉我们的船?"

扎尔玛诺维茨深吸了一口气,然后打起精神。

"我不后悔。"

"我也不后悔。"

"不过,这并不能为你开脱。"扎尔玛诺维茨说道,"这并不意味着我原谅了你。你本应该将实情告诉我。"

"你说得没错。我现在也意识到了自己的错误。你是一个勇敢而无私的人,而我却把你当成了一个外人。对此我很抱歉。"

"傻瓜。"扎尔玛诺维茨咕咕哝哝地说道,但是此刻他的怒气早已烟消云散。"你到底隐瞒了什么?这对案件很重要吗?"

"棒球棍。"

"那件凶器?"克里沃问道。

"是的。你们是否还记得在蕾娜-玛丽的证词里,她说在她发现尸体的时候,她并没有看到那根棒球棍。"

"是的。但是当伊莎贝拉警司来到凶案现场时,那根棒球棍却在现场。"扎尔玛诺维茨说道,"当时你在法庭上说你的妻子可能记错了。"

"我撒了谎。"

伽马什看着蕾娜-玛丽,蕾娜-玛丽则点点头。

克里沃希望此刻自己就在洗手间里,没有听见伽马什说的话。但是她听得一清二楚。

坦白讲，在法庭上撒谎并不是什么新鲜事。克里沃早已经意识到这起凶杀案的证词中真实和谎言相伴相生。

“那么到底发生了什么事呢？”克里沃问道。她十分自然地进入了案件审理程序。她正在询问证人。

“我知道蕾娜-玛丽一定不会看错。在她发现尸体时，棒球棍一定不在现场。但是棒球棍是怎么在人们的眼皮底下来到现场的呢？”

“在发现尸体之后，我就将教堂的大门锁了起来。大门是进入教堂的唯一通道。”蕾娜-玛丽说道。

“所以，”扎尔玛诺维茨举起双手，“你该如何解释呢？”

“当时我也无法解释，直到在和朋友的随意聊天中得知教堂的地下室曾在禁酒令期间被走私朗姆酒的走私犯用作储藏室。”

扎尔玛诺维茨和克里沃都点点头。他们都知道魁北克历史上的这一著名事件。有许多家庭就是靠走私酒类发家致富的。

“当时我便有所联想。”伽马什继续说道，“走私犯是不可能将朗姆酒从教堂正门带出去的。我意识到教堂里一定还有一扇门。在教堂的地窖里有一扇暗门。”

“这就是凶器再次出现在凶案现场的原因吗？”克里沃问道，“凶手使用了那扇暗门。但是杰奎琳怎么会知道呢？”

“杰奎琳曾在鲁兹家工作，”波伏瓦说道，“她的目的就是为了接近安东并监视他。在鲁兹一家回到西班牙之后，她便跟随安东来到三松镇。她一直监视着安东的一举一动。有一天晚上她看到安东使用了那扇暗门。”

“那么安东又是怎么知道那扇暗门的呢？”

“安东是在一个世代从事走私和非法贸易的家族中长大的。”伽马什说道，“如何携带走私品越境，哪里可以储藏走私品，他再熟悉不过了。他的父亲，叔叔以及安东尼奥都熟悉有关的传闻。安东之所以和他的父辈不同就在于他能记住一切细节。他会实地考察那些传闻中的地点。有些地方他会弃之不用，有些他则会加以利用。对于他人来说，有关禁酒令的那些传闻不过是用来打发时间的故事罢了，但对于安东而言，这些传闻却揭示了诸多隐藏的秘密。”

“他做了功课。”波伏瓦补充道，“他找到了许多以前走私犯用来储藏走私货物的地点。其中最为重要的一个地点就位于一座与世隔绝的小镇里。”

“一切都太完美了。”伽马什说道。

“所以你们发现了棒球棍是如何出现在凶案现场的秘密。”克里沃说道，“那么你们又怎么知道教堂的地下室是储藏毒品的地点呢？”

“暗门的铰链。”波伏瓦说道，“暗门的铰链上被人抹了油。可见，早在讨债人出现在小镇之前，这扇暗门就一直在被人使用。”

“当我们询问莱雅他们的时候，他们承认他们并不知道教堂里有地窖。”伽马什说道，“所以暗门的铰链一定另有用途。当然，当时我不清楚究竟有何用处。但是我想一定和走私有关。传统的运毒路线警方都已了如指掌。那么多的毒品被运往国境线，这是怎么做到的呢？这个问题一直困扰着我们警方。”

“等等。”克里沃说道，“你所说的一切都表明安东是杀人凶手。你怎么会认为杰奎琳是凶手呢？”

“如果安东想杀一个人的话，你认为他会亲自动手吗？”波伏瓦反问道，“即使他杀了人，他又何必将棒球棍带回凶案现场呢？为什么不烧掉棒球棍呢？当杰奎琳找到我们并承认了有关讨债人的事情时，我们正在思考这些问题。”

此时波伏瓦回忆起十一月的那个寒冷的夜晚。当时波伏瓦刚和莫娜与露丝通完电话。伽马什和伊莎贝拉遛狗回到家。

露丝和莫娜都承认她们知道教堂里有地窖。最初是露丝告诉莫娜的，然后莫娜又告诉了莱雅。但是她们都不知道地窖里有一扇暗门。

“杰奎琳并没有承认自己杀了凯蒂·埃文斯。”伽马什说道，“她只承认关于讨债人的事。但是那根棒球棍仍然困扰着我们。我知道棒球棍之所以出现在凶杀案现场的唯一目的就是指认凶手。当然，它所指认的凶手并不是真正的凶手。”

“杰奎琳想让安东背负杀人的罪名。”扎尔玛诺维茨说道。

“是的，这就是杰奎琳的计划。她的计划很简单。杀死凯蒂，然后嫁祸给安东。在杰奎琳看来，这两人都是造成她哥哥爱德华自杀的罪魁祸首。良知并不仅仅只是一笔欠下的债。爱德华跳楼自杀固然有毒品的因素，但是更为重要的原因是他和凯蒂的关系破裂了。破碎的爱情伤透了他的心，而毒品刺激着他的神经。根据报导来看，爱德华是一个多愁善感且极为敏感的人，而凯蒂则是一个和善的女人，但是她无法回报爱德华的爱。”

“爱德华把这一切都告诉了他的妹妹杰奎琳。”波伏瓦说道，“爱德华十分气愤，他把凯蒂形容为一个残忍无情的女人。当然，他说的只是气话。他因为妒忌而疯狂，而毒品加重了他的疯狂。我知道毒品的威力。毒品会让我们对自己最爱的人心生仇恨。”

“在把所有的仇恨发泄完之后，爱德华便跳楼身亡。”伽马什说道，“所以杰奎琳痛恨凯蒂。无论凯蒂还是安东都没有为爱德华的死付出代价。于是杰奎琳决定复仇。”

扎尔玛诺维茨点点头。虽然其他人可能无法理解，但是他完全理解。如果自己的女儿死了，他也会用尽毕生精力实施复仇，无论为此付出何种代价。

魁北克地区的首席长官聆听着上述的解释。他既没有评论，也没有提出任何问题。

他看着克里沃。

“你对这件事知道多少？”

克里沃知道，现在该是和伽马什同舟共济的时候了。

她感觉自己现在就像站在一所大房子前，而房子的主人却拒绝她进入房子。

纳粹来敲门了。犹太人就躲在阁楼里。

现在轮到克里沃挺身而出了。

“我对这件事一无所知。”克里沃听见自己这样自言自语。

坐在一旁的伽马什始终默不作声。

“那么你知道整件事喽?”首席长官问道。

“是的。”

“你的手下是否也参与其中? 还有扎尔玛诺维茨总检察官?”

“是的。”

伽马什知道,尽管这些人都听从他的命令,但现在解释这些已经无关紧要了。现在无需对抗,也不应该对抗。

“你知道我接下来要做什么吗?”首席长官问道,“你触犯了法律,在法庭上作伪证,擅自越过边境杀死另一个国家的公民。尽管那个公民是一名犯罪分子,但是你的做法必须受到惩罚。”

“我明白。”

“所以,你将会被——”

“我知道,”克里沃看着伽马什说道,“请原谅我。我本应该早一点看出来。”

“我明白。”伽马什说道。然后他屏住呼吸对克里沃说道:“你也不是唯一被蒙在鼓里的人。”

“什么意思?”首席长官问道。

“我并不清楚具体细节,但是我知道在案件审理中一直存在疑问。我曾怀疑有人作伪证,所以曾把伽马什总警司和扎尔玛诺维茨总检察官叫到我的办公室。他们承认了一切。他们的所作所为足以让我逮捕他们。但是最后我还是放他们走了。”

“为什么?”

“因为我知道他们这么做是出于好意。如果他们愿意冒这样大的风险,那么我也愿意。”

首席长官点点头。“谢谢你能意识到这一点。如果当时你逮捕了伽马什他们,那么他们的计划便会功亏一篑。犯罪分子将会取得胜利。”

“的确如此。”

首席长官转身看着伽马什。

“你现在的职务被解除了。你将接受调查。此外,你的副手波伏瓦警官也将接受调查。我想你们两个是这一计划的真正策划者，是吗？”

“是的。”

“现在图森特警司将接替你成为安全局的负责人。当然，她也将会接受调查。这一切都是拜你所赐，伽马什。安全局所有的资深警官都和你的计划有牵连。这意味着如果我不提拔图森特，那就只能提拔监狱守卫了。”

“那么伊莎贝拉警司呢？”伽马什问道。

“她仍然担任安全局刑侦科的负责人。”

伽马什点点头以示谢意。他原本还想抗争一下，但现在他不用这么做了。他感到很轻松。

“那么我呢？”克里沃问道。

“你是一名法官。”首席长官说道，“你应该知道我会做什么。”

克里沃想了一会儿，然而说道：“没事了？”

首席长官举起手，“听上去很合理。的确没事了。”

“您说什么？”克里沃问道。刚才她说“没事”纯粹是在开玩笑。

“昨天我已经找大法官谈过话。我把自己的想法告诉了他。他也赞同我的看法。他认为尽管你的做法有些不妥，但是你是为了整个魁北克地区人民的利益着想。所以你做得很对。”

首席长官站起身，伸出一只手。

克里沃也站了起来和首席长官握了握手。

“谢谢你。”首席长官说道。

然后他转身看着伽马什。伽马什也站了起来。

“我很抱歉，我的朋友。似乎只有你一个人受到了惩罚。我们本应该授予你一枚勋章——”

伽马什对此毅然回绝。

“——但是我不能这么做。”首席长官继续说道，“可是我可以向你和波伏瓦保证，你们将会受到公平公正的调查。”

在伽马什和克里沃离开之后，首席长官关上办公室的门。他闭起眼睛，脑海中又浮现出小酒馆里的那一幕：一个和善的男人手里拿着一把瑞士军用小刀。

...第三十五章

“你们觉得怎么样?”克莱拉问道。

由于小镇里突发的枪战,克莱拉取消了她的画展。今天本该是蒙特利尔现代艺术博物馆的画展开幕日。然而,此刻克莱拉正将自己最新的画作挂在小酒馆的墙壁上。

“正好可以掩盖墙上的子弹孔。”加布里说道。

这或许是这些画作最大的用途了。它们无法掩盖木板上的凹坑,但是墙上的子弹孔却能被这些古怪的画作遮挡起来。

不过,加布里并不觉得这些画作比子弹孔好到哪里去。

碎片残骸已经被打扫干净。玻璃和木片碎片也已经被丢进了垃圾桶。

身体上的创伤正在愈合。奥利维此时站在加布里的身边。他的一只胳膊吊着绷带。

保险公司的人员来了又走,走了又来。他们不敢相信小酒馆的财产损失是由自动步枪造成的,直到他们亲自见到眼前的一切。

墙壁上布满子弹孔。老式落地窗也碎了。现在只能临时安装一扇备用窗户。

周边小镇里的居民前来帮忙。现在粗略一看，小酒馆已经恢复了旧貌。

露丝站在一幅画像前。画像上的人物是波伏瓦。

画面呈现出一种雾蒙蒙的感觉。这可能是因为层层颜料叠加在一起的原因。其实，这是一幅尺寸很小的画作。

“他竟然没穿衣服。”露丝说道，“真令人恶心。”

其实画上的人物是穿着衣服的，只是衣服的质地更接近肉色。波伏瓦英俊的脸庞被精雕细刻出来，但是看上去比本人老。

克莱拉画的波伏瓦应该是三十年后的波伏瓦。他的脸上多了一些平和，眼神中也多了深邃。

大家手里拿着喝的东西在小酒馆里闲逛着。大家看着属于自己的画作。

在过去一年多的时间里，克莱拉为小镇里几乎所有人都绘制了一幅肖像画。

莫娜，奥利维，莎拉，波伏瓦。甚至连亨利和格蕾丝都有自己的肖像画。

克莱拉也给自己画了一幅。她的肖像画是一个正在照镜子的中年妇女的形象。她的手里拿着画笔，正在沉思如何作画。

加布里把这幅画挂在洗手间的旁边。

“洗手间的墙上并没有子弹孔呀。”克莱拉说道。

“这难道不好吗？”加布里说道，然后匆匆离开了。

克莱拉笑了笑，跟随着加布里来到小酒馆的餐厅。她在吧台边坐下，然后小口喝着水果酒。

克莱拉看着周围的一切。她在想，大家是否能明白这些画作的含义呢？

看似未完成的画作其实已经完成。尽管在世俗的眼里，它们仍是半成品，但是克莱拉已经捕捉到了她想要的精髓。

在捕捉到精髓的那一刻，克莱拉便会停下手中的画笔。

即使波伏瓦的衣服没画完，这又有什么关系呢?

即使莫娜的双手画得模糊不清，谁又会在乎呢?

即使奥利维脑袋上的头发比本人要多，这又有什么要紧的呢? 加布里总是很愉快地指出，奥利维的头发变得越来越茂盛了。

露丝凝视着罗萨的肖像画。她的怀里正抱着罗萨。

克莱拉所画的罗萨显得颇为霸气，仿佛这只鸭子变成了拿破仑。克莱拉画的似乎正是露丝的神情。

露丝哼了一声，随后踱步来到旁边欣赏起奥利维的肖像画。她一幅一幅地欣赏着。

在露丝看完所有的画作之后，其他人都注视着她，等待着她恶毒的评论。

露丝走到克莱拉身边，在她脸颊上亲了一口。然后露丝又走回到罗萨的肖像画前，驻足良久。

大家都面面相觑，走到露丝身边。

蕾娜-玛丽跟着露丝一幅一幅地欣赏着克莱拉的画作。

莫娜也走过来跟随露丝将小酒馆里的画作看了一遍。然后奥利维也走了过来。

在罗萨的肖像画中，罗萨高傲的眼眸中反射出一幅微小的人物肖像。那是露丝的肖像。她正用法兰绒毯子给罗萨搭建起一个窝。她正在给罗萨建立一个家。

这是一幅充满爱意的肖像画。它代表着救赎，代表着亲密。

这是充满温馨和脆弱的时刻。蕾娜-玛丽，莫娜和奥利维感觉自己就像偷窥者，他们正在偷窥一座玻璃房内所发生的一切。但是他们并不感到可耻。相反，他们感到幸运和爱意。

大家一幅一幅地欣赏着。

在大家的眼中，每一幅画都传达出爱意。

莫娜穿过小酒馆的餐厅来到克莱拉身边。她们之间的友谊将会跨越一生。

克莱拉知道，肉体终将泯灭，但是爱将会永恒。

伽马什先给蕾娜-玛丽打了一个电话，然后又给波伏瓦打电话。他把首席长官的决定告诉了他们。

调查将会针对伽马什和波伏瓦展开。伽马什希望调查人员能抓紧时间，因为他还有尚未完成的任务。

他必须找到那些被运走的芬太尼。

魁北克地区检察院已经询问过扎尔玛诺维茨。扎尔玛诺维茨办理的案子暂时交由另一名检察官负责。不过，扎尔玛诺维茨保住了自己的职位。

伽马什知道这已经是最好的结果了。如果首席长官不对他们做出任何惩罚的话，他一定会遭受各界的批评。

"那么伊莎贝拉呢？"波伏瓦问道。

"她仍然负责安全局刑侦科。"伽马什回答道。

目前为止大家对这一点似乎没有异议。

"我现在正在去医院的路上。"伽马什说道，"过一会儿见。"

波伏瓦挂断电话，然后来到后花园。安妮正在后花园喝着一杯冰红茶。奥诺雷在楼上睡觉。其他人此时都在小酒馆。

波伏瓦和安妮谈了一会儿话。

波伏瓦的腿已经好多了，可以不用拐杖了。他对此感到有些难过，因为他还挺喜欢那根拐杖的。

波伏瓦打开一本书，那是他从伽马什的书房里拿来的。过了一会儿，他将书放在膝盖上，抬头望着远方。

安妮看着自己的丈夫，但是什么话都没说。她想让波伏瓦自己去思考。她知道波伏瓦在想什么，也知道他在想谁。

波伏瓦和伽马什沿着小山丘走下来。波伏瓦走路一瘸一拐，而伽马什则摔倒了好几次。

他们的身体需要休息，但是他们却不停地前行着。他们迫切地想回到小镇，回到家人身边，同时看看伊莎贝拉的伤情。

蕾娜-玛丽和安妮沿着小径朝他们一路跑来。

“啊，谢天谢地。”蕾娜-玛丽轻声说道，她紧紧抱住伽马什。伽马什也紧紧抱住蕾娜-玛丽，他将沾着血迹的脸颊靠在蕾娜-玛丽的头上，闻着蕾娜-玛丽身上散发的玫瑰香味。

他们不愿意放开彼此。但是伽马什必须去看一看伊莎贝拉。

“你受伤了。”安妮说道，她看着波伏瓦缠着绷带的大腿。

“你也受伤了。”蕾娜-玛丽说道，她后退一步看着伽马什。

伽马什原本白色的衬衫现在已被鲜血染红。衬衫紧贴在他的胸口，仿佛刚经历了剧烈的运动似的，但是流出的不是汗水，而是血液。

“这不是我的血。”伽马什说道。

蕾娜-玛丽伸出手，抚摸着伽马什沾着血迹的脸庞。她在伽马什开裂的嘴唇上吻了一下。

“伊莎贝拉呢？”伽马什问道。

“大家正在看护她。”

“她还活着吗？”波伏瓦问道，他紧紧抱着安妮。

蕾娜-玛丽点点头，然后看着伽马什。伽马什在妻子的眼神中看到了真相。

伊莎贝拉的确还活着，但是——

“其他人怎么样了？”

“奥利维的手臂中了一枪，但是加布里会照顾他的。医护人员说他会没事的。许多人被玻璃和木片碎片扎伤或划伤，但是都没有生命危险。除了伊莎贝拉。”

伽马什和波伏瓦迅速朝小酒馆走去。他们离小酒馆越近，呼吸就变得越急促。

小镇绿地周围停满了救护车。当他们来到小酒馆时，一个担架正从小酒馆内抬出来。躺在担架上的人正是伊莎贝拉。

露丝走在担架旁边。自从发现伊莎贝拉倒地以来，露丝就一直守在伊莎贝拉身旁。她一直握着伊莎贝拉的手，并轻声告诉她，她并不孤单。

克莱拉紧跟在后面，手里仍然握着壁炉刷。克莱拉的身后是莫娜，她将罗萨抱在怀里。

当伽马什和波伏瓦来到她们身边时，她们正准备上救护车。

伊莎贝拉紧闭着双眼。她的脸色显得十分苍白，犹如蒙上了一层灰一般。

灰烬，灰烬，我们都将倒下。

伽马什触摸了一下伊莎贝拉的脸颊。她的脸颊仍有温度。

一名医护人员正在救助伊莎贝拉。他抬头看了看伽马什，然后愣了一会儿。以前他从未见过安全局的负责人。此刻站在他眼前的是一个从头到脚都占满鲜血的男人。

“我叫伽马什，是安全局的人。”伽马什说道，“我能一起去吗？”

“只能去一个人。”那名医护人员说道，“也许她的外祖母……”

露丝后退一步。她抿着嘴唇，原本阴冷的眼睛中开始渗出泪水。

“她的确就像我的孩子，伽马什。”露丝轻声说道，这也是伽马什此刻唯一听清楚的话语。露丝将伊莎贝拉的手放在伽马什的掌心里，“她永远都是我的孩子。”

“谢谢。”伽马什说道，然后迅速钻进救护车。

“我们和你一起去。”蕾娜-玛丽喊道。但是救护车已经关上门离开了。

伽马什坐在伊莎贝拉的身边。当医护人员忙着工作时，伽马什在伊莎贝拉的耳边轻声说道：

“大家都爱你。你勇敢而善良。你救了我们所有人。谢谢你，伊莎贝拉。我们都爱你。你的孩子也爱你。还有你的丈夫和父母，他们都爱你。”

伽马什一路陪着伊莎贝拉来到医院。

你勇敢而强大。

你不是孤单一人。

大家爱你。

我们都爱你。

伊莎贝拉的嘴唇似乎动了一下。伽马什将脑袋凑过去，但是他听不清伊莎贝拉在说什么。他只能猜测。

“我会告诉他们的。”伽马什轻声说道，“他们也爱你。”

当伽马什和首席长官来到医院时，他们看到伊莎贝拉的丈夫正坐在伊莎贝拉的病床边。

伊莎贝拉插着呼吸管。病床边的机器监视着她的呼吸和心跳。

伊莎贝拉的丈夫一边放着音乐，一边大声朗读。音乐是吉内特·雷诺[①]的歌曲《再高一点，再远一点》。

“她又有一些变化了，伽马什。”罗伯特说道，他站了起来。当看到伽马什脸上惊恐的表情时，他忙解释道：“是好的变化。”

伊莎贝拉的脑电波似乎变得强烈了一些，也变得更有规律了。

“她似乎能对一些事做出反应了。”罗伯特说道。他握着妻子的手，低头看着妻子。伽马什不敢直视他的眼睛。“医生说，对她朗读或许会有帮助。熟悉的声音能够刺激她的大脑。”罗伯特指了指放在床上的一本书，“孩子们叫我把这本书带来。这是那天晚上她提到的一本书。”

“去吃点东西吧。”伽马什说道，“出去呼吸一下新鲜空气。我来陪她。”

在罗伯特离开后，伽马什坐在病床边。一个星期前他也曾坐在这把椅子上陪着伊莎贝拉。他伸出手，握住伊莎贝拉的手，并在她耳边轻声说道：

“你很了不起。勇敢又强大。你救了我们的命，伊莎贝拉。现在你安全了。大家爱你。你的家人也爱你。我们都爱你。你很了不起……”

病房里回响着吉奈特·雷诺的歌曲，“再高一点，再远一点。”

伽马什拿起床上的那本书，开始大声朗读起来。这是关于一个木偶如何找到良知并让自己变成真正人类的故事。

---

① 吉内特·雷诺(Ginette Reno)：加拿大魁北克地区知名的歌唱家兼音乐人。

图书在版编目（CIP）数据

玻璃之屋/(加)露易丝·佩妮著；魏懿译. -- 上海：上海文艺出版社, 2019
(伽马什探长系列)
ISBN 978-7-5321-7271-9
Ⅰ.①玻… Ⅱ.①露… ②魏… Ⅲ.①推理小说—加拿大—现代 Ⅳ.①I711.45
中国版本图书馆CIP数据核字(2019)第214103号

发 行 人：陈　徽
责任编辑：朱艳华
封面设计：徐晨薇

书　　名：玻璃之屋
作　　者：(加)露易丝·佩妮
译　　者：魏　懿
出　　版：上海世纪出版集团　上海文艺出版社
地　　址：上海绍兴路7号　200020
发　　行：上海文艺出版社发行中心发行
上海市绍兴路50号　200020　www.ewen.co
印　　刷：崇明裕安印刷厂
开　　本：890×1240　1/32
印　　张：12.875
插　　页：2
字　　数：237,000
印　　次：2020年2月第1版　2020年2月第1次印刷
I S B N：978-7-5321-7271-9/I·5788
定　　价：55.00元
告 读 者：如发现本书有质量问题请与印刷厂质量科联系　T: 021-59404766